DER

RATTENFÄNGER

EIN THÜRINGEN-KRIMI

Heike Gabriele Wagner

DER RATTEN FÄNGER

EIN THÜRINGEN-KRIMI

Vorwort

Liebe Krimifreunde,

bitte suchen Sie nicht das Städtchen Tampa sowie den Neulinger See auf der Thüringer Landkarte. Sie brauchen auch keine Suchmaschine zu nötigen, die Lokalitäten und die dazu gehörigen Informationen preiszugeben. Denn diese zwei Orte sind frei erfunden!

Die topografischen Lage und vor allem der Entstehungsgeschichte des kleinen Bergsees Ebertswiese bewegte mich, meine Geschichte in dieser Gegend spielen zu lassen. Tampa und sein schöner Badesee sind also fiktiv am Nordhang des Thüringer Waldes, westlich von Ohrdruf, in der Nähe von Tambach-Dietharz angesiedelt. Es ist umgeben von 7 Tälern, eingebettet in eines der größten Waldgebiete Deutschlands.

Ich wünsche Ihnen gute und spannende Unterhaltung.

Heike Gabriele Wagner

Kapitel 1

An einem wunderschönen Spätsommertag zogen weiße Schäfchenwolken langsam über den azurblauen Himmel hinweg. Die Sonne stand schon weit über dem Zenit. Die abgemähten Kornfelder glommen noch einmal mit einem goldenen Schimmer auf, während die Schatten von Sträuchern und Bäumen lang auf den ausgefahrenen Schotterweg fielen. Der anschließende alte Steinbruch war bereits in tiefe Schatten getaucht.

Oben, auf der schroff abfallenden Felswand, stand eine Gruppe von Beobachtern hinter der Absperrung und schaute in die Tiefe. Der Stadtapotheker Krämer, ein langer, hagerer Mann, beugte sich weit über das Geländer, um dem Geschehen im Steinbruch besser folgen zu können. Er wandte sich an die zwei jüngeren Frauen neben ihm, die ihn fragend anschauten.

„Als ich vorhin hier mit dem Fahrrad vorbeikam, sah ich zufällig den Jungen an der Kante stehen. Ich habe sofort abgebremst und wollte helfen, aber er war bereits verschwunden. Ich habe gleich den Notruf gewählt."

„Was ist denn passiert?", rief eine ältere Frau aufgeregt, die sich der Schar von Schaulustigen näherte. „In der Siedlung wird erzählt, es wäre jemand abgestürzt. Lieselotte, stimmt das?" Sie hatte die Gruppe erreicht und schaute gespannt ihre Nachbarin an.

Die nickte ihr bestürzt entgegen. „Ja, aber wir wissen noch nicht, wer es ist." Beide lehnten sich nebeneinander weit über die Brüstung, die ihnen bis zur Taille reichte.

„Siehst was?"

Der Apotheker mischte sich ein. „Da liegt ein Junge. Er ist wahrscheinlich von hier oben abgestürzt. Besonders sicher finde ich ja die Absperrung für den Steinbruch nicht." Er wischte prüfend mit seiner Hand über die Brüstung. Die einzelnen Zaunfelder bestanden lediglich aus zwei an den Metallpfosten in unterschiedlicher Höhe angeschweißten Metallrohren. Einer von drei Schuljungen kroch unter dem niedrigen Hindernis bis zur Abbruchkante durch, um besser in die Tiefe schauen zu können. Entsetzt zerrte ihn einer der beiden Bauarbeiter, die neugierig einen Stopp auf dem Weg in den Feierabend eingelegt hatten, an den Füßen zurück.

„Mensch Junge, bist du lebensmüde? Da unten liegt doch schon einer!“

Die sich nähernde Sirene eines Einsatzwagens der Polizei zog die Aufmerksamkeit aller Anwesenden auf sich. Sie beobachteten gespannt das Geschehen, was sich ihnen unten im Steinbruch bot.

Der ankommende Streifenwagen reihte sich hinter den bereits parkenden Polizeifahrzeugen ein. Zwei Polizisten stiegen aus und meldeten sich beim leitenden Beamten. Im hinteren Bereich standen zwei Züge der Feuerwehr, deren Blaulichter weit sichtbar rotierten. Die Kameraden der Feuerwehr begannen, den Bereich zu sichern und mit Flatterband abzusperren.

Im Inneren des Steinbruches stand ein Krankenwagen quer und nahe der Abbruchwand war das Notarztauto geparkt. Die Sanitäter packten ihre Notfallkoffer und Taschen bereits wieder ein. Der Einsatzleiter der Polizei sprach mit der Notärztin. Die junge Frau zuckte traurig mit den Schultern.

„Für den Jungen kann ich leider nichts mehr tun. Soweit ich das sehen konnte, multiple Verletzungen und todesursächlich der Genickbruch. Ich lasse ihn in die Gerichtsmedizin überführen. Ich kann Ihnen nicht sagen, ob es sich hier um einen Unfall handelt.“

Beide schauten nach oben. Der Beamte winkte die zwei neu angekommenen Polizisten herbei. „Ihr fahrt jetzt sofort da hoch und sichert die Absturzstelle und nehmt Zeugenaussagen auf. Ein gewisser Krämer hat den Notruf gewählt. Den möchte ich unbedingt sprechen." Er zeigte mit dem Finger nach oben. Beide nickten und liefen zurück zu ihrem Dienstfahrzeug.

Unmittelbar neben dem Notarztwagen lag die Leiche des Jungen. Ein Polizist bemühte sich, den geschundenen schmalen Körper vor neugierigen Blicken zu schützen und deckte ihn mit einem weißen Tuch ab. Eine ältere Frau in Uniform sammelte herumliegende Utensilien in Asservatentaschen ein. Ein dritter Beamter stand an einem der Einsatzfahrzeuge und sprach über ein Funkgerät mit der Zentrale. Er schaute auf den alten Schotterweg zurück und sah, wie eine Frau in einem bunten Sommerkleid auf ihn zugelaufen kam. Ihr halblanges rotes Haar wirbelte im Wind wild durcheinander, ihre hellblauen Augen waren gerötet und Tränen liefen über ihre Wangen. Sie rief ihm weinend Worte zu, die er nicht verstehen konnte. Er beendete seinen Funkspruch und stellte sich ihr in den Weg.

„Sie können hier nicht durch! Sagen Sie mir bitte erst einmal Ihren Namen." Unter ihrem weinenden Geschrei konnte er sie kaum verstehen. Er vermutete, dass es sich um die Mutter des verunglückten Jungen handelte. „Bitte warten Sie einen Augenblick. Ich informiere die Kollegen."

Mit ihrem unmittelbaren Kraftakt hatte er nicht gerechnet. Sie gab ihm einen mächtigen Stoß gegen die Brust. Er knallte mit den Rücken gegen seinen Wagen und schnappte nach Luft. Sie fuchtelte mit den Armen, schrie etwas und lief an ihm vorbei. Die Ärztin und der Beamte unterbrachen ihr Gespräch und schauten in die Richtung des Lärms. Ein Polizist versuchte ebenfalls, sich der Frau entgegenzustellen, um sie festzuhalten. Aber auch hier riss sie sich los und lief auf die weiße Abdeckung zu. Sie kniete sich daneben und zog das Tuch vom Körper des Kindes und schluchzte. Mit beiden Händen streichelte sie das Gesicht des Jungen. Sie legte den Kopf auf die Brust des Kindes und ihr Körper wurde durch einen Weinkrampf geschüttelt.

Alle im Steinbruch hatten ihre Tätigkeit unterbrochen und schauten auf die weinende Frau, die ihr Kind umklammert hielt.

Eine junge Beamtin stand an einem der Einsatzfahrzeuge. Erst jetzt bemerkte sie die zwei Jungen, die der Frau gefolgt waren. Sie lief über die Einfahrt und hielt die Jugendlichen auf. „Wo wollt ihr denn hin? Ihr könnt hier nicht rein, es ist ein Unfall passiert!"

Ihr fiel auf, dass die Jungen sich sehr ähnlich sahen, schlank, kurze dunkle Haare, schmales Gesicht und die gleichen blauen Augen. Nur der Ältere war einen Kopf größer. Verstört schauten die Brüder sie an. Sie fragte: „Seid ihr Geschwister, ist das eure Mutter?" Beide nickten, dann fragte sie der Jüngere: „Ist er tot?"

Für ein paar kurze Sekunden wusste sie nicht, wie sie antworten sollte. Die junge Frau verstand, dass es sich bei dem toten Kind um den Bruder der beiden handelte. Sie nahm den Jüngeren in den Arm, fasste den älteren Jungen an der Hand und zog beide zu ihrem Einsatzwagen.

„Es sieht aus wie ein Unfall. Allerdings können wir noch nicht sagen, was passiert ist." Sie bemühte sich, tröstende Worte für die beiden zu finden.

Die Frau lag noch immer weinend auf ihrem Kind. Ein Polizeibeamter stand über ihr und versuchte, sie mit beruhigenden Worten zum Aufstehen zu bewegen. Plötzlich wurde sie ganz still und schaute auf zu den Menschen, die oben auf der Felswand standen. Sie richtete sich auf, ihr Gesicht wirkte verzerrt.

„ICH VERFLUCHE EUCH!" Die Felswände hallten mehrmals den Satz wider. Alle starrten erschrocken auf die Frau, die ihre Hände zu Fäusten ballte und den Menschen oben auf dem Felsen drohte. Sie schrie aus Leibeskräften:

„Jetzt ist er tot, jetzt habt ihr euren Willen, er ist tot! Ihr habt ihn gequält, beschimpft und gejagt. Ihr wolltet ihn weghaben und jetzt ist er tot! Es ist eure Schuld, ihr habt ihn in den Tod getrieben! Ich verfluche euch, euch und eure Brut! Ihr sollt auch kein Glück mehr haben, passt auf eure Kinder auf! Eure Kinder sind in Gefahr. ICH VERFLUCHE SIE!“ Die letzten Worte hallten noch einmal nach.

Erschrocken wichen die Menschen auf der Felswand zurück. Die drei Schuljungen rannten zu ihren Fahrrädern und verschwanden schnell hinter der Waldbiegung. Die Handwerker stiegen rasch in ihren Vito und fuhren zügig davon, während die zwei jungen Frauen ihre Kinder schnappten und eilig hinter den anderen in die Siedlung zurückliefen.

Es war, als wollten sie dem Fluch entfliehen.

Kapitel 2

17 Jahre später

Alex Brückner lief die Treppen zum Kommissariat hinauf. Es war früh am Morgen und wenige Kollegen der Nachtschicht verrichteten noch ihren Dienst. Ihr Stimmungspegel tendierte gegen null. So hatte sie sich den Einstieg in ihren alten Job als Hauptkommissarin nicht vorgestellt. Seit über einem halben Jahr besuchte sie nun Weiterbildungslehrgänge und hatte noch an keinen nennenswerten Fall mitarbeiten können.

Bei ihrem neuen Chef Jochen Ackermann hielt sich die Begeisterung in Grenzen, die freigewordene Stelle des Hauptkommissars mit ihr besetzen zu müssen. Die Anweisung kam von ganz oben. Sie, eine alleinerziehende Mutter von drei Kindern, die nach elf Jahren als Hausfrau wieder in den Polizeidienst drängte.

Dass es nicht einfach werden würde, hatte sie bereits vorher gewusst. Aber auf ihren Spürsinn und ihren Instinkt konnte sie sich auch heute noch hundert Prozent verlassen. Als angehende Kriminalbeamtin war es ihr damals gelungen, schnell die Karriereleiter aufzusteigen. Sie leitete als jüngste Hauptkommissarin eine Sonderkommission und brachte zwei knifflige Fälle in kurzer Zeit zum Abschluss.

Ihren Mann Michael lernte sie auf einer Weiterbildung über Bankenkriminalität kennen. Sie verliebte sich damals Hals über Kopf in den gut aussehenden Banker, heiratete ihn und wurde mit Tochter Lisa schwanger. Dank ihrer Eltern, vor allem ihrer Mutter, konnte sie nach kurzer Babypause wieder in ihren Job einsteigen. Oma Annette sprang immer ein, wenn ihre Hilfe benötigt wurde. Vier Jahre später wurden die Zwillinge geboren und die guten Vorsätze, so schnell wie möglich wieder in den Polizeidienst einzutreten, verworfen. Die Entscheidung für die Familie fiel ihr damals nicht leicht, dennoch bereute sie all die Jahre diesen Schritt nicht. Vor drei Wochen feierte ihre Tochter bereits den 15. Geburtstag. Auch über die Zwillinge konnte sie sich nicht beklagen. Die Jungs waren mit ihren elf Jahren schon so selbstständig, dass sie sich oftmals überflüssig vorkam. Jetzt auch noch die Scheidung von Michael. Da kam das Stellenangebot von ihrem Onkel Werner, der im Innenministerium arbeitete, gerade recht. Das war ihre Chance.

Alex ging in ihr Büro und erstellte am PC den Abschlussbericht ihrer letzten Weiterbildung. Das Telefon klingelte und Michael rief an.

„Hallo Alex, ich bin es. Die Scheidungsunterlagen sind gerade gekommen. Können wir noch mal miteinander reden? Ich würde gern morgen Abend vorbeischauen."

Alex schloss kurz die Augen. Bitte nicht schon wieder die alte Leier. Diese ewigen Diskussionen über Schuld, Liebe, Kinder, ihren Berufseinstieg und ihre Vergebung für seinen kleinen, so genannten „Ausrutscher".

„Micha, es hat sich an meiner Entscheidung nichts geändert, die Nummer mit deiner Assistentin hättest du dir vorher überlegen können. Ich kann nicht mehr zurück."

„Bitte Alex, ich komme trotzdem morgen Abend vorbei. Ich will noch ein paar Sachen abholen und würde gern die Kinder sehen. Wir hatten doch bisher eine gute Ehe. Das kannst du doch nicht einfach so löschen. Lass uns nochmal über das alles reden. Schlaf nochmal drüber. Mach 's gut."

Alex lehnte sich zurück. Michaels Stimme klang wieder überaus sachlich, als ging es nicht um ihre Ehe, sondern um einen seiner Finanzabschlüsse in der Bank. Sie strich sich mit einer Hand über die Stirn, schloss für einen Moment die Augen und musste sich beruhigen. Nichts würde sie davon abhalten, ihren neu eingeschlagenen Weg zu ändern. Ohne Michael.

Dann nahm sie den Bericht, atmete nochmals tief durch und trat in den Flur. Mittlerweile herrschte auf den Fluren eine rege Betriebsamkeit. Die Kollegen der Tagschicht hatten den Dienst bereits angetreten. In Ackermanns Büro brannte schon Licht. Sie klopfte kurz und trat sofort ein. „Guten Morgen, Herr Ackermann. Kann ich mit Ihnen reden?"

Ihr Chef schaute von seinem Schreibtisch auf. Er war ein großer, hagerer Mann Mitte fünfzig, stets korrekt gekleidet mit edlen Anzügen und ausgefallenen Krawatten. Das lichte, ergraute Haar trug er streng nach hinten gekämmt. Seine stechenden Augen verdeckte eine dunkel gerahmte, modische Brille.

„Guten Morgen Frau Brückner. Was liegt denn an?"

Alex legte ihm ihren Bericht auf den Schreibtisch.

„Das ist mein Abschlussbericht vom Lehrgang in München und ich sage es gleich, ich weigere mich noch irgendeine Schulung, Weiterbildung, Qualifizierung, Seminar oder ähnliches zu belegen. Das habe ich jetzt über ein halbes Jahr lang getan. Ich bin als Hauptkommissarin eingestellt worden und möchte endlich meiner Arbeit nachgehen."

Er lehnte sich zurück, verschränkte die Arme und grinste sie an. „Oh, spüre ich da einen Hauch von Rebellion? Sie waren schließlich elf Jahre außer Dienst."

Alex trat einen Schritt vor. „Ja, aber deshalb verlernt man nicht alles. Außerdem habe ich ja jetzt alles wieder aufgefrischt und ich kann auf meine Erfahrung und Intuition als Hauptkommissarin sehr gut zurückgreifen."

Ackermann beugte sich wieder nach vorn und kramte in seinen Papieren auf dem Schreibtisch. Er betrachtete eine Liste.

„Ja, was mach' ich denn nur mit Ihnen? Wie wär's, wenn Sie erst mal als Urlaubsvertretung in die Soko von Chris Bergmann mit einsteigen? Der hat einen ziemlich komplizierten Mordfall übernommen."

Alex antwortete nur zögerlich. „Ja okay. Geht es da um die zwei Toten im Strichermilieu?"

Ackermann schien ihr gar nicht zuzuhören. Er kramte erneut auf seinem Schreibtisch und fand einen Zettel. „Ach Moment, vergessen Sie das mit Bergmann. Ich habe hier eine Sache aus Gotha bekommen. Mein geschätzter Kollege Stiegel hat mich kontaktiert und gebeten, ihm bei einem Fall behilflich zu sein. Ich glaube, die haben in Gotha ein kleines Personalproblem. Es geht um einen jungen Mann, der am Samstag im Neulinger See bei Tampa ertrunken ist. Die Zuständigkeit liegt bei uns. Er ist nämlich in Erfurt gemeldet, Student an der Fachhochschule für Landschaftsarchitektur und Gartenbau. Die Todesumstände müssen noch geklärt werden. Würden Sie das übernehmen?"

Alex brauchte nicht lange zu überlegen. Sie hätte in ihrer Situation jeden Fall übernommen und sei er auch noch so unbedeutend.

„Okay, ich werde mich darum kümmern."

Er reichte ihr den Zettel. „Schauen Sie bei Frau Wegener vorbei, die hat noch mehr Infos zu dieser Sache. Ich erwarte dann Ihren Bericht. Na dann, viel Erfolg!"

Alex betrat das Großraumbüro, um von der Kommissarin Regina Wegener weitere Informationen über ihren ersten Fall zu erfahren. Sie kannte ihre Kollegin schon einige Monate, aber bis auf ein wenig Smalltalk in der Kantine oder am Kaffeeautomaten hatten sie bisher nicht viel miteinander zu tun.

Ihre Kollegin, eine etwas mollige Erscheinung, bot ihr gleich einen Kaffee und zehn Minuten später das Du an. Alex schätzte sie auf Anfang 50. Das sportliche Outfit und ihre kastanienbraune Kurzhaarfrisur kaschierten ihr Alter bestens. Sie mochte ihre lockeren Sprüche und konnte sich eine Zusammenarbeit mit ihr gut vorstellen. Regina erläuterte ihr den Fall und die Meldung vom Neulinger See aus Tampa.

Eine Stunde später machte Alex sich auf den Weg. Sie stieg in ihren BMW und drehte die Klimaanlage voll auf. Schon jetzt, in den Vormittagsstunden, kletterte das Thermometer auf 26 Grad Celsius. Die Wettervorhersage kündigte heute die erste große Hitzewelle dieses Sommers an.

Sie kannte Tampa, ein hübsches kleines Städtchen am Fuße des Thüringer Waldes. Wenn sie im Sommer mit den Kindern bei ihren Schwiegereltern in Gotha vorbeischaute und das Wetter es hergab, besuchten sie oft diesen wunderschönen Bergsee bei Tampa.

Sie konnte sich daran erinnern, dass im vergangenen Jahr dort schon einmal ein Jugendlicher ertrunken war. Der See war bis zur Klärung der Umstände wochenlang gesperrt gewesen. Danach verspürte Alex keine Lust mehr, mit ihrer Familie noch einmal an diesem Ort baden zu gehen. Und jetzt war schon wieder ein junger Mann ertrunken. Wie sie von ihrer Kollegin erfuhr, gehörte er sogar zu den besten Rettungsschwimmern in Thüringen, was den Notarzt dann doch stutzig machte. Alex wusste, dass der See, ein ehemals gefluteter Steinbruch, im hinteren Bereich eine starke Strömung besaß, während der vordere Teil von der Stadt Tampa erst viel später als Badebucht angelegt worden war. Dieses Areal eignete sich hervorragend zum Baden, da der Strand nur allmählich ins Wasser abfiel. Das Terrain stufte die Behörde zweifellos als ungefährlich ein, da hier im flachen Bereich die Strömung ausblieb. Der Strandabschnitt wird regelmäßig mit weißem Sand aufgeschüttet, große Bäume säumten den See und spendeten Schatten. Der See galt als absoluter Geheimtipp. Alex beschloss, kurz daheim vorbeizuschauen. Sie vermutete, dass es heute Abend spät werden würde.

Sie parkte vor dem Haus und hörte die dumpfe Musik schon beim Aussteigen. Schwänzte Lisa etwa die Schule? Alex atmete erst mal durch. Sie wusste, es würde gleich mächtig Ärger geben. Die Pubertät hatte ihre Tochter voll im Griff, es gab fast jeden Tag Stress. Zu allem Überfluss liebte sie es, sich mit Gleichgesinnten in der Gothic-Szene herumzutreiben. In ihrem Zimmer, ihre Sachen und an ihr selbst herrschte nur eine Farbe vor: Schwarz. Den ganzen Tag schallte laute Musik aus ihrem Zimmer. Als sie die Haustür öffnete, kam Lisa ihr bereits entgegen, ganz in Schwarz gekleidet, schwarze lange Haare, schwarze Augen, schwarz-rote Lippen. Über die Schultern hing eine große, schwarze Stofftasche.

„Hey Mama, ich bin schon weg."

Alex versuchte ruhig zu bleiben. „Wieso bist du noch da? Warum bist du nicht in der Schule? Und mach bitte mal die Musik aus."

Widerwillig schaltete Lisa die Musik aus und verdrehte die Augen. „Ich habe nur etwas geholt. Wir haben heute Projekttag, das habe ich dir doch erzählt." Lisa tat beleidigt. „Du hast es wieder vergessen, du hörst mir nie zu."

Alex fasste Lisa an die Schulter. Sie zog ernst die rechte Augenbraue hoch. „Entschuldige bitte! Ich stecke mitten in meinen ersten Fall. Ich habe daran nicht mehr gedacht."

Lisa riss sich los. „Schon gut."

Alex hielt Lisa auf. „Bei mir wird es heute etwas später werden. Ich möchte, dass du dich heute um das Abendbrot kümmerst und schaust, dass die Zwillinge ihre Hausaufgaben machen und nicht so spät ins Bett gehen. Ist das ok?"

Ihre Antwort kam zögerlich. „Ja, ich kümmere mich drum. Ich muss jetzt los." Sie steckte sich ihre Ohrstöpsel in die Ohren, drehte die Musik am Handy auf und lief aus dem Haus. Alex schaute ihrer Tochter nach und dachte wehmütig an die Zeit, als sie morgens ihrem niedlichen kleinen Mädchen die blonden Haare zu Zöpfen geflochten und mit bunten Spangen versehen hatte.

Sie aß eine Kleinigkeit, schrieb den Zwillingen ein paar Zeilen und machte sich auf den Weg in Richtung Gotha.

Alex brauchte etwas mehr als eine Stunde bis nach Tampa. Auf der A4 bei Gotha gab es einen Auffahrunfall. Zum Glück war die Unfallstelle fast geräumt und die Kollegen der Autobahnpolizei bemühten sich, die angestaute Autoschlange zügig an der Unfallstelle vorbeizuleiten.

Alex mochte das kleine Städtchen mit seinen Fachwerkhäusern, dem schön gestalteten Marktplatz, den kleinen Geschäften und natürlich der außergewöhnlichen Eisdiele im Fünfziger-Jahre-Stil. Ihre Kinder liebten es, hier nach dem Baden Eis essen zu gehen. Am Ortseingang deutete ein großes Werbebanner auf das bevorstehende Waldmühlenfest am Wochenende hin.

Sie bremste den Wagen ab, denn Verkehrsschilder wiesen am Marktplatz auf die verkehrsberuhigte Zone hin. In einer Nebenstraße befand sich die kleine Polizeiwache. Sie parkte gleich neben einem davorstehenden Polizeiwagen.

In der Wache herrschte stickige Luft. Alex lief an dem kleinen Tresen vorbei und klopfte an die halboffene Bürotür. Eine junge Frau in Uniform sortierte in den unteren Schrank Aktenordner ein. Sie fuhr erschrocken hoch und starrte Alex an. Sie trug ihre lockige rote Haarmähne zu einem Zopf gebunden, eine Haarsträhne hing ihr über das leicht verschwitzte, herzförmige Gesicht mit vielen Sommersprossen. Ihre grünen Augen durchbohrten Alex regelrecht.

„Oh, entschuldigen Sie! Ich wollte Sie nicht erschrecken! Mein Name ist Alexandra Brückner, Hauptkommissarin aus Erfurt. Ich wurde angemeldet."

Die junge Frau löste sich aus ihrer Starre und musterte Alex. Sie hatte eigentlich eine ältere Frau erwartet. Mutter mit drei fast erwachsenen Kindern, so war sie von ihrer guten Kollegin Regina angekündigt worden. Und hier stand jetzt eine sportliche, attraktive Frau mit modischem Haarschnitt, schmaler Hose, Sportschuhe, die Sonnenbrille ins Haar gesteckt und einer schicken, ärmellosen weißen Bluse.

„Oh, ich habe Sie gar nicht gehört. Ich räume gerade auf. Sie kommen in der Angelegenheit Rene Schmitt? Wirklich sehr tragisch. Ach, ich bin Polizeihauptmeisterin Lena Staller, sozusagen die Reviervorsteherin."

Sie lächelte und gab Alex die Hand. „Nehmen Sie doch Platz. Kann ich Ihnen etwas anbieten? Kaffee, Wasser oder einen Saft?"

„Ein Wasser, vielen Dank", nickte Alex zurück.

Lena Staller verschwand in einer schmalen Tür und kam gleich darauf mit einem Glas Wasser zurück. Alex schätzte ihre Kollegin auf Mitte 30, eine attraktive junge Frau mit einer tollen Figur – selbst in Uniform.

„Wie viele Kollegen arbeiten noch hier?"

„Oh, wir sind nur zu zweit. Mein Kollege Walter Stockelmeier ist zurzeit im Urlaub und geht in einem Jahr in Pension. Es wird schon gemunkelt, dass die Dienststelle dann geschlossen wird und ich wahrscheinlich versetzt werde. Naja, ich kann's nicht ändern. Aber Sie sind wegen Rene Schmitt hier."

„Ja, mir liegt hier Ihr Bericht vor, aber ich würde mir gern selbst einen Eindruck verschaffen. Es ist schon sehr merkwürdig, dass ein junger starker Mann, auch noch Rettungsschwimmer, an einem vielbesuchten, harmlosen Badesee ertrinkt. Rene traf sich mit Freunden am Strand?"

„Ja, die jungen Leute trafen sich am letzten Samstag am See, zwei Freunde von Rene und noch zwei junge Frauen. Bei dem schönen Wetter herrschte Hochkonjunktur am Strand. Rene wollte im Schwimmbereich noch ein paar Runden schwimmen. Die anderen vier legten sich in die Sonne und plötzlich verschwand Rene. Keiner kann es nachvollziehen. Er zählte zu den besten Rettungsschwimmern. Im vergangenen Jahr belegte er den ersten Platz beim nationalen Rettungsschwimmerausscheid. Der Junge war beliebt und Feinde schien er auch nicht zu haben. Es sind alle sehr geschockt."

Alex trank einen Schluck. „Letztes Jahr ist doch schon ein Jugendlicher ertrunken. Ich kann mich erinnern, der See blieb wochenlang gesperrt. Gibt es da einen Zusammenhang?"

Lena Staller strich sich die widerspenstige Haarsträhne aus dem Gesicht. „Ja, das kann man wohl sagen! Mark Keller, Fußballer aus Leidenschaft, ein guter Schwimmer und Renes bester Freund und ohne Laut oder Hilfeschrei im Schwimmbereich plötzlich verschwunden."

Erstaunt schaute Alex Lena an. „Was, sein bester Freund? Das kann doch kein Zufall sein! Was ist bei der Untersuchung herausgekommen?"

Lena Staller griff in ihre Schreibtischschublade, holte einen Ordner heraus und öffnete ihn. „Wir haben monatelang ermittelt, deshalb blieb der See auch so lange gesperrt. Experten haben den Badebereich nach Gefahrenstellen untersucht. Weder Strömungen noch Strudel, Untiefen oder Schlingpflanzen wurden in der Badebucht entdeckt. Wir konnten auch nicht feststellen oder beweisen, dass eine Beteiligung anderer Personen vorlag. Bei Mark Keller erschien es mir sogar noch eindeutiger als bei Rene. Es gab nur wenige Badegäste, die wir befragen konnten. Alle Aussagen haben übereingestimmt. Er schwamm allein im Schwimmbereich und ist plötzlich verschwunden. Nach vier Stunden haben die Rettungskräfte ihn erst gefunden."

Alex trank ihr Glas aus. „Und was ist mit dem Autopsie-Bericht? Es gab doch einen?"

Verwundert hob Lena die Augenbrauen.

„Aber natürlich! Der Gerichtsmediziner konnte nichts weiter feststellen. Todesursache Ertrinken. Die Leiche von Rene Schmitt ist gestern in die Gerichtsmedizin nach Erfurt überführt worden. Wir können nur abwarten."

„Okay und ausgerechnet jetzt ist Urlaubszeit. Da bekommen wir bis Ende nächster Woche bestimmt keinen Bericht. Ich werde morgen früh bei Dr. Wolter in der Rechtsmedizin vorbeischauen. Vielleicht kann ich ihn zu einer Sonderschicht überreden."

Fragend sah Lena auf. „Was haben Sie jetzt vor?"

Alex blätterte im Bericht des Notarztes, der den Tod von Rene Schmitt festgestellt hatte. „Ich will jetzt am See vorbeifahren und danach mit diesem Notarzt, einem Dr. Ziegler sprechen. Wenn ich es schaffe, würde ich gern noch die jungen Leute, die mit Rene am See badeten, befragen."

Lena stand auf, nahm ihre Pistole aus der gesicherten Schublade, steckte sie in den Halfter und griff nach ihrer Mütze.

„Wenn Sie nichts dagegen haben, werde ich Sie begleiten. Ich kenne mich hier sowieso besser aus als Sie."

Alex stand ebenfalls auf und folgte ihrer Kollegin.

„Okay, das Angebot nehme ich gerne an. Können Sie denn einfach hier weg?"

„Wir haben hier in der Provinz auch schon Rufumleitung!", lachte Lena und hielt ihr Handy hoch.

Kapitel 3

Die beiden Frauen fuhren mit dem BMW zum Neulinger See. Alex parkte den Wagen auf dem großen, mit Kugelahorn umsäumten Parkplatz, auf dem trotz des schönen Wetters gähnende Leere herrschte.

Der Bergsee mit seinem kristallklaren Wasser lag tief in einem schmalen Tal. Durch zwei Landzungen, die das Gewässer in der Mitte rechts und links einengten, erhielt der See die Form einer Acht. Soweit man vom Strand blicken konnte, umgaben den hinteren Bereich schroffe, mit Sträuchern und Wildblumen bewachsene Felswände, die zu den Landzungen hin abfielen. Während der vordere Bereich des Sees sich zu einer großzügig gestalteten Badebucht mit weißem Sand öffnete, gab der Schilfgürtel, der sich bis zur linken Landspitze erstreckte, dem Ort ein idyllisches Flair. Große, exotische Bäume, die man hier vor langer Zeit am Strand gepflanzt hatte, spenden an heißen Sommertagen angenehmen Schatten. Rotweiß gestreifte Bänder sperrten die Badebucht komplett ab und Schilder wiesen auf das Badeverbot hin.

Lena Staller lief voran zum Strand.

„Der See ist wohl ein Geschenk der Natur an Tampa. Bis nach dem Krieg ist hier Bergbau betrieben worden, dabei ist man auf ein Labyrinth im unteren Teil des Berges gestoßen. Doch ehe man es erkunden konnte, sind Arbeiter bei weiteren Sprengungen auf eine Wasserader gestoßen und innerhalb von ein paar Tagen ist der Steinbruch komplett vollgelaufen."

Alex holte Lena mit ein paar großen Schritten ein.

„Aber da sah es hier sicher noch nicht so aus."

Lena lachte. „Die Stadt Tampa hat die Vorlage der Natur genutzt und gleich nach der Wende Fördergelder beantragt. Dann richtig Geld in die Hand genommen und das ganze Tal rekultivieren lassen. Ich finde es sehr gelungen."

Alex nickte. „Es ist ein wunderschönes Fleckchen Erde, ein absoluter Geheimtipp. Ich bin hier schon ein paar Mal mit den Kindern zum Baden hergefahren.“

Sie blieben beide am Ufer stehen und schauten auf den See.

Alex zeigte auf die massive Absperrung im See „Soviel ich weiß, darf doch nur hier in dieser größeren Bucht gebadet werden? Im hinteren Teil des Sees ist das Baden strengstens verboten.“

Lena schaute ihre Kollegin von der Seite an. „Ja, das stimmt. Hier vorn, vom Strand aus, ist der See ziemlich flach und liegt auf einer massiven Felsplatte, während der hintere Bereich dann steil in einen tiefen Krater abgleitet. Dort ist der See zirka 30 bis 40 Meter tief. Sie sehen hier die zwei Absperrungen. Bis zu der ersten Bojenkette geht der Badebereich. Er ist nur anderthalb Meter tief. Die zweite massive Absperrung zeigt den Schwimmbereich an, da haben wir eine Wassertiefe von zirka zwei bis vier Metern. Aber Rene wurde im zehn Meter tiefen Bereich des Kraters auf einem Felsvorsprung im hinteren Teil des Sees gefunden. Wir haben hier einen Geologen, der gleichzeitig dem hiesigen Tauchverein vorsteht, Helmut Zober. Dieser erforscht schon seit Jahren den See und sein Labyrinth. Er und seine Leute, einige sind Berufstaucher, haben nach Rene gesucht und konnten sich nicht erklären, ihn so weit von der Badestelle gefunden zu haben.“

Alex nahm beide Hände über die Augen, um das grelle Sonnenlicht abzuschatten und zum gegenüberliegenden Ufer zu schauen.

„Was sind das für Leute dort ganz hinten, sehen Sie das? Sie sind sehr weit weg?“

Auch Lena schaute in die gezeigte Richtung.

„Ja, das könnten Zober und seine Leute sein. Ich bat ihn, nochmal hier in der Badebucht nach dem Rechten zu sehen. Nicht, dass am Ende doch der See unser Übeltäter ist.“

Alex bückte sich und schüttelte Sand aus ihren Schuhen. „Ich würde gern bei denen vorbeischauen. Wir kommen doch mit dem Auto hin?“, wollte sie wissen.

Lena ging bereits los.

„Kein Problem. Es führt eine kleine Allee dorthin.“

Auf der schmalen, frisch geteerten Straße dirigierte Lena Alex zum Sterngrund. Sie hielten neben Zobers VW Bus und einem großen dunklen Kombi. Durch eine von der Straße nicht einsehbare lange, enge Grotte gelangten die zwei zu einem breiten Felsvorsprung am Ufer. Alex blieb stehen und schaute sich kurz um. „So eine Felshöhle hätte ich hier gar nicht erwartet. Ich bin begeistert.“ Dann deutete sie mit der Fußspitze auf die im Felsboden eingelassene LED-Lichter, die die Grotte in ein geheimnisvolles Licht tauchten. „Und das hier, hätte ich jetzt erst recht nicht hier erwartet. Ich dachte, das ist so ein absoluter Geheimtipp?“ Lena die vorgegangen war, kam ein paar Schritte zurück. „Ja, die Strahler sind ganz neu installiert wurden. Unser Bürgermeister möchte das hier als Touristenmagnet vermarkten. Es gab zwar viele Proteste seitens der Bevölkerung, aber im Stadtrat wurde es durchgewunken.“ Schade drum, dachte Alex und folgte Lena.

Zober und seine Leute – drei weitere Taucher – zogen ein größeres Schlauchboot aus dem Wasser. Taucherflaschen und Tauchutensilien lagen auf der Böschung verstreut.

Helmut Zober, ein großer, kräftiger Mann mit graugelocktem, kurzem Haar und schwarzen Neopren-Anzug sah auf und lief den zwei Frauen entgegen.

„Hallo Frau Staller. Wir haben gerade unseren Kontrolltauchgang beendet und konnten nichts Beunruhigendes feststellen. Der See scheint keine Schuld zu haben.“

Lena reichte ihm die Hand. „Hallo Herr Zober. Da kommen wir wohl gerade recht. Das ist meine Kollegin Frau Brückner, Hauptkommissarin aus Erfurt. Sie leitet die Ermittlung.“

Mit einem sehr festen Händedruck begrüßte er Alex, die sich verkniff, die schmerzende Hand zu reiben.

„Guten Tag. Ich möchte Ihnen ein paar Fragen stellen."

Zober lächelte und nickte. „Aber natürlich, wenn ich helfen kann."

„Sind Ihnen Besonderheiten aufgefallen, die uns irgendwie bei der Ermittlung der Unglücksursache weiterhelfen könnten?", begann Alex gleich mit der Befragung.

Der Taucher zuckte mit den Schultern. „Es tut mir leid, aber mit dem See ist alles in Ordnung. Vor allem im Badebereich gibt es keine Beanstandungen."

Alex' Gedanken rotierten. Sie konnte sich nicht vorstellen, dass zwei gute Schwimmer ohne Zutun eines Dritten einfach so ertranken. Einer vielleicht, aber nicht zwei. „Haben Sie hier schon andere Taucher gesehen?"

Helmut Zober verzog sein Gesicht und lies verwundert seine Augenbraue in die Höhe schnellen.

„Nein und hier kann auch nicht jeder tauchen. Selbst wir kommen hier an unsere Grenzen. Der See ist im hinteren Bereich 40 Meter tief. Es ist viel zu gefährlich im Krater, denn durch das Labyrinth herrscht hier eine starke Strömung. Aber, wie gesagt, nur im hinteren Bereich des Sees, vorn am Strand kann man auch ungefährdet schnorcheln. Selbst wir Profis gehen nur in der Gruppe in den Krater oder in das Labyrinth runter, um uns gegenseitig abzusichern. Wer hier tauchen will, muss eine Genehmigung beim Landratsamt einholen."

Alex überlegte kurz. Sie beobachtete, wie sich zwei Taucher halfen, gegenseitig ihre Neopren-Anzüge auszuziehen. Ein Dritter hantierte noch am Schlauchboot.

„Und Ihre Taucherausrüstung? Ist die irgendwie gesichert oder kommt da jeder ran?"

„Natürlich ist die Ausrüstung in unserem Vereinsheim eingeschlossen und nur mein Stellvertreter Karl Benke und ich, das ist der Blonde dort am Boot, haben einen Schlüssel für das Objekt. Für meine Leute lege ich meine Hand ins Feuer." Er deutete auf jeden einzelnen.

„Das ist Elmar Schreiber und der andere ist Winfried Zeutschel. Beide sind Berufstaucher und sehr erfahren. Die zwei anderen Kollegen sind zurzeit im Urlaub."

Alex lächelte ihn an. „Ich hätte trotzdem von Ihnen eine aktuelle Mitgliederliste und auch die Namen der Leute, die aus Ihrem Verein ausgeschieden sind."

Helmut Zober nickte verwundert. „Okay, die lasse ich Ihnen zukommen." Alex bedankte sich. „Wenn Sie noch Fragen haben, stehe ich Ihnen jeder Zeit zur Verfügung", ergänzte Helmut Zober und verabschiedete sich. Die zwei Frauen fuhren zurück nach Tampa. Lena schaute Alex an.

„Sie glauben nicht an einen Unfall?"

Alex schüttelte den Kopf. „Nicht bei allen beiden."

Kurz vor dem Ortseingang fragte Alex Lena nach ihrem Dienstschluss. „Ich würde heute gern noch mit dem Notarzt sprechen. Wissen Sie, wo ich den jetzt noch erreichen kann?"

Lena schaute auf die Uhr. Es war schon später Nachmittag. „Eigentlich ist schon Schicht im Schacht, aber wenn wir Glück haben, treffen wir Dr. Ziegler noch in seiner Praxis in der Poliklinik an. An der nächsten Kreuzung bitte links abbiegen auf die Hauptstraße Richtung Gotha, ein paar Meter hin rechts liegt gleich die Klinik, das große gelbe Gebäude."

Das Display im Wagen zeigte bereits kurz vor 17 Uhr an und immer noch 29 Grad. Alex musste eigentlich erst daheim anrufen. Zu Hause würden die Zwillinge bestimmt schon auf sie warten. Sie hoffte, dass Lisa ihrer Aufgabe nachkam und sich um die zwei Jungs kümmerte.

Sie parkten vor der Klinik. Der Parkplatz sowie das Wartezimmer der Praxis waren trotz der späteren Stunde noch gut besucht. Am Tresen hantierte eine ältere Schwester und schaute über ihre Brille den beiden Frauen entgegen. Als sie Lena Staller erkannte, hellte sich ihre Miene sichtlich auf.

„Guten Tag Lena. Schön, dass du mal wieder vorbeischaust. Was kann ich denn für dich tun?“

Lena lächelte ebenfalls und legte ihren Unterarm auf den Tresen. „Hallo Renate, wir kommen heute dienstlich. Das ist meine Kollegin Frau Brückner. Wir müssten unbedingt mit Dr. Ziegler sprechen. Ich sehe, das Wartezimmer ist voll, aber es dauert nicht lange. Könntest du uns schnell dazwischenschieben?“

Die Schwester blinzelte auch Alex freundlich zu. „Na klar. Wenn die Patientin rauskommt, huscht ihr schnell rein. Ach, da kommt sie schon.“

Lena winkte nochmal dankend über den Tresen. Alex klopfte kurz an die offene Tür und beide Frauen traten in das Behandlungszimmer.

Der Arzt saß an seinem Behandlungstisch und sah erstaunt auf. Der große stämmige Mann mit Halbglatze und breitem freundlichem Gesicht erkannte die Polizistin sofort. „Ach Lena, so spät noch unterwegs? Was führt dich denn zu mir?“ Dr. Ziegler stand auf und reichte Lena, dann Alex die Hand. „Ihr kommt sicher wegen Rene Schmitt. Über diese Sache habe ich mir auch schon den Kopf zerbrochen. Nehmt doch Platz.“

Die Frauen setzten sich und Lena stellte ihre Kollegin vor. Alex übernahm das Gespräch.

„Doktor, Sie waren der Notarzt am letzten Samstag am Neulinger See und haben die erste Leichenschau bei Rene Schmitt übernommen. In ihrem Protokoll und im Totenschein haben Sie eine unnatürliche Todesart angegeben. Können Sie das näher erläutern?“

„Ich bin am Wochenende für eine Kollegin beim Notdienst eingesprungen und wir wurden am Samstagabend zum See gerufen. Rene verschwand beim Schwimmen ganz plötzlich, was mich schon sehr stutzig machte. Ich kenne Rene schon seit Kindesbeinen an. Er war ein fabelhafter Schwimmer und ein ganz liebenswerter junger Mann. Mit ihm habe ich schon mehrere Rettungseinsätze erlebt. Er bewegte sich im Wasser wie ein Fisch. Wasser war sein Element. Ich hatte also berechtigte Zweifel an einer natürlichen Todesursache. Helmut Zober und seine Leute wurden angefordert und haben ihn erst nach elf Stunden oberhalb des Kraters gefunden, allerdings mit Nachtunterbrechung. Rene hat kopfüber in der Felswand gehangen. Keiner weiß, wie er dorthin kam."

Er strich sich mit der Hand über die Stirn.

„Er ist sichtlich ertrunken und ich konnte Hämatome an Armen und Beinen feststellen. Aufgefallen sind mir die Abschürfungen um das linke Fußgelenk, an den Unterarmen und an den Händen. Ich habe sofort die Polizei verständigt."

Alex nahm sich ihr Notizbuch aus der Tasche, um einige Angaben mitzuschreiben. „Haben Sie eine Vermutung, was die Abschürfungen verursacht hat?"

Der Arzt zuckte mit den Schultern. „Da kann ich nur spekulieren. Vielleicht ein Seil oder eine Kette von einer Boje oder von einem Schlauchboot oder der Absperrung zwischen den Bojen. Ich weiß es nicht."

Alex notierte dies in ihr Buch und machte ein großes Fragezeichen dahinter. „Okay, Doktor Ziegler, da wollen wir Sie nicht länger aufhalten. Da draußen warten noch viele Patienten auf Sie. Vielen Dank und sollte Ihnen noch etwas einfallen, bitte rufen Sie mich an." Sie legte ihre Karte auf den Tisch und beide Frauen verabschiedeten sich.

Jede in ihre Gedanken versunken liefen sie zum Auto. Lena blieb plötzlich stehen. „Die Abschürfungen an den Gliedmaßen von Rene werfen doch erstmal viele Fragen auf. Da könnte man jetzt doch von Fremdeinwirkung ausgehen?"

Alex blieb ebenfalls stehen. „Ja, das glaube ich auch. Wir müssen sein Umfeld nochmal prüfen. Und wir brauchen den Autopsie-Bericht. Darum werde ich mich gleich morgen früh kümmern. Heute machen wir erst einmal Schluss. Außerdem muss ich mich in den Fall erst einlesen. Das wird heute meine Bettlektüre werden.“

Alex deutete mit der Hand auf den Rücksitz ihres Wagens. Hier lagen die Akten von Mark Keller und Rene Schmitt.

Lena lief um den Wagen herum. „Na dann viel Spaß!“

Bevor sie in das Auto stieg, rief Alex schnell ihre Kinder an. Leon meldete sich. Er schaute mit Tim gerade die „Die Simpsons“. „Mama, ich habe beim Pizzamann die große Familienpizza bestellt, die kommt jetzt gleich. Wir heben dir auch ein Stück auf. Nur Lisa bekommt nichts, sie ist noch nicht da.“ Alex nervte es, dass sie sich nicht mehr auf ihre Tochter verlassen konnte. Sie versicherte Leon in einer Stunde daheim zu sein.

Den Vorschlag, Lena am Polizeirevier abzusetzen und die weiteren Ermittlungen auf morgen zu verschieben, nahm ihre Kollegin gerne an.

Die schwüle, drückende Hitze, die auch am Abend noch vorherrschte, machte Alex schwer zu schaffen. Sie fühlte sich müde und abgespannt, als sie ihren Wagen in der Einfahrt parkte. Tim öffnete ihr die Tür. Er trug immer noch seine Tennissachen.

„Hey Mama, wir haben dir noch ein bisschen Pizza übrig gelassen.“

Alex trat in den Flur. Sie ließ die Akten auf das Sideboard fallen, warf ihre Tasche über das Treppengeländer, zog ihre Schuhe aus und gab den Zwillingen einen Kuss auf die Stirn. Erschöpft ließ sie sich in den Sessel fallen. Leon stopfte gerade ein Stück Schokolade in sich hinein. „Mama, du hast heute deinen ersten Fall bekommen. Ist der spannend?“

Alex musste kurz überlegen. „Ja, er ist mysteriös, aber auch traurig. Ich darf darüber nicht reden, Dienstgeheimnis. Ist denn Lisa endlich da?"

Leon brüllte mit vollem Mund. „Ja, Lisa ist in ihrem Zimmer, aber total schlecht gelaunt."

Alex hörte von oben die dumpfen Klänge. Ein sicheres Zeichen, dass ihre Tochter doch noch den Weg nach Hause gefunden hatte. Tim schlang von hinten seine Arme um seine Mutter. „Ach sei nicht traurig, kleine Mama."

Alex musste laut lachen. Sie gab Tim einen Kuss, legte die Füße hoch und aß genüsslich ein Stück von der kalten Pizza.

Kapitel 4

Als Alex erwachte, ließ die aufgehende Sonne ihre ersten Strahlen durch das bodentiefe Fenster gleiten. Sie schob die Akten beiseite und richtete ihren verspannten Körper auf. Sie lag noch immer auf dem Sofa, auf dem sie beim Lesen der Akten gestern Abend eingeschlafen sein musste. Erst eine kühle Dusche brachte sie wieder in Schwung. Sie bereitete das Frühstück für die Kinder vor, machte sich einen Kaffee und schaute sich nochmals die Unterlagen an. Der Autopsie-Bericht von Mark Keller erweckte ihre Aufmerksamkeit. Zwar konnte man bei ihm keine Schürfwunden wie bei Rene feststellen, aber an seinen Unterschenkeln diagnostizierte die Gerichtsmedizinerin alte und neue Hämatome. Nun ja, es handelte sich hier um einen leidenschaftlichen Fußballer, der laut Aussage seiner Freundin, bevor er schwimmen gegangen war, mit ein paar Jungen am Strand barfuß Fußball gespielt hatte. Somit ließen sich die Hämatome erklären. Wenn man alle Tatsachen und Ermittlungsergebnisse verglich, konnte man abschließend sagen, dass es sich beim Tod von Mark Keller um ein Unglück handelte, wäre da nicht die Sache mit Rene.

Alex hörte einen Wecker klingeln. Das Haus füllte sich mit Leben. Oben gab es Streit ums Bad. Lisa kam wütend die Treppe herunter, lief an Alex vorbei, verschwand im kleinen Gästebad und knallte die Tür hinter sich zu. Die Jungs kamen nacheinander zum Frühstück. Alex goss Kakao ein. Tim und Leon, die eineiigen Zwillinge, sahen sich zum Verwechseln ähnlich und ihrem Vater wie aus dem Gesicht geschnitten. Sie liebten ihre coole Surferfrisur. Während Leon, ständig mit Essen beschäftigt, sich für alle Sportarten begeistern konnte, ging Tim, der Besonnene von beiden, im Tennis auf.

„Ich habe euch eure Frühstücksdosen und euer Taschengeld hergelegt."

Leon plärrte mit vollem Mund. „Wir wollen ab heute eine Taschengelderhöhung beantragen. Papa hat gesagt, bei ihm würden wir mehr bekommen."

Alex setzte sich an den Tisch.

„Eine Taschengelderhöhung hattet ihr erst an eurem Geburtstag und ihr könnt euch gern noch etwas dazuverdienen. Der Garten ist mal wieder fällig. Wie wäre es mit ein bisschen Hilfe?"

Leon maulte und pustete Luft aus seinen Wangen. Tim legte seine Hand auf ihre Schulter. „Ich helfe dir, aber heute und morgen muss ich nachmittags zum Training."

Alex tätschelte seine Hand.

„Okay, aber die nächsten zwei Tage habe ich auch keine Zeit. Ich habe da eher an das Wochenende gedacht. Übrigens heute Abend kommt Papa vorbei."

Die Jungs jubelten. Leon machte Tim ein Zeichen.

„Da kann er sich den neuen Lego-Kran angucken, toll!"

Lisa kam aus dem Bad. Sie trug ein schwarzes Kleid und knielange schwarze Plateaustiefel. Ihr weiß gepudertes Gesicht mit den schwarz umrandeten Augen und den dunkelroten geschminkten Lippen erinnerte Alex an eine schöne Maske. Ihre langen schwarzen Haare trug sie mit einem Samtband zum Zopf gebunden. Beeindruckt von ihrer Tochter biss sich Alex auf die Lippen. *Du wirst jetzt nichts dazu sagen. Das ist ganz normal, du bist eine tolerante Mutter.*

Lisa setzte sich an den Tisch. „Morgen."

„Guten Morgen, möchtest du auch Kakao?" Lisa nickte.

„Wo warst du gestern Abend? Ich bat dich doch darum, pünktlich zu Hause zu sein und für euch drei das Abendbrot zu machen."

Leon rief mit vollem Mund.

„Die Lisa hat 'nen neuen Freund, der heißt Felix."

„Alte Petze!", zischte Lisa ihren Bruder an.

„Er wollte mich gestern nach Hause fahren und unterwegs ist das Auto stehen geblieben."

Alex horchte auf. „Auto? Er hat schon ein Auto? Wie alt ist er denn und wo wohnt er?"

Lisa schmollte schon wieder. „Er ist 19 und er fährt sehr gut Auto."

Alex rechnete nach. „Da ist er ja 4 Jahre älter als du."

„Das ist doch nicht schlimm. Wie du und Papa. Außerdem wohnt er in Tampa."

Alex zuckte zusammen. „Was? Da ermittle ich gerade!"

Lisa schaute erstaunt auf. „Etwa wegen des ertrunkenen Mannes am See? Das ist der Freund von Felix' Bruder gewesen."

„Wie heißt denn der Bruder?"

Lisa überlegte kurz. „Ich glaube Robert Zimmermann."

Alex stand auf und suchte eine Liste in den Akten. Tatsächlich, dieser Name tauchte in der Freundesliste von Rene Schmitt auf.

„Okay, ich möchte dich bitten, dich von Tampa erst einmal fernzuhalten, vor allem von dem See. Bitte versprich es mir."

Lisa starrte ihre Mutter an. „Aber der See ist doch eh gesperrt."

„Lisa, ich bitte dich. Wir wissen noch nicht, warum der junge Mann dort gestorben ist. Ich möchte nicht, dass du dort bist, hast du mich verstanden?"

Lisa nickte.

„Außerdem möchte ich, dass du heute Abend zu Hause bist, da kommt Papa vorbei. Er möchte euch gern sehen", betonte Alex. „So und jetzt alle ab in die Schule."

Eine Stunde später betrat Alex die Gerichtsmedizin und musste erst ein ganzes Weilchen suchen, ehe sie die junge Assistentin von Dr. Wolter fand. Eigentlich nannten ihn alle nur Doc Brown, weil er dem Schauspieler Christopher

Lloyd aus dem Filmklassiker „Zurück in die Zukunft" wie ein Ei dem anderen glich.

„Guten Morgen Frau Michaelis, ich suche eigentlich den Doc."

Die junge Frau unterbrach ihre Arbeit und kam auf Alex zu. „Ach Frau Brückner, das tut mir leid, aber Doc Brown ist im Einsatz."

Alex konnte ihre Enttäuschung kaum verbergen. „Wissen Sie, ob er schon mit der Autopsie an Rene Schmitt begonnen hat?"

Carmen Michaelis lachte laut auf.

„Sie meinen die Wasserleiche aus Tampa? Wo denken Sie hin? Bestimmt nicht! Wir sind total unterbesetzt. Zurzeit stapeln sich die Leichen bei uns. Es ist Urlaubszeit und zwei Kollegen sind diese Woche wegen Krankheit ausgefallen. Heute ist außer mir nur noch Frau Dr. Kiesewalter da."

Alex horchte auf. An eine Frau Dr. Kiesewalter konnte sich Alex erinnern, sie wurde im Obduktionsbericht Keller erwähnt und führte vor einem Jahr die Autopsie an Mark durch.

„Oh, die Frau Doktor würde ich gerne sprechen."

Frau Michaelis deutete auf eine Tür und grinste. „Da können Sie gleich durch. Sie obduziert gerade. Bis dann."

Alex bedankte sich und betrat den Nebenraum. Ein unerträglicher Gestank schlug ihr entgegen. Die Gerichtsmedizinerin glich einem operierenden Chirurgen in grüner OP-Kleidung. Selbst der Mundschutz fehlte nicht. Sie stand über ein verwestes Skelett gebeugt und sammelte mit einer Pinzette kleine Teile in eine Petrischale. Als Alex näherkam, sah sie, dass es sich um Maden handelte.

„Doktor, mein Name ist Alexandra Brückner, die neue Hauptkommissarin. Kann ich Sie kurz sprechen?"

Maria Kiesewalter schaute auf, legte die abgedeckte Schale und die Pinzette beiseite. Als sie sah, dass Alex mit ihrem

Brechreiz kämpfte, winkte sie ihr zu, ihr zu folgen. Sie verließen den Raum durch eine Schwingtür und atmeten die frische Luft durch das offene Fenster ein.

„Ja, das ist schon gewöhnungsbedürftig. Aber ich brauchte jetzt auch mal 'ne Pause."

Die Gerichtsmedizinerin zog ihre Handschuhe aus, legte den Mundschutz ab und begrüßte Alex. „Ich habe schon von Ihnen gehört, Frau Brückner. Ich finde es sehr mutig, sich alleinerziehend mit drei Kindern ins Berufsleben zurück zu kämpfen."

Alex winkte ab. „Es ist wirklich nicht so einfach, alles unter einen Hut zu bekommen. Es muss halt gehen. Aber wissen Sie, warum ich da bin? Sie haben vor einem Jahr die Autopsie an Mark Keller vorgenommen. Können Sie sich noch daran erinnern?"

„Aber natürlich, sehr gut sogar! Es tat mir leid um den Jungen. Außerdem habe ich die Akte für den Chef bereitgelegt, als ich von dem zweiten Unfall gehört habe."

Alex trat an Frau Kiesewalter heran. „Die Hämatome an Marks Unterschenkeln und Füßen. Konnten Sie eine Ursache feststellen?"

„Nein, der Junge war Fußballer. Einige Hämatome entstanden kurz vor seinem Tod, aber es gab auch ältere Blutergüsse. Er spielte noch am Stand barfuß mit ein paar Freunden Fußball. Was für ein Schlag, Tritt, Stoß oder ähnliches ihm widerfahren war, konnte man im Einzelnen nicht mehr nachvollziehen."

Alex überlegte kurz. „Und wie können Sie sich sein Ertrinken erklären? Es handelte sich schließlich um einen guten Schwimmer und einen durchtrainierten Sportler."

Dr. Kiesewalter beugte sich etwas nach vorn, als wollte sie Alex ein Geheimnis anvertrauen.

„Wissen Sie, Frau Brückner, Ertrinken ist sehr oft ein lautloses Ereignis. Der Körper ist plötzlich völlig erschöpft.

Nur wenige Menschen haben noch die Kraft, um Hilfe zu rufen oder mit Händen und Füßen um sich zu schlagen und sich bemerkbar zu machen. Man ist sozusagen bewegungsunfähig. Gefährlich wird es erst, wenn man mit vollem Bauch zum Schwimmen geht. Der Organismus ist dann voll mit der Verdauung beschäftigt und es bleibt dann nicht mehr genug Energie, die für die Muskeln gebraucht wird. Man ist sozusagen zu schwach für die Muskelarbeit. Und das kann dem besten Sportler passieren. Wenn ich mich richtig erinnere, konnte ich bei Mark einen ziemlich vollen Magen diagnostizieren und sogar 1,2 Promille im Blut."

Alex beeindruckte ihr Vortrag. Sie dachte automatisch an die Strandtage mit den Zwillingen, die es nach dem Essen, trotz Ermahnungen, so schnell wie möglich wieder ins Wasser gezogen hatte.

„Kann ich Ihnen einen Kaffee anbieten?"

Die Ärztin riss sie aus ihren Gedanken.

„Oh, danke, aber ich bin schon spät dran. Ein anderes Mal gern. Vielen Dank für Ihre Ausführungen, Sie haben mir sehr geholfen. Nehmen Sie die Autopsie von Rene Schmitt auch vor?"

Maria Kiesewalter schüttelte den Kopf. „Ich nehme an, den Jungen obduziert der Chef höchstpersönlich. Ich habe gehört, dass es sich bei Mark und Rene um Freunde handelte. Das ist aber schon ein merkwürdiger Zufall?"

Alex stimmte ihr zu. „Ja, ich glaube nur nicht an Zufälle, deshalb brauche ich den Befund sehr dringend."

Die Ärztin nickte. „Verstehe. Ich werde dem Doc Bescheid sagen."

Die beiden Frauen verabschiedeten sich.

Nach einem kurzen mündlichen Bericht bei Jochen Ackermann schaute Alex bei Regina Wegener vorbei und bat sie, das Umfeld von Rene Schmitt abzuchecken und alles Relevante herauszusuchen.

Kapitel 5

Alex stieg in ihren Wagen und quälte sich durch den morgendlichen Verkehr. Ihr kam es vor, als würde Erfurt jeden Tag eine neue Baustelle dazubekommen. Auch auf der Landstraße nach Tampa stand sie öfter im Stau. Die Klimaanlage gab ihr Bestes. Heute schien wieder ein heißer Tag zu werden.

Ihre Kollegin Lena Staller hatte schon alle Fenster aufgerissen, um die Wärme vom Vortag entweichen zu lassen. Sie saß an ihrem Schreibtisch und lächelte.

„Guten Morgen Frau Kollegin."

„Hallo Frau Staller, haben Sie gut geschlafen bei der Hitze?"

Alex gab Lena die Hand. „Na, es ging bei weit geöffnetem Fenster und bei Ihnen? Hatten Sie Glück in der Rechtsmedizin?"

Alex zuckte mit den Schultern. „Wie man's nimmt. Doc Brown war mit seinem Team im Einsatz, aber ich konnte mit Frau Dr. Kiesewalter sprechen, die vor einem Jahr die Obduktion an Mark Keller durchgeführt hatte. Sie konnte einen Unfall bei ihm nicht ausschließen. Es wird schwierig, hier noch etwas beweisen zu können. Also müssen wir uns komplett auf Rene konzentrieren."

Lena kramte zwei Flaschen aus ihrer Tasche und drückte ihr eine davon in die Hand. „Erst mal was zur Stärkung."

Alex starrte auf die giftgrüne Flasche. „Was ist das?"

„Ein Smoothie mit Brennnessel, Giersch, Rote Bete, Gurke und Banane. Total gesund!", strahlte Lena und fing an, ihre Flasche wie ein Shake zu schütteln.

Alex nahm zwei Schlucke. Der süßlich bittere Saft rann ihr langsam durch die Kehle. Sie nickte anerkennend.

„Sehr interessant. Den Rest hebe ich mir für später auf, vielen Dank." Sie drehte das Fläschchen wieder zu und stellte es beiseite.

„Ich würde heute gern die Freunde von Rene befragen und als erstes Robert Zimmermann. Kann man Sie hier entbehren?“

Lena trank genüsslich ihren grünen Smoothie aus und erhob sich von ihrem Drehstuhl. „Ich denke schon. Es ist Urlaubszeit und im Moment nicht viel los. Ich stelle die Rufumleitung ein. Übrigens, alle beteiligten Familien wohnten in der Neuen Siedlung von Tampa.“

Die zwei Frauen machten sich auf den Weg, während Lena erläuterte.

„Das Baugebiet ist 1995 erschlossen worden. Es sind insgesamt 38 Einfamilienhäuser. Der Stadtrat möchte in den nächsten Jahren die Siedlung um weitere 16 Bauplätze erweitern. Mein Freund und ich haben uns auch um einen Bauplatz beworben.“

Sie hielten vor dem Haus der Zimmermanns. Auf ihr Klingeln öffnete eine ältere Frau. Alex hielt ihr ihren Ausweis hin.

„Guten Tag, mein Name ist Alexandra Brückner, Hauptkommissarin. Das ist meine Kollegin Lena Staller. Wir würden gern mit Robert Zimmermann sprechen.“

Frau Zimmermann nickte freundlich.

„Da haben Sie Glück, mein Sohn ist gerade ein paar Tage auf Urlaub. Normalerweise wohnt er in Jena. Sie kommen bestimmt wegen Rene. Was für eine Tragödie, Robert ist noch sehr mitgenommen. Und die Eltern tun mir so leid. Aber kommen Sie doch rein. Wir sitzen alle gerade auf der Terrasse beim Frühstück.“ Sie lief voraus und führte die beiden Frauen durch einen schalen Gang, anschließend durch eine sehr aufgeräumte, in Eiche rustikal gehaltene Küche, auf die Terrasse.

„Kann ich Ihnen einen Kaffee anbieten?“

Die Frauen lehnten dankend ab. Auf der Terrasse saß die Familie beieinander. Herr Zimmermann, ein hoch gewachsener Mann im sportlichen Hausanzug, erhob sich und begrüßte sie beide. Auch Felix und Robert gaben die Hand. Robert erreichte fast die Größe seines Vaters. Ein gepflegter Bart und ein modischer Kurzhaarschnitt ließen ihn sehr attraktiv wirken. Sein jüngerer Bruder Felix, einen Kopf kleiner, trug sein dunkles Haar zu einem Zopf gebunden. Eine starke Ähnlichkeit mit ihrem Vater konnte man bei Brüdern nicht übersehen.

Alex musterte Felix. Barfuß, in seiner halblangen Jeans und dem sportlichen T-Shirt erinnerte er sie an die coolen Surferboys vom letzten Strandurlaub. Ja, ein hübscher Bursche, sie teilte Lisas Geschmack. Dann richtete sie ihren Blick auf Robert.

„Wir würden Sie gern zum Tod von Rene Schmitt befragen. Können wir uns ungestört irgendwo unterhalten?"

„Ja, wir können in die Stube gehen. Ich geh mal vor." Robert erhob sich und führte die Frauen in ein aufgeräumtes Wohnzimmer und bot ihnen einen Platz auf der breiten Couch an. Er selbst setzte sich auf den Sessel gegenüber. Familienbilder auf dem Sideboard und an den Wänden zeigen ein inniges Verhältnis der einzelnen Familienmitglieder zueinander.

Alex übernahm sofort das Gespräch.

„Mit Rene verband Sie eine starke Freundschaft. Sie verabredeten sich am Samstag mit ihm und ein paar Freunden am Neulinger See. Was ist da passiert?"

Robert antwortete ein wenig genervt. „Aber das habe ich doch schon alles der Polizei erzählt."

Lena griff ein. „Ja, das wissen wir, aber wir untersuchen den Fall nun intensiver und uns interessiert jedes Detail."

„Naja, ich rief Rene an und fragte ihn, ob wir mal wieder etwas zusammen unternehmen wollen. Seit ich in Jena bin, habe ich meine Kumpels eine Ewigkeit nicht mehr gesehen. Er sagte gleich zu, ein paar Leute zusammen zu trommeln und schlug mir den See als Treffpunkt vor. Besseres Wetter konnte man sich nicht wünschen. Ralf Bertholz, Silke Wahl und Melanie Weber, alles Schulkameraden von uns, sie freuten sich ebenfalls, mit von der Partie zu sein. Es war sehr voll am Strand. Bei der Hitze hielten wir uns fast nur im Wasser auf. Silke brachte einen riesigen Picknickkorb mit und wir quatschten über alte Zeiten. Nach dem letzten Baden wollte Rene noch allein ein paar Runden im Schwimmbereich schwimmen. Wir anderen zogen uns auf ein schattiges Plätzchen unter der großen Platane zurück. Melanie bemerkte als erste, dass Rene plötzlich nicht mehr zu sehen war."

Robert hielt inne und konnte einen Augenblick nicht weiterreden. Alex betrachtete den jungen Mann. Es schien ihm wirklich sehr nahezugehen, seinen Freund verloren zu haben.

„Hielten sich an diesem Tag noch andere Leute im Schwimmbereich auf?", wollte sie wissen.

„Mir fiel noch ein älterer Herr an der anderen Strandseite auf. Aber soweit drüben kann es sein, dass er überhaupt nichts mitbekam."

Lena fragte leise. „Und, was ist dann passiert?"

Aufgewühlt kämpfte Robert mit seinen Tränen.

„Alle sind aufgesprungen, auch andere Leute. Wir suchten den See und den Strand ab. Rene blieb verschwunden. Ein paar Männer, Ralf und ich sind in den Schwimmbereich getaucht, um das Wasser abzusuchen, aber wir konnten ihn einfach nicht finden. Der ältere Herr, ich glaube, es handelte sich um einen alten Lehrer aus unserer ehemaligen Schule, alarmierte die Rettungskräfte. Die Taucher haben ihn erst am nächsten Morgen gefunden."

Traurig ließ er seinen Kopf nach unten sinken. Alex beugte sich etwas nach vorn. „Bitte beruhigen Sie sich, Herr Zimmermann. Ich habe auch nur noch eine Frage.

Können Sie sich vorstellen, dass jemand Rene etwas Böses wollte? Können Sie Rache ausschließen? Gibt es Feinde oder gar Neider?"

Robert starrte Alex sekundenlang an. „Rene doch nicht! Ich kannte keinen besseren Kumpel. Er verstand sich mit allen gut, war immer hilfsbereit und alle mochten ihn."

Alex verstand. „Vielen Dank, Herr Zimmermann, Sie haben uns sehr geholfen. Wenn Ihnen noch etwas einfällt und ist es noch so eine Kleinigkeit, bitte rufen Sie mich an."

Sie gab ihm ihre Karte. Lena drehte sich beim Gehen noch mal zu ihm um. „Ach Robert, können Sie mir sagen, wo wir die anderen drei jetzt finden?"

Robert überlegte. „Bei Ralf werden Sie kein Glück haben, der ist mit seinem Kumpel sechs Wochen nach Australien. Silke studiert in Leipzig. Aber Melanie ließ sich krankschreiben. Das mit Rene ist ihr ziemlich nahe gegangen. Sie finden sie bestimmt bei ihrer Oma, der alten Frau Weber. Das ist hier gleich in der Nebenstraße."

Lena gab Robert die Hand.

„Vielen Dank nochmal."

Die beiden Frauen hielten im Buchenweg, Nummer 6.

Die alte Dame schien einen grünen Daumen zu haben. Ihr Vorgarten stand in voller Blüte. Auf Lenas Klingeln hin öffnete eine junge Frau mit langem blonden Haar und blassem Gesicht. Alex trat ein Schritt nach vorn.

„Guten Tag. Ich bin Hauptkommissarin Alexandra Brückner, sind Sie Melanie Weber?"

Sie nickte. Alex deutete auf Lena. „Das ist meine Kollegin Polizeihauptmeisterin Lena Staller. Wir möchten Ihnen noch ein paar Fragen zu Rene Schmitt stellen."

Melanie nickte abermals und trat zu Seite.

Im Haus schien sich das florale Flair fortzusetzen, überall standen Blumen und Grünpflanzen. Aus der Küche kam eine ganz in Creme gekleidete ältere Dame und schaute ihre

Enkelin fragend an. Melanie blieb stehen und stellte ihrer Großmutter die beiden Frauen vor. „Sie kommen von der Polizei wegen Rene. Das ist meine Oma Lieselotte Weber."

Alex und Lena reichten ihr die Hand und ließen sich in das Wohnzimmer führen.

„Wow, Sie haben hier wunderschöne Pflanzen und Ihre Blumen sind eine Pracht." Alex sah sich begeistert in den hellen, geschmackvoll eingerichteten Raum um. „Ich habe dafür leider kein Händchen, wirklich wunderschön."

Frau Weber freute sich über das Kompliment und bat sie, am Esstisch Platz zu nehmen. „Ich bin von Beruf Floristin und mein Mann Landschaftsgärtner. Wir arbeiteten fast 30 Jahre in unseren eigenen Blumenladen, da steckt das hier noch drin. Kann ich Ihnen etwas zu trinken anbieten? Tee, Kaffee, Wasser?"

Alex und Lena entschieden sich für einen Kaffee und Frau Weber verschwand wieder in der Küche. Alex bewunderte die wunderschönen Orchideen, bevor sie sich an Melanie wandte.

„Melanie, Sie und ein paar Freunde trafen sich mit Rene Schmitt vergangenen Samstag am See. Bitte schildern Sie uns nochmal die Ereignisse."

Die junge Frau zögerte und unterdrückte sichtlich angestrengt aufkommende Tränen.

„Robert rief am Freitagnachmittag an. Ich freute mich riesig über diesen Anruf, da ich ihn schon eine Ewigkeit nicht mehr gesehen hatte. Er lebt jetzt in Jena. Auch Rene war froh, wieder mal ein Wochenende zu Hause zu sein, da er sonst in Erfurt studiert. Er schlug vor, dass wir uns am See treffen. Dort spielten wir schon immer als Kinder. Ich telefonierte dann noch mit Ralf und Silke und beide sind auch gern mitgekommen. Wir lachten viel..." Melanie brach den Satz ab und kämpfte wieder mit den Tränen.

Alex fragte leise. „Ist Ihnen etwas oder jemand aufgefallen, was Ihnen merkwürdig vorkam?"

Melanie schüttelte den Kopf. „Rene verschwand einfach. Ich schaute ihm vorher eine Weile beim Schwimmen zu, dann lenkte mich Silke durch eine Frage ab. Als ich wieder auf das Wasser schaute, konnte ich Rene nirgendwo mehr sehen."

Melanie fing an zu weinen. Lena zog aus ihrer Hosentasche eine Packung Tempos und reichte Melanie ein Taschentuch. Alex beugte sich vor und legte beruhigend die Hand auf den Arm der jungen Frau.

„Bitte Melanie, haben Sie eine Ahnung, warum Rene das zugestoßen ist?"

Die junge Frau schüttelte den Kopf. „Meine Oma sagt immer, dass es der alte Fluch sei, der auf der Siedlung liegt."

„Was für ein Fluch?", wunderte sich Alex.

Frau Weber trat mit einem Tablett in das Wohnzimmer.

„Es ist der Fluch, den die alte Kobenstein damals im Steinbruch aussprach, als ihr Junge umkam. Sie verfluchte die ganze Siedlung, vor allem die Kinder. Vergangenes Jahr traf es Mark und jetzt Rene. Und das sind nicht die letzten."

Sie stellte die Tassen mit Kaffee, Sahne, Zucker und eine Schale Kekse auf den Tisch. „Tampa ist nicht gut für Kinder. Ich bin froh, wenn Melanie nächste Woche wieder in Erfurt ist, ich habe sonst kein gutes Gefühl."

Alex wollte es genauer wissen. „Was ist denn das für ein Fluch?"

Frau Weber schaute Lena an. „Aber Sie, Frau Staller, müssten es doch wissen. Sie waren doch damals als junge Polizistin schon bei uns."

Alex schaute zu Lena. Die gab ihr mit den Augen ein Zeichen, dass sie sich an diesen Fall erinnerte.

„Ja, ich weiß, was Sie meinen, Frau Weber. Ich erinnere mich an diesen Tag. Ein Notruf ließ am späten Nachmittag unser gesamtes Team ausrücken. Man fand die Leiche des geistig behinderten Elias im Steinbruch nahe der Abbruchkante. Aber soviel ich weiß, befindet sich die Mutter des Jungen im Pflegeheim und seine Brüder leben nicht mehr hier in Tampa."

„Ja, das stimmt." Frau Weber tat etwas Milch in ihren Kaffee. „Die alte Kobenstein ist verrückt geworden, als ihr Jüngster starb. Keiner in der Siedlung gab es zu, aber alle Nachbarn schienen heilfroh zu sein, dass es den Jungen nicht mehr gab. Das ewige Geschrei konnte doch keiner aushalten. Das stimmt doch Frau Staller?"

Lena nickte kurz. Ihr war das Gespräch sichtlich unangenehm. Sie trank ihren Kaffee aus und erhob sich. Verwundert folgte Alex ihr. Sie verabschiedeten sich und verließen das Haus. Im Auto konnte Alex nicht mehr an sich halten. „Was hat es denn mit diesem Fluch auf sich?"

Lena verzog das Gesicht. „Das ist 'ne ganz alte, leidige Geschichte, bestimmt schon über 17 Jahre her. Ich erzähle Sie Ihnen beim Mittag, mir ist ganz flau. Auf dem Marktplatz gibt es einen guten Italiener."

Alex schaute auf die Uhr, gleich 13 Uhr. Sie verspürte ebenfalls Hunger.

„Ok, ich bin dabei."

Kapitel 6

Das kleine italienische Restaurant mit seiner einladenden Terrasse befand sich mitten auf dem neugestalteten Marktplatz. Alex und Lena nahmen unter einem großen Sonnenschirm Platz. Von hier aus konnten sie den gesamten Markt überblicken, den liebevoll restaurierte Fachwerkhäuser umrahmten. In den kleinen Läden herrschte geschäftiges Treiben. Bänke und modern gestaltete Sitzgelegenheiten fügten sich gekonnt zwischen gepflanzte Kugelahornbäume, große bunte Blumenkübel sowie die mit Gräsern und Blumen gestalteten Rabatten ein. Den Mittelpunkt des Platzes zierte ein prächtiger Brunnen, dessen Bronzefiguren mehrere spielende Kinder darstellten.

Die beiden Frauen ließen die Karte kommen und die Charmeattacke des netten italienischen Kellners auf sich wirken. Auf die zwei Nudelgerichte mussten sie nicht lange warten. Während des Essens fing Lena an zu erzählen.

„Ich kam ganz frisch von der Polizeischule nach Tampa. Damals arbeiteten wir noch zu viert auf der Wache: Walter Stockelmeier, Helene Müller, Matthias Saalfeld und ich als Neuzugang. Magdalena Kobenstein und ihre drei Jungs, vor allem der jüngste, Elias, galten als Hauptgespräch in der neugebauten Siedlung. Der vierzehnjährige, geistig behinderte Junge litt zusätzlich noch unter dem Tourettesyndrom. Können Sie damit etwas anfangen?"

Alex hielt mit dem Essen inne. „Ich habe davon gehört und auch einmal einen jungen Mann mit Tourettesyndrom auf dem Flughafen erlebt. Furchtbar."

Lena nickte. Ihr fiel es sichtlich schwer, über dieses Ereignis zu reden. „Ja, es sind Tics, die sich durch Muskelzuckungen oder Lautäußerungen bemerkbar machen. Bei Elias fing es im frühen Kindesalter an und verstärkte sich, als er in die Pubertät kam. Der Vater konnte das wohl schlecht ertragen und hatte sich bei Zeiten aus dem Staub gemacht. Ich glaube, die zwei größeren Brüder litten damals sehr unter den Verlauf der Krankheit ihres Bruders. Die Mutter kümmerte sich wohl nur noch um den kranken Sohn. Die zwei Jungs blieben sich zum größten Teil selbst überlassen. Bei Elias äußerten sich die Tics in unkontrollierten Bewegungen und lautem, tierähnlichem Geschrei, das viele, vor allem die Nachbarn, als sehr unangenehm empfanden.

Frau Kobenstein führte Elias mehrmals am Tag durch die Siedlung und kam oft mit ihm zu öffentlichen Veranstaltungen. Ich fand das damals unmöglich, denn die vielen Menschen stressten den Jungen sehr. Vor Aufregung gab er ständig diese grässlichen Laute von sich. Es hörte sich an, wie soll ich es sagen, wie ein schreiender Pavian. Oftmals kippte dann bei den Festlichkeiten die Stimmung und es wurde bedrückend."

Alex hielt mit dem Essen inne und sah Lena an.

„Das gab doch bestimmt böses Blut?"

„Das kann man wohl sagen! Viele Leute konnten dafür kein Verständnis aufbringen und beschwerten sich bei den jeweiligen Veranstaltern oder sprachen Frau Kobenstein direkt an. Oftmals feindeten sich Menschen mit der Familie an und sprachen teilweise sogar Drohungen aus. Wir mussten da einige Male einschreiten. Den Veranstaltern blieb oft nichts anderes übrig, als die Mutter zu bitten, mit ihrem Sohn das Gelände zu verlassen."

Lena stocherte auf ihrem Teller herum.

„Die Familie Kobenstein baute Mitte der Neunziger ebenfalls ein Haus in der neuen Siedlung, später gab es erst richtig Ärger. Die Nachbarn wollten, dass die Mutter Elias in ein Heim gab. Selbst der damalige Bürgermeister setzte sich dafür ein. Wir wurden des Öfteren in die Siedlung gerufen, weil es Streitigkeiten, Mobbing und Ärger wegen des Jungen gab. Seine Mutter kämpfte jedes Mal wie eine Löwin um ihn. Aber so richtig einsichtig oder gar etwas Verständnis für die Nachbarn konnte ich bei ihr nie feststellen. Diese Einsätze belasteten mich jedes Mal, weil mir der Junge so leid tat. Ich konnte aber auch die Leute aus der Siedlung verstehen. Sie empfanden das Geschrei als störend, bizarr und angstauslösend."

Alex wischte sich den Mund mit der Serviette ab und lehnte sich zurück. „Und was ist dann passiert?"

Lena stopfte sich zwei Nudelbissen in den Mund. Es brauchte ein Weilchen, ehe sie sprechen konnte.

„Vor 17 Jahren an einem Tag im Spätsommer bekamen wir auf der Wache einen Notruf. Ein Junge lag verunglückt im Steinbruch. Es handelte sich um Elias, der vermutlich aus Angst die Abbruchwand heruntergestürzt war. Die Mutter kam in den Steinbruch, gefolgt von ihren zwei Söhnen. Was für eine Tragödie."

Lena aß weiter und Alex schaute nachdenklich zu dem hübschen Brunnen auf den Marktplatz. Wie viel Schmerz doch manche Menschen ertragen müssen. Viele Menschen lebten glücklich und zufrieden und in einigen Familien sammelte sich all das Leid. „War es ein Unfall?", wollte sie wissen.

Lena trank einen Schluck Wasser. „Das konnten wir nie eindeutig klären. Im Abschlussbericht stand jedenfalls, dass es sich um einen tragischen Unfall handelte mit vorhergegangenen, unglücklichen Umständen."

„Was heißt das denn?"

„Damals lief Elias allein den alten Schotterweg zum See entlang. Sein Bruder Dominik sollte auf ihn aufpassen, aber er verlor ihn beim Fahrradputzen aus den Augen und musste ihn suchen. Zur gleichen Zeit fuhren drei kleine Schuljungen aus der Siedlung auf ihren Fahrrädern zum See. Vor ihnen tauchte dann plötzlich Elias auf. Er fühlte sich wahrscheinlich bedroht und rannte schreiend vor ihnen her. Die Kinder sind dann links zum See abgebogen, während Elias in seiner Panik rechts in den Steinbruch lief. Die Absperrung konnte man damals als sehr lückenhaft bezeichnen. Jedenfalls stürzte der Junge die Abbruchkante herunter. Wir haben keinen Hinweis auf Fremdeinwirkung gefunden."

Lena Staller zuckte mit den Schultern.

„Den Kindern konnte man auch keinen Vorwurf machen. Sie waren damals acht Jahre alt. Die drei waren einfach nur zum Baden gefahren und beabsichtigten nichts Böses mit dem Jungen."

Alex gab dem Kellner ein Zeichen, um zu zahlen.

„Und was hat es mit dem Fluch auf sich?"

Lena schob ihren halbvollen Teller beiseite. Sie bekam keinen Bissen mehr herunter, denn die alte Geschichte machte ihr immer noch zu schaffen. „Die Mutter verfluchte im Steinbruch die Menschen aus der Siedlung und ihre Kinder. Einige Nachbarn standen oben an der Absperrung als Schaulustige. Ich empfand das damals als sehr makaber."

Der nette Kellner kam und gab Alex die Rechnung. Sie bezahlte und der Italiener bedankte sich charmant für das reichliche Trinkgeld.

Lena fingerte nach ihrer Geldbörse. Alex winkte ab.

„Du bist eingeladen, wenn's recht ist, auf du und du."

Sie hoben ihre Wassergläser und stießen an. „Danke, aber das können wir mal mit Alkohol nachholen."

„Einverstanden, aber jetzt haben wir leider noch eine schwere Aufgabe vor uns. Wir müssen bei Renes Eltern vorbei." Alex suchte den Autoschlüssel.

Lenas Handy klingelte. Sie schaute auf das Display und deutete Alex mit einer Handbewegung. „Es ist dienstlich." Sie drehte sich zu Seite und aktivierte ihr Handy. „Polizeihauptmeisterin Staller." Lena hörte zu.

„Herr Schubert, wo standen denn die Fahrräder? Waren sie abgeschlossen?" Lena hörte erneut in ihr Handy. „Herr Schubert, ich bin hier gerade im Einsatz. Im Moment kann ich sowieso nichts machen. Ich komme heute gegen Abend bei Ihnen vorbei und nehme den Diebstahl auf, einverstanden? Ja, okay, tschüss bis dann."

Lena stieg neben Alex ins Auto. „Ein Fahrraddiebstahl, darum muss ich mich nachher noch kümmern." Ihre Laune ging gegen null. Bedrückt dachte sie an das vergangene Wochenende.

„Übrigens, ich musste am Sonntag Renes Eltern die Todesnachricht überbringen. Mein Gott, das möchte ich nicht noch einmal erleben. Die Mutter bekam einen Zusammenbruch. Ich musste den Arzt rufen. Der Vater saß nur da und starrte mich an, als wäre ich dafür verantwortlich. Auf solche Erfahrungen kann ich wirklich verzichten." Lena strich sich die widerspenstige Strähne aus dem Gesicht. „Die Schmitts besitzen eine Gärtnerei gleich am Ortseingang. Sie sind bestimmt dort anzutreffen."

Lena dirigierte Alex zu der Gärtnerei.

Der Blumenladen, der der Gärtnerei voranstand, weckte durch seine außergewöhnliche Dekoration Alex' Neugier. Interessiert betrachtete sie die kreativen Gestecke und Blumensträuße der Auslage. Hinter dem Verkaufstisch stand eine junge Frau vertieft in ihre Arbeit und band einen blauweißen Blumenstrauß. Begeistert trat Alex vor den Tresen.

„Der Strauß sieht ja wunderschön aus."

Die junge Frau hob den Kopf und lächelte ihr entgegen.

„Ja, schönen guten Tag. Kann ich etwas für Sie tun?"

Lena stellte sich neben Alex.

„Wir würden gern Frau und Herrn Schmitt sprechen."

Die Blumenbinderin musterte Lenas Uniform.

„Frau Schmitt ist leider krank, aber der Chef ist hinten im Büro, geradeaus und dann links." Sie zeigte auf eine Glastür.

Die zwei Frauen bedankten sich. Sie liefen durch die Gärtnerei und klopften an der offenstehenden Bürotür. Martin Schmitt saß an seinem Schreibtisch und unterbrach seine Tätigkeit. Er starrte Lena fast feindselig an. An seinem eingefallenen Gesicht und seinen tiefen Augenringen erkannte Alex, welches Leid und Verlust dieser Mann durch den Tod seines Sohnes ertragen musste. Sie ergriff das Wort. „Entschuldigen Sie bitte, Herr Schmitt. Ich bin Hauptkommissarin Alexandra Brückner und möchte Ihnen erst einmal mein Beileid aussprechen. Frau Staller kennen Sie bereits. Wir müssen Ihnen und Ihrer Frau zum Unfall Ihres Sohnes ein paar Fragen stellen, wäre das möglich?“

Martin Schmitt schüttelte den Kopf.

„Ich glaube nicht an einen Unfall. Mein Sohn war einer der besten Schwimmer weit und breit. Er rettete so vielen Menschen das Leben und jetzt wollen Sie mir sagen, er ist einfach so ertrunken.“ Seine Stimme brach.

Alex sprach beruhigend auf ihn ein. „Herr Schmitt, wir untersuchen den Tod Ihres Sohnes. Haben Sie denn Anhaltspunkte oder Hinweise, die darauf schließen lassen, dass es sich bei Rene nicht um einen Unfall handelt?“

Martin Schmitt fuhr sich mit der Hand über die Augen. „Ich habe mir auch schon den Kopf zerbrochen, aber ich kann mir nicht vorstellen, dass jemand Rene etwas Böses wollte. Alle mochten ihn, seine Freunde gingen bei uns ein und aus. Er studierte Landschaftsarchitektur und Gartenbau in Erfurt. Mein Sohn wollte bei uns einsteigen. Er war unsere große Hoffnung.“ Er kämpfte gegen seine Tränen an.

Alex sprach leise. „Wissen Sie, ob Rene Medikamente, Aufputschmittel oder ähnliches einnahm?“

Herr Schmitt schüttelte energisch den Kopf.

„Nein, nein, so etwas gab es bei Rene nicht. Ein Sportler durch und durch, der immer auf gesunde Ernährung achtete. Sein Freund übrigens auch. Mark ist vergangenes Jahr genau das Gleiche passiert. Da stimmt doch was nicht! Haben Sie das schon untersucht?“

Lena schaltete sich ein.

„Ja, Herr Schmitt, wir haben auch Marks Fall nochmals mit in den Fokus gerückt. Wir werden alles Erdenkliche tun, um zu klären, was mit den Jungs passiert ist. Was ist mit Ihrer Frau, könnte sie uns noch etwas sagen?“

Martin Schmitt schüttelte abermals den Kopf.

„Sie bekam bei der Nachricht von Renes Tod einen Nervenzusammenbruch und wohnt im Moment bei ihrer Schwester.“

Alex bat Martin Schmitt, das Zimmer von Rene anschauen zu dürfen. Herr Schmitt führte die zwei Frauen die Treppe hinauf in die Privaträume der Familie und ließ sie allein.

Alex und Lena betraten den Raum, das Refugium eines sportlichen, jungen Mannes. In einer Vitrine standen dicht an dicht Pokale von Schwimmwettbewerben und viele Auszeichnungen für Rettungsschwimmer. An der Wand über dem Bett hing eine überdimensionale Pinnwand, vollkommen mit Fotos übersät. Sie zeigten Rene mit seinen Freunden. An einem Foto blieb Alex Blick hängen. Es war mit einer schwarzen Schleife versehen und zeigte Rene mit einem Freund Arm in Arm. Sie nahm es ab und fragte Lena.

„Das ist doch bestimmt Mark Keller?“

Lena nickte. Alex fotografierte das Bild mit dem Handy ab und hängte es zurück an die Wand. Die zwei Frauen durchsuchten akribisch das Zimmer von Rene, schauten in Schränke und Schubladen, lasen Briefe, Unterlagen und Notizen. Sie konnten keine relevanten Hinweise finden, die sie in ihren Fall weiterbringen konnten. Herr Schmitt erlaubte Alex, Renes Laptop und Handy mitzunehmen mit der Bitte, ihn anzurufen, wenn sie etwas über den Tod seines Sohnes herausfände.

Auf der Rückfahrt fragte Alex Lena nach den Kellers, Marks Eltern.

„Die sind kurz nach Marks Tod weggezogen. Die Familie lebte in unmittelbarer Nachbarschaft zu den Kobensteins. An dem Tag, als Mark starb, feierte sein Bruder seinen zehnten Geburtstag, sozusagen das Nesthäkchen. Ich glaube, die Eltern ängstigten sich sehr um ihr zweites Kind. Frau Keller glaubte fest an diesen verdammten Fluch. Sie war regelrecht besessen davon. Ihr Mann zog dann vor einem halben Jahr die Notbremse. Die Familie siedelte nach Leipzig um. Seine Mutter besitzt dort ein Haus."

Alex überlegte kurz. „Die Spur bringt uns im Moment bestimmt nicht weiter. Ich bringe dich jetzt zurück zum Revier. Du musst dich ja noch um deinen Diebstahl kümmern und ich fahr nochmals bei der Gerichtsmedizin vorbei. Wir brauchen unbedingt den Autopsie-Bericht. Sonst drehen wir uns nur im Kreis. Außerdem soll sich die IT-Abteilung um Handy und Laptop von Rene kümmern."

Alex setzte Lena vor der Wache ab und fuhr zurück nach Erfurt. Sie übergab Regina Wegener Handy und Laptop. Der Computerspezialist sollte Renes Passwort knacken und seine Präsenz in den sozialen Netzwerken checken.

Auf dem Weg zur Gerichtsmedizin erwischte sie leider nur Dr. Wolters Assistentin Carmen Michaelis, die ihr erklärte, dass der Doc schon seinen wohlverdienten Feierabend genoss. Doch sie versicherte Alex, dass er sich morgen in aller Frühe den Leichnam von Rene vornehmen wollte.

Alex bedankte sich, verließ die Gerichtsmedizin. In ihrem Wagen herrschte brütende Hitze. Sie stellte die Klimaanlage auf höchste Stufe. Schwüle Luft und große schwarze Wolken kündigten das erste Hitzegewitter des Sommers an.

Sie fühlte sich müde und abgespannt und geriet beim Blick auf die Uhr fast in Panik. Verdammt, schon so spät. Michael würde gleich zu Hause bei ihr und den Kindern vorbeikommen. Alex dachte an ihren leeren Kühlschrank und steuerte den nächsten Supermarkt an.

Die ersten großen Regentropfen klatschten auf die Frontscheibe.

Kapitel 7

Dunkle Wolken türmten sich über Tampa. Windböen wirbelten über das Land und trugen Staubfahnen mit sich. Eine kleine Windhose drehte sich über dem heißen Asphalt der Landstraße. Die ersten großen Tropfen trafen Denis. Er musste sich beeilen, das Gewitter würde gleich losbrechen. Die ersten Blitze zuckten, nach wenigen Sekunden folgte ein lautes Grollen. Denis trat wie verrückt in die Pedale, sein neues Fahrrad lief wie eine Rennmaschine. Die Fahrradlampe leuchtete ihm hell den Weg. Der Regen wurde stärker. Völlig durchnässt schaute er zum Himmel, als erneut wilde Blitze den Himmel grell erleuchteten. Der unmittelbare Kracher ließ Denis verschreckt zusammenzucken. Der Junge wischte sich die Tropfen aus den Augen, um besser sehen zu können. Leider bemerkte er das Auto hinter sich nicht. Der Wagen schnellte hinter Denis aus der Kurve und erfasste ihn. Er verlor das Gleichgewicht und wurde auf die Motorhaube geschleudert, rutsche über den Wagen und knallte mit voller Wucht auf die Fahrbahn. Sein Fahrrad wurde zur anderen Seite katapultiert. Denis öffnete kurz die Augen. Er lag am Straßenrand, ihm tat gar nichts weh. Nur der Regen trommelte wie wild auf seinen Körper. Er sah, wie der Wagen stoppte, der Fahrer ausstieg und auf ihn zukam. Dann verlor er das Bewusstsein.

Lena freute sich auf den Feierabend. Den Fahrraddiebstahl konnte sie leider nicht aufklären. Da sich diese Taten in letzter Zeit häuften, blieb ihr nichts anderes übrig, ihren Bericht an die Abteilung Diebstahl und Einbruch weiterzureichen. Wieder viel zu spät fuhr sie mit dem Dienstwagen nach Hause. Oliver wollte heute Abend etwas Schönes kochen. Und ehrlich gesagt knurrte ihr schon seit Längerem der Magen.

Das Gewitter war heftig, aber kurz. Das Handy klingelte. Lena bremste ab und meldete sich über die Sprechanlage. Die polizeiliche Einsatzzentrale meldete ihr auf der Erfurter Landstraße einen Unfall mit einem schwer verletzten Kind. Der Fahrer schien vom Unfallort geflüchtet zu sein. Lena wendete den Wagen, schaltete das Blaulicht ein und gab Gas. Sie telefonierte mit Oliver, dass sie heute nicht pünktlich nach Hause kommen würde.

Kurze Zeit später traf sie gleichzeitig mit dem Notarztwagen an der Unfallstelle ein. Ein älteres Ehepaar leistete bereits erste Hilfe und hatte den Notdienst verständigt. Zum Glück hellte sich das Wetter wieder auf und die Abendsonne brach durch die Wolken. Lena und das Notarztteam liefen zu den Jungen. Er lag in stabiler Seitenlage und eine Decke war über den kleinen durchnässten Körper gelegt. Der ältere Herr sprach beruhigend auf den Jungen ein.

Der Notarzt und sein Sanitäter übernahmen die medizinische Betreuung des Kindes. In der Ferne hörte man ein Martinshorn näherkommen. Kurze Zeit später fuhr ein Rettungswagen vor. Lena sperrte die Unfallstelle großzügig ab und sprach mit dem älteren Ehepaar. Ihnen war im Regen erst nur das Fahrrad aufgefallen, sie hatten angehalten und auf der anderen Straßenseite am Rande der Fahrbahn den Jungen entdeckt und sofort erste Hilfe geleistet. An entgegenkommende Autos konnten sie sich nicht erinnern. Lena notierte sich die Daten des Ehepaares, legte ein Unfallprotokoll an und informierte die Spurensicherung.

Das Rettungsteam schob den Jungen auf einer rollenden Trage in den Wagen. Der Notarzt informierte Lena. „Wir haben den Jungen so weit stabilisiert, aber sein Zustand ist kritisch. Der Hubschrauber ist schon unterwegs und wird am Sportplatz landen. Wir fahren den Patienten zur Übergabe dorthin."

Lena hielt den Arzt kurz zurück.

„In welche Klinik bringen Sie den Jungen?"

Der Doktor griff nach seiner Tasche.

„Nach Erfurt in die Heliosklinik."

Er stieg in den Rettungswagen und dieser fuhr mit Blaulicht und Martinshorn davon.

Der Abend schien für Lena kein Ende zu nehmen. Sie sorgte für eine Umleitung, damit die Kollegen von der Spurensicherung ihre Arbeit aufnehmen konnten. Auch die Eltern des kleinen Denis mussten informiert werden. Erst spät in der Nacht kam sie nach Hause. Oliver lag auf der Couch und schlief. Ein hübsch gedeckter Tisch und das kalte Essen machten ihr ein schlechtes Gewissen. Sie nahm eine Scheibe Baguette, naschte ein Stück von dem leckeren Braten und zog ihre Uniform aus. Erschöpft kuschelte sie sich neben ihren Partner und schloss die Augen. In ihren Gedanken sah sie den kleinen nassen Körper auf der Fahrbahn liegen. Das Gespräch mit Denis Eltern ging ihr nicht aus dem Kopf. Wieso musste sie immer solche Hiobsbotschaften überbringen? Es zog sie jedes Mal runter. Aber sie würde nicht eher ruhen, bis der Verursacher des Unfalls zur Verantwortung gezogen worden wäre.

Alex lehnte sich auf den Küchenstuhl zurück und rieb sich die Schläfen. Die Kopfschmerztablette wirkte nur langsam. Sie schlief schlecht. Der Fall machte ihr schwer zu schaffen und die unliebsame Diskussion am Abend mit Michael raubte ihr noch den letzten Nerv. Sie musste zugeben, dass er immer noch verdammt gut aussah. Er trug seit Neustem eine dieser trendigen Kurzhaarfrisuren. Sein Dreitagebart und die lässige Jeansbekleidung betonten seine maskuline, sportliche Erscheinung.

Früher wäre sie wahrscheinlich schwach geworden. Aber sie kannte ihn genau. Er tat nichts ohne Berechnung.

Als sie am Abend nach Hause kam, spielte Michael bereits mit den Zwillingen und gab für Lisa den verständnisvollen, väterlichen Freund. Was sollte das? Wollte er ihr die heile Familienidylle vorführen oder sich bei den Kindern neu in Position bringen? Die Organisation des Familienlebens gehörte bis vor kurzem in ihrem alleinigen Zuständigkeitsbereich. Sie musste ihn oft ermahnen, sich etwas Zeit und Interesse für die Kinder abzuringen. Aber er blieb der viel beschäftigte Manager und rastlose Banker. Die ganzen Jahre hielt sie ihm den Rücken frei, während er Karriere machte.

Sein Verhältnis mit der schönen Leonore, seiner Assistentin, brachte das Fass zum Überlaufen. Er hatte sie enttäuscht und verletzt. Irgendetwas tief in ihr drin war zerbrochen und die großen Gefühle, die sie immer für Michael empfunden hatte, waren schlagartig verschwunden. Und nun störte sie alles an ihm, was sie früher hingenommen oder sogar bewundert hatte: seine kühle, abgeklärte Art, seine über alles stehende Selbstdarstellung, seine Besserwisserei, seine Eifersucht. Einfach alles. Und nun dieser plötzliche Anfall von Reue? War ihm seine Leonore weggelaufen? Oder ging sie ihm bereits auf den Geist? Aber eigentlich war es egal. Sie wollte die Scheidung, da gab es nichts mehr zu retten.

Ihre Aussprache gestern Abend dauerte bis spät in die Nacht, natürlich ohne Resultat. Michael bestand darauf, im Gästezimmer zu übernachten. Nun trat er in die Küche.

„Guten Morgen, bekomme ich hier auch ein Frühstück?“

Alex fuhr herum. „Mein Gott, hast du mich jetzt erschreckt. Meinetwegen kannst du mitfrühstücken. Es steht alles auf den Tisch, die Kinder werden auch gleich kommen. Mach dich nützlich und mach Kaffee.“

Michael betätigte stumm den Kaffeeautomaten und ließ zwei Tassen ein.

„Hast du schlecht geschlafen? Du siehst furchtbar aus.“, murmelte er, während er ihr kommentarlos die gefüllte, dampfende Tasse reichte.

Alex trank ein Schluck Kaffee. Sie würde sich jetzt nicht die Blöße geben und ihm noch bestätigen, dass ihr Gespräch ihr mächtig an die Nieren gegangen war.

„Deine Komplimente waren schon besser. Aber ich bin im Moment an einem kniffligen Fall dran, der mich kaum schlafen lässt.“

Michael schaute sich um. „Ach, deshalb die ganzen Akten hier. Haben sie dir endlich mal eine Ermittlung genehmigt? Ich kann mich heute Morgen um die Kinder kümmern. Ich habe mir freigenommen, sogar das ganze Wochenende.“

Alex schaute Michael an. Was sollte das? Was hatte er vor? Am Wochenende wollten ihre Eltern kommen. Ihr Vater bot an, mit den Kindern die Gartenarbeit zu erledigen. *Das würde ihm Recht geschehen, meine Eltern und er. Die drei haben sich noch nie gut verstanden.*

Alex lächelte. „Einverstanden! Ihr könntet euch um den Garten kümmern, die Kinder und du. Dann mach ich mich mal auf den Weg.“

Alex schaute als erstes bei Regina Wegener vorbei und besprach mit ihr kurz den Fall. Sie bat ihre Kollegin, in der IT-Abteilung Druck zu machen, da sie dringend die Auswertung von Renes Handy und Laptop benötigte.

Auf dem Weg in die Gerichtsmedizin kam ihr Carmen Michaelis entgegen. Sie blieb stehen und gab Alex die Hand. „Guten Morgen, Frau Brückner, heute haben Sie Glück! Der Doc ist bei der Arbeit, Sie finden ihn in Raum vier. Soll ich Ihnen etwas vom Bäcker mitbringen?“

Alex lachte. „Nein, ich habe heute schon gefrühstückt, aber vielen Dank.“

Sie konnte sich auch nettere Orte zum Frühstücken vorstellen als ausgerechnet in der Gerichtsmedizin. Alex klopfte an die Schiebetür von Raum vier und trat ein.

Dr. Wolter stand am Seziertisch, auf dem der Körper eines jungen Mannes lag. Er sprach in ein Diktiergerät medizinische Daten. Währenddessen betätigte er mit dem Fuß ein Pedal und ließ den Tisch auf Normalhöhe runterfahren. Dann blickte er in Alex Richtung und zog seine Handschuhe aus.

„Alexandra Brückner, es freut mich, Sie nach so langer Zeit bei uns wieder begrüßen zu dürfen. Es hat mich damals sehr traurig gemacht, dass ausgerechnet unser vielversprechendes Talent nach so kurzer Zeit den Dienst quittierte. Ich habe Ihre Arbeit immer mit Interesse verfolgt."

Alex lachte. *Doc Brown wie er leibt und lebt. Und immer noch charmant.* In seinem Kittel mit weißem, fliegendem Haar kam er auf sie zu und gab ihr die Hand. Alex drückte sie herzlich. „Es freut mich auch sehr, Sie wiederzusehen. Ich hoffe, Ihnen geht es gut?"

Er ließ Alex Hand nicht wieder los.

„Mir geht es sehr gut, bis auf die viele Arbeit."

Er zog sie bis zu dem Seziertisch und gab ihre Hand frei. „Zum Beispiel unser junger Freund hier, er hat schwer um sein Leben gekämpft. Ich bin gerade mit seiner Autopsie fertig geworden. Das toxikologische Screening läuft noch. Ich weiß, ich mache es verständlich. Er ist ertrunken. Seine Lungen sind voller Wasser. An seinen Händen, Unterarmen, am rechten Unterschenkel und vor allem am rechten Fußgelenk habe ich Kompressionen des Gewebes mit Hämatomen und Quetschwunden sowie Abschürfungen feststellen können. Ich vermute, er wurde mit einem Seil um das Fußgelenk nach unten gezogen. Er war ein stattlicher und sportlicher junger Mann. Wie gesagt, er muss sehr um sein Leben gekämpft haben, daher die anderen Verletzungen an Händen und Armen. Unter seinem Ring habe ich winzige Spuren von Polyamid gefunden, sie können von einem Seil stammen. Ich habe es an die Jungs von der KTU weiter gereicht."

Alex Vermutungen bestätigten sich.

„Es war also kein Unfall, ich habe es gewusst!"

Der Doc hob die Hände. „Ja, leider. Wirklich schade um den jungen Mann. Nun, Frau Brückner, jetzt liegt der Fall in Ihren zarten Händen. Zeigen Sie, was Sie draufhaben."

Mit einem Lächeln versicherte er ihr, dass sie den Bericht bis spätestens heute Nachmittag in den Händen halten würde. Alex bedankte und verabschiedete sich.

Mit den neusten Erkenntnissen von Dr. Wolter steuerte Alex das Büro von Jochen Ackermann an. Es handelte sich nun um Mord, mindestens jedoch um ein mutmaßliches Tötungsdelikt. Leider war Mark Kellers Leiche damals eingeäschert worden. Alex würde jede Wette eingehen, dass es sich auch hier um keinen Unfall gehandelt hatte. Sie brauchte jetzt ein Team.

Nach Alex Bericht zeigte sich Ackermann erstaunt über die Entwicklung des Falles. Er gab Alex grünes Licht, sich ein Team zusammenstellen zu können. Regina Wegener würde nun ausschließlich für ihren Arbeitsbereich zuständig sein und für den IT-Bereich befürwortete er einen jungen Kollegen, Matze Bösemann. Wie es schien ein junges Talent. Alex hatte den Namen noch nie gehört.

„Ach, noch etwas." Ackermann hielt Alex auf.

„Seit zwei Tagen ruft mich der Bürgermeister von Tampa an. Ein gewisser von Nordheim, er möchte, dass sein See wieder frei gegeben wird. Es ist gerade Hochsaison. Sehen Sie zu, was Sie da machen können."

Alex nickte und verließ das Büro.

Regina Wegener wusste bereits Bescheid und freute sich auf die intensive Zusammenarbeit. Auf die Frage nach Matze Bösemann lächelte sie geheimnisvoll und winkte Alex zu einer Glastür. Alex sah durch die Tür ein kleines, fensterloses Büro mit einem Regal, einem Schreibtisch mit Computer, davor einem mit großer Lehne überdimensionalen Drehsessel. Das Büro schien leer zu stehen. Regina klopfte an die Scheibe. Der Sessel drehte sich und ein schmächtiger junger Mann mit blassem, schmalem Gesicht und mit wildem, schwarzem Haar kam zum Vorschein. Er lächelte, winkte ihnen kurz und drehte sich wieder seiner Arbeit zu.

„Was? Dieses Kind ist Matze Bösemann?“, rief Alex verblüfft.

Regina lachte. „Das Kind ist schon 23 Jahre und knackt alles, was ihm in die Finger kommt. Oder besser gesagt in den Computer. Stand kurz vor dem Knast. Aber dieses Mal waren die Kollegen clever, haben ihm ein Angebot gemacht. Jetzt arbeitet er für uns. Soziale Kontakte außerhalb des Netzes scheint er aber nicht zu haben, irgendwie traurig.“

Alex wunderte sich. „Wieso ist er schon hier?“

„Ich hatte ihn bereits wegen Renes Laptop von der IT ausgeliehen, aber wie ich gehört habe, bereichert er jetzt unser Team.“

Alex betrat das kleine Büro. Matze Bösemann schaute sie erschrocken an. „Ich bin Alexandra Brückner, Hauptkommissarin und Sie sind ab jetzt meinem Team zugeordnet. Wir arbeiten an dem Fall Tampa. Ich gebe gleich ein kurzes Briefing. Willkommen im Team.“

Er gab ihr fast schüchtern die Hand und nickte.

„Ich habe hier etwas für Sie: die Handydaten von Rene Schmitt. Den Laptop habe ich noch in Arbeit.“

Er drückte Alex einen Bündel Ausdrucke in die Hand.

„Oh, das ging aber schnell, danke. Sie können aber den großen Schreibtisch draußen am Fenster haben, hier ist es sehr eng.“

Matzes hellwachen Augen sahen sie wieder erschrocken an. „Nein, nein, es ist gut so hier. Das ist mein Reich."

„Na gut, wie Sie wollen. Dann bis gleich."

Alex verließ schnell den Raum. Hier bekam sie Platzangst.

Regina lachte. „Ich glaube, er liebt sein Kabuff."

Alex überflog die Handyausdrucke von Renes Handy, konnte aber auch hier nichts Greifbares finden. Es war wie verhext, es fehlte bei ihren bisherigen Ermittlungen jeglicher Anhaltspunkt. Es gab einfach keinen ersichtlichen Grund, Rene oder Mark zu töten. Vielleicht handelte es sich um einen Serienkiller und Mark und Rene waren nur Zufallsopfer. *Oder die Wahrheit liegt weiter zurück in der Vergangenheit. Das ganze Umfeld der beiden müssen wir unbedingt gründlich durchleuchten.*

Bei dem kurzen Informationsgespräch ließ Alex Matze und Regina an ihren Recherchen teilhaben. Das Umfeld von Rene und auch von Mark Keller sollte nochmals genauer erkundet werden: Universitäten, Schule, Freizeit, Sport, Freunde, Familie und Ereignisse. Vielleicht würde es irgendwo einen gemeinsamen, auffälligen Punkt geben, an den man ansetzen konnte.

Alex wandte sich an Regina.

„Ach noch etwas: Irgendjemand oder irgendetwas muss die Jungs ja in die Tiefe gezogen haben. Bitte überprüft doch mal die Taucher von Zobers Verein. Prüft bitte deren Alibis und Verbindungen zu den Opfern, zu den Bewohnern in der Siedlung oder zu den Kobensteins."

Alex fand es gut, Matze im Team zu haben. Wenn einer etwas findet, dann er. Bevor sie nach Tampa aufbrach, bat sie Regina, ihr alles Brauchbare, was sie finden konnten, sofort telefonisch durchzugeben.

Als Alex die kleine Polizeistation in Tampa am späten Vormittag erreichte, brannte die Sonne am wolkenlosen Himmel. Die längst getrockneten Straßen und Wege ließen kaum auf das gestrige Gewitter schließen. Sie parkte neben einer großen, dunklen Limousine.

Als Alex die Station betrat, hörte sie eine sehr laute Männerstimme aus Lenas Büro. Auch ihr Klopfen an die halbgeöffnete Bürotür wurde nicht gehört. Sie trat ein und sah einen Mann im dunkelgrauen Anzug aufgeregt hin- und herlaufen. Mit fuchtelnden Armen und etwas gerötetem Gesicht schien er Lena einen Vortrag zu halten. An seinem makellosen Haarschnitt war nichts auszusetzen, auch sonst wirkte er sehr gepflegt. Nicht nur die Sommerhitze machte ihm zu schaffen, wie die Schweißperlen auf seiner Stirn verrieten. Wie Alex dem Gerede entnehmen konnte, ging es um den See.

Lena lächelte Alex zu.

„Oh, guten Morgen Frau Brückner, darf ich Ihnen unseren Bürgermeister Hans-Georg von Nordheim vorstellen? Und Herr von Nordheim, das ist Hauptkommissarin Alexandra Brückner, an sie sollten Sie sich wenden. Sie leitet die Untersuchung."

Der Bürgermeister stürzte mit vorgestreckter Hand auf Alex zu. „Frau Hauptkommissarin, ich grüße Sie. Da komme ich ja gerade recht, Sie müssen uns helfen."

Er nahm Alex Hand und schüttelte sie kräftig.

„Wir brauchen unseren See wieder, es ist Hauptsaison. Wissen Sie, wie viele Anrufe ich täglich bekomme? Wie weit sind Sie denn mit Ihren Untersuchungen?"

Alex zog ihre Hand zurück. „Tut mir leid, aber zu laufenden Untersuchungen darf ich keine Auskunft geben."

Herr von Nordheim lockerte seinen Schlips und öffnete den obersten Knopf seines hellblauen Hemdes. „Aber bitte lassen Sie die Ermittlungen nicht wieder wochenlang dauern, so wie vergangenes Jahr. Am Wochenende ist Waldmühlenfest, was soll ich denn den Leuten sagen? Außerdem sitzt mir die Presse im Nacken. Die wollen eine große Nummer aus dem Unfall machen. Wir hatten deshalb gestern Abend in der Waldmühle gleich eine außerordentliche Stadtratssitzung an die Festvorbereitungen angehangen. Wir brauchen den Badesee!"

Alex dachte kurz nach. Die Presse konnte sie beim besten Willen nicht gebrauchen. Bis jetzt dachten alle noch an einen Unfall.

Lena mischte sich ein. „Also am See liegt es nicht. Mir liegt der Bericht von Helmut Zober vor, in dem wird versichert, dass in wissenschaftlicher Hinsicht vom Bergsee keine Gefahr ausgeht."

Herr Nordheim fuchtelte bereits wieder mit seinen Armen herum. „Sehen Sie, Frau Kommissarin, da können wir doch den Strand wieder frei geben. Was spricht denn da dagegen?"

Alex hob beschwichtigend die Hand.

„Okay, ich kann Ihnen einen Vorschlag machen. Ich werde mich für eine schnelle Freigabe einsetzen, aber nur unter einer Bedingung. Sie werden einen Bademeister einstellen, solange dort der Badebetrieb dauert und ab 20 Uhr ist der See geschlossen."

Es dauerte nur ein paar Sekunden, ehe der Bürgermeister laut fuchtelnd lospolterte. „Bademeister? Da brauche ich ja mindestens zwei! Wissen Sie, was das kostet? Die Kassen sind leer. Wie stellen Sie sich das vor?"

Lena trat hinter ihren Schreibtisch vor. Sie legte beruhigend die Hand auf die Schulter des Bürgermeisters.

„Aber Herr von Nordheim, vielleicht kann man etwas beim Stadtfest im September einsparen. Da sollen doch viele Musikgruppen kommen. Oder Sie suchen einen Sponsor. Das bekommen Sie doch hin! Wenn nicht Sie, wer dann?"

Herr von Nordheim fühlte sich geschmeichelt.

„Okay, okay, ich bekomme das schon hin. Ich kümmere mich und sage dann Bescheid. Aber was anderes, Frau Staller. Was ist das mit dem kleinen Denis? Meine Sekretärin hat mich heute Morgen informiert?“

Lena sah erst den Bürgermeister, dann Alex an.

„Der dreizehnjährige Denis Leutenberger aus der Siedlung, unterwegs mit seinem Fahrrad, wurde gestern Abend auf der Erfurter Landstraße im strömenden Regen von einem Auto angefahren und liegen gelassen. Fahrerflucht. Der Junge liegt schwer verletzt im Krankenhaus in Erfurt. Ich habe heute Morgen schon angerufen, er ist noch nicht über den Berg. Die Klinik ruft zurück, sobald er ansprechbar ist.“

Der Bürgermeister wirkte sichtlich geschockt.

„Das auch noch. Ich werde gleich bei den Eltern vorbeischauen, vielleicht kann ich helfen. Hoffentlich schafft es der Kleine. Ich möchte nicht, dass ausgerechnet in der Siedlung noch jemand sein Kind verliert.“

Bevor sich der Bürgermeister verabschieden konnte, fragte ihn Lena: „Ach Herr von Nordheim, wann war denn Ihre außerordentliche Sitzung in der Waldmühle? Sie müssen doch von dort über die Erfurter Landstraße, wenn Sie nach Hause wollen.“

Er überlegte kurz. „Die Sitzung? So kurz nach fünf, ging so ein knappes Stündchen. Ich fuhr gleich nach dem Gewitter los. Aber ich bin über Gräfenhain gefahren, um mit meinem Stellvertreter Joachim Kreiner, der dort wohnt, einiges abzusprechen. Zu Hause bin ich gegen 22 Uhr eingetrudelt.“

Misstrauisch hakte Lena nach. „Vielleicht ist einer Ihrer Stadtratsmitglieder an der Unfallstelle vorbeigekommen. Wir suchen noch Zeugen. Waren noch mehr Personen in der Waldmühle?“

Der Bürgermeister winkte ab. „Nein, nur die Wirtsleute. Die Gaststätte blieb wegen der Festvorbereitungen geschlossen. Aber ich kann Ihnen das Sitzungsprotokoll zukommen lassen.“

Er verabschiedete sich und Lena brachte ihn noch zur Tür. Als sie zurück in ihr Büro kam, stand Alex gedankenversunken am Fenster.

„Weißt du Lena, die Worte Eures Bürgermeisters gehen mir nicht aus dem Kopf. Dass nicht noch jemand aus der Siedlung sein Kind verliert. Vielleicht hängen alle Fälle zusammen und es gibt einen gemeinsamen Nenner? Übrigens, bei Renes Tod handelt es sich nicht um einen Unfall. Er wurde in die Tiefe gezogen und hat sich sehr gewehrt.“

Lena wirkte sichtlich geschockt. „Das ist ja schrecklich! Da muss ja Marks Tod auch kein Unfall gewesen sein. Ja, jetzt noch die Geschichte mit dem kleinen Denis. Was ist hier eigentlich los? Sind unsere Kinder in Gefahr?“

Alex ging diese Frage auch ständig durch den Kopf. Das mit den gefährdeten Kindern ließ ihr keine Ruhe. Ihr fiel die alte Frau Weber wieder ein. *Tampa ist nicht gut für Kinder und dieser merkwürdige Fluch.* Welche Gemeinsamkeit besaßen die drei Fälle? Die Kinder lebten alle in der Siedlung. Das Bauchgefühl sagte Alex: *Geh der alten Geschichte nach. Das ist im Moment die einzige vage Spur.*

„Das ist jetzt unsere Aufgabe, schnellsten zu ermitteln, wer hier sein Unwesen treibt. Der Unfall mit Denis ist eine erste Spur. Und wir müssen auch die Anrainer des Sees befragen, vielleicht können wir einen Zeugen finden. Übrigens hat mir Ackermann ein Team zugesagt, Regina Wegener und ein gewisserer Matze Bösemann aus der IT gehören dazu.“

Lena horchte auf und fing an zu grinsen.

„Was, Matze Bösemann? Von dem habe ich schon gehört. So jung und schon ein schlimmer Finger. Er verdankt es

Ackermann, dass er nicht im Knast gelandet ist. Aber er scheint ein ganz cleveres Bürschchen zu sein."

Lena deutete auf die Landkarte, die die Umgebung von Tampa zeigte. „Zurück zum Fall. Du hast recht mit dem See. Es gibt eigentlich nur zwei Anrainer. Wenn man vom Strand ausschaut, auf der linken Seite hinter der Landzunge, haben sich die Anglerfreunde eine kleine Vereinshütte gebaut. Es liegen einige kleine Boote am Steg und weiter oberhalb der Waldmühle bieten die Wirtsleute in den Sommermonaten Ruder- und Tretboote zum Verleih an. Ansonsten ist der hintere Bereich des Sees von steilen Felsen umgeben, nur noch an der Stelle durch die kleine Grotte, am Sterngrund, an dem wir Helmut Zober getroffen haben, ist es möglich, den See fußläufig zu erreichen. Und natürlich vom Strand aus."

Das Telefon klingelte. Lena meldete sich und führte ein kurzes Gespräch. Sie bedankte sich, legte auf und ging an das Faxgerät. „Es war Ralf Tonhauser von der KTU. Sie haben schwarzen Autolack am Fahrrad des kleinen Denis feststellen können."

Das Fax ratterte und druckte mehrere Seiten aus. Lena nahm das Bündel aus der Auffangschale. „Es handelt sich um einen bestimmten Lack, der für SUVs der Marke VW verwendet wird."

Lena blätterte in dem Bericht. „Der Wagen müsste also rechts vorn beschädigt sein. Ich werde mich gleich ins Zeug legen, wer im weiteren Umkreis so einen Wagen fährt. Es fahren viele SUVs hier herum, Bauern, Förster, Leute aus der Baubranche, selbst mein Vater legte sich kürzlich so einen Wagen zu. "

Alex schüttelte den Kopf. „Das geben wir Regina, die kann Matze darauf ansetzen und er soll auch gleich alle Autowerkstätten prüfen. Ich brauche dich bei der Befragung."

Lena lächelte. „Oh gern, da komme ich wenigstens bei dem schönen Wetter hier raus, obwohl ich noch jede Menge Berichte zu schreiben habe. Aber das kann warten. Das läuft hier unter wichtiger Amtshilfe." Lena rief den Vorsitzenden des örtlichen Anglervereins an, einen gewissen Herrn Pötschke, und verabredete sich mit ihm in einer viertel Stunde am Vereinshaus am See.

Währenddessen informierte Alex Regina über die neusten Ergebnisse der KTU und besprach mit ihr die weitere Vorgehensweise in diesem Fall.

Dann machte sie sich mit Lena auf den Weg.

Kapitel 8

Alex und Lena fuhren die Erfurter Landstraße Richtung Waldmühle. Kurz vor der Abfahrt zur Gaststätte ließ Lena Alex rechts in einen versteckten Waldweg abbiegen, der nach etwa 800 Metern an einem neugebauten Holzhaus direkt am See endete. Ein in Grün gekleideter hagerer Mann in Latzhose und Basecap kam aus der Hütte gelaufen und dirigierte mit ausschweifenden Handbewegungen Alex auf den gewünschten Parkplatz neben seinem schwarzen Geländewagen.

Die zwei Frauen stiegen aus und Herr Pötschke nahm sie sofort in Beschlag. „ Nu gudden Dach, Frau Staller. Ich bin glei losgefahrn. Das mit dem Jungn am See dud mir so leid. Wenn ich helfn gann, stelln se nur Ihre Fraagn. Mir ham nischt zu verbärschn."

Lena unterdrückte ein Lachen. Herrje, sprach der Mann ein gepflegtes Sächsisch. Sie gab ihm die Hand. „Hallo, Herr Pötschke, vielleicht können Sie uns tatsächlich helfen. Das ist meine Kollegin Frau Brückner aus Erfurt, wir untersuchen den Unfall."

Er drückte auch Alex die Hand.

„Guten Tag, seit wann gibt es Ihren Verein und wie viele Mitglieder gehören dazu?", kam Alex gleich auf dem Punkt.

Herrn Pötschke schien diese Frage sehr zu freuen und fing an zu schwärmen.

„Oh, wir ham diesch Jahr unser zwanzschjärsches Jubiläum. Da machmer in drei Wochen ä richtsches Fischerfest, da gönnse och gerne gommen. Und meene Jungs, die sind alle über sechtzsch und Rendnor. Da macht keener mähr was gabutt. Wir sind ungefähr zwölve. Außer der Norbert Bamberger, der is unser Ährenmidglied. Der is Bauunternähmer und och Stadtradsmidglied, der angelt doch for sei Läben gerne, aber hat halt keene Zeit. Der unterstützt uns och finanziell, da gann der gomm, wann er will."

Herr Pötschke führte sie um das Vereinshaus zum See. Alex gab Lena mit einem kurzen Augenwink ein Zeichen. Lena verstand sofort und gab an, sich noch schnell die Sonnenbrille aus dem Auto zu holen. Sie lief zum Parkplatz und untersuchte den schwarzen Geländewagen, konnte aber keine Spuren am Lack feststellen.

Währenddessen berichtete Herr Pötschke Alex vom Bau des neuen Vereinshauses im vergangenen Jahr. Der Bau wurde von Spendengeldern und mit viel Eigenleistung finanziert.

Das Vereinshaus überraschte auf der Seeseite mit großen Panoramafenstern und einer Terrasse, auf der, aus groben Stämmen gezimmert, eine gemütliche Sitzgruppe stand. Ein etwa 20 Meter langer Steg führte in den See, an dem zwei kleine Motorboote und drei Ruderboote im leichten Wellengang schaukelten.

Alex konnte sich dem Zauber kaum entziehen. Die Sonne ließ den See wie Diamanten glitzern.

„Sie haben hier ein wunderschönes Plätzchen, sehr romantisch. Wie ist das geregelt hier? Jeder kann kommen, wann er will?"

Herr Pötschke strahlte über beide Ohren. „Nu freilisch. Jedes Midglied hat hier nen Schlüssel. Die meisten gommen schon um viere. Frühs beißen se am bestn. Was denken se denn, was mir hier schon for Brüschel rausgeholt ham."

Alex lächelte und betrat als erste den Steg. Herr Pötschke wartete auf Lena und ließ ihr den Vortritt. Mit einem kaum merklichen Kopfschütteln gab sie Alex das Zeichen, dass es sich nicht um den gesuchten SUV handelte.

„Sind Ihnen Fremde aufgefallen oder vielleicht Taucher?", wandte sich Alex an den Mann.

Herr Pötschke winkte ab.

„Nee, hier taucht nur der Zober mit sein' Leuten und die genne isch alle und unsere Boode sind gesischert mit

Gedden. Das hätt mir gemergt, wennsch da eener vergriffn hätt. Ich gann ja noch mal meene Jungs fragn, aber das hättn se mir bestimmt erzäählt. Und am Wochenende schipporn nur mal ä paar von der Waldmühle mit Drädbooden offn See rum."

Lena prüfte die Ketten an den Booten.

„Gibt es Taucher in ihrem Verein?"

Herr Pötschke lachte auf. „Nee, nee. Wie gesagt, meene Jungs sind alle über sächzsch. Ich bin mit meenen Säxsundfuftsch sozusaagn dor Youngstor und weil isch noch als Hausmeester arbeite, machsch hier den Vorsitz. Da geht keener mähr ins Wasser. Die halten da nur ihre Angel nei. For meene Jungs gann ich de Hand ins Feuer leeschen."

Alex bedankte sich beim Herrn Pötschke für die Auskunft und bat ihn um eine Mitgliederliste.

„Nu, das mach ich glei und dus Ihnen offs Amt, Frau Staller, und ich frach och nochmals meine Jungs."

Herr Pötschke begleitete die Frauen zurück zum Parkplatz. Ein weißer Golf kam den kleinen Waldweg entlang gefahren und hielt direkt vor dem Vereinshaus. Ein großer, sportlich gekleideter Mann um die fünfzig stieg aus. Trotz seiner Glatze konnte man ihn durchaus als attraktiv bezeichnen.

Herr Pötschke ging erfreut auf ihn zu und begrüßte ihn. „Na, gudden Dach Norbert. Über disch habsch gerade geredet. Ich hab disch erst gar nicht ergannt, mit deim kleenen Flitzer, wo haste denn deinen kroßen?"

Norbert Bamberger lachte und gab Herrn Pötschke die Hand. „Ich musste mit meiner Frau tauschen. Sie bereitet das Waldmühlenfest mit vor und von der Deko bis zur Hüpfburg muss alles hochgekarrt werden. In den Kleinen passt doch nichts. Aber willst du mir nicht mal die netten Damen vorstellen?" Er warf ein charmantes Lächeln in die Runde.

Herr Pötschke drehte sich halb um. „Das sind de Frau Staller und de Frau Brüggner von de Bolizei."

Herr Bamberger blickte erstaunt zu Lena.

"Mein Gott, ist etwas passiert?"

Alex trat einen Schritt auf Herrn Bamberger zu.

„Es sind zwei junge Menschen verunglückt. Ein Mann ist im See ertrunken und ein 13-jähriger Junge wurde gestern auf der Landstraße angefahren und liegen gelassen, Fahrerflucht. Wir ermitteln."

Beide Männer wirkten betroffen. Norbert Bamberger schaute Alex an. „Von dem jungen Mann im See habe ich gehört, aber das mit dem Jungen ist mir neu. Wie geht's im denn?"

Lena trat neben Alex. „Wir wissen es noch nicht, das Krankenhaus konnte noch nichts sagen. Hatten Sie nicht gestern Abend eine außerordentliche Sitzung in der Waldmühle? Uns würde interessieren, wer dort gewesen ist und wann wohin fuhr?"

Herr Bamberger kratzte sich am Kopf und überlegte.

„Also an der Sitzung haben teilgenommen: der Bürgermeister, Wolfgang Thiele, Jonas Kleinschmidt und ich. Ich bin früher weg. Der Wetterbericht hatte Sturmböen angekündigt und ich musste schauen, ob meine Jungs die Baustelle sturmsicher hinterlassen haben. Ich hafte nämlich dafür, wenn etwas passiert. Wann die anderen weg sind, keine Ahnung. Aber meine Frau ist erst nach 23 Uhr nach Hause gekommen. Sie dekorierte mit der Wirtin und zwei Lehrerinnen die Festscheune."

Er fing an zu schwitzen, Lena ließ nicht locker.

„Sie sind doch bestimmt die Erfurter Landstraße runtergefahren, ist Ihnen da jemand begegnet? Wann sind Sie losgefahren?"

Herr Bamberger schüttelte den Kopf.

„Ich habe niemanden überholt, auch kam mir niemand entgegen, ich bin noch vor dem Gewitter weg."

Herr Pötschke wirkte immer noch etwas mitgenommen. „Hoffentlich gommt der Kleene bald wieder off de Beene."

Alex nickte zustimmend. „Das hoffen wir auch! Wenn Ihnen noch etwas einfällt, rufen Sie uns bitte an."

Die Frauen verabschiedeten sich und fuhren auf die Landstraße zurück. Lena konnte im Wagen kaum an sich halten. „Dieser eingebildete Fatzke, ich kann den einfach nicht leiden! Hat schon halb Tampa gekauft und lässt überall den großen Baufuzzi raushängen. Außerdem fährt er auch einen riesigen, dunklen Geländewagen."

Alex bog die nächste Abfahrt ab in eine kleine Baumallee, die zur Waldmühle führte. „Du hast aber schon gehört, dass er mit seiner Frau den Wagen getauscht hat."

Lena verdrehte die Augen. „Ja, das werde ich aber nachprüfen."

Die Fahrt zur Waldmühle auf der schmalen, geteerten Allee gestaltete sich schwierig. Alex hatte zu tun, ihren Wagen geschickt an gut gelaunten Menschen, die hübsch in Trachten gekleidet waren oder als Wandersleute der Festwiese entgegen strömten, vorbeizusteuern. Die Plakate am Wegesrand kündigten für den heutigen Freitagabend eine bekannte Partyband in der Festscheune an.

Sie parkten an der Seite vor dem überfüllten Parkplatz. Auf der Festwiese vor der hübsch geschmückten Scheune herrschte buntes Treiben. Niedliche kleine Holzhütten, in denen Handwerker und Gewerbetreibende ihre Waren anboten sowie Essens- und Trinkstände umrahmten den Platz. Auch ein großer Bratwurststand verströmte seinen Duft durch die Menschenmenge. Hübsch dekorierte Biertischgarnituren luden zum Verweilen ein. Eine Blaskapelle heizte die Stimmung an.

Alex und Lena ließen sich von der guten Laune anstecken. Erst jetzt bemerkten sie, dass sie schon lange nichts mehr gegessen hatten. Sie gönnten sich eine Thüringer

Bratwurst und ein alkoholfreies Bier, danach machten sie sich an die Arbeit.

Das Waldmühlengebäude schmückten ebenfalls bunte Girlanden. Alex und Lena betraten den gut besuchten Gastraum. Zünftige Musik beschallte die Gäste. Zwei in Dirndl gekleidete Kellnerinnen trugen händevoll Bierkrüge zu den Tischen. In der aufgeheizten Stimmung konnte man kaum sein eigenes Wort verstehen. Wolfgang Winter, der Wirt, stand hinter dem Tresen und spülte Gläser im Akkord. Auch er trug ein kariertes Hemd und Lederhosen. Er schaute auf und erkannte Lena.

„Hallo Lena, der Bürgermeister hat euch schon angekündigt. Kann ich helfen?"

Lena trat an den Tresen, musste den Wirt fast anschreien. „Ja, das hoffe ich, Wolfgang. Das ist meine Kollegin Frau Brückner aus Erfurt, können wir uns irgendwo ungestört unterhalten?"

Der Wirt nickte Alex zu und rief nach hinten in die Küche. Ein junger Mann trat neben ihn und wischte sich die Hände an einem Tuch ab, das mit einer Ecke in seinem Hosenbund steckte. Herr Winter drückte ihm ein Glas in die Hand und deutete auf den Zapfhahn.

„Das ist mein Sohn Max, der hilft dieses Wochenende aus. Viel Zeit habe ich nicht, aber kommen Sie mit", antwortete er murrend. Er ging voraus und führte die beiden Frauen in ein kleines Büro neben den Tresen.

Alex übernahm sofort die Befragung.

„Herr Winter, wir untersuchen den Fall Rene Schmitt vom vorigen Samstag. Ist Ihnen etwas Ungewöhnliches aufgefallen? Leute, Fremde, Taucher oder Ereignisse, die uns weiterhelfen könnten? Das kann auch andere Tage betreffen?"

Herr Winter überlegte. „Ja, das mit Rene, das tut mir so leid. Auch meine Frau ist ganz betroffen. Wir kannten den Jungen gut, auch seinen Freund Mark. Die Zwei haben öfters bei uns ausgeholfen und sich ein bisschen Taschengeld dazuverdient. Zwei ganz tolle Jungs, auf die wir uns immer verlassen konnten."

Er wischte sich mit den Handrücken den Schweiß von der Stirn. „Voriges Jahr ist Mark ertrunken und jetzt Rene. In der Stadt glaubt keiner mehr an einen Unfall. Meine Mutter macht mich wahnsinnig. Sie redet die ganze Zeit von einem Fluch. Na ja, sie ist schon ein bisschen tüttelig. Letztes Wochenende steppte hier der Bär. Wir sind kaum nachgekommen bei dem schönen Wetter. Wir hatten alle Boote vermietet, aber die sind alle nach einer Stunde wieder ordnungsgemäß abgegeben worden. Der Biergarten fiel in den Zuständigkeitsbereich meiner Frau, die können Sie ja nochmal fragen. Vielleicht ist ihr etwas aufgefallen oder unserer Kellnerin, der Susi. Ich kann mich an nichts Außergewöhnliches erinnern. Auch die Gäste ganz normal."

Alex verzweifelte langsam. Nirgends gab es den kleinsten Anhaltspunkt und immer wieder dieser blöde Fluch. „Wie sieht es aus mit fremden Tauchern oder Schwimmern?"

Herr Winter schüttelte den Kopf.

„Schwimmen ist in diesem Teil des Sees strengstens verboten. Wir haben hier auch noch keinen planschen sehen. Und Tauchen tut nur mein Freund Helmut Zober mit seinem Verein. Das sind ausgebildete Spezialisten und keine Hobbytaucher. Die gehen auch nur in der Gruppe runter, das ist sonst zu gefährlich. Aber jetzt muss ich mich wieder um die Gäste kümmern."

Lena hielt ihn auf. „Noch eine Frage, Wolfgang: Wir suchen Zeugen für einen Unfall gestern Abend auf der Erfurter Landstraße. Der Stadtrat hatte doch eine Sitzung um diese Zeit. Weißt du, wer wann wohin gefahren ist?"

Der Wirt blickte Lena erschrocken an.

„Ach, das mit dem Leutenberger seinem Jungen? Das habe ich schon gehört, schrecklich. Wer macht so was?

So genau habe ich nicht auf alle geachtet. Ich habe die Schweinshaxen für heute zubereitet. Der Bamberger ist als erster weg, genaue Uhrzeit kann ich aber nicht sagen. Nach dem Gewitter ist der Hans-Georg los und der Thiele und der Kleinschmidt 'ne ganze Ecke später. Meine Frau dekorierte bis spät in die Nacht mit ein paar Frauen die Festscheune. Übrigens half auch Bettina Bamberger mit. Wie geht es denn dem Jungen?"

Lena zuckte mit den Schultern. „Wir warten auf den Anruf vom Krankenhaus. Mit welchem Wagen ist der Bamberger gefahren?"

Der Wirt überlegte abermals. „Also gekommen ist er mit dem Golf seiner Frau, die haben nämlich getauscht. Bettina hat uns heute noch die kleine Hüpfburg hochgefahren."

Lena hakte nochmals nach.

„Was hat der Herr Bamberger getrunken?"

Herr Winter wurde plötzlich nervös.

„Das weiß ich nicht, darauf habe ich nicht geachtet. Aber ich muss jetzt los."

Er stürmte aus dem Büro. Im Gastraum klingelte Lenas Handy. Da sie bei dem Lärm nichts verstand, lief sie auf den Hof. Sie beendete gerade ihr Telefonat, als Alex sie eingeholte. „Das war das Krankenhaus, der Junge ist über den Berg und ansprechbar."

Alex verspürte große Erleichterung. „Endlich mal eine gute Nachricht! Da muss ich heute noch hin."

Lena nickte. „Da würde ich gerne mitkommen, fällt ja quasi in meinen Bereich. Aber wir können uns vorher noch schnell Susi und die Wirtin vorknöpfen."

Alex stimmte zu und sie betraten die Festscheune. Laut singende und schunkelnde Menschen, die Bierkrüge aneinanderschlugen und Schweinshaxen aßen, schien die stickige Luft nicht zu stören. Bei der Lautstärke konnte man sein eigenes Wort nicht verstehen. Fesche Kellnerinnen im Dirndl trugen Bierkrüge und Essen zu den Gästen. Lena deutete auf eine besonders große und dicke Frau im lila Dirndl, die gleich 10 Krüge Bier zu einer Herrenrunde schleppte. „Das ist übrigens die dicke Susi. Ich glaube, die arbeitet für zwei."

Alex grinste. „Aber Essen scheint sie auch für zwei."

„Ja, Lena, was machst du denn hier? Biste immer noch im Dienst?" Alex und Lena drehten sich um. Hinter ihnen stand Frau Winter, fesch in ein kurzes gold-rosa Dirndl gekleidet mit hochgesteckter Flechtfrisur, und schaute auf Lenas Uniform.

Lena lachte, sie musste ihre Antwort Frau Winter fast ins Ohr schreien. „Hallo Carola, ja leider. Kann man dich und die Susi hier für einen Augenblick entbehren? Wir haben da ein paar Fragen."

Frau Winter nickte und winkte Susi zu sich heran. Sie lief auf eine kleine Holztür zu, die ins Freie führte. Die Frauen folgten ihr. Sie schloss die Tür. Sie standen auf einen kleinen Versorgungshof, auf dem sich Mülltonnen bunt aneinanderreihten und Stapel von ausrangierten Kisten und alten Kartons an den Wänden lehnten.

„So, jetzt müssen wir nicht mehr so schreien. Was gibt es denn, Lena? Kommst du wegen Rene?"

Lena nickte, sie deutete auf Alex.

„Ja, das ist meine Kollegin Hauptkommissarin Alexandra Brückner und wir ermitteln wegen Rene. Könnt ihr euch an irgendetwas erinnern? Vor allem am vergangenen Wochenende, ist etwas vorgefallen? Ist was auf dem See passiert? Oder ist irgendjemand aufgefallen? Manchmal sind es auch Kleinigkeiten, die uns weiterhelfen können."

Frau Winter und Susi schauten sich an, dann schüttelten beide mit dem Kopf. Die Wirtin zuckte mit den Schultern. „Da ist mir nichts aufgefallen, Susi und ich haben hier rotiert, auf der Terrasse ging kein Apfel mehr zur Erde. Und wegen dem armen Rene bin ich untröstlich. Ich kannte ihn schon als Kind. Ich bin mit seinen Eltern befreundet. Was für eine Tragödie, aber ich kann euch nicht helfen."

Susi stimmte Frau Winter zu und schickte sich an, noch etwas zu sagen.

Alex sah Susi erwartungsvoll an. „Ja, ist Ihnen was eingefallen?"

Die Kellnerin druckste herum und schaute unsicher zu ihrer Chefin. „Naja, ich weiß nicht, ob das wichtig ist, aber deine Schwiegermutter hat mir aufgeregt erzählt, dass sie das Böse gesehen hat, das war am Sonntag."

Frau Winter fiel ihr genervt ins Wort.

„Ach, hör doch auf, die Margarete hat schleichende Demenz, sieht überall das Schlechte. Ich kann es bald nicht mehr hören. Das ist nur das Geschwätz einer alten Frau. Wir müssen aber jetzt wieder an die Arbeit, sonst zerlegen die uns die Bude. "

Alex und Lena verabschiedeten sich. Allerdings musste Lena Carola das Versprechen geben, dieses Wochenende vorbeizuschauen.

Auf dem Weg zum Auto checkte Lena ihr Handy. Das Display zeigte Regina Wegners Nummer an. Wahrscheinlich war das Klingeln bei dem Lärm untergegangen. Nach dem Rückruf drückte Lena Alex ihr Handy in die Hand.

„Das ist für dich! Regina."

Alex nahm verwundert das Telefon. „Hallo Alex, ich versuche dich schon den halben Tag anzurufen. Hast du dein Handy aus?"

Alex holte das Handy aus ihrer Tasche und warf einen Blick darauf. „Oh, es tut mir leid, es ist noch auf lautlos gestellt. Was gibt es denn?"

Regina berichtete, dass Matze und sie das Umfeld von Rene überprüft hätten. Ob Freunde, Uni, Sport und Arbeit: Es gab nichts Nennenswertes zu berichten, auch in den sozialen Netzwerken keine Anhaltspunkte. Aber auf dem Computer entdeckte Matze etwas Besonderes.

„Rene interessierte sich nach Marks Tod für die Todesursache, Tod durch Ertrinken, und er recherchierte über einen Fluch, der angeblich über dem Dorf liege. Eine Familie Kobenstein spiele darin eine Rolle, deren Kind zu Tode kam. Er informierte sich über die zwei älteren Söhne sowie den Bruder der Kobenstein und beschattete alle drei eine Zeit lang. Es gibt Hunderte von Bildern. Anscheinend sind die meisten Bilder aus einem Auto gemacht worden und er muss eine gute Kamera mit großem Zoom gehabt haben. Das solltest du dir unbedingt anschauen."

Alex überlegte und schaute auf die Uhr. Dreivierteldrei.

„Ja, diese Geschichte ist uns bereits bekannt. Eigentlich wollten wir erst in die Klinik. Der Junge ist über den Berg und ansprechbar. Aber dann fahren wir als erstes bei Euch vorbei. Wir sind unterwegs, bis gleich."

Alex informierte Lena.

„Matze entdeckte auf Renes Laptop Recherchen über die Kobensteins und den Fluch. Ich bin mir jetzt ganz sicher, dass die Vergangenheit eine Rolle spielt und dann ist es vielleicht nicht nur das Geschwätz einer alten Frau."

Während der Fahrt rief Alex zu Hause an. Ihre Mutter Annette nahm den Hörer ab.

„Hallo Alexandra, wir sind heute schon zwei Stunden eher gefahren wegen der Staugefahr und haben das Gästezimmer in Beschlag genommen. Opa erntet mit den Zwillingen Kirschen im Garten. Lisa ist allerdings noch nicht da. Aber dein Göttergatte stand vorhin vor der Tür. Als er uns sah, fiel ihm doch noch ein wichtiger Termin ein. Ich glaube, der ändert sich nie. Wann kommst du eigentlich nach Hause?"

Alex beendete gerade ihr Überholmanöver.

„Ich habe noch zwei Termine, bin also nicht so schnell zu Hause. Ihr könnt mit den Kindern schon zu Abendessen, den Kühlschrank habe ich erst aufgefüllt. Ich stoße dann dazu und grüß mir meine Männer."

Alex fuhr ihren Wagen auf den Parkplatz vor dem Kommissariat. Auf dem Platz standen nur noch wenige Autos. Freitag, später Nachmittag, viele Kollegen genossen bereits ihr wohlverdientes Wochenende. Als Alex und Lena das Büro betraten, packte Regina eilig ihre Sachen zusammen. Die Begrüßung fiel kurz aus.

„Da seid ihr ja endlich, ich muss gleich weg. Ich brauche noch etwas zum Abendessen, sonst ist mein Besuch eher da als ich. Kommt, ich zeige es euch schnell!"

Sie aktivierte den Computer und klickte einige Seiten an. „In diesem Ordner wurde von Rene alles gespeichert, was er nach Marks Tod recherchierte. Zum Beispiel hier alles über den Tod durch Ertrinken. Oder diese Seiten hier, Gesundheitszustand von Mark. Er besaß sogar den Obduktionsbericht von ihm, wie kam er da nur ran? Matze meint, er hat sich ins System gehackt. Aber jetzt kommt es."

Regina hatte mit ein paar Mausklicks die Datei geöffnet.

„Hier schaut, der Fluch von Tampa. Da steht die ganze Geschichte, kurz gesagt, ein Kind kam zu Tode, die Mutter hat damals die Siedlungsgemeinschaft dafür verantwortlich gemacht und deren Kinder verflucht. Ist das nicht abgefahren? Ihr kennt die Geschichte schon?"

Alex legte ihre Hand auf Lenas Schulter.

„Lena erlebte als junge Beamtin dieses Ereignis mit, aber das mit dem Fluch haben wir bis jetzt als Aberglaube eingestuft. Wir sind uns allerdings einig, dass die jetzigen Ereignisse mit der Vergangenheit zu tun haben. Was hast du noch? Es ging doch um Bilder?"

Regina öffnete die nächste Datei.

„Schaut, Rene recherchierte über eine Familie Kobenstein. Der jüngste der drei Brüder litt unter dem Tourette-Syndrom und verunglückte im Steinbruch. Die Mutter kam später in eine psychiatrische Klinik und lebt jetzt im Pflegeheim in Tampa. Der älteste Sohn, Thomas Kobenstein ist Banker geworden und lebt mit Freundin in einem Penthaus in Frankfurt. Ihm scheint es sehr gut zu gehen, hier sind die Bilder, hunderte. Rene muss ihn eine ganze Weile überwacht haben."

Alex und Lena schauten sich die Bilder an. Alex fragte Regina. „Habt ihr die schon alle gesichtet? Ist etwas Brauchbares dabei?"

Regina schüttelte den Kopf. „Nein, nur Alltagssachen, Geschäftstermine, schön gehen mit Freundin. Hier einkaufen mit Freundin und schaut euch mal seinen Wagen an, ich will nicht wissen, was der gekostet hat. Ich wusste auch nicht, nach was ich suchen sollte. Am besten ist, ihr schaut sie selbst nochmal durch."

Lena sah Regina fragend an. „Der andere Bruder ist doch ein bekannter Künstler geworden?"

Regina nickte und klickte auf die Tastatur.

„Und was für ein fescher Bursche, Dominik Kobenstein, ein weltweit anerkannter Künstler, der bereits in New York, Barcelona, Paris und sogar in Canberra in Australien ausgestellt hat. Seine Kunstobjekte sind heiß begehrt und sauteuer. Das ist die Startseite seines Internetauftrittes."

Auf dem Bildschirm erschien eine modern gestaltete Website, auf der sich der Künstler vorstellte: Einige Skulpturen und das Konterfei von Dominik Kobenstein in schwarz-weiß, ein schönes, markantes Gesicht mit ausdrucksstarken Augen und längeren gelockten Haaren.

„Mein Gott, hat der sich verändert! Ich kannte ihn noch als schüchternen Jugendlichen", staunte Lena.

Regina lachte. „Ja, was für eine Sahneschnitte."

Auch Alex beeindruckte, was sie sah.

„Gibt es von ihm auch Bilder?"

Regina nickte und klickte sich durch die Website, auf der es Bilder und Skulpturen des Künstlers zu sehen gab sowie Berichte über weltweite Ausstellungen und seinem Künstlerhof in Daasdorf bei Weimar.

„Stopp!“, rief Alex plötzlich. „Das kennen wir doch!“

Auf dem Bildschirm zeigte sich der Kinderbrunnen vom Tampaer Marktplatz. Regina las laut vor.

„…handelt es sich hier um eine Schenkung des Künstlers an seine Heimatstadt. Na schau, da ist er auch noch großzügig. Aber jetzt Renes Recherchen, schaut mal, heimliche Bilder, wie von einem Privatdetektiv aus dem Verborgenen geschossen.“

Der Computer blätterte Unmengen an Bildern auf, die Dominik Kobenstein in allen möglichen Lebenssituationen zeigten. Auf vielen Fotos sah man ihn mit attraktiven Frauen beim Essen in edlen Restaurants, aus teuren Autos steigen, auf Vernissagen. Einige Bilder schienen auf seinem Künstlerhof fotografiert worden zu sein. Zwischendurch zeigten sich immer wieder Bilderserien, auf denen er mit einer älteren Frau mit rotem Haar im Rollstuhl zu sehen war.

Lena zeigte auf die ältere Frau. „Das ist Magdalena Kobenstein, die Mutter, und es sieht aus, als seien die meisten Bilder in Tampa gemacht worden. Er scheint sie oft zu besuchen. Schau Alex, hier sitzen sie beim Italiener auf dem Markt. Ich glaube, Dominik hat damals sehr an seiner Mutter gehangen und scheint es heute immer noch.“

Regina trommelte erneut auf der Tastatur herum.

„So meine Damen, und hier der Dritte im Bunde. Oleg Stöber 63, der Bruder von der Kobenstein, sie ist eine geborene Stöber. Er wohnt im alten Elternhaus und ist ein Einzelgänger. Er arbeitete als Hausmeister an der Grundschule und ist jetzt im Vorruhestand. Er ist meistens allein auf den Fotos, außer hier.“

Regina rief die Bilderserie auf, auf dem ein älterer Mann mit hellblauen Augen und weißem Haarkranz zu sehen war. Auf einigen Fotos allerdings stand er mit mehreren Männern mit Angelruten am Vereinshaus am See. Alex und Lena erkannten den Bootssteg und Herrn Pötschke.

„Er wird Mitglied im Angelverein sein", meinte Regina und klickte weiter. „Und hier besucht er seine Schwester. Die zwei scheinen auch ein inniges Verhältnis zu haben. Das ist das einzige Bild, auf dem alle drei zusehen sind: die Mutter, der Bruder und Dominik. So Mädels, jetzt muss ich aber los. Ich bekomme nämlich das Wochenende Besuch von meiner Tochter samt Familie, gleich drei Enkel. Das wird stressig, aber ich freu mich, die kleinen Racker mal wieder zu sehen. Euch viel Spaß damit. Matze habe ich schon nach Hause geschickt, der hätte sonst Samstag und Sonntag auch noch in seinem Kabuff verbracht. Übrigens hinter euch befinden sich alle Ausdrucke in Akten sortiert. Und Alex: Es sind jetzt alle Berichte, Bilder und Ermittlungsergebnisse in unserer digitalen Akte drin, nur die Liste mit den Geländewagen in der Gegend habe ich dir noch mal ausgedruckt, die liegt auf deinem Schreibtisch. So, ich bin jetzt weg!", trällerte sie fröhlich.

Regina schnappte ihre Sachen und verschwand aus dem Büro.

Alex und Lena blieben allein zurück.

Lena scrollte zwischen den Bildern hin und her.

„Ich bin beeindruckt. Rene hat hier lückenlose Polizeiarbeit geleistet. Vielleicht ist er jemandem zu nahegekommen? Oder was meinst du?"

Alex starrte auch auf die Fotos. „Ich weiß nicht und kann mir noch keinen Reim drauf machen. Ich muss es mir in aller Ruhe zu Gemüte führen. Wusste Rene mehr als wir? Auf den ersten Blick konnte ich bei seinen Recherchen nichts Greifbares herausfinden. Keiner der drei Männer ist bei einer Straftat fotografiert worden. Dass er auch in Richtung Vergangenheit ermittelte, bestätigt doch unsere Vermutung. Heute Abend werde ich mir alles in aller Ruhe anschauen."

Die beiden Frauen verließen das Büro. Alex legte den Berg Akten in ihren Kofferraum. Mühsam quälten sie sich durch den abendlichen Verkehr in Erfurt, bekamen aber am Heliosklinikum gleich am Eingang einen Parkplatz.

Alex und Lena meldeten sich bei Oberschwester Sonja an. Der Kinderarzt Dr. Lehmann wurde dazu gerufen. Er gab beiden Frauen die Hand.

„Guten Tag, ich bin der behandelnde Arzt. Sie möchten den Jungen sprechen? Eigentlich bin ich an meine ärztliche Schweigepflicht gebunden, aber die Eltern des Jungen haben mir gestattet, der Polizei Auskunft über den gesundheitlichen Zustand ihres Kindes zu geben. Sie sind an einer schnellen Aufklärung interessiert. Bei der Einlieferung des Jungen haben wir eine Ruptur seiner Milz diagnostiziert und eine Fraktur im rechten Schienbein. Es ist ein glatter Bruch, das wird sicher problemlos heilen. Zum Glück konnten wir feststellen, dass es sich bei dem Milzriss um Typ 1 handelt. Das heißt, wir konnten konservativ durch Bluttransfusionen und Flüssigkeitsgaben das Organ retten. Nun braucht unser kleiner Patient erst einmal viel Ruhe, aber er wird wieder gesund. Ich gebe Ihnen nur ein paar Minuten. Denis ist noch sehr schwach. Außerdem leidet er an einer leichten Amnesie und kann sich an den Unfall nicht erinnern. Schwester Mia wird Sie in das Zimmer begleiten." Er nickte den Frauen zu und verschwand im nächsten Krankenzimmer.

Schwester Mia führte sie den Flur entlang, vor einer Tür blieb sie stehen. Sie drehte sich zu Alex und Lena um. „Ich möchte Ihnen etwas sagen. Ich habe den Jungen in der Nachtschicht betreut. Er bekam starke Schmerzmittel und hat die ganze Nacht fantasiert. Ich konnte ihn kaum beruhigen. Ich habe so etwas noch nie erlebt. Er sprach von einer Schuld. Er ist schuld. Ich habe es so verstanden, dass ein Freund von ihm gestorben ist. Er hat von Eis gesprochen, was bricht."

Alex fragte verwundert: „Haben Sie mit den Eltern darüber gesprochen?"

Die Schwester nickte. „Ja, mit der Mutter, aber die hat mich nur entgeistert angeschaut und gemeint, ach ich dachte, er hätte die Sache vergessen. Sie kommt nachher wieder, ist nur mal kurz heimgegangen, um ein paar Sachen zu holen. Bitte gehen Sie rücksichtsvoll mit ihm um."

Alex bedankte sich. „Danke, dass Sie uns das mitgeteilt haben. Ich werde mit Denis sprechen. Ich habe Zwillinge im ähnlichen Alter. Ich kriege das schon hin."

Im Krankenzimmer, dessen Wände lustige Comics schmückten, stand nur ein Bett. Ein großer Teddybär, Geschenke und Süßigkeiten stapelten sich auf dem kleinen Tisch und der flachen Kommode. Lena blieb an der Tür stehen. Alex betrat langsam das Zimmer, zog einen Stuhl an das Bett des jungen Patienten und setzte sich. Der Junge schaute sie mit großen Augen an. Sein, mit Schürfwunden übersätes, blasses Gesicht wirkte sehr zerbrechlich.

Alex sprach sehr behutsam.

„Hallo Denis, ich bin Alex. Ich bin Polizistin und untersuche deinen Unfall. Ich habe auch zwei Jungs in deinem Alter, das sind Zwillinge. Die zwei stellen immer ganz viel Verrücktes an. Leon hatte auch einen Fahrradunfall und sich dabei den Arm gebrochen. Auf seinem Gipsarm mussten dann alle unterschreiben und viele malten lustige Bilder darauf. Leon war ganz stolz auf seinen Arm und hat ihn überall herumgezeigt. Ich sehe schon, du hast ein Gipsbein. Tut es dir denn weh?"

Beide schauten auf das verbundene Bein, was auf einem großen Kissen lag.

Der Junge schüttelte den Kopf. „Nur wenn ich es bewege."

Alex schaute ihn fragend an. „Darf ich auf dein Bein auch etwas Lustiges drauf malen?"

Der Junge lächelte. Mit seinem kurzen Igelschnitt wirkte er regelrecht verschmitzt. Er nickte.

Alex lachte auch, nahm ihren Kuli aus der Tasche und malte einen lustigen Smiley auf den Gips. Denis gefiel die Zeichnung. Alex fragte ihn. „Sag mal, kannst du dich eigentlich an etwas erinnern, was da passiert ist?"

Der Junge schüttelte wieder traurig den Kopf.

Alex trommelte ganz behutsam mit den Fingern auf seine Hand. „Und, dass es so geregnet hat?"

Wieder Kopfschütteln. Alex tat enttäuscht.

„Ach schade, aber wenn dir das wieder einfällt, erzählst du mir es dann?"

Der Junge nickte. „Ist dein Leon wieder gesund?"

Alex lächelte. „Na klar, der spielt wieder Fußball und fährt Fahrrad und du kannst das auch bald wieder! Der Arzt hat mir nämlich verraten, dass du wieder ganz gesund wirst."

Denis sagte traurig. „Aber mein neues Fahrrad ist doch kaputt."

Alex wurde ernst. „Das macht dir sicher große Sorgen, aber es ist doch nur ein Fahrrad, was man ersetzen kann. Du hast Glück gehabt und wirst wieder gesund. Deine Eltern kaufen dir bestimmt ein schickes neues Fahrrad."

Der Junge wandte sich ab und eine dicke Träne kullerte über seine Wange. Alex streichelte seine Hand.

„Dich bedrückt doch etwas, das kannst du mir ruhig erzählen. Ich würde dir gern helfen. Es tut gut, wenn man jemanden sein Herz ausschütten kann. Und Geheimnisse erzählt man nicht weiter."

Denis schaute Alex mit großen Augen an.

„Mein Freund Manuel und sein Bruder sind im See gestorben, das Eis ist eingebrochen. Ich bin weggelaufen und das ist jetzt meine Strafe."

Der Junge fing an zu weinen. Alex schaute kurz zu Lena. Sie stand wie eine Salzsäule erstarrt und gab Alex mit einem leichten Kopfnicken zu verstehen, dass sie wusste, um was es ging. Alex legte seine Hand in ihre.

„Weine nicht, Denis. Erzähl mir einfach, was geschehen ist."

Schwester Mia trat mit dem Abendbrot ins Zimmer. Lena drängte sie wieder hinaus und schloss die Tür hinter sich.

Alex ließ den Jungen Zeit und ging sehr behutsam mit ihm um. „Der Manuel, der Mirco und ich sind zum See gelaufen. Wir wollten Steine auf das Eis werfen, es war nämlich ganz kalt. Und da kam ein Mann auf dem Eis langgelaufen. Wir haben ihm gesagt, dass man nicht auf das Eis gehen darf, das ist verboten. Aber er hat uns gesagt, dass er vom Wasseramt kommt und das Eis und das Wasser kontrolliert. Dann hat er uns ganz dickes Eis gezeigt und gesagt, dass es dieses Jahr besonders stark ist wegen der Kälte. Und dieses Jahr dürfen alle auf den See Schlittschuh fahren."

Alex merkte, wie Adrenalin in ihren Körper schoss und sich die Gedanken in ihrem Kopf überschlugen. Mein Gott, lockte da einer die Kinder auf den See?

Denis liefen die Tränen übers Gesicht, aber er wollte die Geschichte, die er schon so lange mit sich herumtrug, endlich jemanden erzählen. „Manuel und Mirco sind gleich auf den See gelaufen und geschlittert. Ich habe mich erst nicht getraut, weil es mir meine Eltern verboten haben. Aber als ich gesehen habe, dass das Eis hält, bin ich auch ganz vorsichtig drauf gelaufen, aber gleich am Rand vorn mit meinem Fuß eingebrochen. Meine Schuhe und Füße waren ganz nass. Ich bin wieder zurückgelaufen und wollte die anderen beiden zurückwinken und habe gerufen, sie sollen vom Eis runterkommen."

Alex nahm jetzt beide Hände des Jungen. „Sei ganz ruhig Denis und weine nicht mehr, ich höre dir zu."

„Die zwei haben aber nicht gehört. Auch oben auf den Felsen haben Leute gewunken und gerufen. Und dann fing das Eis plötzlich an zu knacken, erst nur ein bisschen und dann ganz laut. Ich habe mich schnell im Schilf versteckt, damit mich keiner sieht. Als ich wieder auf den See geschaut habe, war keiner mehr da. Manuel und Mirco sind einfach verschwunden."

Alex begriff nur langsam das Ausmaß von dem, was sie hörte. Wer tut so etwas?

„Denis, wo war denn der Mann vom Wasseramt?"

Der Junge schaute sie wieder mit seinen großen Augen an. „Den habe ich nicht mehr gesehen. Ich bin dann einfach nach Hause gelaufen und habe niemanden etwas erzählt. Ich habe so eine Angst gehabt. Am nächsten Tag hat mir meine Mama gesagt, dass beide gestorben sind, weil sie nicht auf die Eltern gehört haben."

Alex stand auf und drückte ganz vorsichtig den weinenden Jungen. „Du musst jetzt keine Angst mehr haben. Jetzt weiß ich das und werde dir helfen. Denis, du bist nicht schuld an dem Unglück, was deinen Freunden zugestoßen ist. Im Gegenteil, dir ist nichts geschehen, weil du auf deine Eltern gehört hast, verstehst du?"

Der Junge nickte und lächelte. Alex sah seine Erleichterung. „Jetzt isst du schön Abendbrot und danach träumst du was Schönes, ich werde mit deiner Mama sprechen. Keine Angst, sie wird nicht schimpfen.

Sag mal, kannst du dich an den Mann noch erinnern. War der alt oder jung, so wie der Herr Doktor?"

Denis schaute auf seine Hände. „Der war ganz schön alt, der hatte einen Bart und eine Brille und 'ne grüne Kappe auf."

Alex überlegte einen kleinen Moment und fuhr dem Jungen über seinen Igelschnitt. „Weißt du Denis, ich habe einen lieben Kollegen, der kann ganz tolle Bilder am Computer zeichnen. Meinst du, du kannst ihm helfen, den Mann vom Wasseramt zu malen?“

Denis nickte.

Alex hob den Daumen. „Das ist toll! Den schicke ich dir vorbei, der ist total lustig. Aber lass es dir jetzt schmecken, ich schicke dir die Schwester Mia rein. Ich glaube, die mag dich sehr.“

Sie öffnete die Tür und Schwester Mia brachte Denis das Abendessen.

Lena trat auf Alex zu und fragte aufgeregt.

„Sag mal, habe ich das richtig verstanden? Geht es da um die zwei im Eis eingebrochenen Jungs?“

Alex lehnte an der Wand und atmete tief durch. Sie brauchte einen Augenblick, um das eben Gehörte zu verarbeiten. Sie nickte. „Wann ist das passiert?“

Lena starrte Alex entsetzt an.

„Vor vier Jahren im Winter. Die zwei Brüder sind auf den gefrorenen See gelaufen, obwohl hier jedes Kind schon mit der Muttermilch eingeimpft bekommt, nicht auf das Eis zu gehen, wenn es nicht ausdrücklich erlaubt wird. Durch die Tiefe des Gewässers braucht der See länger, um eine tragende Eisschicht zu bilden. Wir hatten in den letzten Wintern kaum länger zweistellige Minusgrade. Ich kann mich gar nicht erinnern, wann der See zum letzten Mal zum Eislaufen freigegeben wurde. Jedenfalls nicht in dem Jahr, in dem die Jungs eingebrochen sind. Wir hatten sogar Zeugen, eine Lehrerin, die mit ihrer Familie oben auf dem Felsen spazieren ging. Sie haben den Jungs noch zugerufen, vom See zu verschwinden und mussten mit ansehen, wie die zwei im Eis eingebrochen sind. Trotz schneller Maßnahmen konnte man die Kinder nicht retten.“

Alex schloss die Augen und nickte abermals. „Hast du ermittelt?

Lena sprach sehr leise. „Ja, mein Kollege Stockelmeier und ich, aber von einem dritten Jungen war nie die Rede. Wie gesagt, es gab fünf oder sechs Zeugen. Warum die Kinder auf das Eis sind, wissen wir nicht. Es ist streng verboten, auch heute noch."

Alex stöhnte und rieb sich die Schläfe.

„Denis gehörte dazu, er versteckte sich im Schilf aus Angst vor den Leuten. Ein Mann lockte die Kinder aufs Eis. Er sagte ihnen, er komme vom Wasseramt und zeigte den Kindern sogar eine dicke Eisschicht. Er versprach den Jungen, den See zum Schlittschuhfahren freizugeben. Stell dir das mal vor! Er ist selbst zum Beweis auf dem Eis herumgelaufen. Aber sicher gab es da auch dicke Stellen. Als die zwei eingebrochen sind, war er bereits verschwunden."

Lena starrte Alex an. „Mein Gott, er hat die Kinder auf das Eis gelockt? Ist Denis jetzt auch in Gefahr?"

Alex zuckte mit den Schultern. „Das weiß ich nicht, aber ich werde sofort einen Beamten vor Denis Tür stellen lassen."

Alex nahm ihr Handy und telefonierte mit der Dienststelle. Der Kollege von der Spätschicht versprach, sofort einen Beamten für Denis abzustellen.

Frau Leutenberger kam mit einem großen Beutel den Gang entlanggelaufen. „Guten Abend Frau Staller, haben Sie schon etwas herausgefunden wegen des Unfalls? Ich habe sogar Dr. Lehmann erlaubt, Ihnen Auskunft über Denis Verletzungen zu geben."

Lena gab ihr die Hand. „Hallo Frau Leutenberger, danke, der Arzt hat uns schon informiert. Wir stecken noch in den Ermittlungen. Das ist meine Kollegin Alexandra Brückner, Hauptkommissarin."

Auch Alex reichte ihr die Hand.

„Guten Tag, ich habe eben mit Ihrem Sohn gesprochen. Er isst gerade Abendbrot mit Schwester Mia. Kann ich Sie kurz sprechen?"

Frau Leutenberger zögerte.

„Hauptkommissarin? Aber … was ist denn mit Frau Staller? Was ist denn los? Es war doch nur ein Unfall?"

Alex nahm Frau Leutenberger zur Seite und informierte sie über Denis Geständnis, über den seelischen Druck und die Angst, die der Junge seit Jahren durchlitt. Denis' Mutter wirkte geschockt, Denis hatte ihr nie erzählt, dass er bei diesem tragischen Ereignis am See mit dabei war. Wie stark dieses Erlebnis ihren Sohn belastet hatte, schien ihr entgangen zu sein. Sie versprach Alex, sich behutsam um ihren Jungen zu kümmern. Alex gab ihr die Karte des Polizeipsychologen und ihre Telefonnummer, die sie jederzeit anrufen könnte. Zum Schluss bat sie Frau Leutenberger um absolute Verschwiegenheit, solange die Ermittlungen liefen.

Kapitel 9

Alex und Lena saßen schon eine ganze Weile im Auto. Lena schaute Alex an. „Was machen wir jetzt?“

Alex wurde aus ihren Gedanken gerissen. Trotz der noch herrschenden Wärme fröstelte sie.

„Nach dem, was ich gehört habe, kann ich nicht einfach ins Wochenende starten und Gartenarbeit mit meinen Kindern verrichten. Da treibt einer sein Unwesen in Tampa und wir müssen ihn stoppen. Hast du die Akten von dem Vorfall mit den Jungs in deinem Büro?“

Lena überlegte kurz. „Das ist erst vier Jahre her, das haben wir im Computer und zur Not auch im Archiv.“

Alex startete den Wagen. „Gab es noch mehr solche Fälle, bei denen Kinder zu Tode kamen?“

Lena sah Alex erschrocken an. „Du meinst eine Serie? Aber nein, solange ich im Revier bin, sind das die einzigen Todesfälle, die ich kenne. Und bis heute sind wir von einem Unfall ausgegangen, wie bei Mark und Rene.“

Alex fuhr aus der Parklücke und reihte sich in den abendlichen Verkehr ein.

„Meinst du, ich bekomme bei Euch heute noch ein Zimmer?“

Lena schüttelte den Kopf. „Ausgeschlossen, nicht zum Waldmühlenfest, aber ich könnte Carola anrufen. Unterm Dach gibt es noch ein Mansardenzimmer, da habe ich auch schon übernachtet. Das gehörte früher der Tochter.“

Alex nickte. „Versuch es.“

Lena führte mit Carola Winter ein kurzes Telefonat. Sie bedankte sich und legte ihr Handy beiseite. „Geht in Ordnung, du hast es“, lächelte sie triumphierend.

Alex schaute sie an. „Schön, dann musst du ja nicht zu Fuß nach Hause. Wie wolltest du eigentlich heimkommen?“

„Es fährt ein Bus von Erfurt nach Tampa und jede Stunde der Regionalexpress.“

„Und dein Oliver holt dich vom Bahnhof ab?"

Lena schüttelte energisch den Kopf. „Nö, mit dem habe ich mich heute Morgen so gestritten, ich wollte eigentlich im Büro schlafen."

Alex hielt an der roten Ampel. „Deswegen warst du heute so drauf, das habe ich bemerkt."

Lena tat etwas verwundert.

„Wie drauf, wie meinst du das?"

„Irgendwie, wie soll ich sagen, etwas aggressiv. Du hast manche unserer Zeugen etwas harsch angegangen, denk mal an den armen Herrn Bamberger."

Lena brabbelte etwas in sich hinein.

Alex fuhr zügig auf den Gagarinring. „Wir halten kurz bei mir. Ich möchte schnell noch meine Familie informieren und die Zahnbüste einstecken. Ist das ok?"

Lena nickte. „Ist mir recht."

Alex fuhr in das Villenviertel am Steigerwald und hielt in der Garageneinfahrt ihres Hauses. Lena konnte sich ein „Wow" nicht verkneifen. Das moderne Architektenhaus stand in einer wunderschön gestalteten Gartenanlage mit altem Baumbestand.

„Da habt ihr ja nicht gekleckert."

Alex scherzte. „Na hör mal, ich bin mit einem Banker verheiratet. Das muss sich ja schließlich lohnen! Kommst du mit rein?"

Lena lachte und winkte ab. „Nein, ich warte hier. Ich will noch mit Oliver telefonieren und ihm fairerweise Bescheid sagen."

Alex wurde bereits sehnlichst erwartet. Die Kinder saßen mit den Großeltern am Tisch beim Abendbrot. Es herrschte eine ansteckende Fröhlichkeit, selbst Lisa, heute gar nicht so schwarz geschminkt, alberte mit ihren Brüdern herum. Alex gab den Zwillingen je einen Kuss und setzte sich mit an den bunt gedeckten Tisch. Leon reichte ihr den Brotkorb und Lisa den Obstteller. Alex nahm ein paar Weintrauben.

„Ich kann leider nicht mit euch essen und muss auch gleich wieder weg. Meine Kollegin wartet draußen im Auto. Ich will nur ein paar Sachen holen. Mein Fall hat eine schlimme Wendung genommen, der ich unbedingt sofort nachgehen muss. Ich hoffe, ihr seid mir nicht böse. Wenn ich es schaffe, bin ich morgen Abend wieder zurück."

Alex bat ihre Eltern um ein Gespräch und erläuterte ihnen den Sachverhalt. Beide zeigten Verständnis für ihre Situation und erklärten sich bereit, sich um die Kinder zu kümmern. Sie brauchte sich keine Sorgen zu machen. Auch Michael wollte morgen bei der Gartenarbeit helfen. Alex lachte lautlos in sich hinein, das hat er sich bestimmt anders vorgestellt. Sie suchte schnell ein bisschen Wechselwäsche und Waschzeug zusammen und sprach kurz mit den Kindern. Ihre Mutter stand an der Tür und drückte ihr eine große Plastebüchse in die Hand. „Hier Kleines, ein bisschen Abendbrot, damit du Kraft hast, die Bösen zu fangen."

„Dankeschön, Mama." Alex gab ihrer Mutter einen Kuss, stieg zu Lena in den Wagen und legte ihr die Brotbüchse in den Schoß. „Hier, viele Grüße von meiner Mutter, unser Abendbrot."

Während der Fahrt berichtete Lena.

„Anfang Februar erreichte uns, meinen Kollegen Stockelmeier und mich, ein Anruf, dass Kinder auf dem See ins Eis eingebrochen seien. Ich kann mich genau erinnern. Es war an einem Montag, mein Kollege hatte Geburtstag und eine Torte mitgebracht. Die Rettungsmaßnahmen leitete die Einsatzzentrale ein, bei der der Notruf einging. Die Feuerwehr traf kurze Zeit vor uns ein und der Notarzt zehn Minuten nach uns. Der Feuerwehrchef Kobler forderte bereits während der Anfahrt beim hiesigen Tauchverein die Taucher an. Die Taucher aus Erfurt kommen zu lassen, hätte viel zu lange gedauert. Die ersten zwei Taucher waren gleich mit der Feuerwehr eingetroffen und suchten sofort an der Einbruchstelle nach den Kindern, aber erst als noch zwei andere Taucher dazu gestoßen waren, wurden die Jungs gefunden. Das Thermometer zeigte damals vier bis fünf Grad unter null und es herrschte ein eisiger Wind. Ich habe die Männer im Eiswasser bewundert, die haben alles gegeben. Die Wartezeit empfand ich am schlimmsten. Der Notarzt machte allen noch Hoffnung. Durch die Kälte hätten die Jungs noch eine gute Chance zu überleben, da die Unterkühlung den Sauerstoffverbrauch des Zentralnervensystems reduziert und sich dadurch die Wiederbelebungszeit verlängert. Die Reanimation dauerte über eine halbe Stunde, der Arzt und seine Helfer sind im Rettungswagen rotiert. Den Jüngeren konnten sie sogar zurückholen, aber er ist leider auch im Krankenhaus gestorben. Für den älteren Jungen kam jede Hilfe zu spät."

Alex starre auf die Fahrbahn. „Und die Eltern?"

Lena Stimme klang fast rauchig.

„Ach, hör auf, das sind Freunde von mir gewesen, Melitta und Rüdiger Lange. Mein Kollege Stockelmeier und ich mussten die Nachricht überbringen. Sag mal zwei jungen Menschen, dass ihre Kinder umgekommen sind. Das war das Schrecklichste, was ich in meiner Polizeilaufbahn tun musste."

Alex stimmte ihr zu. „Wohnen die Eltern immer noch in der Siedlung?"

Lena schüttelte den Kopf. „Ich glaube, sie hatten nur eine Option, um ihre Ehe zu retten: Irgendwo nochmal neu anfangen. Sie sind nach Mecklenburg gezogen in ein altes renovierungsbedürftiges Landhaus, um dort einen Neustart zu wagen. Sie wünschten keinen Kontakt mehr, zu keinem von hier. Aber ich weiß, sie sind nochmal Eltern von Zwillingen geworden."

Alex betete insgeheim: *Bitte lass mich nie etwas Derartiges erleben. Bitte, lieber Gott, beschütze meine Kinder.*

Zügig und ohne Vorkommnisse erreichten sie Tampa. Alex parkte am Polizeirevier neben Lenas Polizeiwagen.

Während Lena sofort im Archiv verschwand, um die Akten von vor vier Jahren zu suchen, nahm Alex vor dem Computer Platz und öffnete einige Dateien. Sie rief den Unfallbericht vom 3. Februar 2014 auf. Lena kam mit einem dicken Ordner ins Büro gestürmt.

„Ich bin fündig geworden!"

„Ich auch, hier ist die Datei." Alex fing an, sich durch die Berichte zuarbeiten.

Lena öffnete die Plastikdose, in der sich Wurstbrote, kleine Tomaten und Weintrauben befanden. Sie setzte sich neben Alex, zog einen Stuhl heran, legte ihre Beine hoch, nahm sich ein Stück Brot sowie die Akte auf den Schoß und las darin.

Alex stutzte. „Die vier Taucher stammten alle aus Zobers Verein."

Lena nickte. Alex klickte weiter. „Hier steht das mit den Zeugen. Ursula Meier und ihre Familie?"

„Ja, das habe ich auch gerade hier. Ausgerechnet die Klassenlehrerin des kleinen Manuels ging mit Mann, ihren Eltern und dem Sohn mit seiner Freundin, spazieren. Auf der Landzunge wollten sie die Aussicht über den See genießen und haben die Jungen auf den Eis herum hüpfen sehen. Die Männer sind sofort heruntergelaufen, um die Jungen vom Eis zu holen. Zeitgleich wollten die Frauen mit Winken und Rufen von oben die Kinder bewegen, vom Eis zu gehen. Während die drei Männer nach unten rannten, mussten die drei Frauen mit ansehen, wie die Kinder ins Eis einbrachen. Obwohl sofort der Notruf gewählt wurde, dauerte es doch zu lange, ehe die Rettungskräfte am Unfallort sein konnten."

Lena legte den Ordner beiseite und schaute mit auf dem Bildschirm. Bilder vom gefrorenen See und der Einbruchstelle, sowie vom Rettungseinsatz zeigten sich auf den Bildschirm. Sie fröstelte, der ganze Tag kam wieder hoch. Dieses Warten, diese Ewigkeit, ehe man die Kinder im See gefunden hatte und der lange Versuch, sie wiederzubeleben. Sie sah ihre Freundin und ihren Mann, die zusammenbrachen, nachdem sie gehört hatten, was mit ihren Kindern geschehen war. Sie spürte wieder diese Traurigkeit, zwei Freunde verloren zu haben… sie hatte die zwei Jungs gemocht. Aber sie war schließlich die Überbringerin der schlechten Nachricht gewesen. Auch sie hatte damals sehr unter den Ereignissen gelitten, aber das interessierte niemanden.

Alex schaute Lena an. „Keiner von den Zeugen sprach von einem Mann oder einen dritten Jungen. Wir müssen die Zeugen nochmals befragen, vielleicht erinnert sich einer von ihnen, eine Person oder ein Auto gesehen zu haben, aber fanden es bis jetzt nicht wichtig zu erwähnen."

Lena deutete auf das Bild der Eltern.

„Beide haben sich damals gefragt, warum ihre Kinder auf das Eis gegangen sind, obwohl sie von dem Verbot wussten. Ich weiß nicht, ob ich jetzt noch die Kraft hätte, ihnen mitzuteilen, dass ihre Kinder auf den See gelockt wurden."

Alex legte Lena die Hand auf den Arm.

„Das brauchst du nicht, wenn wir herausfinden, wer es war, erfahren sie es sowieso. Da wird sich sicher die Presse drauf stürzen. Daher werden wir vorher einen Kollegen von dort bitten, das zu übernehmen. Ich möchte nicht, dass sie es aus der Zeitung erfahren."

Alex nahm sich nun auch ein Brot aus der Brotbüchse. „Wir müssen aber trotzdem alle Ereignisse prüfen, an denen Kinder beteiligt sind. Vielleicht ist ihm nicht alles gelungen, was dieses kranke Hirn sich ausgedacht hat."

Lena stand auf, räumte ihre riesige Pinnwand leer und begann, die bisherigen Ermittlungsergebnisse in Bild und Schrift an die Wand zu bringen. In die Mitte skizzierte sie die Umrisse des Neulinger Sees, die Landzunge und den Strand, links davon die Erfurter Landstraße, die Waldmühle, das Vereinshaus der Angler, den Steinbruch mit Feldweg zum See und die Siedlung.

Alex stand auf und stellte sich neben Lena.

„Das ist gut, jetzt ordnen wir mal die Ergebnisse und schauen, was wir bereits haben." Sie nahm die Bilder von Rene und Mark und befestigte sie in der oberen Mitte. Lena schrieb auf einen Klebezettel die Namen von Mirco und Manuel Lange, ein Kreuz und den Todestag. Auf den anderen notierte sie den Namen von Denis Leutenberger und das Unfalldatum und klebte sie beide neben Rene und Mark, auf deren Bilder sie ebenfalls die Todesdaten festhielt.

„Das sind die 5 Opfer und wie wir wissen, sind das alles keine Unfälle. Bis auf Denis, da sind die Ermittlungen noch nicht abgeschlossen." Alex nahm fünf rote Pins, steckte vier davon in den Vorderbereich des Sees und einen auf die Erfurter Landstraße nahe der Siedlung.

„Was haben wir noch?" Sie zog einen Strich links zu Seite und schrieb mit. „Die Anrainer, da ist die Waldmühle, das Vereinshaus der Angler und die Zobertruppe nicht zu vergessen. Die tauchen ja bei jedem auf, der im See zu Tode kam. Das sind viele Zufälle. Aber eigentlich fehlt uns immer noch ein Motiv abgesehen von dem Fluch aus der Vergangenheit."

Sie zog einen Strich zur rechten Seite und schrieb „Fluch".

„Wenn wir dieses Ereignis in unsere Ermittlungen einfließen lassen, kommt ein weiteres totes Kind dazu, Elias Kobenstein." Sie steckte einen weiteren roten Pin in den skizzierten Steinbruch.

„Ihr konntet nie eindeutig herausfinden, ob es sich um einen Unfall handelte.“

Lena nickte. „Wenn wir da weitermachen, kommen einige Verdächtige noch dazu.“

Alex schrieb unter der Rubrik Fluch. „Aber ja, da wäre zuerst Magdalena Kobenstein, die Mutter des ersten Kindes. Als zweites der Bruder Oleg Stöber, Rentner und Einzelgänger, mit seiner Schwester sehr verbunden. Als drittes haben wir den ältesten Sohn Thomas Kobenstein, wohlhabender Banker, lebt mit Freundin in Frankfurt und als viertes Dominik Kobenstein, der jüngere Sohn, international erfolgreicher Künstler, lebt in Daasdorf bei Weimar und besucht seine Mutter öfters. Das ist sehr vage, was wir haben.“

Alex hob die Hand und deutete auf Manuel und Mirco.

„Weißt du, was ich mich die ganze Zeit frage? Woher wusste der Typ, dass die Kinder zum See kommen? Er musste doch Angst haben, entdeckt zu werden? Wenn die Lehrerin eher gekommen wäre, hätte sie ihn doch sehen müssen? Wir sollten trotzdem bei den zuständigen Ämtern nachfragen.“

Lena überlegte.

„Das mache ich. Vielleicht sind die Jungen oft am See gewesen und er beobachtete sie. Er besaß die beste Tarnung, wenn einer von Amts wegen Proben nimmt, da fragt doch keiner nach. Es finden alle normal. Außerdem stand er am Schilf und konnte nur vom Strand aus gesehen werden. Das würde bedeuten, er kannte sich in der Umgebung aus.“

Alex rieb sich die Augen. „Du hast recht, das müssen wir alles noch mal prüfen. Das wird eine Heidenarbeit. Ich kann im Moment nicht mehr denken. Ich bin todmüde. Können wir morgen früh weiter detektieren?“

Lena nickte und stimmte Alex zu.

„Ja, ich bin auch fertig. Ich fahre mit zur Waldmühle. Können wir uns noch auf einen Absacker einigen?“

Alex schloss die Dateien am Computer.

„Eine gute Idee, ich bin dabei!"

„Ich ziehe mich nur schnell um." Während Lena ihre Sachen zusammen suchte, klingelte das Telefon. Alex meldete sich am Apparat.

Susi von der Waldmühle bat aufgeregt um Verstärkung, es ging um eine Schlägerei vor der Festscheune. Ihre Chefin konnte den Streit nicht schlichten. Alex versprach, sofort da zu sein. Sie rief nach hinten in den Umkleideraum. „Lena, lass deine Uniform an! Es gibt Arbeit. Schlägerei in der Waldmühle. Wir müssen los!"

Lena stopfte ihre Sachen in eine Sporttasche und knöpfte ihre Bluse wieder zu, nahm ihre Mütze und steckte die Pistole in den Halfter an ihrem Gürtel. „Na dann, auf in den Kampf."

Alex ließ das Blaulicht an und parkte den Wagen neben den Festplatz. Beide Frauen stürmten zur Scheune und mussten sich einen Weg durch die Gaffer bahnen. Doch anscheinend hatten sich hier die Gemüter bereits wieder beruhigt. Das Resultat, zwei Leichtverletzte, ein kaputter Stuhl, zerbrochene Gläser und eine wütende Carola Winter. Sie sprach den drei Schlägern gerade ein Hausverbot aus. Das Erscheinen der Polizei ließ den drei betrunkenen Männern keine Wahl. Maulend zogen sie von Dannen. Carola Winter wollte keine Anzeige aufgeben und drückte Alex den Schlüssel der Kammer in die Hand.

„Lena weiß, wo es lang geht. Ich muss wieder rein, ihr hört ja, was los ist."

Alex und Lena erhaschten einen Blick in die Scheune. Ohrenbetäubender Lärm drang nach außen, die angekündigte Partyband heizte den Feiernden tüchtig ein. Es wurde gesungen, geschunkelt, getanzt und wie es aussah, ordentlich getrunken.

Im Obergeschoss der Waldmühle knarzte fast jede Diele. Lena zeigte Alex den Weg. „Links hinten ist dein Zimmer. Rechts die zwei Räume gehören der alten Frau Winter, die ist schon ein bisschen wunderlich. Hier steht der Kühlschrank mit Getränken und links vorn ist Toilette und Bad."

Völlig überrascht fand Alex das Mansardenzimmer hübsch und gemütlich eingerichtet. Indirektes Licht beleuchtete ein großes Bett mit Nachttisch in der Schlafecke, während zwei Stehlampen die kleine Couchgarnitur mit Beistelltisch behaglich erscheinen ließen. Ein Großbildfernseher hing an der Wand gegenüber der Couch. Eine kleine Schrankwand rundete das Ensemble ab.

Alex und Lena erfrischten sich und zogen sich beide etwas Hübsches an. Lena freute sich, endlich aus der Uniform rauszukommen. Sie bekamen im Gastraum noch einen kleinen Ecktisch. Lena bestellte bei Herrn Winter eine Flasche Wein und ein paar Tapas zum Abendbrot. Beide Frauen beschlossen, den Abend nicht mehr von der Arbeit zu sprechen.

Herr Winter brachte den Wein und ein großes Holzbrett voller leckerer Appetithäppchen. Er fragte die Frauen nach ihrem Befinden und dem Stand der Ermittlungen. Lena lächelte. „Aber Wolfgang, du weißt doch, dass wir über laufende Ermittlungen nicht reden dürfen, außer dir ist noch etwas eingefallen."

Der Wirt schüttelte mit dem Kopf und lief eilig zum Tresen zurück.

Die Tür öffnete sich und Hans-Georg von Nordheim trat in den Raum. Nach dem großen Begrüßungsritual der Männer am Stammtisch ließ er seinen Blick über die verbliebenen Gäste im Raum gleiten. Als er Alex und Lena entdeckte, riss er seine Hände hoch und kam überschwänglich auf die zwei Frauen zu gelaufen. Lena stöhnte.

„Sieh an, die Polizei, dein Freund und Helfer. Frau Staller, Frau Brückner, seien Sie gegrüßt. Das ist ja wunderbar, dass ich Sie hier treffe. Wie geht es denn unserem Denis? Darf ich?“ Er reichte beiden seine Hand und ohne eine Antwort abzuwarten, setzte er sich an den Tisch.

Lena teilte ihm mit, dass sich der Junge nicht mehr in Lebensgefahr befand und voraussichtlich wieder ganz gesund würde, was Herrn von Nordheim sehr freute. Auch er hatte eine gute Nachricht. Er hatte einen Sponsor für die Kosten der zwei Bademeister akquirieren können und zwei interessierte Studenten vom DLRG hätte er wohl auch. Beide könnten heute schon anfangen. Nun bräuchte er nur noch das Okay von der Polizei, das Badeverbot am See zu annullieren. Da es sich um ausgebildete Rettungsschwimmer handelte, stimmte Alex der Aufhebung des Badeverbotes zu. Vor Freude spendierte der Bürgermeister gleich eine weitere Flasche Wein. Nur die neuesten Ermittlungsergebnisse wollten die Frauen nicht mit ihm teilen. Es brauchte eine Weile und einige Zurufe vom Stammtisch, ehe Herr von Nordheim den Tisch endlich wieder verließ.

Alex und Lena prosteten sich erfreut zu. „Ich dachte schon, der bleibt den ganzen Abend hier sitzen.“

Alex nippte genüsslich an ihrem Wein.

„Wir hätten oben in der Mansarde noch ein gemütliches Plätzchen gehabt. Was ist eigentlich mit deinem Oliver, weiß er, wo du bist?“

Lena leerte ihr Glas in einem Zug und goss nach.

„Wir streiten uns laufend, er will Kinder und heiraten und ich bin noch nicht so weit. Wenn ich jetzt aufhöre, machen die mir den Laden dicht.“

Alex wusste gleich, wovon Lena sprach. Auch sie stand damals vor dieser Entscheidung, Familie oder Karriere. Ihr war es sehr schwergefallen, ihren mühsam erklommenen Aufstieg abzubrechen und sich ganz der Familie zu widmen. „Ich weiß, dass es schwer ist, den Absprung zu schaffen, aber es gibt immer wieder Möglichkeiten, einzusteigen. Schau mich an, mit drei Kindern, mitten in einer Scheidung und ich habe auch noch mal die Chance, die mir gegeben wurde, genutzt."

Lena schaute Alex an. „Hast du es je bereut?"

Alex schüttelt den Kopf. „Nie, ich möchte keins der Kinder missen und wegen der Beziehung kann euch keiner eine Garantie geben. Niemand. Ob ihr Kinder habt oder nicht."

Lena stützte ihren Kopf in beide Hände.

„Ja, ich weiß, dass mit 37 meine biologische Uhr tickt. Oliver kann es mir gar nicht oft genug unter die Nase reiben."

Alex nahm Lenas Hand.

„Aber Lena, pfeif auf das Revier. Es dankt dir keiner, wenn du als alleinstehende, alternde Beamtin ohne Kinder, ohne Partner, hier deinen Dienst nach Vorschrift schiebst. Es geht doch darum, was du willst. Du liebst doch deinen Oliver und Kinder liebst du auch."

Lena trank ihr Glas leer und goss nach.

„Du hast recht, ich sollte mich trauen. Aber dann wird das Revier hier geschlossen."

Alex stieß erneut mit Lena an. „Na und, das wird es wahrscheinlich sowieso. Aber ich kann immer so engagierte Leute wie dich in meinem Team gebrauchen. Es geht immer weiter."

Lena starrte lange auf ihr Glas, ehe sie Alex anschaute.

„Das würde mich freuen, aber was hat deine heile Welt erschüttert?"

Alex ließ sich Zeit mit der Antwort.

„Ich liebe meine Familie und bis vor kurzem habe ich gedacht, es kann immer so bleiben. Aber dann merkt man, die Kinder werden flügge. Sie brauchen einen nicht mehr und ich fing an, meinen Beruf zu vermissen. Dann fängt man an, nachzudenken. Eigentlich habe ich zum Schluss mit den Kindern ein Eigenleben geführt und Michael ein ganz anderes. Selten gab es Schnittstellen, dafür genug Streit, weil ich wieder in meinen Beruf einsteigen wollte."

Lena goss beide Gläser voll und winkte dem Wirt, eine neue Flasche zu bringen. „So, dein Banker wollte also das Heimchen am Herd behalten?"

Alex trank, der Wein schmeckte ihr immer besser.

„Da es aber Schwierigkeiten mit Lisa gab, und auch Leon sackte plötzlich mit seinen Noten ab, wollte ich schon nachgeben. Ein, zwei Jahre noch abwarten. Ich bestellte bei unseren Lieblingsitaliener einen schönen Tisch, wollte meinen lieben Mann überraschen, ihn abholen. Der Pförtner kannte mich ja, er ließ mich ins Haus, da mein Mann als einziger noch arbeitete. Ich bin in das Büro gestürmt und dann stand ich da, wie die Kuh, wenn's donnert."

Alex trank noch einen großen Schluck aus ihrem Glas. „Ich habe ihn erwischt, beim Vögeln." Sie hielt einen Augenblick inne, wiegte das Glas in ihrer Hand. Dann lachte sie kurz auf. „Die schöne, unnahbare Leonore, Michas Assistentin, lag auf dem Schreibtisch mit gespreizten Beinen und mein Gatte stand mit heruntergelassenen Hosen davor. Die zwei haben mich vor lauter Ekstase nicht bemerkt." Alex starrte auf ihr Glas. „Das Bild werde ich wohl nie aus meinem Kopf bekommen. Und als sie mich endlich doch bemerkten, haben sie sich vor lauter Schreck in ihren Kleidern verheddert."

Lena stellte sich die Situation vor und fing langsam an zu schmunzeln. Sie versuchte, ein Lachen zu unterdrücken, schaffte es aber nicht und pustete los, bis sie herzhaft lachte.

Alex schaute Lena erst verwundert an. Sie konnte sich vorstellen, wie die Geschichte auf andere wirkte. Sie fing ebenfalls an zu lachen, es wurde immer schlimmer. Alex bekam einen Lachkrampf. Der Wirt und einige Gäste schauten kopfschüttelnd zu den beiden kichernden Frauen herüber.

Lena goss nochmals nach.

Kapitel 10

Alex öffnete die Augen und blinzelte in die Sonne am tiefblauen Himmel. Sie lag auf einem Liegestuhl und neben ihr kniete Lisa und reichte ihr Weintrauben. Der Wind streichelte sanft ihre Haut. Alex schaute sich um. Der menschenleere Strand sah aus wie eine Wüste. Das hier ist doch Tampa? Der See glitzerte in der Sonne. Herr Pötschke kam mit einer Angel aus dem Wasser und winkte ihr zu. In der Ferne hörte sie Tim und Leon rufen. *Mein Gott, die zwei sind doch nicht etwa allein im Wasser und wo möglich in Gefahr.* Schlagartig verflog ihre Müdigkeit. Sie sprang aus ihrem Liegestuhl und suchte den Strand nach ihren Kindern ab, aber sie konnte sie nirgends entdecken. Sie lief zum Wasser. Weit hinter dem Schwimmbereich sah sie kleine Pünktchen, die sich immer mehr entfernten. Alex rief nach Tim und Leon, aber die Pünktchen wurden immer kleiner. Plötzlich hörte sie ein leises Knistern, sie stand bis zu den Knöcheln im Wasser, das langsam anfing zu vereisen. Sie konnte ihre Füße nicht mehr bewegen. Das Eis wurde dicker und stieg an ihren Knöcheln hinauf. Sie konnte die Bedrohung fast körperlich spüren. Unerwartet sah sie Tim und Leon zurückkommen, auf Schlittschuhen liefen sie übers Eis. Sie steckten in dicken Winteranzügen mit Handschuhen und Mütze und winkten ihr zu. Alex geriet in Panik, ihre Füße steckten fest im Eis, sie kam nicht weg. Verzweifelt winkte sie und rief nach ihnen, aber kein Laut kam über ihre Lippen. *Runter vom Eis, es ist viel zu dünn*! Sie sah die Fische unter dem Eis schwimmen. Alex versuchte zu schreien und fuchtelte verzweifelt mit den Armen. Tim und Leon hörten sie nicht, sie winkten zurück. Dann hörte es Alex, das Knacken im Eis, erst ganz leise, dann immer lauter. Es wurden kleine Risse sichtbar, die immer breiter wurden und nach den Kindern griffen. Alex schrie aus Leibeskräften und schrie und schrie...

Alex fuhr aus dem Bett hoch. Es herrschte tiefste Dunkelheit. Sie wusste nicht, wo sie sich befand. Ihr Kopf schmerzte und es drehte sich alles. Der Hals brannte wie Feuer und sie spürte einen quälenden Durst. *Wo bin ich? War das nur ein Traum?* Alex versuchte vorsichtig aufzustehen. Neben ihr stand ein kleiner Nachtschrank. Sie ertastete eine Lampe und den Schalter. Das grelle Licht blendete ihre Augen. Sie sammelte sich und suchte nach etwas zu trinken. Erst jetzt erkannte sie das Mansardenzimmer und spürte die sommerliche Hitze im Raum. Aber wie sie in das Zimmer und in ihr Bett gekommen war, konnte sie sich nicht erinnern. Sie hatte einen Blackout. *Wie viele Flaschen Wein habe ich denn mit Lena getrunken?* Jetzt vernahm sie ein leises Schniefen. Sie schaute sich um und fand Lena zusammengerollt auf der Couch leise vor sich hin schnarchen. Alex konnte sich an den Kühlschrank im Flur erinnern und schlich zur Tür. Ein kleines Nachtlicht ließ den Gang in einen unwirklichen Schein erleuchten. Angenehme Kühle umgab ihren verschwitzten Körper. Sie holte sich aus dem Kühlschrank eine große Wasserflasche und trank gierig. Plötzlich hielt sie inne, eine Tür knarrte. Erschrocken fuhr sie herum.

Eine alte Frau stand hinter ihr. Ihr Körper krümmte sich nach vorn und aus ihrem faltigen Gesicht starrten eisige graue Augen auf Alex und schienen sie fast zu durchbohren. Ihre Stimme klang unwirklich.

„Du bist die, die das Böse sucht. Und du wirst es finden. Aber sieh dich vor, es versteckt sich hinter einer freundlichen Maske. Du musst es schnell finden, denn die Kinder sind in Gefahr."

Die Alte drehte sich um und verschwand wieder in ihrer Kammer. Die Dielen knarrten unheimlich und die Aussage der Alten hinterließ einen Schauer auf Alex' Rücken.

Sie beeilte sich, in ihr Zimmer zu kommen und schloss hinter sich ab. Was war das denn gewesen? Lena schniefte noch immer vor sich hin. Alex fingerte sich zwei Kopfschmerztabletten aus der Tasche und trank die Flasche fast leer. Sie öffnete beide Flügel des kleinen Fensters, kühle Nachtluft strömte in das stickige Zimmer. Was sollte das eben? War das eine Warnung gewesen? Alex legte sich wieder in das Bett, ließ aber das Nachttischlämpchen brennen. *Was meinte die Alte mit „es verstecke sich hinter einer freundlichen Maske“? Waren noch mehr Kinder in Gefahr?* Alex versuchte einen klaren Gedanken zu fassen, aber die Müdigkeit ließ sie in einen traumlosen tiefen Schlaf sinken.

Alex erwachte langsam. Eine Tür klappte. Sie öffnete die Augen und sah Lena angezogen mit einem Handtuch über der Schulter, die rote Mähne zum Zopf geflochten, frisch und munter ins Zimmer treten. „Das gibt es doch nicht, wieso bist du so verdammt ausgeschlafen um diese Zeit?“

„Um diese Zeit? Schau mal auf die Uhr, es ist gleich neun“, rief ihre Kollegin.

Alex quälte sich aus dem Bett und verspürte immer noch Durst. „Wie bin ich denn ins Bett gekommen? Ich habe einen ordentlichen Brummschädel. Wie viele Flaschen Wein haben wir eigentlich getrunken?“

Lena ordnete ihre Uniform auf einen Bügel.

„Das kann ich dir auch nicht sagen, der Wirt hat alles aufs Zimmer geschrieben. Aber wir zwei haben es noch ganz allein hier hoch geschafft. Ich brauche jetzt ganz viel Kaffee. Carola erwartet uns zum Frühstück auf der Terrasse.“

Alex nahm ihr Waschzeug und ging in das kleine Bad auf dem Flur, um sich frisch zu machen. Sie dachte an die nächtliche Begegnung mit der alten Frau und ihrer seltsamen Prophezeiung. Sie würde die Frau noch einmal befragen müssen. Auf den Rückweg lauschte Alex an der Kammertür von Margarete Winter, hörte aber kein Geräusch.

Zaghaft klopfte sie an die Tür, bekam aber keine Antwort. Auch nach einem stärkeren Klopfen herrschte Totenstille.

Alex und Lena packten ihre Sachen und verließen das Zimmer. Ein üppig gedeckter Frühstückstisch erwartete sie auf der Terrasse. Die Sonne strahlte vom blauen Himmel und es kündigte sich wieder ein wunderschöner Sommertag an.

Lena goss Kaffee ein und Alex bediente sich an den frischen Brötchen. „Ich bin übrigens diese Nacht der alten Frau Winter begegnet. Sie hat mir eine Prophezeiung ausgesprochen. Ich werde das Böse finden, das aber eine freundliche Maske trägt. Ich soll mich beeilen, denn es sind weitere Kinder in Gefahr. Das war total gruselig. Was hältst du davon?"

Lena schaute sie eine Weile an. „Die Frau ist dement. Carola sagt zwar, dass sie ab und zu noch helle Momente hat, aber ich kann mir nicht vorstellen, dass wir sie als Zeugin gebrauchen können."

Alex suchte ihre Sonnenbrille in der Tasche.

„Trotzdem, ich würde sie gern nochmal sprechen, die weiß doch irgendwas. Gestern Nacht erschien sie mir ziemlich helle. Ich habe leider nicht so schnell reagiert, mir ging es nicht gut."

Lena schaute sich um, die Terrasse füllte sich langsam mit Frühstücksgästen. „Wenn du sie noch sprechen willst, solltest du dich beeilen, dahinten läuft sie nämlich."

Alex drehte sich um und sah die alte Frau mit einem Becher Kaffee die Treppe hinaufsteigen. „Mist." Sie warf ihre Serviette und ihre Brille auf den Tisch, folgte der Frau nach oben und erreichte sie auf dem ersten Treppenabsatz.

„Guten Morgen Frau Winter, mein Name ist Alexandra Brückner, wir sind uns diese Nacht auf den Flur begegnet."

Die Alte starrte Alex aus ihren kalten grauen Augen an. „Wer sind Sie denn?"

Alex lächelte freundlich. „Wissen Sie, ich bin Polizistin und ich bin die, die das Böse sucht. Sie haben mir doch heute auf dem Flur etwas darüber erzählt. Können Sie sich daran erinnern?"

Sie lief zwei Stufen weiter, blieb abermals stehen und starrte Alex erneut an. „Was wollen Sie denn von mir?"

Alex stieg neben ihr die Treppe hinauf.

„Frau Winter, Sie wissen doch Bescheid, es sind Kinder in Gefahr und ich will sie vor dem Bösen beschützen. Bitte helfen Sie mir."

Die Alte hielt abermals inne und schaute Alex befremdend an. „Wer sind Sie denn? Was wollen Sie von mir? Gehen Sie weg!" Die letzten Stufen rannte sie förmlich, als wollte sie vor Alex flüchten.

Ohne ein Wort setzte sich Alex zurück an den Tisch. Lena biss genüsslich in ihr Brötchen. „Na, war wohl nichts?"

Alex schüttelte den Kopf. „Sowas Blödes von mir, wieso habe ich diese Nacht nicht gleich reagiert? Da schien sie mir einen ihrer hellen Momente zu haben."

Lena trank ihren Kaffee aus und goss nach.

„Die kannste als Zeugin abhaken. Aber sag mal, was schreiben wir denn heute auf unsere To-do-Liste?"

Alex holte sich ihren Notizblock und einen Stift aus der Tasche. „Als Erstes würde ich gern bei der Lehrerin vorbeischauen, vielleicht sind den Zeugen damals doch noch andere Menschen begegnet. Und auf jeden Fall bei Magdalena Kobenstein, sie scheint ja die Wurzel allen Übels zu sein, wenn es nach einigen Leuten hier in der Siedlung geht und wenn wir es noch schaffen, bei dem Bruder von der Kobenstein. Wie hieß der nochmal? Stober? Nee: Stöber, Oleg. Aber vorher halten wir noch im Büro. Beim Überfliegen der Akten, sah ich, dass unser Matze ein kurzes Dossier über Herrn Stöber beigelegt hat. Außerdem brauchen wir noch alle Adressen."

Nach dem Frühstück bezahlten die Frauen ihr Zimmer und die Zeche. Alex staunte nicht schlecht: Mit der Spende des Herrn Bürgermeisters kamen sie doch auf vier Flaschen Wein.

Im Büro stürzten sich Alex und Lena gleich in die Arbeit. Während Lena alle Adressen heraussuchte, überflog Alex die Akten, die Matze ihr zusammengestellt hatte. Überrascht stellte sie fest, dass über alle Beteiligten ein Dossier in der Akte lag.

Der Kleine ist wirklich Gold wert, dachte Alex und freute sich über die gute Vorarbeit. Sie las den Bericht über Oleg Stöber. Plötzlich hielt sie inne. „Ach du Schande, Lena! Hier steht, der Stöber war früher in der DDR Taucher bei der NVA. 1984 ist er nach einem schweren Tauchunfall aus dem Militärdienst ausgestiegen und im VEB Kugellager Tampa als Fahrer untergekommen. Nach der Wende vier Jahre arbeitslos und bis zur Rente in der hiesigen Gesamtschule als Hausmeister tätig. Das nenn' ich doch mal einen Anhaltspunkt. Los, zu dem fahren wir als erstes!"

Lena schaute Alex an. „Du hast also einen Taucher in Verdacht?"

Alex nickte. „Wer sollte sonst die beiden Jungs in die Tiefe gezogen haben? Ich werde alle in unserem Fall überprüfen lassen, die auch nur einen Tauchschein besitzen." Sie griff nach ihren Autoschlüssel. „Kommst du mit?" Lena folgte ihr. Alex gab Gas und Lena dirigierte sie zu einem heruntergekommenen Hause am Rande der Stadt.

„Für einen, der jahrelang als Hausmeister arbeitete, sieht das Haus aber ziemlich schäbig aus. Ich glaube, der ist alleinstehend."

Alex klingelte am Gartentor. Ein großer schwarzer Hund kam bellend auf das Hoftor zu gerannt. Ihm folgte ein untersetzter Mann in Schlabberhosen und schmutzigem Shirt, seine Füße steckten in uralten Holzpantinen. Sein grauer

Haarkranz leuchtete in der Sonne, seine hellblauen stechenden Augen fixierten Lena und Alex. Auf seinen Pfiff ließ der Hund von den Frauen ab und trollte sich.

Alex hielt ihren Ausweis hoch. „Sind Sie Herr Oleg Stöber? Mein Name ist Alexandra Brückner, Kriminalpolizei und das ist meine Kollegin Lena Staller. Wir hätten Sie gern einmal gesprochen."

Herr Stöber kam in Zeitlupe auf sie zugelaufen.

„Was woll'n se denn von mir?"

Lena griff nach der Klinke der Gartentür.

„Dürfen wir eintreten?"

Herr Stöber nickte. Er führte die Frauen hinter das Haus. Der schwarze Hund kam mit wedelndem Schwanz neugierig angelaufen, um die Frauen zu beschnuppern. Lena beugte sich vor, um ihn zu streicheln.

Zu ihrem Erstaunen befand sich der Garten in einem top Zustand. Herr Stöber schien einen grünen Daumen zu besitzen. Gepflegter Rasen wechselte sich mit Beeten ab, auf denen erlesene Blumen und Gemüsepflanzen blühten. Akkurat geschnittene Buchsbäume und gepflegte Wege verwandelten den Garten in einen kleinen Park. Im hinteren Bereich ragte ein größeres Gewächshaus aus einer wilden Blumenwiese.

„Das ist ja wunderschön hier! Haben Sie den Garten selbst angelegt?", rief Alex beeindruckt.

Herr Stöber nickte. „Ja, das is' mein Hobby, hier kann ich den ganzen Tag sein. Aber wegen meinen Garten sin' se doch nich' gekomm'?"

Alex sah Herrn Stöber an. „Nein, wir ermitteln wegen des Unfalls von Rene Schmitt, der letztes Wochenende am hiesigen See ertrunken ist. Haben Sie ihn gekannt?"

Herr Stöber schüttelte den Kopf. „Nee, aber was hab' ich damit zu tun?"

Alex versuchte taktisch vorzugehen.

„Da die Todesumstände noch nicht geklärt sind, ermitteln wir in alle Richtungen. Wissen Sie, der Rene ist einer der besten Rettungsschwimmer gewesen und es ist schwer zu erklären, warum ein erfahrener und starker Schwimmer einfach so ertrinkt. Wir überprüfen routinemäßig alle Taucher in der Umgebung. Wo befanden Sie sich am Samstagabend zwischen 17 bis 20 Uhr?"

Herr Stöber schaute Alex ungläubig an.

„Ich besuch' jeden Sonnabendnachmittag meine Schwester im Pflegeheim. Außerdem hatte ich 1984 einen Taucherunfall. Wir tauchten in 60 Meter Tiefe und meine Druckluftflasche hat die Mücke gemacht. Ich musste einen Notaufstieg wagen und bin fast drauf gegangen. Meine Lungen sind kaputt, das kann Ihnen mein Doktor sagen. Deshalb bin ich ja aus der NVA rausgeflogen. Seitdem bin ich nie wieder getaucht."

Alex gab sich verständnisvoll. „Natürlich, Herr Stöber, das wirft ja ein ganz anderes Licht auf die Sache. Aber Sie müssen verstehen, dass wir das nachprüfen müssen. Wir würden Sie gerne als Verdächtigen ausschließen. Dürfen wir bei Ihrem Arzt anfragen?"

Herr Stöber überlegte einem Moment, er ließ Alex nicht aus den Augen. „Von mir aus. Ich sag Doktor Ziegler Bescheid. Ich hoff', Sie lass'n mich dann in Ruhe."

Er begleitete die Frauen zum Tor. Alex blieb stehen.

„Haben Sie eigentlich noch Kontakt zu Ihren Neffen?" Herr Stöber stutzte und antwortete misstrauisch. „Natürlich! Ich seh' sie zwar nich' mehr so oft, sie woh'n ja nicht mehr in Tampa, aber wir haben Kontakt. Warum woll'n se'n das wiss'n?"

Alex schlenderte weiter. „Na ja, das hat mich halt interessiert. Man sagt, dass die beiden keine so schöne Kindheit hier erlebten."

Herr Stöber geriet in Rage. „Das Geschwätz der Leut' müss'n se' nich' für voll nehmen! Meiner Schwester ging es damals nich' gut. Ich hab mich um die Jungen gekümmert, sie mussten nichts missen. Aus beiden is', 'was geworden. Ich bin stolz auf sie."

Alex blieb am Tor stehen und reichte Herrn Stöber die Hand. „Das dürfen Sie auch sein. Vielen Dank für Ihre Kooperation. Wenn das alles so stimmt, können wir Sie von unseren Ermittlungen ausschließen. Danke noch mal."

Lena bedankte sich ebenfalls und streichelte ein letztes Mal den schwarzen Hund.

Alex ließ den Wagen an und Lena schnallte sich an.

„Wenn das wirklich alles stimmt, ist er raus."

Alex schüttelte den Kopf.

„Wenn er selbst nicht mehr taucht, könnte er jemand beauftragt haben. Er hat ziemlich emotional auf meine Frage nach seinen Neffen reagiert. Er besucht jeden Samstag seine Schwester, da ist noch eine große Bindung vorhanden. Vielleicht ist er ihr hörig. Wir sollten uns die Dame mal anschauen und zwar jetzt. Du hast ja gehört, er besucht sie jeden Samstagnachmittag. Wir sollten vor ihm da sein."

Das Pflegeheim befand sich in einer verkehrsberuhigten Zone. Den Eingangsbereich schmückten üppige bunte Blumenrabatten. Auch die Empfangshalle zeigte sich in einem geschmackvollen Ambiente.

Lena stupste Alex an. „Na, das hier ist bestimmt keine billige Absteige. Ich will gar nicht wissen, was hier so ein Pflegeplatz kostet."

Eine große schlanke Frau im weißen Kittel mit hochgestecktem Haar trat auf sie zu. Sie stellte sich mit Doktor Eberlein vor und fragte, wie sie helfen könne.

Alex zeigte ihren Ausweis. „Mein Name ist Alexandra Brückner, Hauptkommissarin aus Erfurt und das ist meine Kollegin Frau Staller. Wir möchten gern mit Frau Magdalena Kobenstein sprechen. Wir wissen aber nicht, in welchem Zustand wir die Frau antreffen. Kann man mit ihr ganz normal reden?"

Doktor Eberlein schwenkte ihren Kopf hin und her. „Das ist sehr unterschiedlich. Bei manchen Besuchern ist sie friedlich, aber wenn ihr etwas nicht passt, kann sie sehr unangenehm werden."

Alex nahm die Vorlage gleich auf.

„Können Sie mir etwas über die Besucher erzählen?"

Misstrauisch fragte die Ärztin. „Um was geht es hier eigentlich? Sie wissen, ich habe eine Schweigepflicht meinen Patienten gegenüber."

Alex verstand ihre Besorgnis. „Die habe ich leider auch zu laufenden Ermittlungen. Aber es geht hier weniger um Ihre Patientin als um das Umfeld der Frau. Da können Sie doch sicher etwas sagen."

Doktor Eberlein klang wieder versöhnlicher.

„Naja, da sind die beiden Söhne. Der ältere kommt höchstens zweimal im Jahr und das ist ein ziemlich unterkühltes Verhältnis. Aber der jüngere Sohn besucht seine Mutter sehr häufig. Das ist ein wunderbarer Mensch und so kultiviert. Der ist ja ein großer Künstler und so feinfühlig. Die alten Leute mögen ihn alle sehr."

Und du anscheinend auch, dachte Alex.

„Wie ist denn das Verhältnis von Mutter und Sohn?"

„Eigentlich ganz rührend. Nur ein Problem gibt es. Sie hält ihn für Elias und spricht ihn auch immer mit Elias an. Das ist der jüngere Bruder, der als Kind gestorben ist. Ich habe mit Dominik darüber gesprochen und wir sind uns einig, dass wir sie in den Glauben lassen. Er sprach davon, dass es ihm nichts ausmache, dass sie ihn für den falschen Sohn hält. Hauptsache, er wird geliebt. Ist das nicht ein feiner Mensch?"

Alex stöhnte innerlich auf und wechselte mit Lena einen kurzen Blick. „Wann haben die Söhne ihre Mutter das letzte Mal besucht?"

Die Ärztin zuckte mit den Schultern.

„Tut mir leid, ich bin heute den ersten Tag wieder hier. Mein Kollege Dr. Sauer übernahm die letzten drei Wochen die Urlaubsvertretung. Ich gebe Ihnen mal seine Nummer mit. Am besten wäre es, Sie fragen bei ihm selbst nach. Wir können auch Schwester Cynthia fragen. Vielleicht hat sie den ein oder anderen Besucher mitbekommen, aber sie ist eigentlich ständig im Haus unterwegs. Ausgerechnet heute ist ihr freier Tag."

Lena fragte nach Oleg Stöber.

Frau Doktor Eberlein nickte.

„Ja, der kommt jeden Samstag seine Schwester besuchen, das ist auch ein sehr inniges Verhältnis. Ab und zu kam ein junger Mann mit, ich glaube, der hieß mit Vornamen Christian. Mehr weiß ich nicht."

Alex interessierte noch ein weiteres Detail.

„Bei wem ist sie denn ausgerastet?"

Frau Doktor lächelte vielsagend.

„Regelmäßig beim Dr. Sauer. Ich glaube, den mag sie nicht. Dann bei einigen Pflegern und vergangenes Jahr kam eine Frau sie besuchen. Da ist Frau Kobenstein komplett ausgerastet, dass wir sie mit einer Spritze ruhigstellen mussten. Wir haben später rausgefunden, dass es sich um eine Frau Keller handelte, deren Sohn kurz vorher ums Leben gekommen war."

Alex und Lena blickten sich einen Augenblick an. Die Mutter von Mark Keller besuchte kurz nach dem Tod ihres Sohnes die Frau, die den Fluch über die Siedlung aussprach. Was wollte sie von ihr und warum hatte die Kobenstein so getobt?

Alex blieb vor der großen Wandzeitung mit den Fotos der letzten Veranstaltungen stehen. „Das große Sommerfest“ stand mit grünen Lettern über einer Bilderserie. „Konnten Sie in Erfahrung bringen, worum es in dem Streit ging?“

Doktor Eberlein schüttelte mit dem Kopf.

„Nein, tut mir leid, aber schauen Sie hier die Bilder von unserem Sommerfest. Auf dem Foto sehen Sie Frau Kobenstein mit ihrem Sohn Dominik, ihrem Bruder, Oleg Stöber und diesem Christian.“

Auch Lena schaute jetzt genau hin. Sie kannte den Mann irgendwo her, sie hatte ihn schon mal gesehen.

„Warum sitzt Frau Kobenstein eigentlich im Rollstuhl?“

Die Ärztin schaute Lena betroffen an.

„Das ist eine ganz traurige Geschichte. Dominik holte als achtzehnjähriger Fahranfänger seine Mutter ab, um mit ihr essen zu gehen. Sie lebte damals noch in Erfurt und ein achtzigjähriger Rentner nahm ihm die Vorfahrt.

Der Rentner tot, die Mutter ab der Hüfte querschnittsgelähmt und Dominik kam mit leichten Verletzungen davon. Der arme Dominik hat schon viel Leid miterlebt, aber ich glaube, seine Mutter hat ihm damals die ganze Schuld gegeben.“

Doktor Eberlein führte die Frauen den Gang entlang. Lena ließ sich etwas zurückfallen und fotografierte mit ihrem Handy einige Bilder vom Sommerfest.

Die Ärztin klopfte an die letzte Zimmertür und trat ein. Alex und Lena folgten ihr.

„Hallo Frau Kobenstein, einen schönen guten Morgen. Ich bringe Ihnen heute Besuch mit. Das sind Frau Brückner und Frau Staller von der Polizei. Die würden sich gern mit Ihnen unterhalten. Ich hoffe, es ist Ihnen recht.“

Frau Kobenstein saß im Rollstuhl gebeugt über eine Zeitschrift und schaute auf. Das Zimmer wirkte geräumig und sehr geschmackvoll eingerichtet, ein Fernseher flimmerte in der Ecke und ein wunderschöner großer Blumenstrauß dekorierte den Tisch. Die Ärztin ließ die zwei Frauen auf dem kleinen Sofa gegenüber der alten Dame Platz nehmen.

„Ich lasse Ihnen einen Tee bringen. Wenn Sie mich brauchen, ich bin in meinem Büro."

Sie ging aus dem Zimmer und schloss die Tür. Lena begegnete Frau Kobenstein nach vielen Jahren das erste Mal wieder. Ihr rötliches Haar war nicht mehr so leuchtend, etwas vergraut und zu einem Dutt aufgesteckt, ihr Gesicht erschien faltig und verhärmt. Ihr Alter schätzte Lena auf knapp über sechzig Jahre, ihr Körper wirkte eingefallen. Nur ihre blauen Augen strahlten Lebendigkeit aus.

Alex beugte sich nach vorn und begann Frau Kobenstein behutsam anzusprechen.

„Frau Kobenstein, ich bin Alexandra Brückner, wir ermitteln im Umfeld der Siedlung. Hier gab es einige Vorfälle, die bis in die Vergangenheit zurückreichen. Wir möchten das gerne aufklären. Dürfen wir Ihnen ein paar Fragen stellen?"

Frau Kobenstein nickte beflissen.

„Aber natürlich, meine Familie wohnte früher auch in der Siedlung. Wir sind dort sehr glücklich gewesen. Mein Mann arbeitete bei der Bahn und ich habe im Konsum etwas dazuverdient. Als dann Elias geboren wurde, konnte ich leider nicht mehr arbeiten. Er war unser Sonnenschein, aber er brauchte viel Unterstützung und Zuwendung. Er ist kein gewöhnlicher Junge, aber jetzt hat er es geschafft. Er ist ein großer Künstler, mein Elias. Er fährt durch die ganze Welt und seine Bilder werden von allen gemocht. Kennen Sie meinen Sohn?"

Alex nickte. Sie hatte mit allen gerechnet, aber nicht mit einer plaudernden Frau Kobenstein.

„Können Sie sich noch damals an ein Ereignis erinnern, das Sie vielleicht sehr traurig gemacht hat?"

Frau Kobenstein geriet in einen richtigen Erzählrausch. Sie berichtete, wie und warum sie ihr Mann verließ, wie der Bruder ihr und Elias oft half, welche Schwierigkeiten und Repressalien sie mit dem armen Elias bewältigen und erdulden musste. Sie redete von ihrer hiesigen Nachbarin und deren missratenen Enkeln, sprach von der Krankheit ihrer besten Freundin und den Schlaganfall eines Mannes namens Horst.

Es klopfte. Ein Pfleger brachte den Frauen drei Tassen Tee.

Alex und Lena schauten sich sprachlos an. Die Frau interessierte sich nicht im Geringsten, weshalb sie eigentlich hier saßen und erzählte munter weiter.

Auch ihr ging es gesundheitlich nicht gut. Sie zählte alle Krankheiten auf und beschrieb ihre Leiden ausführlich, wetterte über den untauglichen Dr. Sauer, auch an einzelnen Pflegekräften ließ sie kein gutes Haar. Nur auf Schwester Cynthia ließ sie nichts kommen, genau wie auf Elias, das Wunderkind.

Lena zuckte hilflos mit den Schultern. Alex stöhnte innerlich, die Frau hörte nicht auf zu reden. Aber sie sprach nie von ihren zwei anderen Söhnen.

Alex traute sich, das Ungesagte anzusprechen.

„Frau Kobenstein, Sie haben doch auch noch zwei andere Söhne, Thomas und Dominik. Besuchen die Sie auch?"

Frau Kobenstein hielt einige Sekunden inne, sie schien die Luft anzuhalten, fing an zu zittern und ihr Gesicht wurde puterrot. *Bingo*, dachte Alex, *jetzt habe ich aber ins Schwarze getroffen.*

Die Frau kniff die Augen zusammen und schaute böse, ihr Gesicht verzog sich zu einer schrecklichen Grimasse. Sie schrie so laut los, dass Alex und Lena zusammenzuckten.

„Was fällt Ihnen ein? Sie kommen hier her und ziehen über meine Söhne her, Sie haben doch keine Ahnung!" Ihre Arme schleuderten in der Luft hin und her. „Ich habe mich aufgeopfert für meine Familie. Ich musste mich um alles selbst kümmern. Mein Sohn war so schlimm krank", zischte sie durch ihre Zähne. „Nur die Leute sind böse, was sie meinen Elias angetan haben, aber das sollen sie alle büßen! Gott wird sie alle bestrafen, er holt sie alle und ihre Brut!"

Genau so schnell wie der Anfall gekommen war, war er auch wieder verschwunden. Frau Kobenstein brabbelte noch ein paar Sätze vor sich hin und saß beiden Frauen wieder friedlich gegenüber. „Wissen Sie, meine Nachbarin, deren Kinder sind richtige Erbschleicher. Die kommen ihre Mutter nur besuchen, wenn sie Geld brauchen. Ich habe ihr gesagt, sie soll doch den Geldhahn einfach zudrehen. Aber dafür ist sie viel zu gut. Außerdem hat sie Angst, dass dann keiner mehr zu Besuch kommt…"

Alex und Lena saßen der Frau fassungslos gegenüber. Alex trank ihren Tee aus und beendete das Gespräch.

„Vielen Dank Frau Kobenstein, Sie haben uns sehr geholfen. Wir finden allein hinaus." Sie reichte ihr die Hand.

Frau Kobenstein tat fast beleidigt, weil ihr Wortschwall so plötzlich unterbrochen wurde, aber sie verabschiedete beide Frauen mit einem Lächeln.

Auf dem Flur blieb Lena entgeistert stehen.

„Was war das denn? So viel hat mir in so kurzer Zeit noch keiner freiwillig erzählt." Alex stimmte ihr zu.

„Sie ist halt eine einsame, verbitterte Frau, die in ihrer eigenen Welt lebt. Ihre beiden Söhne spielen in ihrem Leben anscheinend keine Rolle mehr. Es gibt nur noch diesen Elias und alle spielen mit. Du siehst, was passiert, wenn man bei ihr den falschen Knopf drückt."

Lena schüttelte den Kopf.

„Du meinst den Wutausbruch? Sie ist aber davon überzeugt, dass alle ihre Strafe bekommen und ich bezweifle, dass sie den lieben Gott meint."

Alex nickte. „Das sehe ich auch so."

Auf den Weg nach draußen blieben Alex und Lena noch einmal vor der Wandzeitung stehen und schauten sich die Bilder etwas genauer an. Lena tippte auf das Foto, auf dem man Frau Kobenstein mit Sohn, Bruder und diesem Christian sah. „Ich habe diesen Mann schon irgendwo gesehen, weiß aber im Moment nicht wo. Er ist aber schon auf meinem Handy gespeichert."

Alex studierte das Bild genauer. „Stimmt, er kommt mir auch bekannt vor, also muss er uns diese Woche schon mal untergekommen sein. Da ich über das Wochenende die Akten und alle Bilder mir noch einmal anschauen werde, stolpere ich vielleicht über ihn. Schicke mir bitte das Bild."

Lena sendete das Bild und steckte ihr Handy ein. Sie navigierte Alex in das kleine Neubaugebiet von Tampa. Die Häuser, Altneubauten aus den Sechzigern, standen in großen Abständen zueinander und schienen frischsaniert. Großzügige Grünflächen mit gepflegten Beeten und blühenden Büschen wechselten sich mit Parkplätzen für die Bewohner ab. Vor dem Haus Nummer neun hielt Alex an und erwischte den letzten leeren Parkplatz. Lena klingelte bei Familie Meier im zweiten Stock, stellte sich kurz am Sprechfunk vor und wartete auf das Surren des Türöffners. Im Treppenhaus roch es stark nach Sonntagsbraten. Herr Meier, der in der Schule Sport und Englisch unterrichtete, stand in einem blauen Trainingsanzug an der Wohnungstür und lächelte Lena zu. Lena gab ihm die Hand. „Ich hoffe, wir stören nicht beim Mittagessen. Hallo Herr Meier, meine Kollegin Frau Brückner und ich, wir hätten noch ein paar Fragen, es dauert auch nicht sehr lange."

Herr Meier versicherte, dass es bei ihnen mit dem Essen noch dauerte und bat die zwei Frauen herein. Frau Meier, ebenfalls in einem sportlichen Hausanzug gekleidet, kam aus der Küche gelaufen und begrüßte Alex und Lena freundlich. „Na, Frau Staller, wir haben uns ja eine Ewigkeit nicht mehr gesehen. Wie geht es Ihnen denn, möchten Sie nicht hereinkommen?“

Lena winkte ab, sie wollte die Zeit der beiden nicht so lange in Anspruch nehmen. Sie beteuerte, dass es ihr gut ginge und erklärte Frau und Herrn Meier die neuen Umstände und dass sich im Zuge der Ermittlungen noch ein paar Fragen zum Unfall von Manuel und Mirco ergeben haben.

„Können Sie sich noch daran erinnern, als Sie den Felsen betraten, sahen Sie noch andere Menschen außer den zwei Kindern auf dem Eis?“

Frau und Herr Meier sahen sich fragend an. Herr Meier schüttelte den Kopf und Frau Meier antwortete.

„Nein, es liefen nur die zwei Jungs auf dem Eis herum. Glauben Sie, mir ist fast das Herz stehen geblieben. Die Kinder wissen genau, dass sie nicht auf das Eis dürfen. Ausgerechnet Manuel, ich war seine Klassenleiterin. Mein Mann, mein Schwiegervater und mein Sohn sind sofort losgestürmt nach unten, um die beiden vom Eis zu holen. Meine Schwiegermutter, die Freundin meines Sohnes und ich, wir drei haben uns da oben fast die Lunge aus dem Leib geschrien, um auf uns aufmerksam zu machen. Aber es herrschte an dem Tag eine eisige Kälte und es blies ein kalter Wind. Es kann sein, dass uns die zwei gar nicht gehört haben.“

Herr Meier hob plötzlich die Hand. „Aber mir ist etwas eingefallen. Ich bin damals als erster vom Felsen auf die Straße gerannt, etwa zwanzig Meter weit. Dann geht links am Schilfgürtel der Weg zum Strand entlang. Da bin ich fast in ein Auto gelaufen. Das kann nur vom Parkplatz gekommen sein. Ich habe das völlig vergessen durch die ganze Aufregung. Wir wollten ja nur den Kindern helfen, aber wir sind zu spät gekommen.“

Alex sah Herrn Meier an, der traurig nach unten schaute. „Können Sie den Wagen beschreiben, oder haben Sie gesehen, wer drin saß?“

Herr Meier überlegte einen Augenblick. „Es handelte sich um einen dunklen, etwas höheren Wagen, vielleicht ein Van oder einen Geländewagen. Der hätte mich beinahe von vorn erwischt. Ja, der Fahrer, er ist voll auf die Bremse gestiegen. Es ging alles sehr schnell."

Herr Meier überlegte nochmals. „Ich meinte, der hatte eine Sonnenbrille auf und einen Bart. Das Licht blendete auf der Scheibe, ich habe ihn nur ganz kurz gesehen. Außerdem habe ich auf den gar nicht geachtet, wir wollten die Jungs retten."

Alex hakte nach. „Handelte es sich um einen jüngeren oder um einen älteren Mann?"

Herr Meier antwortete sehr unsicher. „Das kann ich nicht genau sagen, dafür habe ich ihn zu kurz gesehen."

Alex bedankte sich bei dem Ehepaar und reichte ihnen ihre Karte, falls ihnen noch etwas einfiel.

Die Frauen fuhren zum Revier zurück. Auf dem Parkplatz erwartete sie Bürgermeister von Nordheim. Er fuchtelte bereits wieder mit seinen Armen. „Das ist ja toll, dass ich Sie zwei noch erwische. Frau Brückner, ich wollte mich bedanken, dass wir morgen den Stand wieder eröffnen können." Er blieb vor Alex stehen und zog die Augenbraue hoch. „Es ist nicht einfach gewesen, zwei Rettungsschwimmer in der laufenden Saison aufzutreiben. Wissen Sie wieviel Zeit und Telefonate mich das gekostet hat?"

Alex hatte ihre Kollegin Regina gebeten, sich um die Freigabe des Sees zu kümmern. Nach Abschluss der kriminaltechnischen Untersuchung des Unfallortes und der positiven Analyse über die Sicherheit des Areals durch den Geologen Helmut Zober stand einer Wiedereröffnung des Badestrandes nicht mehr im Wege. „Schön, dass ich Ihnen helfen konnte, da habe ich bei Ihnen ja etwas gut", lachte Alex. Von Nordheim nickte zustimmend. Lena holte ihre Sachen aus dem BMW.

„Aber Herr Bürgermeister, ich habe es Ihnen doch gesagt. Wenn Sie es nicht schaffen, wer dann?"

Herr von Nordheim fühlte sich wieder geschmeichelt.

„Da pflichte ich Ihnen bei Frau Staller, aber ich wollte Sie beide eigentlich noch warnen. Ein Journalist, ich glaube von Thüringen Aktuell, einer Internetzeitung, kontaktierte mich heute Morgen. Er interessierte sich für Renes Tod und sprach bereits mit seinem Vater. Ich glaube, der wittert die Story seines Lebens. Ich habe ihm gesagt, dass es sich um einen Unfall handelt und er solle sich an die Polizei wenden."

Alex bedankte sich bei Herrn von Nordheim. Das fehlte gerade noch, dass sich die Presse auf die Angehörigen stürzte und mit üblen Schlagzeilen die Menschen verunsicherte. Und was es für ihre Ermittlungen bedeutete, wollte sie sich gar nicht erst ausmalen. Es würde sie mächtig unter Druck setzten.

Die beiden Frauen betraten das Revier, stickige Luft schlug ihnen entgegen. Lena öffnete ein Fenster.

„Es ist nicht gut, wenn die Presse hier herumschnüffelt."

Alex suchte die Akten ihres Falles zusammen.

„Das kannst du laut sagen. Jetzt müssen wir noch einen Zahn zulegen", rief Lena genervt.

Alex packte alle Akten in den Kofferraum. Auch Lena schickte sich an, Matzes gesammelte Werke auf ihren Laptop zu laden, doch Alex verbot es ihr.

„Du lässt erst einmal bis Montag alle Fünfe grade sein. Du gehst jetzt zu deinen Oliver und ihr quatscht euch einmal richtig aus, plant eure Zukunft und genießt das schöne Restwochenende. Es reicht, wenn ich mich mit der Sache herumschlage. Ich wünsche dir einen schönen Sonntag und verdirb es nicht."

Lena schloss das Revier ab, winkte Alex in ihrem Wagen nochmals kurz zu und fuhr nach Hause.

Kapitel 11

Alex kam ziemlich erschöpft zu Hause an. Sie parkte den BMW in der Einfahrt neben dem Wagen ihres Mannes. Ihre Mutter öffnete die Tür und half ihr, die Akten hinein zu tragen. Alex hörte gleich die dumpfe Musik von oben. „Ah, Lisa ist auch da?"

„Jaja, furchtbar die Musik. Das geht schon den ganzen Vormittag. Und bist du wenigstens ein Stück weiter gekommen mit deinem Fall?"

Alex legte ihre Tasche ab. „Es ist ein großes Puzzle, wir tragen es Stück für Stück zusammen. Ich muss das morgen alles noch mal sichten und ordnen. Aber jetzt brauche ich erst einmal eine Auszeit. Ich sehe gerade, Michael ist auch da. Sind alle im Garten?"

Mutter Annette lächelte geheimnisvoll.

„Ja, er mähte den Rasen und half deinem Vater den Komposthaufen umzusetzen und zum Schluss den Grünschnitt wegzuschaffen. Willst du dich wirklich von ihm scheiden lassen?"

Alex verdrehte die Augen. „Mama, er hat mich betrogen! Gibt es eigentlich noch etwas zu essen? Es riecht hier so lecker?"

„Natürlich, wir sind gerade fertig mit essen. Ich mach dir noch ein Teller Nudeln und Tomatensoße. Die anderen sind alle im Garten." Sie zwinkerte ihrer Tochter zu und nahm einen Teller aus dem Schrank.

Alex betrat die Terrasse. Michael und ihr Vater saßen auf den hohen Lehnstühlen und ließen sich ein Bier schmecken. „Na hallo alle zusammen, das habt ihr euch sicher verdient! Ich habe gehört, ihr wart sehr fleißig."

Die Männer prosteten ihr zu und die Zwillinge kamen aus dem Garten gelaufen. „Mama, du musst dir unser Beet anschauen, Opa hat mit uns Gemüse angepflanzt." Sie zogen ihre Mutter in den hinteren Teil des Gartens. Begeistert inspizierte Alex die neue Errungenschaft.

„Das müsst ihr aber auch pflegen, gießen und Unkraut zupfen.“ Die Zwillinge versicherten, sich um alles zu kümmern. Leon dachte schon wieder an die nächste Mahlzeit. „Oma hat Kuchen gebacken und Opa grillt mit uns heute Abend. Beim Fleischer haben wir jeder ein Würstchen bekommen, das musste Opa nicht bezahlen.“

Alex setzte sich zu ihrem Vater und Michael an den Gartentisch unter den Sonnenschirm. Ihre Mutter brachte ihr einen großen Teller Nudeln und Michael goss ihr ein Glas Bier ein.

Alex ließ sich gern einmal verwöhnen. Die Zwillinge badeten im Pool, den ihr Vater wie jedes Jahr im Frühling fluchend und schimpfend aufgebaut hatte, weil die Bauteile schlecht ineinander passten. Die Erwachsenen saßen plaudernd auf der Terrasse. Selbst Michael gab sich charmant und humorvoll.

Am Nachmittag servierte Oma Annette zum Kaffee den leckeren Quarkkuchen, den sich selbst Lisa nicht entgehen ließ. Etwas später versuchte Michael vergeblich, Alex zu einem Vieraugengespräch zu drängen. Alex gab ihm zu verstehen, dass sie keine Gespräche zur Rettung ihrer Ehe mehr führen wolle. Genervt verließ er das Haus.

Auch Lisa diskutierte mit Alex über ihre Absicht, mit Felix in den Club zu gehen. Es spielte eine Rockband. Alex hatte überhaupt nichts dagegen, nur über die Heimkommzeit konnten sie sich nicht einigen. Die Mutter setzte sich durch, 23 Uhr, nicht später.

Alex freute sich über den schönen Grillabend mit den Jungs und ihren Eltern. Nach dem Essen, die Zwillinge schauten in ihrem Zimmer noch einen Film an, öffnete ihr Vater eine Flasche edlen Wein und sie genossen auf der Terrasse die laue Sommernacht. Ihr Vater, Georg Wagner,

Doktor der Allgemeinmedizin, seit drei Jahren im Ruhestand, erzählte lustige Anekdoten aus seiner Berufszeit. Ihre Mutter Annette stand über zwanzig Jahre in der Praxis als Krankenschwester ihrem Mann zur Seite. Alex wusste, ihr Vater war Arzt aus Leidenschaft, immer für alle ein offenes Ohr, einen guten Rat. Was ihre Mutter besonders nervte: auch für alle jederzeit erreichbar. Bei Familienfeiern oder im Urlaub gab es darüber oft Krach, aber ihre Mutter wusste, dass er nicht anders konnte.

Alex nutzte die Gelegenheit, einen erfahrenen Arzt ansprechbar zu haben. „Sag mal Papa, hattest du in deinem Arztleben auch mal einen Patienten mit Tourette-Syndrom?“

Die heitere Stimmung schien wie weggeblasen. Ihr Vater stellte sein Glas hart auf den Tisch und ihre Eltern schauten sich erschrocken an. Alex stutzte.

„Habe ich etwas Falsches gesagt?“

Ihre Mutter fasste sich als Erste wieder. „Nein, aber da hast du einen wunden Punkt bei deinem Vater angesprochen.“

Georg Wagner brauchte einen kleinen Augenblick, ehe er reden konnte. „Das ist mein schwerster und tragischster Fall in meiner ganzen Laufbahn gewesen und es beschäftigt mich heute noch. Das Tourette-Syndrom ist eine neuropsychiatrische Erkrankung, die durch Tics charakterisiert wird. Es handelt sich bei den Tics um unwillkürliche, meistens plötzliche Bewegungen, die sich ständig wiederholen. Es sind Muskelzuckungen oft verbunden mit Lautäußerungen, meist im Zusammenhang mit ängstlichem Stress oder freudiger Erregung.“

Alex nickte. „Ich habe das mal auf den Flughafen erlebt, ein junger Mann mit diesen furchtbaren Zuckungen. Aber das Schlimmste fand ich, diese Schreie und die schrecklich schlechten Wörter, die er ständig rief. Die Eltern und er taten mir leid, die Leute haben sie angestarrt, als wären sie vom anderen Stern.“

Doktor Wagner lehnte sich zurück.

„Ja Kleines, es handelt sich um eine furchtbare Krankheit und nicht nur für den Betroffenen, sondern für die ganze Familie. Der junge Mann, den es in meiner Praxis betraf, hieß Steffen. Mit seinen Eltern verband mich eine tiefe Freundschaft und den Jungen habe ich mit auf die Welt geholt. Bei Steffen brach die Krankheit schon im frühen Kindesalter aus und nahm einen schweren Verlauf. Zuckungen, motorische Tics und ständige Lautäußerungen, später im Jugendalter kamen noch obszöne Ausrufe hinzu. Die Eltern mussten den Jungen aus der Schule nehmen, obwohl Steffen als hochbegabt galt. Er war ein Jongleur mit Zahlen, ein Ass in Kopfrechnen und er konnte Logarithmen sofort erkennen. Aber er ist nur auf Ablehnung und Bestürzung gestoßen. Die Familie zog sich aus dem öffentlichen Leben komplett zurück. Den Stress mit seiner Umgebung kannst du dir sicherlich vorstellen. Keiner meiner Kollegen, Psychiater oder Neurologe konnte helfen, keine Medikamente, keine Therapie, weder Elektrokrampftherapie noch Verhaltenstherapien haben angeschlagen. Ich konnte nicht helfen. Die Familie war verzweifelt." Georg Wagner nahm seine Brille ab und wischte sich mit der Hand über die Augen und setzte die Brille wieder auf.

„Eines Tages rief mich Steffens Vater an, völlig verzweifelt. Der Junge lag bewusstlos in seinem Zimmer, lauter leere Tablettenblister um sich herum. Er wollte sich das Leben nehmen. Ich bin gerade noch rechtzeitig gekommen. Es ging nicht mehr so weiter. Ich habe mich dann an einen Kölner Kollegen gewandt, der schon einige Hirnschrittmacher bei Patienten mit Tourette-Syndrom eingepflanzt hatte. Diese Methode steckt allerdings noch in der experimentellen Phase. Zugegeben, es ist ein sehr umstrittenes Verfahren, aber bisher die vielversprechendste Behandlungsweise. Es dauerte noch über ein Jahr mit unzähligen

Untersuchungen. Zwei Psychiater mussten bestätigen, dass vorher alle möglichen Therapien und Medikamente erfolglos angewandt worden waren, ehe Steffen diesen Hirnschrittmacher bekam. Zum Glück gelang die Operation, die Tics sind heute bei Steffen so gut wie verschwunden. Die Lebensqualität, vor allem eine gewisse Normalität ist wieder eingekehrt. Der Junge konnte seinen Schulabschluss nachholen und hat sogar angefangen zu studieren. Letzte Woche habe ich mich erst mit seinem Vater getroffen, sie sind überglücklich, nach den vielen schweren Jahren voller Leid, Beschimpfungen und Entbehrungen."

Doktor Wagner sah seine Frau an und prostete ihr zu.

„Was haben wir um den Jungen gekämpft. Stimmt doch, Annette?"

Seine Frau stimmte ihm zu und erklärte Alex:

„Deinen Vater hat es fast wahnsinnig gemacht, dass er so viele Jahre dem Jungen und seinen Eltern nicht helfen konnte. Die OP war äußerst umstritten und der positive Ausgang nicht selbstverständlich. Aber zum Glück ist alles gut gegangen."

Alex hing ihren Gedanken nach. Schade, dass es diese Methode noch nicht früher gegeben hatte, so hätte vielleicht auch Elias geholfen werden können.

Der Sonntagmorgen fing mit einem schweren Unwetter an. Prasselnder Regen und starke Windböen ließen die Gartenstühle über die Terrasse fegen. Unzählige Blitze erhellten den schwarzen Himmel und die unmittelbar folgenden Donner ließen alle im Haus zusammenzucken.

Nach dem ausgiebigen Sonntagsfrühstück überredeten die Großeltern die Zwillinge und Lisa zu einer Runde Mensch-ärgere-dich-nicht, während sich Alex mit all ihren Akten in das kleine Büro im Keller zurückzog.

Sie schaltete den Computer an und öffnete die von Matze angelegte Datei. Die Dossiers und die dazu gehörigen Bilderserien fand Alex in mehreren namentlich benannten Ordnern einsortiert. Sie öffnete den mit Titel: Magdalena Kobenstein.

Nach den Daten zur Person und einer kurzen Lebenslaufbeschreibung erschienen Zeitungsartikel von damals zum Unfalltod von Elias. Die alten Farbbilder vom Steinbruch besaßen leider eine schlechte Auflösung. Alex meinte Lena als junge Polizistin zu erkennen, die neben zwei Jugendlichen an einem Polizeifahrzeug stand. Der Artikel berichtete über den tragischen Absturz eines behinderten vierzehnjährigen Jungen, der anscheinend vor drei Kindern auf Fahrrädern in den Steinbruch geflüchtet war. Frau Kobenstein wurde danach mehrmals in die Psychiatrische Klinik nach Erfurt eingeliefert, man verkaufte das Haus in der Siedlung, sie bezog eine kleine Wohnung in Erfurt. Seit neun Jahren lebte sie in der noblen Seniorenresidenz „Herbstzeitlose" in Tampa. Den Aufenthalt finanzierten ihre zwei Söhne Thomas und Dominik.

Alex öffnete den Ordner von Thomas Kobenstein. Er war kurz nach dem Tod seines Bruders auf ein Internat gegangen, absolvierte ein duales Studium in Betriebswirtschaftslehre mit Bestnoten und bekam dadurch eine gute Perspektive für eine steile Karriere in einem Hauptsitz einer großen Bank in Frankfurt am Main.

Sein Gehalt erschien Alex außergewöhnlich hoch, natürlich konnte er sich das Penthouse mit seiner Freundin und noch vieles mehr leisten. Er gehörte mittlerweile zu einem der erfolgreichsten Bankmanagern in Frankfurt. Nur zu seiner Familie schien er wenig Kontakt zu pflegen. Die von Rene Schmitt fotografierten Schnappschüsse in Frankfurt schienen das süße Leben des Thomas Kobenstein zu unterstreichen.

Alex fragte sich, warum dieser viel beschäftigte, erfolgreiche Mann ein Doppelleben führen sollte. Er schien wenig Bindung zu seinem alten Leben zu haben. Das Gefühl hatte Rene wohl ebenfalls geteilt, denn er stellte bereits nach einer Woche die Observation von Thomas Kobenstein ein.

Alex schaute sich die Dokumente über Dominik Kobenstein an, auch er konnte einen durchaus interessanten Lebenslauf aufweisen. Der Zeichenlehrer der Schule erkannte das künstlerische Talent des Jungen, nahm sich seiner an und protegierte ihn. Schon während des Studiums an der Kunsthochschule Burg Giebichenstein in Halle wurde die nationale Kunstszene auf ihn aufmerksam. Er gewann bei Kunstwettbewerben Preise und man sprach ihn für sein außergewöhnliches Talent ein Stipendium zu. Danach ging er für drei Jahre in die USA und mischte von da an in der internationalen Kunstszene mit. Seine Skulpturen und Malereien erzielen horrende Preise bei Auktionen, die größten und wichtigsten Ausstellungen und Galerien der Welt rissen sich um seine Kunstwerke. Alex las beeindruckt Zeitungsberichte über seine Erfolge im In- und Ausland. Für zwei Jahre war er mit dem bekannten Model Ivana Seifert liiert gewesen und später hängte ihm die Presse noch eine kurze Affäre mit einer bekannten Schauspielerin an. Vor fünf Jahren kaufte er dann in Daasdorf bei Weimar einen alten Vierseitenhof, richtete ihn her und arbeitete und lebte seither auf seinem „Künstlerhof", auf dem er auch einwöchige Seminare anbot. Er besuchte regelmäßig seine Mutter und seinen Onkel in Tampa. Im vergangenen Jahr spendierte er den Bronzebrunnen für den neugestalteten Marktplatz in seiner Heimatstadt. Alex schaute sich den Artikel über die Schenkung und das Zeitungsfoto näher an. Die halbe Stadt schien damals zur Einweihung des Brunnens anwesend zu sein. Bürgermeister von Nordheim schüttelt Dominik Kobenstein zum Dank die Hand, während der Stadtrat und wichtige Persönlichkeiten dazu applaudieren. Frau Kobenstein wurde die Ehre zuteil, den Brunnen einzuweihen und das rote Band zu zerschneiden.

Alex betrachtete Renes Bilderserie von Dominik Kobenstein. Sie musste sich eingestehen, dass es sich bei Dominik um einen sehr attraktiven Mann handelte. Seine Bilder und Skulpturen fand Alex einmalig. Obwohl sie öfters Kunstmärkte und Galerien besuchte, ab und zu, wenn es die Zeit zuließ, auch mal ein Museum besichtigte, konnte sie sich an seinen Namen nicht erinnern. Sie nahm sich vor, künftig wieder mehr über den Tellerrand zu schauen.

Renes Bilderserie über Dominik umfasste eine wesentlich größere Anzahl an Fotos als die seines Bruders. Laut Datumsanzeige beschattete Rene Dominik mindestens 17 Tage. Eine Menge Fotografien entstanden auf dem Künstlerhof in Daasdorf, auf dem viele Besucher, Kursteilnehmer und Käufer abgebildet waren. Andere Bilder zeigten Dominik auf einer Vernissage in einer Weimarer Galerie, auf der er von einer jungen blonden Frau begleitet wurde. Die beiden schienen ein sehr inniges Verhältnis zu haben. Während Renes Überwachung besuchte er mit ihr mehrere edle Restaurants. Auch seine Mutter führte Dominik öfter zum Essen aus, allen Anscheins verstanden sich beide prächtig. Alex bezweifelte, dass es ihr nichts ausmachen würde, wenn ihre Mutter sie für eine andere hielt.

Sie schloss die Seite. Auf diesen Bildern konnte man beim besten Willen nichts Kriminelles feststellen. Sie schaute nochmal die Akten durch. Bei den Mitgliedern des Tauchvereines wurde sie endlich fündig. Ein Christian Schulte fiel ihr ins Auge. *Das ist er doch, der Mann auf dem Foto bei der Kobenstein.*

Alex suchte ihr Handy, öffnete Lenas WhatsApp-Chat und betrachtete das Foto. *Natürlich, er ist es und auch noch ein Taucher. Bingo!* Die Aufzeichnungen von den Alibis der Taucher an Renes Todestag konnte Alex vor Aufregung auf den PC nicht schnell genug finden. Erst nach längerer Suche entdeckte sie in Matzes Sammelsurium die Liste. Christian Schulte wurde am Samstag und Sonntag von einem Bombenräumkommando als Taucher angefordert. Bei Wartungsarbeiten in einem See in der Nähe von Eisenach entdeckte man eine Fliegerbombe. Alex schaute auf der Karte nach. Der See lag höchstens 20 bis 30 Autominuten vom Neulinger See entfernt. Dieser Zusammenhang müsste noch einmal beleuchtet werden. Natürlich auch die Frage, in welchem Verhältnis stand Christian Schulte zur Familie Kobenstein?

Durch das kleine Fenster trafen Sonnenstrahlen auf ihren Schreibtisch. Sie bemerkte erst jetzt den strahlend blauen Himmel und beschloss, den restlichen Nachmittag mit ihrer Familie zu verbringen. Ihre Eltern wollten am späten Nachmittag nach Hause fahren. Sie schrieb die To-do-Liste für den nächsten Tag, ordnete die Akten und schloss das Programm am Computer.

Kapitel 12

Angenehm frische Luft umgab Alex, als sie auf dem Parkplatz vor dem Kommissariat ihre Tasche über die Schulter hängte und mehrere Akten in ihren Arm stapelte. Der Wetterfrosch im Radio kündigte für heute wieder einen heißen Tag an. Alex schnaufte die Treppe hinauf. Im Fahrstuhl stieß sie beinahe mit einem jungen Mann zusammen. Er erschien ihr wie ein Tourist, kariertes Hemd, helle Sommerhosen und eine große dunkle Tasche quer über die Schultern gehängt. Alex stützte die Akten auf den breiten Haltegriff und drückte den Knopf der dritten Etage.

Der junge Mann ließ sie nicht aus den Augen und sprach sie an. „Sind Sie Kommissarin Brückner?"

Alex nickte. Der Fahrstuhl öffnete sich. Sie nahm ihre Akten. „Ich muss jetzt hier raus, kann ich Ihnen helfen?"

Der junge Mann folgte ihr und lächelte sie an.

„Ja, ich würde Sie gern einmal sprechen. Mein Name ist Rainer Gewohl, ich komme von Thüringen Aktuell. Es geht um den ertrunkenen jungen Mann in Tampa, anscheinend nicht der erste Unfall dieser Art am Neulinger See. Sie sind doch die ermittelnde Beamtin in diesem Fall?"

Alex stöhnte innerlich auf, nicht auch noch die Presse.

„Ja, das stimmt, aber ich kann Ihnen keine Auskunft über laufende Ermittlungen geben. Da müssen Sie sich an unsere Pressestelle wenden."

Der Journalist lief neben Alex her und ließ nicht locker.

„Ich habe bereits mit dem Vater gesprochen. Er ist der Meinung, dass es sich hier nicht um einen Unfall handelt. Was sagen Sie dazu?"

Alex blieb stehen und schaute Herrn Gewohl wütend an. „Finden Sie nicht, dass Sie die Angehörigen in ihrem Leid in Ruhe lassen sollten? Wir sind mitten in den Ermittlungen. Wenn wir relevante Ergebnisse haben, wird es die

Presse als erstes erfahren. Und hören Sie auf zu spekulieren, das bringt niemanden etwas. Guten Tag!“

Alex drehte sich um und verschwand in ihrem Büro.

Sie rief Regina an und veranlasste ein sofortiges Meeting. Matze sollte die Videowand im großen Raum aktivieren. Selbst Jochen Ackermann wollte sich den Stand der Ermittlungen nicht entgehen lassen.

Regina erwartete sie schon mit einer großen Kanne Kaffee und einer Schüssel selbst gebackener Plätzchen. Matze saß mit seinem Laptop vor der Videowand bereit. Jochen Ackermann kam genervt ins Büro gestürmt.

„Ich musste gerade einen Herrn von der Presse abwimmeln. Ich glaube, der hat sich an unserem Fall festgebissen. Guten Morgen erstmal. Ich bin gespannt auf Ihren Bericht zum Fall, Frau Brückner, begeistern Sie mich.“

Alex legte ihre Ordner auf den Tisch. „Ich habe das ganze Wochenende ermittelt mit interessanten Ergebnissen. Ich gebe Ihnen einen kurzen Überblick über diesen Ermittlungsstand. Schriftlich reiche ich den Zwischenbericht zeitnah nach.“

Alex nickte Matze zu, er ließ passend zu ihren Ausführungen die Bilder auf der Videowand erscheinen. Sie erzählte über die ertrunkenen Sportler Rene und Mark, über die auf den See gelockten Kinder Manuel und Mirco, den verunfallten Denis, der sie erst auf die richtige Spur brachte. Ihre Vermutung, dass die Ereignisse mit der Vergangenheit zu tun hatten, rief bei ihrem Chef Erstaunen hervor. Sie informierte über Rene Schmitts Nachforschungen und die Verdächtigen. Auch über den allgegenwärtigen Fluch der Frau Kobenstein und ihrer Familie berichtete sie.

Alex betrachtete die Bilder, Namen und Verbindungspfeile auf der Videowand, sie spiegelte genau Lenas Pinnwand wider. Nach Alex Ausführungen herrschte betroffenes Schweigen. Ackermann fuhr sich über sein lichtes Haar.

„Mein Gott, Frau Brückner, ich schicke Sie wegen eines Unfalls los und Sie kommen mir hier mit einem Serienkiller zurück! Wollen Sie Ihr Team noch vergrößern, brauchen Sie mehr Leute?“

Alex schüttelte den Kopf. „Nein, ich will die Truppe so klein wie möglich halten. Mit Lena Staller habe ich eine gute Hilfe vor Ort, die sich auskennt. Könnten Sie mit Frau Stallers Vorgesetzten in Gotha abklären, dass sie uns weiter zur Seite steht? Und eine Bitte: Halten Sie uns die Presse vom Leib. Außerdem brauchen wir noch Unterstützung bei dem infrage kommenden Unfallwagen.“

Regina meldete sich zu Wort. „Da habe ich noch am Freitag voriger Woche bei den verschiedenen Kollegen der Streife Amtshilfe angefordert. Wir haben unsere Liste schon fast abgearbeitet. Bis auf einige Fahrzeughalter, die wir am Wochenende nicht zu Hause antrafen. Aber leider haben wir noch keinen Treffer.“

Alex nahm die Liste. „Wenn es jemand auf der Durchfahrt war, haben wir schlechte Karten. Und von denen auf unserer Videowand: Wer fährt alles so einen Geländewagen?“

Matze hob die Hand. „Da wäre als erstes der Vorsitzende des Tauchvereines Waldemar Pötschke, der Bauunternehmer und Stadtratsmitglied Norbert Bamberger und Wolfgang Thiele, ebenfalls im Stadtrat. Er besitzt gleich mehrere Fahrzeuge dieser Art.“

„Wieso das?“, wunderte sich Alex.

Matze schaute wissend in die Runde. „Ihm gehören ein VW Autohaus mit Werkstätten in Tampa und in Gotha. Hier habe ich noch einen Kandidaten von unserer Wand, Dominik Kobenstein. Er besitzt unter anderem einen schwarzen Audi Q8, der könnte auch infrage kommen. An den Werkstätten in der Umgebung sind wir noch dran.“

Regina tippte auf die Liste, die Alex in der Hand hielt.

„Die haben wir als erstes überprüft, der Chef vom Autohaus fährt nur mit Porsche umher. Ach übrigens, das Phantombild hat uns der Kollege Riemann rein gereicht. Er hatte mit Denis viel Spaß."

Regina reichte Alex und Ackermann die Bilder. Alex verzog das Gesicht und ihr Chef lachte los. „Das können wir doch in keine Fahndung geben, die Kollegen lachen uns aus."

Ein Basecap, eine große schwarze Brille und ein Vollbart, mehr war auf dem Papier nicht zusehen. Alex legte das Blatt zu Seite. „Na immerhin, der Lehrer sprach auch von einem Mann mit Brille und Bart. Es gab also diesen Mann und ich will diesen Mistkerl haben."

„Ich auch, Frau Brückner!", bemerkte Ackermann.

Alex goss sich eine Tasse Kaffee ein. „Ich habe noch einen aussichtsreichen Kandidaten für euch. Matze, schau mal nach, was du über Christian Schulte findest. Ein Taucher im Tauchverein bei Helmut Zober. Er ist irgendwie mit den Kobensteins verbandelt. Lena und ich haben ihn auf Familienbilder gesehen. Voriges Wochenende nahm er angeblich als Taucher bei einer Bombenräumung an einem See teil. Der See liegt nur eine halbe Stunde von unserem Tatort entfernt. Ich kann mir nicht vorstellen, dass er die ganze Zeit im Wasser tauchen musste."

Matze schaute auf. „Ich hab ihn! Christian Schulte, in Gotha geboren. Alter 47, Berufstaucher. Vor fünf Jahren geschieden, keine Kinder. Ist seit über vier Jahren wieder in Tampa im Haus seiner Mutter gemeldet. Aber seine Mutter, Anna Schulte, ist vor zwei Monaten gestorben."

Regina schrieb auf einen Zettel mit. „Okay, ich werde das Alibi von diesem Schulte einmal genauer checken. Wir haben übrigens den Tauchverein überprüft, jeder der Männer kann ein Alibi vorweisen. Bis auf Schulte können wir die Jungs von unserer Liste streichen."

Alex hob die Hand. „Noch eins, die Mutter von Mark Keller ist nach dem Tod ihres Sohnes bei der Kobenstein gewesen und sprach mit ihr. Frau Kobenstein ist dabei total ausgerastet. Ich würde gern wissen, um was es da gegangen ist. Die Eltern sind allerdings nach Marks Tod verzogen. Könnt Ihr euch darum kümmern?“

Matze und Regina nickten beflissen. Jochen Ackermann stand auf. „Und was haben Sie jetzt vor, Frau Brückner?“

Alex nahm ihre Tasse in die Hand. „Ich schau mir Thomas und Dominik Kobenstein näher an. Christian Schulte ist im Moment unsere heißeste Spur, der werde ich sofort nachgehen. Um die Fahrerflucht muss sich Frau Staller kümmern.“

Ackermann reichte ihr die Hand. „Dann wünsche ich Ihnen viel Erfolg. Nageln Sie den Typen fest. Aber ich bräuchte dann auch mal einen Bericht von Ihnen.“

Alex versprach, ihn so schnell wie möglich nachzureichen. Sie bat Regina, sich mit Thomas und Dominik Kobenstein in Verbindung zu setzten und einen Termin für ein Gespräch zu vereinbaren.

Die Runde löste sich auf und Alex rief Lena in ihrem Büro an. „Guten Morgen, du klingst so abgehetzt. Hattest du noch ein schönes Wochenende?“

Lena stellte das Telefon auf Lautsprecher um.

„Ja, das kann man wohl sagen! Wir möchten eine Familie gründen. Oliver hat mir gestern beim Essen einen Heiratsantrag gemacht. Das hat mich total umgehauen.“

„Das nenne ich doch mal eine gute Nachricht! Ich wünsche euch alles Gute“, freute sich Alex.

Lena bedankte sich.

„Aber leider bin ich heute Morgen gleich in die Realität zurückgeholt worden. Es geht mal wieder um unser aller Lieblingsfamilie. Wir nennen sie auf dem Revier nur die Flodders. Fast einmal die Woche werden wir von den Nachbarn oder der Frau selbst gerufen. Sie sitzt dann immer mit blauem Auge und blauen Flecken heulend da. Aber ich kann sie nicht dazu bewegen, den Kerl anzuzeigen. Das letzte Mal ist sie auf meinen Kollegen Stockelmeier losgegangen, weil er ihren Mann mitnehmen wollte. Angeblich wäre sie nur die Treppe heruntergefallen. Und heute haben mich wieder die Nachbarn gerufen. Allerdings diesmal hockte *er* auf den Fußboden mit einer Platzwunde auf der Stirn. Sie hat ihm während eines Streites den Toaster vor den Kopf geworfen. Ich informierte Dr. Ziegler. Er wird bei ihnen im Laufe des Vormittages vorbeischauen. Ich habe ein Protokoll geschrieben, wie immer. Bis zum nächsten Mal."

Alex setzte sich an ihren Schreibtisch und legte die Füße hoch. „Da kann ich dir vielleicht ein bisschen Luft verschaffen. Ackermann wird mit deiner Dienststellenleitung reden und um Unterstützung bitten. Ich brauche dich einfach in meinem Team."

Lena freute sich. „Das ist gut, der Fall lässt mich nicht los. Was ist bei eurem Meeting heute rausgekommen?"

Alex berichtete Lena über die Ergebnisse der Sitzung und ihre nächsten Schritte. „Übrigens wissen wir jetzt, wer der Mann auf dem Bild bei der Kobenstein ist. Er heißt Christian Schulte und gehört zu den Tauchern von Helmut Zober. Voriges Wochenende forderte man ihn zu einem Taucheinsatz an, nur eine halbe Stunde von eurem See entfernt. Ich lasse es von Regina nochmals überprüfen. Vielleicht haben wir Glück. Könntest du dir bitte die Herren vom Stadtrat vornehmen, dem Thiele gehören ja zwei Autohäuser mit Werkstätten. Vielleicht wurde da etwas gemauschelt. Ich kümmere mich um die zwei Kobenstein-Brüder. Ach übrigens, wir müssen einen Zahn zulegen, heute Morgen wurde ich von einem Journalisten abgefangen. Er recherchiert über die Schwimmunfälle. Ackermann und ich haben ihn abgewimmelt, aber ich glaube nicht, dass er sich ins Bockshorn jagen lässt."

„Okay Alex, ich schau mir noch einmal die Unterlagen an und mach mich gleich auf den Weg. Wenn es etwas Neues gibt, rufe ich dich an. Bis bald."

Es klopfte, Regina trat ein.

„Ich habe gute Nachrichten: Zum hübschen Herrn Dominik kannst du jeder Zeit kommen, er arbeitet die ganze Woche in seinem Atelier in Daasdorf. Und sein Bruder Thomas steckt auf dem Weg hierher im Stau. Wie sein Kollege mir versicherte, betreut Herr Kobenstein seit einem Jahr die Bankfiliale hier in Erfurt. Ich konnte ihn auf seinem Handy erreichen. Wenn er es rechtzeitig aus dem Stau herausschafft, würde er dich heute noch empfangen. Siehst du, keiner kann meinem Charme widerstehen."

Alex nickte und lächelte. „Regina, wenn ich dich nicht hätte. Vielen Dank. Übrigens, ich bin jetzt kurz im Klinikum und schaue nach Denis, wenn mich jemand vermisst, ruf an."

„Ja, aber mach dein Handy an", mahnte Regina.

Der Polizist vor Denis Krankenzimmer grüßte Alex freundlich und bestätigte ihr keine besonderen Vorkommnisse. Denis saß im Bett, seine Igelhaare standen kerzengerade nach oben und seine Augen blitzten Alex verschmitzt an.

„Na du Held, ich hoffe, dir geht es wieder besser."

Alex überreichte ihm das kleine Geschenk, einen Spin Master, ein Geschicklichkeitsspiel, dass ihr die Zwillinge wärmstens empfohlen hatten.

Denis Augen strahlten. „Das habe ich schon mal gesehen, das ist echt cool."

Er schaute den Ball von allen Seiten an.

„Der Doktor sagt, ich darf bald wieder nach Hause."

Alex freute sich, dass es dem Jungen besser ging und ihr Geschenk so gut ankam. „Vielen Dank für das Phantombild, so eins habe ich noch nie gesehen."

Denis schaute sie fragend an.

„Hast du den Mann schon gefangen?"

Alex schüttelte den Kopf. „Nein, leider noch nicht. Hast Du denn den Mann später noch einmal irgendwo gesehen?"

Denis überlegte. „Nein, aber vorher habe ich ihn schon am See gesehen, da hat er aber nur geschaut und ist dann gleich weggegangen."

Alex nahm Denis Hand. „Sah er da genauso aus wie an dem anderen Tag und weißt du, wo er hingegangen ist?"

Denis verdrehte beim Überlegen die Augen. „Ja, er sah genau so aus, aber wo er hingelaufen ist, das weiß ich nicht."

Alex tröstete ihn. „Das ist nicht so schlimm, was habt ihr denn dort gemacht?"

Denis Augen fingen wieder an zu strahlen.

„Wir haben Steine auf das Eis geworfen, wer am weitesten zielen kann. Und ich habe gewonnen."

Alex fühlte sich bestätigt. Dieser Mistkerl trieb sich am See herum, um die Kinder auszuspionieren. Sie blieb noch ein Weilchen bei Denis und fuhr dann ins Büro zurück.

Lena saß am Computer. Trotz der zwei offenen Fenster in ihrem Büro war die Luft stickig. Sie beugte sich vor und schaltete den Tischventilator an, dann überflog sie Matzes Dokumentation, die alles Relevante enthielt, was bisher in diesem Fall zusammengetragen worden war. Christian Schulte war ihr noch nie aufgefallen. Vor vier Jahren kam er nach seiner Scheidung nach Tampa und nach Matzes Angaben starb vor zwei Monaten seine Mutter. Können solche Ereignisse jemanden so derart aus der Bahn werfen und dadurch zum Mörder werden lassen? Immerhin war er vor vier Jahren wieder nach Tampa gezogen. Vor vier Jahren hatte jemand die Jungen Manuel und Mirco auf das Eis gelockt. Endlich ergab sich hierdurch die erste heiße Spur. Auch die Jagd nach dem Unfallfahrer ließ Lena nicht ruhen.

Das Protokoll der Notrufzentrale betrachtete sie mit besonderer Aufmerksamkeit. Es gab noch einen Anrufer, der kurz nach dem Ehepaar am Unfallort den Notruf alarmiert hatte. Lena griff zum Hörer und wählte die Kollegen der Notrufzentrale an. Am Apparat meldete sich mit tiefer Stimme der Kollege Herbert Borowski.

„Notrufzentrale, Borowski am Apparat."

„Hallo, Lena Staller. Ach Herbert, grüß dich! Schön, dass ich dich gleich an der Strippe habe, ich bräuchte mal deine Hilfe. Es geht um den Unfall mit Fahrerflucht auf der Erfurter Landstraße am Donnerstagabend. Ich habe gesehen, es gab einen zweiten, anonymen Anruf. Könnt ihr mir den senden und herausbekommen, von wo der Anrufer telefonierte. Vielen Dank und grüß deine Inge von mir."

„Das mache ich, sie hat schon nach dir gefragt. Ihr müsst euch einfach mal wieder treffen. Melde dich doch bei ihr. Und das andere suche ich dir sofort raus und ruf dich gleich wieder an."

Lena lehnte sich zurück. „Bisher haben wir niemanden ermitteln können, der den Unfall bezeugen konnte. Vielleicht handelt es sich bei dem Anrufer um den Unfallfahrer. Wahrscheinlich quälte ihn das schlechte Gewissen." Während Lena auf die Information aus Erfurt wartete, überprüfte sie das Facebook-Profil des dritten Stadtratsmitgliedes Jonas Kleinschmidt, eigentlich Doktor Jonas Kleinschmidt, ein Hals-Nasen-Ohrenarzt und Mitglied des hiesigen Tennisclubs. Er besaß einen blauen VW Passat. Lena kannte ihn nicht. Herr Kleinschmidt schien eine große Freude daran zu haben, sein Leben mit anderen zu teilen. Unzählige Posts, Bilder und Kommentare aus seinem Leben füllten seine Facebookseiten. Verwundert schaute Lena die Seiten durch. Diese Mitteilsamkeit hätte sie eher einem Teenager zugeordnet als einem Arzt. Hunderte sinnlose Banalitäten wurden hier in Bild und Schrift festgehalten. Selbst sein Essen fotografierte er von allen Seiten, um es ins Netz zu stellen. Leider konnte sie nichts Brauchbares finden. Wenigstens seine Homepage verriet ihr die Sprechzeiten und dass sich die Praxis im Ärztehaus der Poliklinik befand. Hoffentlich war der Doktor ihr gegenüber auch so gesprächig.

Lena schaute sich die Listen der überprüften Fahrzeuge durch. Erst am Samstagmittag traf der ermittelnde Beamte Norbert Bamberger zu Hause an und überprüfte den VW Touareg, der unbeschädigt vor dem Haus stand.

Das Telefon klingelte. Herbert Borowski teilte Lena mit, dass der unbekannte Anrufer die Telefonzelle an der Post genutzt hatte, genau viereinhalb Minuten später nach dem Anruf des Ehepaares an der Unfallstelle.

Verwundert schaute Lena auf die Stadtkarte an der Wand. „Weißt du Herbert, was ich merkwürdig finde? Die nächstgelegene Telefonzelle befindet sich gleich am Ortseingang am Bahnhof. Aber die an der Post, da muss man erst durch die ganze Stadt fahren. Ich vermute, er wusste, dass die am Bahnhof videoüberwacht ist."

Herbert Borowski stimmte Lena zu. „Das kann schon sein, ich habe dir bereits die Aufnahme geschickt. Sie ist mit verstellter Stimme gesprochen. Ich hoffe, du kannst damit etwas anfangen. Viel Glück, Lena."

Gespannt rief Lena die Mail ihres Kollegen auf und öffnete den Link. Sie hörte sich die Sprachnachricht gleich dreimal an. Man konnte die monotone Männerstimme sehr schlecht verstehen, vielleicht hielt er ein Tuch oder ähnliches vor den Hörer.

„Notrufzentrale, wie kann ich ihnen helfen?"

„Ich möchte einen Unfall melden. Ein Kind liegt verletzt auf der Erfurter Landstraße kurz vor dem Ortseingang Tampa. Wir brauchen Hilfe, bitte beeilen Sie sich!"

Der Kollege vom Notruf bekam keine Chance nachzufragen, der Anrufer legte sofort auf.

Lena konnte die Stimme niemanden zuordnen. Auf jeden Fall handelte es sich um einen Ortskundigen. Selbst wenn er sich am Bahnhof durch Reisende oder andere Personen gestört fühlte. Woher sollte er sonst wissen, dass an der Post noch eine Telefonzelle stand? Es gab nur die zwei in der Stadt.

Lena gönnte sich noch einen leckeren Smoothie, nahm ihre Mütze und stellte die Rufumleitung ein und verließ das Revier.

Kapitel 13

Alex schloss das Fenster, die Mittagssonne brannte vom wolkenlosen Himmel. Für angenehme Temperatur in den Büros und im ganzen Haus sorgte eine zentrale Klimaanlage. Die Hauptkommissarin beendete ihren Bericht, drückte ihn Ackermanns Sekretärin in die Hand und verabredete sich mit Matze und Regina in der Kantine. Sie entschied sich für ein Nudelgericht mit viel Gemüse und einen kühlen Orangensaft. Regina nahm das Gleiche.

„Ich konnte bis jetzt den Verantwortlichen für das Bombenräumungskommando noch nicht erreichen, die sind schon wieder im Einsatz, aber ich bleibe dran."

Matze kaute genüsslich an seinem Broiler herum. „Mit den Werkstätten hatte ich bis jetzt auch keinen Treffer."

Alex' Telefon klingelte, Lena rief an.

„Hey Alex, ich wollte dir noch sagen, es gab noch einen zweiten anonymen Anruf am Donnerstagabend in der Notrufzentrale, ein Mann mit verstellter Stimme. Und das Merkwürdige an der Sache ist: Er rief nicht von der nächsten Telefonzelle am Bahnhof an, sondern ist durch die ganze Stadt gefahren, um von der Zelle an der Post anzurufen. Er kennt sich anscheinend aus und weiß, dass die am Bahnhof videoüberwacht wird. Leider zeigt die Kamera nur auf den Bahnhofsvorplatz und nicht auf die Straße. Ich nehme an, es ist jemand von hier."

Alex lehnte sich zurück. „Das ist gut, da steigen unsere Chancen, ihn zu finden. Ich habe schon befürchtet, es ist ein Auswärtiger. Matze muss noch mal die Werkstätten, auch die sogenannten Hobbyschrauber unter die Lupe nehmen. Schick uns die Aufnahme vom zweiten Anrufer, da kann Matze sicher etwas machen. Vielleicht kann er mit Stimmenentzerrung den originalen Tonfall wieder herstellen."

Lena befürwortete die Aktion. „Unbedingt! Ich schicke euch gleich die Aufnahme und kümmere mich erst einmal um die drei Stadträte. Mach's gut. Ich melde mich."

Alex legte das Handy auf den Tisch und schaute Matze an. „Hast du das mitbekommen? Wir brauchen auch die nicht offiziellen Werkstätten. Unser Fahrer scheint doch jemand aus dem Ort zu sein und vielleicht sogar unser Mörder."

„Ich mach mich gleich dran", versicherte Matze.

Alex wischte sich den Mund mit der Serviette ab.

„Okay, und ich statte Thomas Kobenstein einen Besuch ab. Ich habe die Bank angerufen, der Herr ist bereits im Haus."

Alex parkte in der Tiefgarage des Finanzhauses. Der Eingangsbereich schmückte sich im edlen Ambiente. In der Mitte der Halle befand sich ein riesiger Empfangstresen, über dem prunkvoll große Glaslettern leuchteten: „Frankfurter Invest Bank".

Alex konnte weder Schalter noch Automaten ausmachen. Hinter dem Tresen lächelten ihr zwei junge Bankangestellte in Schlips und Kragen entgegen.

„Guten Tag, mein Name ist Konstantin Steinberger. Wie kann ich Ihnen helfen?"

Alex trat an den Tresen. „Alexandra Brückner, ich habe einen Termin bei Herrn Kobenstein."

Herr Steinberger nickte seinem Kollegen zu, der sich sofort telefonisch mit der Vorstandsetage in Verbindung setzte und eine Frau Brückner ankündigte.

Nach kurzem Gespräch wurde Alex gebeten, sich im Aufenthaltsbereich ein wenig zu gedulden, man würde sie gleich abholen. Herr Steinberger begleitete Alex zu einer imposanten Ledercouchgarnitur in der Lobby und bot ihr einen Espresso an, den Alex dankend annahm. Der Bankangestellte kam nach kurzer Zeit zurück und stellte ihr die Tasse auf den großen ausgefallen Glastisch. Alex bedankte sich und betrachtete den außergewöhnlichen Designertisch. Eine Schale mit riesigen weißen Orchideen schmückte ihn. *Der kostet bestimmt ein Vermögen*, dachte Alex und schlürfte in aller Ruhe ihren Espresso. Diese Lobby erinnerte sie eher an ein Fünf-Sterne-Hotel als an eine Bank.

Ein runder gläserner Fahrstuhl erreichte das Erdgeschoss und eine junge blonde Frau kam lächelnd auf Alex zu. Sie trug ein enges lachsfarbenes Kostüm, die Haare streng zu einem Dutt aufgesteckt und ihr Makeup wirkte perfekt. In den wahnsinnshohen Pumps schien sie förmlich zu schweben.

„Guten Tag Frau Brückner, mein Name ist Annabell Selenbacher, ich bin die Assistentin von Herrn Kobenstein und begleite Sie nach oben."

Sie reichte Alex die Hand und lief voran zum Fahrstuhl. Alex dachte bei dem Anblick automatisch an Michaels Assistentin, die schöne Leonore. Ob diese Dame hier auch ihren Chef beglückte? Sie wirkte wie aus einem Modemagazin entsprungen. Alex schaute beim Betreten des Fahrstuhles in den großen Spiegel der Rückwand und fühlte sich bestätigt, heute Morgen am Kleiderschrank ebenfalls die richtige Wahl getroffen zu haben. Sie trug ihr elegantes, blaues Sommerkleid und die passenden blauen Pumps. Im Aufzug standen sich beide Frauen gegenüber und Alex deutete auf die Empfangshalle.

„Ich habe in Ihrer Lobby weder Geldautomaten noch Bankschalter gesehen. Ist das nicht Ihr Geschäft?"

Frau Selenbacher lächelte zurück.

„Nein, diesen Bereich bedienen wir nicht. Wir betätigen uns ausschließlich im Investment sowie im Kredit- und Versicherungswesen."

Die Fahrstuhltür öffnete sich zum Empfangsbereich. Auch hier wurde sie von einer hübschen jungen Frau begrüßt. Frau Selenbacher nickte ihr kurz zu und führte Alex rechts in einen Gang entlang an gläsernen Büros. Ein dicker weicher Teppich dämpfte ihre Schritte. Am Ende des Ganges öffnete die Assistentin eine Tür und bat Alex in ein lichtdurchflutetes Büro einzutreten. Große, moderne Bilder hingen an den Wänden. An einem riesigen Schreibtisch saß, wie Alex ihn von Bildern kannte, Thomas Kobenstein. Die modische Kurzhaarfrisur und die moderne Designerbrille ließen ihn sehr streng wirken, nur seine blauen Augen verrieten ein wachsames Interesse.

Er erhob sich, schloss den obersten Knopf seines edlen schwarzen Anzuges, trat hinter dem Tisch hervor und begrüßte Alex mit einem kräftigen Händedruck.

„Guten Tag Frau Brückner, es freut mich, Sie kennen zu lernen. Ich bin schon sehr gespannt, wie ich der Polizei helfen kann."

Er führte sie zu einer kleinen Sitzgruppe und bat sie, Platz zu nehmen.

„Kann ich Ihnen etwas zu trinken anbieten?"

Alex lehnte dankend ab. Er wandte sich an seine Assistentin. „Vielen Dank Annabell, das wäre jetzt alles." Sie nickte Alex zu und schwebte förmlich aus dem Büro.

Thomas Kobenstein setzte sich ihr gegenüber und schaute sie fragend an. „Verraten Sie mir nun erst einmal den Grund Ihres Besuches?"

Alex stellte ihre Tasche neben den Stuhl ab.

„Ich bin Hauptkommissarin und ermittle in Tampa wegen mehrerer ungeklärten Unfälle. Es handelt sich um zwei ertrunkene Jugendliche. Einer ist im vergangenen Jahr und der andere vorige Woche ums Leben gekommen. Die Todesumstände sind äußerst mysteriös. Wir ermitteln in alle Richtungen."

Herr Kobenstein wirkte sehr interessiert.

„Ich habe davon in der Zeitung gelesen, Rene Schmitt, der Rettungsschwimmer, sehr tragisch. Aber ich weiß nicht, wie ich Ihnen helfen kann. Ich bin sehr selten in Tampa. Mein Leben spielt in Frankfurt, ab und zu bin ich in Erfurt."

Alex schaute ihn entschlossen an. „Es klingt etwas merkwürdig, aber bei meinen Recherchen bin ich ständig auf Geschehnisse aus der Vergangenheit gestoßen. Können Sie sich noch an den Fluch Ihrer Mutter erinnern, den sie damals beim Tod Ihres Bruders Elias über die Bewohner der Siedlung ausgerufen hat?"

Thomas Kobenstein lächelte ungläubig. „Sie glauben doch nicht, dass jemand aus unserer Familie damit zu tun hat? Meine Mutter sitzt im Rollstuhl im Pflegeheim. Sie lebt in einer schönen Parallelwelt. Sie hält mich für einen Fremden und meinen Bruder Dominik für Elias. Ich besuche sie höchstens zweimal im Jahr. Sie glauben doch nicht an einen Fluch?"

Alex beugte sich etwas nach vorn. „Herr Kobenstein, Sie glauben nicht daran und ich auch nicht. Aber einige Menschen in Tampa sind ganz besessen davon und wie alles verstrickt ist, muss ich überprüfen. Ich versuche, mit allen Betroffenen zu sprechen, um die Zusammenhänge zu verstehen. Ihr Bruder litt unter dem Tourette-Syndrom, es gab viel Ärger. Wie haben Sie das empfunden?"

Thomas Kobenstein lehnte sich zurück. „Unsere Kinderzeit empfand ich als sehr schwierig. Dominik und ich haben sehr unter der Situation gelitten. Ich versuchte ständig bei Freunden und Kumpels unterzukommen. Ich weiß nicht, ob Sie sich das vorstellen können, dieses ständige Geschrei. Selbst die Nachbarn hat es wahnsinnig gemacht. Meine Mutter konzentrierte sich nur auf Elias. Ihn in ein Heim zu geben wäre niemals infrage gekommen."

Alex lehnte sich wieder zurück. „Und Sie und Ihr Bruder?"

Herr Kobenstein zuckte mit den Schultern.

„Ich versuchte, so wenig wie möglich zu Hause zu sein. Nach dem Tod von Elias tat sich für mich die Chance auf, ein gutes Internat zu besuchen und ein Banking und Finance-Studium zu beginnen. Die habe ich genutzt. Ich glaube, mein Bruder verzeiht mir das nie, dass ich ihn damals im Stich ließ. Zum Glück nahm sich der Kunstlehrer Roman Mutterlose seiner an und erkannte und förderte sein Talent." „Haben Sie noch Kontakt zu Ihrem Bruder?", wollte Alex wissen.

Thomas Kobenstein tat verwundert. „Natürlich, sogar ein sehr gutes Verhältnis. Er besucht mich, wenn er in Frankfurt ist und ich ihn, wenn ich in Erfurt bin. Es ist ja nicht so weit."

Alex wechselte das Thema.

„Haben Sie und Ihr Bruder einen Tauchschein?"

Herr Kobenstein hob die Augenbraue hoch und verzog seinen Mund. „Sie denken, Ihr Täter ist ein Taucher und Sie verdächtigen meine Familie? Aber ich kann Sie beruhigen, mein Bruder mag kein Wasser. Er ist nach einem bösen Vorfall mit älteren Schülern aus seiner Schule nie wieder mit zum Baden an den See gekommen. Ich weiß gar nicht, ob er überhaupt jemals wieder Schwimmen war. Und ich habe mit meiner Freundin im vergangenen November im Urlaub auf den Seychellen einen Tauchlehrgang für Anfänger besucht. Ich brach den Lehrgang ab. Das mit der Sauerstoffmaske, das ist nicht mein Metier. Ich hoffe, ich konnte Ihnen helfen."

Alex griff nach ihrer Tasche. „Noch eine letzte Frage. Hätten Sie eine Vermutung, wer den Kindern und den Familien in Tampa Schaden zufügen könnte?"

Thomas Kobenstein schüttelte langsam den Kopf.

„Da kann ich Ihnen nicht helfen. Ich verließ meine Heimatstadt vor 16 Jahren und meine Kontakte dahin beschränken sich nur noch auf das Pflegeheim meiner Mutter."

Beide erhoben sich. Alex reichte ihm die Hand.

„Dann danke ich Ihnen für Ihre Offenheit und sollte Ihnen doch noch etwas dazu einfallen...“

Sie holte aus der Tasche ihr Kärtchen heraus und drückte es Thomas Kobenstein in die Hand. „Hier ist meine Telefonnummer, Sie können mich jeder Zeit erreichen.“

Er begleitete Alex bis zum Fahrstuhl.

„Haben Sie meinen Bruder auch schon verhört?“

Alex blieb stehen. „Nein, aber es handelt sich hier um kein Verhör, nur eine Befragung. Ich bin dabei, mir ein Bild über die Ereignisse in Tampa zu erarbeiten. Der Name Ihrer Familie ist mir dabei sehr oft untergekommen, deshalb gehe ich dem nach.“

Thomas Kobenstein drückte den Fahrstuhlknopf, drehte sich zu Alex und trat sehr nah an sie heran.

„Sollte der Name meiner Familie durch Ihre Ermittlungen in irgendeiner Weise beschädigt werden, lasse ich meine Anwälte von der Leine.“

Die Fahrstuhltür öffnete sich und Alex trat ein. Sie drehte sich langsam zu dem Banker um und lächelte.

„Bisher waren Sie mir sehr sympathisch, aber das klang jetzt fast wie eine Drohung.“

Der Banker stand entschlossen vor der Fahrstuhltür und verschränkte die Arme. „Ich glaube, Sie haben mich verstanden.“

„Guten Tag, Herr Kobenstein.“ Alex drückte im Fahrstuhl den Knopf nach unten und hielt dem Blick von Thomas Kobenstein bis zur Schließung der Aufzugtür stand.

Eine direkte Drohung. So eine Schaumschlägerei empfand Alex wie eine Kampfansage. Sie überlegte, schaute auf die Uhr, früher Nachmittag. Die Befragung von Dominik Kobenstein könnte sie noch schaffen. Aber vorher müsste sie ihre Kinder noch anrufen, sollte es etwas später werden. Sie konnte nur Lisa erreichen, die bereits Schulschluss hatte. Sie versprach ihr, sich um die Jungs zu kümmern. Erleichtert gab Alex im Navi die Adresse vom Künstlerhof ein, und fuhr Richtung Weimar nach Daasdorf.

Auf dem Weg zum zweiten Kandidaten Wolfgang Thiele hielt Lena kurz beim Bäcker und gönnte sich eine frische Brezel und einen Kaffee togo. Sie saß im Streifenwagen und ließ das gerade geführte Gespräch noch einmal Revue passieren. Sie hatte Norbert Bamberger in seinem Büro angetroffen. Dort hatte er wie ein Pascha auf seinem riesigen Lederdrehsessel hinter einem überdimensionalen großen Schreibtisch gethront. Er nötigte sich nicht, zur Begrüßung extra aufzustehen, bot Lena mit einer läppischen Bewegung einen Platz an. Kurz angebunden, beantwortete er ihre Fragen. Auf die, wann er am Donnerstagabend die Waldmühle verlassen habe, gab er an, mindestens eine halbe Stunde vor dem Gewitter mit dem Wagen seiner Frau unterwegs gewesen zu sein. Auf der leeren Landstraße nach Tampa sei ihm niemand begegnet. Die Verabschiedung kam einem Rausschmiss gleich, da er angeblich zu einem dringlichen Termin musste. *„Dieses arrogante Arschloch führt sich auf wie der King von Tampa. Hoffentlich fällt der mal so richtig auf seine große Schnauze“*, ärgerte sich Lena.

Sie wischte sich die Krümel von der Uniform, trank ihren Kaffee aus und fuhr zum VW Autohaus. Sie stellte den Wagen auf den großzügig gehaltenen Parkplatz ab und betrat den Verkaufsraum. Die Frau an der Rezeption beeilte sich, ihrem Chef eine Polizistin anzukündigen. Herr Thiele kam sofort aus seinem Büro und bat Lena einzutreten. Er trug einen dunkelblauen Anzug, wirkte blass und abgespannt. Seine Geheimratsecken ließen ihn älter aussehen, als er anscheinend war. „Na, Frau Staller, Sie kommen sicher nicht wegen eines neuen Autos?“

„Nein, Herr Thiele, wir sind immer noch auf der Suche nach dem Fahrer, der am Donnerstag einen Unfall mit einem Jungen verursacht hat und danach Fahrerflucht beging. Und wir suchen Zeugen."

„Ich habe davon gehört, wie kann ich denn helfen?" Herr Thiele bot Lena einen Platz an.

Dankend setzte sie sich. „Wann sind Sie am Donnerstag nach der Sitzung nach Hause gefahren?"

Herr Thiele überlegte. „Das muss erst so gegen sieben gewesen sein, ich bin mit Jonas Kleinschmidt zusammen weg. Wir sind wegen des Unfalls in den Stau geraten. Ein Kollege von Ihnen hat uns dann an der kleinen Wegscheide wenden lassen und wir sind auf der Nordhäuser Allee über Gräfenhain nach Hause gefahren."

Lena unterbrach ihn.

„Was fuhr Herr Kleinschmidt für einen Wagen?"

„Einen blauen Passat."

„Wann hat Herr Bamberger die Waldmühle verlassen?"

Wolfgang Thieme überlegte nicht lange.

„Ungefähr eine halbe Stunde vor dem Gewitter."

Lena verschränkte ihre Arme. „Also gegen 17.30 Uhr?"

Herr Thiele nickte. Lenas Ton wurde schärfer.

„Und das wissen Sie so genau, weil ...?"

Herr Thiele fing an zu schwitzen und zu stottern.

„Ja, ja weil… weil ich auf die Uhr geschaut habe."

„Mit welchem Auto ist er gefahren?"

Er hielt einen Augenblick inne und fuhr sich nervös durch sein angegrautes volles Haar. „Das kann ich Ihnen nicht sagen, ich war ja nicht draußen. Ich nehme an, mit den Wagen seiner Frau, dem weißen VW. Die beiden haben wegen des Waldmühlenfestes die Wagen getauscht."

„Hatte er etwas getrunken?" Lena ließ ihn nicht aus den Augen.

„Das, eh, eh, das kann ich Ihnen nicht sagen, darauf habe ich nicht geachtet", stotterte er.

Lena beugte sich etwas nach vorn. „Und was sind Sie am Donnerstagabend für ein Fahrzeug gefahren?"

Herr Thiele wirkte wieder etwas selbstsicherer.

„Ich fahre einen 911er Porsche Cabrio schwarz."

„Hatten Sie die letzte Woche vom Tag des Unfalles an, also ab Donnerstag, einen schwarzen SUV zur Reparatur in Ihren Werkstätten?"

Wolfgang Thiele schüttelte den Kopf. „Nein, keinen Schwarzen."

Lena stand auf. „Ja, Herr Thiele, das wäre es fürs Erste. Wenn ich noch Fragen habe, werde ich nochmal auf Sie zukommen."

Lena gab ihm die Hand und verließ das Autohaus. Ihre Laune erreichte den Tiefpunkt. Sie fand einfach keinen Anhaltspunkt und auf dem Revier stapelten sich die Anzeigen und unbearbeiteten Vorfälle. Es wurde Zeit, dass ihr Kollege aus dem Urlaub wiederkam. Außerdem wartete sie darauf, dass Ackermann ihre Zuständigkeit in diesem Fall endlich mit ihrer vorgesetzten Dienststelle klärte. Obwohl, die Fahrerflucht fällt ja in meinen Bereich, da konnte niemand etwas sagen. Der Bericht an ihre Chefin müsste heute allerdings noch raus, das heißt wieder Überstunden. Das Versprechen an Oliver, pünktlich nach Hause zu kommen, würde sie gleich am ersten Tag wieder brechen.

Ihre Hoffnung lag jetzt bei dem mitteilsamen Dr. Kleinschmidt. Sie fuhr zur Poliklinik, stellte den Wagen auf den noch gut gefüllten Parkplatz und betrat die Klinik. An der Rezeption der Hals-Nasen-Ohren-Praxis machten die zwei Schwestern keinen Hehl daraus, dass sie Lenas Besuch im Moment sehr unpassend fanden. Das Wartezimmer sei noch voll und wenn sie den Betrieb noch störe, kämen die zwei Damen heute wieder nicht pünktlich aus der Praxis.

Die dicke Schwester schnauzte Lena gleich an.

„Wenn Sie den Doktor sprechen wollen, müssen Sie eben hier Platz nehmen und warten, bis der Doktor Zeit für Sie hat.“

Lena trat an den Tresen und schaute der Dicken in die Augen. „Seit wann muss sich die Polizei hinten anstellen? Meine Überstunden gehen gerade durch die Decke. Sie sollten schnellstens Ihre Prioritäten ändern, sonst tue ich es!“ Der Dicken blieb der Mund offen stehen.

Die Tür vom Ärztezimmer öffnete sich und ein kleines Mädchen kam hüpfend aus dem Behandlungsraum, ihre Mutter folgte ihr. Lena ging schnurstracks auf die geöffnete Tür zu und trat ein.

Dr. Kleinschmidt sortierte einige Tabletten in seinen Medikamentenschrank ein und schaute erstaunt auf Lena herunter. Was für eine Bohnenstange, dachte Lena, dunkle Haare, schmales Gesicht und sein Kittel schien zwei Nummern zu groß zu sein.

„Kann ich Ihnen helfen?“

Seine Stimme erschien Lena angenehm tief.

„Ja, ich hoffe! Ich bin Polizeihauptmeisterin Lena Staller und ermittle im Fall eines Verkehrsvergehens, Unfall mit Fahrerflucht. Sie haben sicher schon davon gehört, am Donnerstagabend auf der Erfurter Landstraße.“

Dr. Kleinschmidt schloss seinen Schrank und bat Lena, sich zu setzten. „Ja, natürlich, eine schreckliche Geschichte. Wer tut so etwas, einen Jungen schwer verletzt im Gewitter zurückzulassen?“

Lena nickte. „Wir suchen noch Zeugen. Ich wollte Sie angesichts Ihrer überfüllten Wartezimmer nicht vorladen und würde jetzt gerne kurz Ihre Zeit in Anspruch nehmen“, teilte Lena ihm freundlich mit.

Der Arzt setzte sich an seinen Behandlungstisch und sah Lena fragend an. „Ja, ja, das ist kein Problem, aber ich weiß nicht, wie ich Ihnen helfen soll.“

„Sie hielten sich am Donnerstagabend mit einigen Stadtratsmitgliedern in der Waldmühle auf. Wer ist wann gefahren?“, wollte sie wissen.

Dr. Kleinschmidt dachte kurz nach.

„Der Bürgermeister ist gleich nach dem Gewitter los. Der Thiele und ich so gegen 19 Uhr. Wir sind in den Stau geraten wegen des Unfalls.“

„Und wann ist der Bamberger los?“, fragte Lena nach.

Der Doktor verzog leicht den Mund.

„Das kann ich Ihnen gar nicht genau sagen. Ich besichtigte mit dem Wirt seinen neuen Weinkeller und als wir wieder hochkamen, war der Bamberger schon weg und das Unwetter im vollen Gange.“

Lena konnte ihre Enttäuschung nicht verbergen.

„Schade, ich dachte, Sie könnten mir helfen.“

Dr. Kleinschmidt grinste. „Sie haben wohl den Bamberger in Verdacht? Da haben Sie schlechte Karten.“

Lena schaute ihn erstaunt an. „Wieso?“

„Der Bamberger und der Thiele sind so.“ Er hakte seine zwei Zeigefinger ineinander. „Freunde fürs Leben. Der Bamberger baut Thieles Sohn ein Haus und der Thiele würde jeden Kratzer an Bambergers Auto wegzaubern. Wenn er es nicht in seiner Werkstatt reparieren lässt, besitzt sein Sohn noch eine kleine private Schrauberwerkstatt.“

„Da haben Sie wohl recht. Wissen Sie, mit welchem Auto der Bamberger gefahren ist?“

„Er kam mit dem Weißen seiner Frau. Keine Ahnung, wie er heim gekommen ist.“

Lena stand auf und bedankte sich. „Ich möchte Sie bitten, dieses Gespräch vertraulich zu behandeln.“

Der Doktor reichte ihr die Hand.

„Das ist doch selbstverständlich. Ich wünsche mir auch, dass die richtige Person zur Verantwortung gezogen wird.“

Lena stieg in ihren Wagen. Sie bezweifelte, dass der Arzt das Gespräch für sich behalten würde. Aber er hatte ihr auch eine wichtige Information anvertraut. Die zwei sind also dicke Freunde.

Sie würde nie einen Durchsuchungsbefehl bekommen, ohne einen hieb- und stichfesten Anfangsverdacht gegen zwei unbescholtene und geachtete Bürger. Frustriert fuhr sie zum Revier zurück, schrieb und sendete ihren Bericht.

Lena schaute auf die Uhr, nur eine Stunde zu spät. Oliver würde es ihr verzeihen.

Kapitel 14

Drei Routen schlug das Navi Alex vor. Sie entschied sich für die Landstraße über Vieselbach, doch die Fahrt nach Daasdorf gestaltete sich schwierig. Eine Baustelle mit sehr langer Rotphase, Traktoren und Landmaschinen verhinderten ein schnelles Durchkommen. Alex ließ ihre Gedanken schweifen, was würde sie jetzt erwarten? Eine große, exzentrische Künstlerpersönlichkeit oder ein auf Krawall gebürsteter Egomane? Sie könnte wetten, dass Thomas Kobenstein seinen Bruder über ihren Besuch vorgewarnt hatte. Den Weg zum entlegenen Künstlerhof konnte Alex nicht verfehlen. Gleich mehrere Schilder, die die Gemeinde hatte aufstellen lassen, wiesen den Besucher auf den großen internationalen Künstler hin, der das kleine Dorf bereicherte. Alex erreichte den abgelegenen Vierseitenhof und parkte auf der vorgesehenen Parkfläche neben zwei Kleinwagen vor dem Anwesen. Durch ein großes, geschmiedetes Tor gelangte sie in den Innenhof. Das nach historischen Vorlagen gelegte Pflaster im Eingangsbereich benötigte ihre ganze Aufmerksamkeit, um nicht mit ihren Absätzen zwischen den Steinen hängen zu bleiben. Der Anblick des Innenhofes setzte sie in Erstaunen. Die vier renovierten Gebäudekomplexe strahlten im bäuerlichen Ambiente nach ebenfalls historischem Vorbild. Ein riesiger, in der Mitte stehender Ginkgobaum ließ angenehmen Schatten in das interessant gestaltete Areal fallen. Große und kleine Skulpturen aus Holz, rostigem Eisen, glänzendem Stahl wechselten sich mit ausgefallenen Sitzgelegenheiten, Bänken und Stühlen ab. Üppig bepflanzte, rustikale Töpfe und Blumenkübel sowie mit Gräsern bepflanzte Beete ließen den Bereich lebendig und bunt erscheinen. Alex schritt den aus Granit gepflasterten Rundweg entlang. Die rechts stehende, ebenfalls renovierte Scheune schien das Atelier des Künstlers zu sein. Hier waren drei große, bodentiefe Fenster eingesetzt worden, um den Arbeitsraum mit Licht zu durchfluten. Alex blieb stehen, an der Tür sah sie Dominik Kobenstein mit zwei jungen Frauen reden.

Sie konnte nicht verstehen, was die drei miteinander sprachen, aber an ihren Gesten konnte sie erkennen, wie aufgeregt die zwei Mädchen sich gaben. Sie schmachteten ihn regelrecht an. Aber er blieb auffallend entspannt, lächelte und sprach ruhig auf die beiden ein. Er wendete den Kopf und betrachtete Alex ein paar Augenblicke, beendete das Gespräch und kam lächelnd auf sie zu. Die zwei Mädchen schauten böse in Alex Richtung und verschwanden durch eine kleine Holztür im gegenüberliegenden Haus.

Alex blieb bewegungslos stehen. In Wirklichkeit sah er noch besser aus als auf den Bildern, die sie schon von ihm gesehen hatte. Er trug eine verwaschene Jeans und ein eng anliegendes schwarzes Shirt, das seine sportliche Figur ungemein betonte. Seine nackten Füße steckten in weichen naturfarbenen Mokassins. Das Lächeln in seinem markanten Gesicht wirkte auf Alex umwerfend. Der gepflegte kurze Bart und die leicht gelockten dunklen Haare, die bis zur Schulter reichten, gaben ihm einen jugendlichen Touch. Alex schätze ihn einen halben Kopf größer und seine angenehme Stimme vertiefte ihren ersten Eindruck. Er reichte ihr die Hand. Alex schob ihre Sonnenbrille ins Haar und gab ihm ebenfalls die Hand.

„Ich nehme an, Frau Brückner. Ihre Dienststelle kündigte Sie bereits an."

Alex entging nicht, dass auch er sie von oben bis unten musterte. „Guten Tag Herr Kobenstein, Alexandra Brückner, Hauptkommissarin aus Erfurt. Ich würde Ihnen gern ein paar Fragen stellen."

Seine stahlblauen Augen ruhten auf ihrem Gesicht. Alex fielen seine langen, dichten Wimpern auf. Sie musste jeden

Morgen mit einem Wimpernbuster nachhelfen, um so ein Ergebnis zu erlangen. Seine Nähe beunruhigte sie. Sie löste ihre Hand aus seiner und trat einen Schritt zurück. Er lächelte wieder. „Kann ich Ihnen bei der Hitze etwas anbieten? Einen Eiskaffee oder ein kühles Wasser?"

„Kaltes Wasser klingt gut. Sie haben hier ein wunderschönes Anwesen und Ihre Kunstwerke bewundere ich schon eine ganze Weile."

Er deutete auf die rustikale Scheunentür.

„Lassen Sie uns hineingehen, dort ist es angenehm kühl und ich könnte Ihnen mein Atelier zeigen, wenn Sie interessiert sind."

Er lief voran und öffnete ihr die große Holztür. Alex blieb dicht vor ihm stehen. „Interessiert es Sie gar nicht, warum ich gekommen bin?"

Er kam ihr ein kleines Stück näher. „Ich weiß, warum Sie gekommen sind. Mein Bruder hat mich schon informiert."

Die Erwähnung seines Bruders ließ Alex wieder zur Besinnung kommen. Sie trat in den riesigen lichtdurchfluteten Raum ein und sah, dass auch auf der gegenüberliegenden Seite helles Tageslicht durch bodentiefe Fenster eindrang. Jalousien verhinderten eine direkte Sonneneinstrahlung und eine leise rauschende Klimaanlage ließ angenehme Kühle verströmen. Der alte Scheunenboden, direkt unterm Dach, war entfernt worden, sodass die nun sichtbaren Deckenbalken das rustikale Ambiente betonten. In dem hohen Arbeitsraum fanden auch größere Skulpturen ihren Platz. Riesige Gemälde dekorierten die Wände. In einem Regalsystem stapelten sich Bilder und Kunstwerke. Eine Art Flaschenzug ließ sich auf Schienen an der Decke fast durch den ganzen Raum bewegen. Vor der gegenüberliegenden Fensterwand stand eine überdimensionale Staffelei, auf der sich eine etwa zweimal zwei Meter große Leinwand befand.

Dominik Kobenstein lief rechts zu einer kleinen Küchenecke, öffnete die Tür eines roten amerikanischen Retrokühlschranks und brachte ihr ein kaltes Sprudelwasser mit Eiswürfeln. Bei der Übergabe berührten sich ihre Hände, was bei Alex einen Stich ins Herz jagte. Sie sah ihn erschrocken an und merkte, dass auch er total fixiert auf sie war.

Sie trank hastig das kühle Wasser und spürte, wie ihre Hände zitterten. Was geschah denn mit ihr? *Reiß dich zusammen Alex, stell deine Fragen und verschwinde so schnell wie möglich.*

Er zeigte ihr sein Atelier. Einige Kunstwerke fertigte er für Ausstellungen und andere bearbeitete er im Auftrag von Firmen, Ateliers oder für private Sammler. Die am Fenster eingespannte Leinwand zeigte ein unfertiges Bild, zwei nackte junge Frauen. Während die eine mit dem Rücken zum Künstler saß und über die Schulter sah, schaute die andere Sitzende, etwas breitbeinig, fast provozierend den Betrachter an.

„Oh, ein Akt, ich habe von Ihnen noch nie einen Akt gesehen. Das sind die zwei Mädchen von vorhin?", fragte Alex überrascht.

Dominik Kobenstein lächelte geheimnisvoll.

„Ja, es gibt immer ein erstes Mal."

Der Rundgang endete vor zwei riesigen Scheunentoren, vor denen ein kleiner Container mit Schrottteilen stand. An einem Tor lehnten zwei leere Hüllen von Taucherflaschen, die Alex sofortige Aufmerksamkeit erregten. Sie deutete auf die zwei Metallflaschen und schaute Dominik Kobenstein an. „Sie sind Taucher?"

Er lachte spontan auf und zog die linke Scheunentür auf. Solang Alex schauen konnte, wurde die andere Hälfte der Scheune als Lager genutzt, das über und über mit Schrott - und Eisenteilen gefüllt war. Ausgediente Taucherflaschen, rostige Metallkugeln, Räder und alle möglichen Metallutensilien stapelten sich in einer Kiste.

„Nein, Wasser ist leider nicht mein Ding, aber Metall und Holz sind meine Elemente. Und ich sammle, was ich kriegen kann. Das sind meine Arbeitsmaterialien und meine Inspiration. Das Lager nebenan ist voller Holz."

Er stand vor ihr und lächelte sie an. „Sie inspirieren mich auch, ich würde Sie gern einmal malen."

Alex stand ihm fast hilflos gegenüber, versuchte mit fester Stimme zu antworten.

„Sie wissen aber schon, warum ich hier bin."

Er trat noch einen Schritt näher an sie heran. „Ich weiß. Gehen Sie mit mir essen und ich beantworte alle Ihre Fragen."

Alex Warnsignale gingen an. Der *Typ spielt mit dir. Gib hier ja nicht nach.* „Ich kann Sie auch vorladen."

Er kam noch ein Stück näher. „Bitte, ich kenne ein tolles Restaurant und ich habe Hunger."

Alex dachte an ihre Kinder. Sie musste eigentlich nach Hause. *Lass dich nicht auf ihn ein, das geht nicht gut.* Normalerweise hätte sie jedem anderen eine gehörige Abfuhr erteilt, aber seinem Lächeln und seinem Charme konnte sie einfach nicht widerstehen.

„Einverstanden."

Er schaute ihr tief in die Augen.

„Das freut mich, dann kommen Sie mit."

Er lief voran zu einer großen Holztür, zog aus seiner Hosentasche eine kleine Fernbedienung und öffnete sie. Das alte Holzportal schob sich mit einem leisen Surren zur Seite und gab den Blick auf eine geräumige, moderne Garage frei. Innen standen ein schwarzer Audi Q8 und ein schwarzer Land Rover Defender.

Er schaute Alex an. „Mit welchem möchten Sie fahren?"

Alex fing an zu strahlen, sie lief auf den Land Rover zu und streichelte leicht über seine Vorderhaube. Sie sah den riesigen Dachgepäckträger, den Schnorchel für die erhöhte

Luftansaugung und das Ersatzrad auf der Motorhaube. Sie lächelte ihn an.

„Sie besitzen einen Defender? Ich bin begeistert! Ich habe als Studentin so ein Teil eine Woche durch die Hohe Tatra gelenkt, sozusagen eine Bergsafari, fünf Geländewagen und zehn Tour-Teilnehmer. Das war ein wahnsinniges Erlebnis. Hat der hier auch schon die Welt gesehen?"

Er trat neben sie und teilte ihre Begeisterung.

„Ja, ich nehme jedes Frühjahr an der Challenge Rallye teil. Seit drei Jahren bin ich diesem Hobby verfallen und Sie haben recht, es ist jedes Mal eine Herausforderung und ein Wahnsinnserlebnis. Also nehmen wir den Defender, er hat allerdings keine Klimaanlage, nur zwei Klappen."

Alex lachte. „Ja, das stimmt, aber ich nehme meinen eigenen Wagen und fahre Ihnen hinterher. Das Essen ist rein beruflich. Sie werden mir alle dienstlichen Fragen beantworten. Sollten Sie das nicht beherzigen, wiederholen wir die Befragung auf dem Revier. Und jetzt beeilen Sie sich, ich muss heute pünktlich bei meinen Kindern sein."

Er schaute sie verwundert an. „Okay, geben Sie mir fünf Minuten, ich ziehe mir schnell ein Hemd an und hole Sie am Eingang ab."

Alex schaute ihm nach. Selbst sein kraftvoller Schritt beeindruckte sie. Sie überlegte, wann sie ein Mann das letzte Mal nur durch seine Anwesenheit so verunsichert hatte. Sie dachte an Michael und konnte dieses Gefühl für ihn nicht mehr nachvollziehen. Und nun bekam sie schon ein Flattern im Bauch, wenn sie Dominik Kobenstein nur lächelnd anschaute. *Alex, reiß dich zusammen, du bist Profi und er ein Verdächtiger. Wahrscheinlich spielt er nur mit dir, genießt viele Affären und wickelt jede mit seinem verdammten Lächeln um den kleinen Finger.* Sie dachte an Matzes Dossier, an die Bilder mit den vielen schönen Frauen, die Dominik Kobenstein umgaben. Eine alleinerziehende Mutter mit drei Kindern passte da schwerlich ins Bild.

Langsam schlenderte Alex zum Ausgang und betrachtete die vielen außergewöhnlichen Skulpturen im Innenhof. Zwei Kinder, in Bronze gegossen, spielten über einen kleinen Brunnen mit einem Ball. Sie erkannte die Figuren sofort, es war dasselbe Motiv wie in Tampas Brunnen. Alex fand die Darstellung sehr gelungen.

Als sie in ihren Wagen stieg, fuhr Dominik Kobenstein mit seinem Defender auf dem Rundweg, der um den Hof führte. Er winkte ihr zu und fuhr voraus. Alex folgte ihm ins Dorf zu einem neu renovierten Bauernhaus. Sie parkte neben dem Defender und stieg aus. Dominik Kobenstein erwartete sie am Eingang in einer dunkelblauen Jeans und weißem Hemd mit hochgekrempelten Ärmeln. Sein gebräunter Teint kam dadurch noch besser zur Geltung.

Alex atmete tief durch und folgte ihm in das Restaurant „Sophienkeller“. Zu ihrem Erstaunen war der Gastraum bereits gut besucht. Einige Gäste schienen Herrn Kobenstein gut zu kennen und nickten ihm erfreut zu. Ein Kellner begrüßte ihn wie einen alten Freund und gab ihnen seinen schönsten Tisch am Fenster. Alex bewunderte das edle Ambiente. Eine modere Einrichtung verband sich mit antiken, rustikalen Elementen. Die vorherrschenden Farben Gold, Creme und Dunkelrot harmonierten hervorragend mit den schwarzen Tischdecken. Mario, der Kellner, begleitete sie an den Tisch und ließ Alex auf einem Stuhl Platz nehmen. Dominik Kobenstein setzte sich ihr gegenüber.

„Was möchten Sie trinken, wenn Sie noch fahren müssen? Wein ist sicher keine Option?“

„Ich würde gern ein alkoholfreies Pils nehmen.“

Er bestellte ein alkoholfreies Pils und ein Hefeweizen. Der Kellner brachte die Karte. Alex ahnte zwar, dass es hier nicht billig sein würde, aber als sie die Preise sah, konnte sie ein „Ups“ nicht unterdrücken.

Er beugte sich vor. „Der Koch ist ein Freund von mir, Benno Leist, er hat sich bereits zwei Sterne erkocht. Das Restaurant war vor kurzem noch der absolute Geheimtipp, aber wie Sie sehen, Gutes spricht sich schnell herum. Ohne Reservierung geht da gar nichts."

„Und wann haben Sie reserviert?", wunderte sich Alex.

Er lächelte. „Ich bekomme hier immer einen Platz."

Mario servierte das Bier und nahm die Bestellung auf.

Alex nahm das Zitronen-Spargel-Hähnchen, während er sich für das getrüffelte Lammkarree entschied. Vom Dessert wollte sich Alex überraschen lassen. Der Ober empfahl ein edles Schoko-Semifreddo. Von einem Semifreddo hatte sie noch nie gehört. Zufrieden verschwand der Kellner in der Küche und Dominik Kobenstein wandte sich ihr zu.

„Sie wollten mir einige Fragen stellen?"

Alex schaute ihn entschlossen an. „Ich ermittle in zwei Todesfällen in Tampa, zwei junge Männer sind im See ertrunken, obwohl man sie als hervorragende Schwimmer bezeichnen konnte. Bei meinen Nachforschungen stieß ich auf das Schicksal Ihrer Familie, auf den Tod Ihres Bruders und auf den Fluch, den Ihre Mutter über die Menschen der Siedlung ausgesprochen hat. Es scheint so, als ob sich jemand daran macht, die Prophezeiung wahr werden zulassen."

Dominik Kobenstein starrte Alex ein paar Momente ungläubig an. „Das ist nicht Ihr Ernst?"

Alex nickte. „Doch, das ist mein Ernst! Ich versuche gerade alle Puzzleteile zusammenzusetzen, um das Ganze zu verstehen, deshalb befrage ich alle."

Seine Mine verdüsterte sich. „Sie denken, dass jemand loszieht und diesen Fluch in die Tat umsetzt? Wer sollte so etwas tun? Mein Bruder und ich haben Tampa schon seit vielen Jahren den Rücken gekehrt. Mich verbinden nur noch meine Mutter und mein Onkel mit meiner Heimatstadt."

„Aber Ihre Mutter hält Sie für einen anderen, für Ihren Bruder Elias“, erwiderte sie.

„Ja, das ist leider wahr. Sie wissen schon gut Bescheid.“

Er wirkte fast traurig. „Meine Versuche, das zu ändern, gingen leider immer schief. Deshalb haben die betreuende Ärztin und ich beschlossen, es so zu lassen.“

Alex nahm ein Schluck Bier.

„Was ist damals mit Elias passiert?“

Er schaute eine Weile aus dem Fenster. „Ich sollte damals auf Elias aufpassen, aber das war schwieriger, als einen Sack Flöhe zu hüten. Ich habe mein Fahrrad repariert, ich schaute mich um und konnte Elias nirgendwo sehen. Ich suchte ihn, aber ohne Erfolg. Ich habe mein Fahrrad fertig repariert und bin ihn suchen gefahren. Auf dem Weg zum See hörte ich sein Geschrei. Ich habe zwar die drei Jungen auf ihren Fahrrädern zum See fahren sehen, aber Elias blieb verschwunden. Ich wusste nicht, dass er in seiner Angst zum Steinbruch lief und dort abstürzte. Meine Mutter sprach seitdem nie wieder ein Wort mit mir. Erst seit sie mich für Elias hält, redet sie wieder mit mir.“

„Das tut mir sehr leid. Da haben Sie sicher eine schwere Zeit erlebt, zumal Sie selbst noch ein Kind waren.“ Alex zeigte sich sehr mitfühlend.

Dominik Kobenstein starrte abwesend aus dem Fenster. „Der Bruder meiner Mutter, Oleg, kümmerte sich um uns. Aber mein absoluter Tiefschlag kam erst, als mein Bruder Thomas ins Internat nach Frankfurt ging. Mein einziger Vertrauter ließ mich im Stich. Ich verlor den Halt und wäre sicher ins Bodenlose abgestürzt. In der Schule gab es einen Kunstlehrer, der mir einredete, dass ich Talent hätte.“ Er lachte kurz auf. „Roman Mutterlose, unser Stadtkünstler. Er engagierte sich in vielen Kunstaktionen in Tampa und Umgebung. Er ließ nicht locker, band mich in seine Projekte mit ein und hat dadurch mein Interesse für die Malerei und für Kunst geweckt. Er förderte und protegierte mich. Ich konnte meine ganze Wut und Unsicherheit in Bildern und Skulpturen ausdrücken. Er rettete mich, mein väterlicher Freund. Leider ist er vor vier Jahren gestorben."

„Oh, das tut mir sehr leid", erwiderte Alex leise.

Nach kurzem betroffenem Schweigen fing er an zu lachen, stützte die Arme auf den Tisch und schaute Alex an. „Genug von meiner traurigen Kindheit. Für mich wandelte sich alles zum Guten. Ich brauche mich nicht zu beklagen. Aber ich weiß überhaupt nichts von Ihnen. Sie sprachen von Ihren Kindern. Wie viele sind es denn?"

Alex legte verlegen die Serviette zur Seite.

„Es sind drei."

Er lächelte verständnisvoll.

Mario servierte das Essen. Alex betrachtete ihren Hauptgang, immerhin ansprechende Portionen, hübsch übereinander drapiert, in Scheiben geschnittene gefüllte Hähnchenbrust auf Reis im grünen Spargelbett mit einer leichten Zitronensoße, obenauf frische Kräuter. Es schmeckte so köstlich, wie es aussah. Alex hatte sich immer für eine gute Köchin gehalten, aber dieses Gericht übertraf ihre Erwartung.

Er legte sein Besteck zur Seite, trank aus seinem Glas und schaute Alex an. „Gibt es zu Hause bei Ihnen noch jemanden, der auf sie wartet?"

Alex unterbrach ebenfalls das Essen und hielt seinem Blick stand. „Nein."

Er hob die Augenbrauen. „Dann ist es sicher nicht leicht für Sie, drei Kinder, beruflich sehr engagiert und alleinerziehend."

„Nein, ist es nicht." Alex hielt seinem Blick stand. „Ich war noch nicht fertig mit meinen Fragen."

„Fragen Sie!" Er senkte den Blick und aß weiter.

Alex sah ihn an. „Mich würde interessieren, wo Sie sich das vorletzte Wochenende aufhielten?"

Er hielt überrascht inne.

„Was, das vorletztes Wochenende?“ Er überlegte. „Ich habe gemalt, den ganzen Samstag bis in die Nacht.“

Alex hakte nach. „Kann das jemand bezeugen?“

Dominik Kobenstein schüttelte den Kopf. „Ich weiß nicht, die zwei Mädchen saßen mir bis abends Modell, aber wie lange kann ich nicht sagen. Wenn ich arbeite, bin ich zeitlos. Sie wollten noch in die Stadt. Und am Sonntag habe ich meine Mutter besucht und war mit ihr in der Waldmühle zum Essen. Da gibt es sicher Zeugen.“

Alex stutzte und dachte kurz nach. Sie dachte an Margarete Winter, die ihrer Meinung nach angeblich das Böse gesehen hatte. Ob sie damit die alte Kobenstein und ihren Sohn meinte? Alex betrachtete Dominik. Sie konnte sich nicht vorstellen, dass er als Rächer seiner Mutter Kinder in den Tod trieb. Er spürte ihren Blick und schaute sie ebenfalls an. „Hat es Ihnen geschmeckt?“

Alex lächelte. „Oh ja, es war köstlich! Der Koch hat seine zwei Sterne verdient. Und an dem letzten Donnerstagabend?“

Kurze Pause. „Donnerstags gebe ich Seminare, mindestens sechs Teilnehmer. Ich wäre Ihnen dankbar, wenn Sie meine Kunden aber nicht belästigen würden. Sie können meinen Hausmeister und meine Haushälterin befragen.“ Er klang etwas verärgert.

„Das muss ich leider alles nachprüfen lassen. Aber wenn alles stimmt, sind sie aus dem Schneider.“

Er fasste sich an seine Hemdtasche und fragte Alex: „Haben Sie einen Stift?“

Alex suchte aus ihrer Tasche einen Kuli. Er nahm ihn und kritzelte auf einen Untersetzer mehrere Namen.

„Das sind die Namen von den zwei Mädels, dem Hausmeister und der Haushälterin. Sie alle wohnen auf dem Hof. Befragen Sie sie.“

Alex nahm den Untersetzer und den Kuli zurück und steckte beides in ihre Tasche. „Das werde ich tun, Herr Kobenstein."

„Sagen Sie bitte Dominik, in meinen Kreisen reden sich alle mit Vornamen an."

Alex überlegte. Sie spürte erneut ein Flackern im Magen. „Okay, Dominik." Da sie nicht weiter sprach, blickte er sie fragend an. „Ihr Vorname ist Alexandra. Das kommt aus dem Griechischen und heißt die Beschützerin. Das passt zu Ihnen."

„Und was heißt Dominik?"

„Der an einem Sonntag geboren wurde und bevor Sie fragen, ich bin ein Sonntagskind."

„Schön für Sie. Ich möchte aber weiterhin mit Hauptkommissarin Brückner angesprochen werden. Das ist in meinen Kreisen so üblich", gab sie kühl lächelnd zurück.

Er nahm die Abfuhr anscheinend gelassen auf. Mario servierte das Semifreddo und Alex stellte fest, dass es sich um Halbgefrorenes handelte. Sie fand es zu schokoladig und zu süß, ließ sich aber nichts anmerken. Er beugte sich etwas nach vorn.

„Sind Sie jetzt fertig mit Ihren Fragen, Frau Hauptkommissarin?"

„Vorerst ja."

Versonnen sah er Alex an, so schnell gab er nicht auf.

„Ich würde Sie gern malen, so wie ich Sie das erste Mal gesehen habe, in dem Sommerkleid, die Sonnenbrille ins Haar gesteckt, verloren, wie Sie dort auf dem Weg standen mit der großen Sommertasche. Das war mein erstes Bild von Ihnen, das werde ich nie vergessen." Er lachte sie an.

Hitze stieg in Alex auf, ihre heftigen Gefühle machten ihr Angst.

Er nahm ihre Hand, erschrocken zog Alex sie zurück.

„Das geht nicht Dominik, ich stecke mitten in den Ermittlungen. Das hier ist mein Job und ich werde es nicht mit meinem Privatleben vermischen."

Er schaute sie einige Sekunden an. „Nun gut, aber jeder Verhörte bekommt doch noch ein Kärtchen mit der Telefonnummer von der Kommissarin, sollte ihm noch etwas einfallen."

Alex musste lachen. „Okay." Sie kramte aus der Tasche ihr Kärtchen und reichte es ihm. „Sollte Ihnen noch etwas einfallen. Ich muss jetzt zu meinen Kindern. Vielen Dank für das besondere Essen. Gute Nacht."

Sie stand auf, nickte den Kellner zu und verließ das Restaurant.

Sie konnte nicht sehen, wie er ihre Karte betrachtete und ihr gedankenvoll nachschaute. Er winkte Mario und bestellte sich noch einen Whisky.

Kapitel 15

Lena empfand die Schwüle am Morgen schon sehr erdrückend. Sie riss alle Fenster im Revier auf. Es wurde Zeit, dass es endlich regnete.

Das Klingeln des Telefons riss Lena aus ihren Gedanken. Zwei Parzellenbesitzer aus der hiesigen Kleingartenanlage schienen im Streit aufeinander loszugehen. Eine besorgte Nachbarin rief daraufhin die Polizei an. Lena sollte sich beeilen, um eine Eskalation zu verhindern. Sie schloss in aller Eile die Fenster, überprüfte ihre Waffe im Halfter, setzte die Mütze auf und eilte zum Streifenwagen. Mit Blaulicht preschte sie in die Kleingartenanlage, gerade noch rechtzeitig, um Schlimmeres zu verhindern. Eine ältere Frau in einer grünen Latzhose und bunten Plastikclogs kam ihr aufgeregt entgegengelaufen.

„Kommen Sie schnell! Ich glaube, die zwei schlagen sich gleich die Köpfe ein. Es sind meine beiden Nachbarn, gleich hier die nächste Parzelle."

Lena hörte schon von weiten das Geschrei. Zwei alte Männer schienen im Begriff zu sein, mit Spaten und einer Eisenstange aufeinander loszugehen. Ihr lautes Rufen schienen beide vor Rage nicht zu hören. Erst als Lena zwei Finger in den Mund nahm und einen grellen Pfiff ausstieß, hielten die zwei Streithähne inne und schauten die Polizistin erschrocken an.

„So, jetzt legen wir erst einmal unsere Werkzeuge nieder, beruhigen uns und dann möchte ich wissen, was hier los ist." Lena ließ beide nicht aus den Augen. Aus dem wütenden Geschrei und wüsten Beschimpfungen der beiden konnte sie allmählich den Grund des Streites erraten. Es ging tatsächlich um einen Kirschbaum, dessen Äste über den Zaun des Nachbarn hingen. Erst nach einer viertel Stunde konnte Lena unter Androhung von Gewahrsam die zerstrittenen

Parteien trennen. Sie nahm ein Protokoll auf und ermahnte die zwei Männer zur Besonnenheit. Ihren Vorschlag zur gütlichen Einigung schienen die beiden anzunehmen.

Auf dem Weg zum Wagen musste sie sich erst einmal beruhigen. Wegen einer Handvoll Kirschen hätten die zwei sich beinahe die Köpfe eingeschlagen. Beim Starten zeigte ihr das Display im Wagen den fast leeren Tank an. Das kam ihr gerade recht, einen Zwischenstopp an der Tankstelle, ein kurzes Schwänzchen mit dem Pächter, ihren ehemaligen Schulkameraden Holger, einen schönen, heißen Cappuccino und ein frisches Butterhörnchen. Das würde sie wieder entspannen.

Lena fuhr die Tankstelle an und tankte an der hinteren Säule. Auf dem Weg zum Shop-Eingang fielen ihr die vier großen Scheinwerfer auf, die in einer Ecke zerbeult gelagert wurden. Die kaputten Glaseinsätze der Lampen lagen zusammengekehrt in einem Behälter. Lena schaute in den neben der Tankstelle gelegenen Wirtschaftshof, eine Art Dreiseitenhof, die der Pächter mit seiner Familie bewohnte und bewirtschaftete. Die Beleuchtung und die Oberleitungen waren weggerissen.

Lena betrat den Verkaufsraum. Holger stand am Tresen und kassierte den letzten Kunden ab. Lena legte ihm ihre Tankkarte hin. „Hallo Holger, bekomme ich bei dir einen heißen Cappu?"

Holger sah auf und fing an zu lachen. „Na, war es wieder so schlimm?" Holger kannte Lena nur zu gut. Nach besonders heiklen Einsätzen besuchte sie ihn immer, um bei einem Kaffee und einem frischen Hörnchen runterzukommen.

„Ach Holger, manchmal denk ich, es gibt nur noch Irre."

Holger lachte wieder. „Willst du drüber reden?"

Lena schüttelte den Kopf. „Du weißt, das darf ich nicht. Aber was ist denn draußen mit deiner Beleuchtung passiert?"

Holger winkte ab. „Das ist letzten Donnerstag passiert. Ein Tieflader der Firma Zöllnerhaus mit Fertigteilen ist

Schutz suchend in meinen Hof gefahren. Die Jungs transportierten ein halbes Haus. Die Sturmböen von dem Gewitter haben ihnen fast die Giebelwände runter gerissen. Die Höhe der Hauswände haben die beiden Fahrer allerdings unterschätzt und meine gesamte Hofbeleuchtung abgerissen. Das hat vielleicht gescheppert."

Lena wurde hellhörig. „Wann ist das passiert?".

„Am Donnerstagabend kurz vor 18 Uhr. Die Fahrer taten mir leid. Sie brauchten schon über eine Stunde, um die Erfurter Landstraße zu passieren. Die Alleebäume an der Straße bereiteten ihnen große Schwierigkeiten. Und oben an der Wegscheide stand die riesige Linde im Weg. Unsere Jungs vom Forst sind ihnen noch zu Hilfe geeilt und schnitten zwei Äste aus dem Baum. Hilfe sozusagen im letzten Moment vor dem Unwetter."

Lena stieg Adrenalin ins Blut. „Du meinst, die Hausbaufirma blockierte vor dem Gewitter komplett die Landstraße und es kam niemand durch?"

Holger stellte Lena ein warmes Butterhörnchen hin.

„Ja, sie zogen eine riesige Schlange hinter sich her und auf der anderen Seite staute es sich auch. Ein paar kamen hinterher zum Tanken, die Laune von denen kannst du dir sicher vorstellen."

Lena setzte sich auf den hohen Drehhocker vor dem Stehtisch, starrte auf ihre Tasse, nahm das Hörnchen und kaute gedankenversunken darauf herum. Dann schaute sie Holger an und konnte sich ein breites Grinsen nicht verkneifen. „Was ist los, hattest du eine Erscheinung?", fragte Holger verwundert.

Lena hob ihren Zeigefinger. „Das kann man wohl sagen."

Holger trat näher an Lena heran.

„Ach, was ich dich noch fragen wollte. Hast du denn schon etwas herausbekommen wegen Leutenbergers Jungen, Denis?"

Lena lachte. „Ich habe den Mistkerl und du hast mir gerade dabei geholfen."

Holger kam neugierig ein Stück nähen.

„Möchtest du drüber reden?"

Lena schüttelte nur einmal kurz den Kopf. Holger hob die Hände. „Ich weiß, ich weiß, du darfst nicht drüber reden. Das Hörnchen geht übrigens aufs Haus."

„Hast du noch die genaue Uhrzeit, wann der Tieflader auf deinen Hof gefahren ist?", wollte sie wissen.

Holger überlegte kurz. „Ich kann dir das Protokoll der Schadensmeldung für die Versicherung kopieren. Das habe ich noch hier liegen, da steht alles drauf."

Er zog eine Schublade heraus und übergab Lena das Schreiben. „Links oben steht die Zeit, siehst du es, 17.50 Uhr. Ich kopiere es dir schnell."

Lena lächelte. „Das ist perfekt, ich danke dir."

Gut gelaunt verließ sie die Tankstelle. Sie konnte vor Aufregung kaum ihr Handy bedienen. Sie wählte die Nummer der Waldmühle, am Apparat meldete sich Carola Winter.

„Hallo Carola, hier ist Lena, ich bräuchte mal eine Auskunft von dir. Mit welchem Auto ist Bettina Bamberger am Donnerstagabend heimgefahren?"

Nach einer kurzen Pause meldete sich Carola.

„Das kann ich dir gar nicht sagen, das habe ich nicht mitbekommen. Aber sie nahm die zwei Lehrerinnen mit, die mitgeholfen haben. Die eine heißt Ilona Felber und bei der anderen kenne ich nur den Vornamen, Susanne. Aber beide unterrichten in der Schillerschule. Ich hoffe, das bringt dich weiter. Ich muss auch los, es kommt gerade wieder ein Rentnerbus an."

Lena bedankte sich und schaute auf die Uhr. Wenn sie sich recht erinnerte, war um diese Zeit immer Hofpause. Sie fuhr zügig, um die Pause noch abzupassen. Das bunte Gewimmel auf den Schulhof ließ sie an alte Zeiten denken.

Eine junge Lehrerin schlichtete gerade einen Streit zwischen zwei Schülern. Lena ging auf sie zu und fragte nach Ilona Felber.

„Oh, Ilona muss hier auch irgendwo stecken, wir zwei haben heute Hofaufsicht." Sie streckte sich und sah über die Menge der Kinder. Sie zeigte auf den hinteren Bereich. „Da hinten bei den Erstklässlern, die Blonde, das ist sie."

Lena bedankte sich und bahnte sich einen Weg durch die Schüler. „Sind Sie Frau Felber?"

Die junge Frau wandte sich mit hoch rotem Kopf Lena zu. „Ja, ja, entschuldigen Sie, aber die Kleinen halten einen ganz schön auf Trab. Was kann ich denn für Sie tun?"

Ein kleiner Junge knallte gegen Lena, fiel hin und sah sie erschrocken an. Sie lachte und hob ihn auf. Der Kleine flitzte gleich weiter.

„Mein Name ist Lena Staller, Polizeihauptmeisterin, ich habe eigentlich nur eine Frage zur Klärung eines Sachverhaltes. Wann, wie und mit welchem Auto sind Sie am Donnerstagabend von der Waldmühle aus nach Hause gefahren?"

Nach einem kleinen Moment der Überlegung antwortete Frau Felber. „Meine Kollegin und ich haben beim Dekorieren in der Waldmühle mitgeholfen. So gegen 23 Uhr bin ich zu Hause gewesen. Susanne und ich haben uns noch ein Sektchen gegönnt und Bettina Bamberger bot sich an, uns heimzufahren."

„Mit welchem Auto?", wollte Lena wissen.

„Mit ihrem weißen Golf. Wieso? Gibt es Probleme?" Lena schüttelte den Kopf. „Nein, das ist hier nur Routine. Wie heißt Ihre Kollegin mit Nachnamen?"

„Susanne Schubert, wollen Sie sie auch noch befragen?"

„Das ist nicht nötig. Ich danke Ihnen, das war schon alles."

Lena stieg ins Auto und rief Alex an, sie sollte es als erstes erfahren. „Hey Alex, ich bin's, Lena. Ich habe den Unfallfahrer, es ist Bamberger!"

Lena erklärte Alex kurz die Situation und beide freuten sich, endlich einen Erfolg vorweisen zu können. Sie berieten sich über die nächsten Schritte. Ihre Vorgehensweise sollte hieb und stichfest sein, damit kein Anwalt wegen eventueller Verfahrensfehler oder nicht zugelassener Beweise seinen Mandanten aus der Schusslinie ziehen konnte. Alex kümmerte sich um die richterlichen Durchsuchungsbeschlüsse und den Haftbefehl. Lena wartete auf dem Revier auf sie.

Alex stand am Fenster ihres Büros. Hoffentlich regnet es bald, über dem Asphalt konnte sie die Hitze flimmern sehen. Zum Glück war gestern Abend ihr Vater vorbeigekommen, hatte sich um die Kinder gekümmert und den Garten gegossen. Wie sollte sie das alles nur schaffen?

Lena war es also gelungen, den Typen ausfindig zu machen. Sie kannte keine bessere Polizistin. Vielleicht gelang es ihr, nach Abschluss dieses Falles Lena in ihr Team zu holen.

Alex schmerzte der Kopf, sie hatte die ganze Nacht kein Auge zugemacht. Ihre Gedanken kreisten um den Fall und um Dominik. Eine unbeschreibliche Sehnsucht ergriff sie, wenn sie an ihn dachte. Kann man sich so schnell in jemanden verlieben? Das durfte sie auf keinen Fall zulassen. Sie würde Regina und Matze sofort beauftragen, ihn und seinen Bruder noch einmal zu durchleuchten. Sie konnte sich in diesen Fall einfach keine Fehler leisten.

Zu ihrem Erstaunen gab es bei Ackermann keine Schwierigkeiten, die Durchsuchungsbeschlüsse und den Haftbefehl durchzudrücken. Er reichte ihr die Dokumente. „Ich hoffe, dass der Spuk endlich ein Ende hat!“ Alex musste seine Erwartungen etwas dämpfen. „Den Unfall können wir ihm nachweisen, für das andere haben wir nicht genug Beweise. Aber wenn er dahintersteckt, bekommen wir das auch raus.“

Alex verließ sein Büro und schaute bei Regina und Matze vorbei, berichtete ihnen über ihre bisherigen Ermittlungen und über die bevorstehende Verhaftung. Regina nahm Alex die Durchsuchungsbefehle aus der Hand. „Gib schon her, ich kümmere mich und werde die Einsätze koordinieren."

„Danke, ich fahre jetzt nach Tampa. Ich benötige das Team als erstes im Autohaus."

Bevor Alex das Büro verließ, instruierte sie Matze, noch einmal die Kobensteinbrüder auf Herz und Nieren zu prüfen und vor allem Dominiks Alibis zu checken. Sie legte ihm die vier Namen, die Dominik auf den Untersetzer gekritzelt hatte, auf den Schreibtisch, verließ das Kommissariat und fuhr nach Tampa.

Lena erwartete Alex schon mit ihren berühmten grünen Smoothies. „Das muss doch gefeiert werden." Lena drückte Alex ein Saftfläschchen in die Hand und stieß mit ihren dagegen.

„Prost! Jetzt holen wir ihn uns!"

Alex lachte und schluckte den dickflüssigen Saft herunter. Sie sprachen ihr Vorhaben kurz ab und nahmen Alex' BMW.

Ihr erster Stopp führte sie in Wolfgang Thieles Autohaus. Bevor sie ausstiegen, hielt Alex Lena zurück.

„Du weißt aber schon, wenn Thiele die ausgewechselten Teile hat verschwinden lassen, ist es schwer, ihnen noch etwas nachzuweisen."

Lena sah Alex an. „Thiele ist berechnend und gierig. Was denkst du, wie er zu seinen Autohäusern gekommen ist? Bamberger soll Thiele Junior in der neuen Siedlung ein Haus bauen, da ist so eine böse Stoßstange bestimmt ein guter Preiskiller. Ich glaube nicht, dass er die entsorgt hat."

Alex nickte. „Ich habe vorhin noch schnell mit der KTU gesprochen. Wenn Denis über die Frontscheibe geschleudert wurde, können die Kollegen selbst nach einer Autowäsche noch Kleinstpartikel sicherstellen, an Scheibenwischer oder unter den Gummis. Ich hoffe es jedenfalls, ein Geständnis wäre mir am liebsten."

Die Dame vom Empfangstresen kündigte sie wieder unverzüglich bei ihrem Chef an. Doch dieses Mal ließ er die zwei Frauen warten, angeblich wegen eines dringlichen Telefonats. Dann trat er selbstsicher aus seinem Büro und begrüßte beide.

„Was kann ich denn heute für Sie tun, Frau Staller?"

Lena zeigte auf Alex. „Guten Tag, Herr Thiele, das ist Hauptkommissarin Brückner aus Erfurt. Wir kommen noch einmal wegen des schwarzen SUV. Sie behaupteten, keinen dieser Wagen seit Donnerstag repariert zu haben. Bleiben Sie dabei?"

Ein süffisantes Lächeln breitete sich auf seinem Gesicht aus. „Natürlich, Sie können sich hier gerne umschauen, Sie werden nichts dergleichen finden."

Alex nahm den Beschluss aus der Tasche und reichte ihn Herrn Thiele. „Das werden wir auch. Außerdem bringe ich noch die Kollegen von der Steuerfahndung mit."

Herrn Thiele verging sein Lächeln. „Ich werde sofort meinen Anwalt anrufen und mich an höchster Stelle beschweren! Sie wissen wohl nicht, mit wem Sie es zu tun haben oder wollen Sie wieder Streife laufen?"

Jetzt lächelte Alex. „Ach, das steht Ihnen natürlich frei, sich zu beschweren. Aber haben Sie auch den Beschluss genau gelesen? Zur gleichen Zeit durchsuchen jetzt einige Kollegen die Schrauberwerkstatt Ihres Sohnes und verhören ihn."

Herr Thiele wurde leichenblass. „Lassen Sie meinen Sohn aus dem Spiel! Er ist ein guter Junge! Er hat gar nichts damit zu tun." Er fing an zu schwitzen.

Alex registrierte jede seiner Bewegungen. „Aber Sie haben damit etwas zu tun. Es wäre gut, wenn Sie jetzt die Wahrheit sagen."

Man sah ihn an, wie es in seinem Hirn arbeitete. Sein selbstsicheres Gehabe verlor sich zunehmend. Schweißperlen standen ihm auf der Stirn. Er starrte Alex unsicher an.

„Es handelte sich nur um einen kleinen Freundschaftsdienst. Norbert bat mich, die Kratzer so schnell wie möglich auszubessern, er sei auf seiner Baustelle angeeckt."

Alex ließ ihn nicht aus den Augen. „Wann kam er zu Ihnen und warum haben Sie den Wagen nicht in Ihrer Werkstatt repariert?"

Er zog ein Taschentuch aus der Hosentasche und wischte sich die Stirn damit ab. „Durch den Stau und die Umleitung bin ich erst nach 21 Uhr am Donnerstagabend zu Hause angekommen. Er kam unmittelbar danach. Ich sollte sofort alles stehen und liegen lassen, um seinen Wagen zu reparieren. Aber nicht offiziell, es sollte niemand mitbekommen."

Lena stellte wütend ihre Frage. „Und als Sie von dem Unfall mit Fahrerflucht gehört haben, ist Ihnen nicht die Idee gekommen, dass Ihr Freund damit etwas zu tun hatte?"

Er druckste herum. „Nun ja, ich hatte so eine Ahnung, aber ich fragte ihn nicht. Ich wollte es gar nicht wissen."

Vor dem Gebäude hielten ein Polizeiauto und zwei schwarze Kombis. Mehrere Beamte stiegen aus und liefen in das Gebäude. Zwei Männer, einer davon in zivil, traten an Alex heran.

„Kommissar Otto Schuster und das ist mein Kollege Polizeimeister Ingo Kalkhofer, wo sollen wir anfangen?"

Alex begrüßte sie und bat um einen kleinen Augenblick, schaute Wolfgang Thiele streng an. „Herr Thiele, Sie geben also zu, dass Sie den SUV Ihres Freundes Norbert Bamberger am letzten Donnerstag bzw. am Freitag in der Werkstatt Ihres Sohnes reparierten?"

Wolfgang Thiele atmete noch einmal tief durch und nickte. „Ja, das habe ich. Aber mein Sohn hat damit nichts zu tun."

Alex bat um einen kleinen Moment, nahm ihr Handy, trat ein paar Schritte zur Seite und rief Regina an. Sie leitete die Durchsuchung in der Schrauberwerkstatt.

„Ja Alex, mir liegt eine schwarze Stoßstange und ein beschädigter, rechter Scheinwerfer vor von einem SUV dieser Marke. Die Farbkratzer passen zu Denis Fahrrad. Ich lasse beides gleich in die KTU bringen. Das Ergebnis der Untersuchung müsstest du allerdings noch abwarten."

„Das ist nicht nötig, ich habe schon ein Geständnis. Ich danke dir." Alex wendete sich wieder Herrn Thiele zu.

„Wolfgang Thiele, Sie haben sich zu verantworten wegen Falschaussage und Vertuschung einer Straftat. Wenn Sie mit dem Kollegen bitte mitgehen würden."

Sie nickte Polizeimeister Kalkhofer zu, der Herrn Thiele zum Streifenwagen begleitete.

Alex wandte sich an Kommissar Schuster und teilte ihm mit, dass die Durchsuchung hier im Autohaus nicht mehr relevant sei. Sie benötigte aber seine Hilfe bei der Beschlagnahmung eines Geländewagens, einer Durchsuchung sowie einer Verhaftung.

Norbert Bamberger saß in seinem Büro, seine Sekretärin stand neben ihm und wartete auf die unterschriebenen Papiere. Die großen Fenster standen bei der Hitze weit offen und beide sahen zwei Polizeiautos, zwei Zivilfahrzeuge und einen Abschleppwagen auf den Hof fahren. Herr Bamberger ahnte sofort, was auf ihn zukam.

„Rufen Sie unseren Anwalt an, er soll augenblicklich hier erscheinen!" Die Frau verließ sofort das Zimmer, informierte den Firmenanwalt und Bettina Bamberger.

Alex und Lena betraten das Büro. Alex übernahm sofort die Befragung. „Guten Tag Herr Bamberger, Alexandra Brückner und meine Kollegin Lena Staller, wir kennen uns ja bereits. Leider haben Sie uns nicht ganz die Wahrheit gesagt, mit was und wann Sie am Donnerstagabend zu Ihrer Baustelle gefahren sind. Das möchten wir gern mit Ihnen klären."

Herr Bamberger gab sich störrig. „Das können Sie gleich mit meinem Anwalt besprechen. Ich sage dazu kein Wort."

Ein lautes Surren ließ ihn aus dem Fenster schauen. Der Abschleppwagen zog den SUV auf seine Ladefläche.

„Wieso nehmen Sie meinen Wagen mit? Was fällt Ihnen ein?“, regte er sich auf.

Lena legte ihm die zwei Dokumente nebeneinander vor. „Das eine ist der Beschluss zur Beschlagnahmung Ihres Autos, das schaut sich die KTU näher an. Und das andere ist der richterliche Durchsuchungsbeschluss für Ihr Haus und Ihre Büroräume.“

Bamberger sprang auf, sein Gesicht puterrot. „Das können Sie sich nicht erlauben! Wie kommen Sie dazu? Sie verlassen sofort meinen Hof!“

Alex ließ sich nicht aus der Ruhe bringen. „Herr Bamberger, wir hegen den begründeten Verdacht, dass Sie am Donnerstagabend auf der Erfurter Landstraße den dreizehnjährigen Denis Leutenberger auf seinem Fahrrad anfuhren und Unfallflucht begingen.“

Norbert Bamberger konnte vor Wut kaum reden.

„Das müssen Sie mir erst mal beweisen! Mein Anwalt wird das gleich klären.“

Alex legte das dritte Schreiben auf den Tisch.

„Sie sind nicht eine halbe Stunde vor dem Gewitter auf der leeren Landstraße nach Tampa gefahren. Ein Schwertransporter blockierte mindestens eine Stunde vor dem Unwetter die Allee. Sie sind mit Ihrem schwarzen Geländewagen gefahren. Wir haben bei Ihrem Freund Wolfgang Thiele die passende Stoßstange und den Scheinwerfer gefunden. Unsere kriminaltechnische Untersuchung wird an Ihrem Wagen weitere Beweise sichern.“ Sie deutete auf das Dokument. „Und das ist übrigens ein Haftbefehl.“

Norbert Bamberger wich alle Farbe aus dem Gesicht. Ohne ein weiteres Wort ließ er sich von Lena abführen.

Alex besprach mit Kommissar Schuster den weiteren Einsatz. Bei der Durchsuchung des Hauses und der Betriebsräume durfte ihnen kein Fehler unterlaufen.

Auf Tauchutensilien, Verbindung zur Familie Kobenstein oder andere Hinweise, die ein Motiv oder Beweise liefern konnten, dass Norbert Bamberger für den Tod der Kinder und Jugendlichen verantwortlich sei, sollte besonderes Augenmerk gerichtet werden. Kommissar Schuster bestätigte Alex. „Alles, was relevant und verdächtig ist, packen wir ein und nehmen es mit in die KTU. Den Bericht der Auswertung gibt es morgen Vormittag, versprochen." Sein Lächeln wirkte sehr charmant. „Einverstanden, ich nehme Sie beim Wort. Bis morgen."

Bettina Bamberger kam die Treppe hochgehetzt.

„Wo bringen Sie meinen Mann hin und was ist hier eigentlich los?"

Alex trat auf sie zu. „Frau Bamberger, bitte beruhigen Sie sich. Mein Name ist Alexandra Brückner, Kriminalpolizei, ich würde gern mit Ihnen reden. Fühlen Sie sich in der Lage, mir ein paar Fragen zu beantworten?"

Frau Bamberger nickte unentschlossen und schaute Alex nervös an. „Was ist mit meinem Mann?"

Alex tastete sich vorsichtig heran. „Wir haben Ihren Mann zu einer Befragung auf das Kommissariat nach Erfurt mitgenommen. Wann haben Sie am Donnerstag mit Ihrem Mann das Auto wieder getauscht?"

Frau Bamberger starrte Alex an und konnte ihr nicht folgen. „Am Abend ist Norbert mit seinem Auto zur Baustelle gefahren."

„Mit dem schwarzen SUV?", fragte Alex nach.

Bettina Bamberger nickte. „Ja, wieso ist das wichtig?"

Alex sprach so behutsam wie möglich.

„Frau Bamberger, wir gehen davon aus, dass am Donnerstagabend Ihr Mann den Schüler Denis Leutenberger auf seinem Fahrrad auf der Erfurter Landstraße anfuhr und schwerverletzt liegen ließ."

Ihre Augen füllten sich mit Tränen, sie starrte Alex an und schüttelte den Kopf. „Das würde Norbert niemals tun, das glaube ich nicht, das handelt sich sicher um einen Unfall."

„Das werden wir klären. Wissen Sie, warum Ihr Mann so spontan wegfuhr?"

Sie zog aus ihrer Mappe ein Taschentuch und putzte ihre Nase. „Es gab eine Sturmwarnung und er hatte Angst, die Baustelle wäre nicht sicher."

„Und am Freitag haben Sie mit Ihrem Mann gesprochen und was fuhr er für ein Auto?", wollte Alex wissen.

Die Frau tupfte sich die Tränen von der Wange. „Wir haben uns gar nicht groß gesehen, ich half das ganze Wochenende beim Waldmühlenfest und Norbert reparierte mit ein paar Leuten das Gerüst auf der Baustelle, das bei dem Sturm umgestürzt war."

Alex wechselte das Thema. „Kennen Sie oder Ihr Mann eine Familie Kobenstein?"

Bettina Bamberger schaute Alex unverständlich an.

„Nein, habe ich noch nie gehört. Ich bin allerdings erst vor fünf Jahren hergezogen, vorher lebte ich in Jena. Was ist mit denen?"

Alex schüttelte leicht den Kopf.

„Das sind nur Routinefragen. Ist Ihr Mann Taucher?"

„Nein, was sind denn das für Fragen?", erkundigte sich Frau Bamberger misstrauisch.

Alex ließ sich nicht beirren und stellte ihre letzte Frage.

„Wo war Ihr Mann am Abend des vorletzten Samstags?"

Bettina Bamberger überlegte. „Vorletztes Wochenende besuchten Robert und ich meine Eltern. Mein Vater feierte seinen 60. Geburtstag am Samstag. Wofür braucht mein Mann ein Alibi?"

Alex reichte der Frau die Hand. „Wie gesagt, das sind nur Routinefragen. Ich danke Ihnen erst einmal und sollte es sich herausstellen, dass es sich bei dem Zusammenstoß nur um einen Unfall handelte, hätte Ihr Mann nichts zu befürchten. Aber für die Unfallflucht muss er sich verantworten."

Alex und Lena beschlossen noch bei den Leutenbergers vorbeizufahren. Ihr Haus befand sich am Ende der Siedlung. Herr Leutenberger stand in seinem Garten unter dem Kirschbaum und pflückte Kirschen. Als er die zwei Frauen sah, stellte er den Korb beiseite und kam auf sie zu. Lena begrüßte ihn und stellte ihre Kollegin vor.

„Wie geht es Denis?"

Herr Leutenberger strahlte über das ganze Gesicht.

„Eigentlich ganz gut, wir dürften ihn morgen schon mit nach Hause nehmen. Allerdings muss er noch strengste Bettruhe einhalten. Wir sind ja froh, dass die Ärzte seine Milz retten konnten. Sein Bein muss noch heilen, zum Glück handelt es sich um einen glatten Durchbruch. Meine Frau übernimmt die Krankenpflege und ich habe meinen Resturlaub eingereicht."

Er hielt inne und schaute Alex und Lena abwechselnd an. „Sie haben Norbert Bamberger verhaftet? Und Thiele anscheinend gleich mit?"

Alex sah ihn verwundert an. „Woher haben Sie diese Informationen?"

Herr Leutenberger schaute Alex fassungslos an.

„Mein Schwager arbeitet für Bamberger. Er hat mich angerufen." Dann schüttelte er den Kopf. „Ich kann das nicht glauben. Der Bamberger und der Thiele besuchten uns am Samstag und haben uns als Vertreter des Stadtrates ihre Unterstützung angeboten. Das gibt es doch nicht!"

Lena schaute Alex verwundert an. „Da wollten wohl zwei ihr schlechtes Gewissen erleichtern." Alex nickte und wandte sich an Denis Vater. „Herr Leutenberger, wir dürfen leider keine Auskünfte über laufende Ermittlungen geben."

Wütend ballte der Mann seine Faust. Er brauchte nicht die Bestätigung der zwei Polizistinnen, denn die Nachricht der Verhaftung der beiden Unternehmer hatte sich bereits wie ein Lauffeuer in der Kleinstadt herumgesprochen. „Da sitzen die beiden in meiner Stube und heucheln mir ihr Mitgefühl entgegen, so etwas Dreistes habe ich noch nicht erlebt."

Alex beruhigte ihn. „Keine Angst, Herr Leutenberger, wir ermitteln noch und sollte sich jemand eines Vergehens schuldig gemacht haben, wird er auch zur Verantwortung gezogen. Hauptsache Denis wird wieder gesund."

„Ach ja, da kommt noch einiges auf uns zu, aber vielen Dank, dass Sie den Schuldigen so schnell ermittelt haben." Er reichte Alex die Hand. „Ach und wegen der anderen Sache, des Vorfalls am See, haben wir für Denis bereits einen Termin bei dem Polizeipsychologen erhalten. Wir hoffen, dass er ihm helfen kann."

Alex drückte ihm die Hand ganz fest. „Ich bin sicher, dass er helfen kann. Alles Gute und grüßen Sie Denis von uns. Auf Wiedersehen."

„Warten Sie, warten Sie." Herr Leutenberger lief in seinen Garten und kam mit dem Korb voller Kirschen zurück. Er drückte ihn Lena in die Hand. „Sie haben mir heute eine große Freude gemacht! Die Kirschen sind frisch vom Baum und sehr süß, lassen Sie es sich schmecken."

Die Frauen bedankten sich und stiegen in den Wagen. Alex manövrierte den Wagen aus der Parklücke und fuhr langsam an den parkenden Autos die schmale Straße entlang. Sie setzte den Blinker links und schaute rechts die Hauptstraße herunter. Aus dem Augenwinkel sah sie ihn, ein kurzer Seitenblick, kein Zweifel. „Mist! Weißt du, wer da eben lief? Dieser komische Reporter, dieser Gewohl. Ich wette, der will zu den Leutenbergers und ich kann das nicht mal verhindern."

Lena versuchte vergebens noch einen Blick auf den Mann zu erhaschen. „Ackermann wird sicher eine kurze Pressemitteilung zu dem Thema Fahrerflucht herausgeben, da kannst du eh nichts machen. Die Regionalblätter behandelten die Unfallflucht jedenfalls sehr ausführlich, da möchten sie sicher auch über das Happy End schreiben."

Alex gab Lena recht. „Der schnüffelt mir zu viel herum. Hoffentlich stellt er keinen Zusammenhang mit dem Mörder her. Wenn der etwas darüberschreibt, wäre das sehr kontraproduktiv für uns."

Lena zuckte mit den Schultern. „Wie willst du das verhindern?"

„Das weiß ich noch nicht. Ich hoffe, wir sind endlich einen Schritt weiter und Kollege Schuster spürt etwas Brauchbares bei der Durchsuchung auf und wir finden eine heiße Spur, die wir mit den Taten und Bamberger in Verbindung bringen können. Sonst sind wir wieder bei null." Alex hielt vor dem Polizeirevier.

Lena löste zögernd ihren Gurt. „Dann nimm die zwei Saukerle richtig in die Mangel. Ich schreib noch schnell meinen Bericht und hoffe, dass heute nichts mehr dazwischenkommt. Oliver wird Augen machen, wenn ich mal pünktlich zu Hause bin. Bis morgen."

Auf der Fahrt nach Erfurt rief Alex die Kinder an. Lisa meldete sich am Telefon und kam gleich mit einer Hiobsbotschaft. „Mama, Oma ist zu Besuch."

Alex verdrehte die Augen. „Nicht etwa Charlotte?"

„Doch Mama, und sie möchte Abendbrot essen. Was soll ich ihr denn machen? Es ist noch Schinken und Käse da und ein paar Tomaten. Soll ich ihr überbackene Käsebrote servieren?"

Auch das noch, Michaels Mutter. Wie immer stand sie ohne eine Vorwarnung vor der Tür. Hurra, da bin ich. Kam sie zum Spionieren? Michael stammte aus einer wohlhabenden Bankerfamilie. Mit ihrem Schwiegervater hingegen hatte Alex sich immer gut verstanden, leider war er viel zu früh gestorben. Nur mit ihrer Schwiegermutter Charlotte konnte Alex nichts anfangen. Reich geheiratet, die Frau hatte nicht einen Tag in ihrem Leben gearbeitet, arrogant, faul und hatte immer recht. Und jetzt saß sie bei ihren Kindern und wollte bedient werden.

„Ist bei euch alles in Ordnung?"

„Ja, die Jungs sind im Pool und Felix ist dann lieber mal gegangen. Oma hat ihm lauter blöde Fragen gestellt."

Alex wusste auch welche. Was sind denn deine Eltern von Beruf? Und, was willst du später mal werden?

„Ich muss leider noch arbeiten, ich komme etwas später. Seid freundlich zu ihr. Gib mir mal Oma."

Am Apparat meldete sich Charlottes dominante Stimme. „Hallo Alexandra, du bist wohl noch unterwegs? Deine Kinder sind hier ganz allein. Da ist es ja gut, dass ich da bin. Ich dachte, ich bleibe ein paar Tage." Alex stöhnte innerlich auf. „Hallo Charlotte, das musst du nicht! Wir sind doch auch gar nicht auf Besuch eingestellt!"

Charlotte trällerte. „Ach, meine Liebe, ich sehe es ja. Ihr könnt meine Hilfe derzeit gut gebrauchen. Lisa hat mich bereits ins Gästezimmer einquartiert."

Alex glaubte nicht richtig zu hören. *Ach du Schreck, mir bleibt aber auch nichts erspart,* von welcher Hilfe sprach sie denn?

„Pass auf Charlotte, ich muss jetzt unbedingt ins Kommissariat, bei mir wird es etwas später. Geh doch mit den Kindern Essen, Pizzeria oder vielleicht McDonalds. Da würdest du mir schon sehr helfen und die Kinder freuen sich. Das andere klären wir heute Abend, bis nachher." Alex beendete das Gespräch. Es graute ihr vor dem Abend. Charlotte konnte ununterbrochen reden, von Dingen, die niemanden interessierten.

Kapitel 16

Der Weg vom Parkplatz zum Kommissariat trieb Alex den Schweiß aus den Poren. Trotz des späten Nachmittags lag eine unerträglich schwüle Hitze über der Stadt. Fransige Haufenwolken am Himmel kündigten ein baldiges Gewitter an. Zum Glück herrschten im Haus dank Klimaanlage angenehme Temperaturen.

Auf dem Weg in ihr Büro kam ihr Regina mit einer Mappe unter dem Arm entgegen. „Der Bamberger und sein Advokat sitzen im ersten Verhörraum. Ich habe die Klimaanlage etwas abgedreht, lass die beiden einfach noch ein bisschen schmoren. Soll ich dir Wolfgang Thiele abnehmen? Sein Anwalt ist eben aufgeschlagen. Er sitzt in der Drei, auch schon etwas länger, seit über einer Stunde."

Alex schaute auf ihre Armbanduhr, sie kannte Reginas Verhörmethoden und musste lächeln.

„Oh gern, ich bereite derweil das Verhör vom Bamberger vor und bei dieser Vernehmung könnte ich dich gut gebrauchen."

„Das lass ich mir doch nicht entgehen, fang nicht ohne mich an." Sie schnalzte mit der Zunge und tänzelte zum Verhörraum.

Alex eilte in ihr Büro und telefonierte mit ihrem Kollegen Schuster. Bei der Durchsuchung von Bambergers Haus und seinem Büro konnten die Kollegen bisher keinen entscheidenden Hinweis auf Verwicklung Bambergers mit den Kindermorden finden. Mist. Alex knallte den Hörer auf die Station, die Indizien reichten nicht aus. Wenn Bamberger Denis töten wollte, weil der ihn damals am See erkannte, wieso erst nach vier Jahren? Und dann so dilettantisch. Worin bestand das Motiv, dass Bamberger sich überhaupt an den Kindern vergriff? Seine Villa lag am anderen Ende der Stadt. In der Siedlung baute seine Firma damals nur ein Haus, das der

Zimmermanns. Gab es da einen Zusammenhang, den sie noch nicht erkannte, oder handelte es sich einfach nur um einen Unfall, ein Zufall? Aber warum ließ er den Jungen im strömenden Regen ohne Hilfe zurückgelassen?

Alex sortierte alle Indizien und Beweise. Aus der Unfallnummer kam Bamberger nicht mehr raus. Sie betrachtete noch einmal die Unfallskizze. Es könnte durchaus ein Unfall gewesen sein bei der schlechten Sicht und dem starken Regen. Bamberger erwischte Denis gleich hinter der Kurve, nur warum half er Denis nicht? Alex schaute sich die Bilder der KTU vom Unfallort genauer an. Der Fahrer hatte voll abgebremst, das bewiesen die Bremsspuren, war wahrscheinlich kurz ausgestiegen. Alex' Gedanken kreisten um diesen Moment. Vielleicht hatte Bamberger den Jungen dann erst erkannt, billigend in Kauf genommen, dass er starb und ließ ihn deswegen liegen.

Alex sortierte alle Unterlagen in eine Mappe und betrat das Büro ihrer Kollegen. Matze saß in seinen Kabuff. Sie klopfte an. Wie von einer Tarantel gestochen, fuhr er herum.

„Ach Chefin", irritiert schaute er sie an.

„Hallo Matze, ich bin es nur, bitte nicht erschrecken. Könntest du das Alibi von Norbert Bamberger am vorletzten Samstag überprüfen? Angeblich weilte er bei einer Familienfeier in Jena, hier sind die Daten." Sie legte einen Zettel auf den Tisch. „Kann ruhig schnell gehen, ich will Bamberger gleich vernehmen."

Regina betrat das Büro. „Ach, hier bist du, ich such dich schon überall. Thiele bestreitet natürlich alles, es handelte sich nur um einen Freundschaftsdienst. Er wusste von nichts, erst als Lena ihn zur Rede stellte, wurde ihm klar, dass sein Freund Unfallflucht begangen hatte. Angeblich redete Herr Thiele seinem Freund ins Gewissen und der versprach ihm, sich heute zu stellen. Was für gute Menschen. Sein Anwalt wird nicht lange brauchen, um ihn rauszuholen. Aber wegen Strafvereitlung kriegen wir ihn dran."

Alex goss zwei Tassen Kaffee ein und reichte eine ihrer Kollegin. „Und ein Zusammenhang mit unserem Mörder?"

Regina schlürfte ihren Kaffee und verzog das Gesicht. „Ich glaube eher nicht. Er schaute bei diesen Fragen eher wie ein Eichhörnchen. Ich bin mir sicher, dass er hier die Wahrheit sagte. Da sehe ich aber bei ihm auch kein Motiv."

Alex stellte ihren Kaffee auf den Tisch und nahm die Mappe. „Das empfinde ich bei dem Bamberger genau so, mir fehlt das Motiv. Außerdem gibt ihm seine Frau für den Mord an Rene ein Alibi. Eine angebliche Familienfeier, Matze überprüft das gerade. Aber warum ließ er Denis nach dem Unfall liegen? Vielleicht erkannte er am Unfallort den Jungen vom See? Nur eine Vermutung, keine Beweise, da hilft uns jetzt nur ein Geständnis." Alex nahm ihre Mappe. „Auf in den Kampf."

Bevor die Frauen den Vernehmungsraum betraten, regulierte Regina die Temperatur der Klimaanlage nach unten. „Ein bisschen kühle Luft kann ja nicht schaden."

Tatsächlich herrschte in dem Raum eine sehr warme und stickige Atmosphäre. Norbert Bamberger saß teilnahmslos mit verschränkten Armen am Tisch, während sein Anwalt, Doktor Patscheck, einen hysterischen Anfall bekam, weil man sie so lange warten ließ. Die zwei wirkten sehr verschwitzt und mitgenommen. Die Frauen legten ihre Mappen auf den Tisch und setzten sich den beiden gegenüber. Alex übernahm sofort das Gespräch. „Guten Tag, ich bin Hauptkommissarin Alexandra Brückner und das ist Kommissarin Regina Wegener. Ich schalte jetzt das Mikrofon an, das Verhör wird aufgenommen." Nach Aufnahme der Anwesenden und der üblichen Belehrung öffnete Alex ihre Mappe und legte Norbert Bamberger Unfallbilder und Fotos des schwerverletzten Denis der Reihe nach hin. „Das ist der lebensgefährlich verletzte Denis Leutenberger. Tatzeitpunkt: Donnerstag, der 7. Juni gegen 18 Uhr, Ort: die Erfurter Landstraße. Der Junge wurde von einem schwarzen SUV der Marke VW auf seinem Fahrrad angefahren, dabei schwer verletzt und liegen gelassen. Fällt Ihnen dazu etwas ein?"

Bamberger schüttelte kaum merklich den Kopf, starrte auf seine Hände. Schweißperlen standen ihm auf der Stirn.

„Aber mir, Herr Bamberger! Sie sind am Donnerstagabend bei Ausbruch des Gewitters mit Ihrem Geländewagen, das haben uns drei Zeugen bestätigt, von der Waldmühle über die Erfurter Landstraße in den Ort gefahren. Sie haben nach der Kurve Denis auf seinem Fahrrad erwischt, haben abgebremst und angehalten. Sind Sie ausgestiegen oder sind Sie gleich weitergefahren?"

Der Anwalt mischte sich ein. „Das ist doch kein Beweis! Es gibt Hunderte schwarze SUV von der Marke."

Alex ließ sich nicht beirren. „Sie haben bei Ihrer ersten Befragung angegeben, eine halbe Stunde eher auf einer völlig leeren Landstraße unterwegs gewesen zu sein. Da haben Sie aber ein bisschen Pech, denn ein Schwerlastzug sperrte eine Stunde vor dem Gewitter die komplette Landstraße. Auf beiden Seiten staute sich der Verkehr."

Jetzt tupfte sich auch der Anwalt die Schweißtropfen von der Stirn. Bamberger starrte Alex an, äußerte sich allerdings mit keiner Silbe.

Alex beugte sich über den Tisch und sah ihm direkt in die Augen. „Wieso haben Sie den Jungen liegen gelassen im strömenden Regen, in einem schweren Sturm? War es denn wirklich nur ein Unfall oder steckt da mehr dahinter?"

Bamberger schaute verwirrt drein und Doktor Patscheck rastete erneut aus.

Alex wartete, bis er sich wieder beruhigt hatte. „Sie wollen Beweise, okay." Sie nickte Regina zu, die legte ihren Gegenüber weitere Fotos auf den Tisch. „Das ist das neue blaue Fahrrad von Denis und hier sehen wir eine schwarze Stoßstange und einen beschädigten rechten Scheinwerfer mit Farbpartikeln von Denis blauem Fahrrad." Alex klopfte auf die Bilder, schaute erst Herrn Patscheck dann Bamberger an. „Und bevor Sie wieder lautstark Einspruch erheben, Herr Anwalt, der Freund Wolfgang Thiele gab zu, diese Teile aus Ihrem Fahrzeug am Donnertagabend beziehungsweise Freitagvormittag ausgebaut und durch neue Originalteile ersetzt zu haben. Außerdem konnte die KTU an der Frontscheibe Ihres Wagens kleinste Partikel feststellen, die von Denis und seiner Kleidung stammen. Sie haben Denis Leutenberger angefahren, aber gottverdammt, warum sind Sie dem Jungen nicht zu Hilfe gekommen?"

Betroffenes Schweigen, dann stotterte Norbert Bamberger. „Ich habe doch den Notruf gewählt, ich bekam Panik und war total durcheinander."

Der Anwalt beugte sich nach etwas nach vorn. „Eine Kurzschlussreaktion meines Mandanten! Nach so einem Ereignis stand er unter Schock. Das ist ja wohl nachvollziehbar, dazu noch der Sturm."

Regina plätzte die Geduld. „Ja, aber erst eine viertel Stunde danach. Sie sind erst durch die ganze Stadt gekutscht. Wieso nicht gleich von der Telefonzelle am Bahnhof?"

Bamberger zischte durch seine Zähne. „Die ist videoüberwacht!"

Alex erhöhte den Druck. „Ach, da hat Ihr Verstand aber gleich wieder gut funktioniert. Die Spuren am Unfallort ergaben, der Fahrer muss ausgestiegen sein. Sie schauten nach dem Jungen und… haben Sie ihn erkannt? Der Junge vom See, dessen zwei Freunde vor vier Jahren im Eis einbrachen."

Bamberger und sein Anwalt schauten alarmiert auf.

„Was unterstellen Sie denn meinem Mandanten? Es tobte ein Sturm, ein Unwetter! Er konnte den Jungen nicht sehen. Wer weiß, war sein Fahrrad überhaupt beleuchtet? Und vielleicht trug er noch dunkle Kleidung. Es handelt sich hier doch sicher um einen Unfall."

Alex ahnte, dass ihr Beschuldigter gleich einbrechen würde. Sein Blick wirkte regelrecht wirr und Schweißperlen liefen die Schläfen herunter. „Wenn es sich nur um einen Unfall handelt, warum haben Sie dem Jungen nicht geholfen? Sie nahmen in Kauf, dass er stirbt."

Bevor der Anwalt antworten konnte, platzte es aus Bamberger heraus. „Mein Gott, ich war besoffen! Ich hatte zu viel getrunken. Ich sah den Jungen zu spät und geriet in Panik. Es trifft mich keine Schuld, aber ich verliere dadurch alles." Er fing an zu heulen. Sein Anwalt fuhr sich resigniert mit der Hand über die Stirn.

Eine bedrückende Stille herrschte im Raum. Alex beendete das Verhör, schaltete das Mikrofon aus und verließ mit Regina den Raum. Regina grinste Alex an.

„Das mit dem Aussteigen war aber ein Schuss ins Blaue. Aber Treffer, der hat gesessen."

Im abgeschirmten Nebenzimmer standen Matze und Jochen Ackermann, sie konnten durch die einseitige Spiegelwand die Vernehmung verfolgen. Ackermanns Miene wirkte undurchdringlich. „Ja, meine Damen, schön dass wir mit einem Geständnis aufwarten können, aber es ist nicht das, was wir uns erhofft haben, Frau Brückner. Meinen Sie, aus dieser Richtung kommt noch mehr?"

Alex schaute Matze an. Der hob mit einer entschuldigenden Geste seine Hände. „Tut mir leid. Aber sein Alibi für den 2. Juni steht felsenfest".

Alex schüttelte energisch den Kopf. „Ich glaube, Bamberger können wir von unserer Liste streichen. Es scheint wirklich nur ein Unfall gewesen zu sein. Aber durch dieses Ereignis sind wir dem Täter doch irgendwie auf die Spur gekommen. Wir wissen von Denis, dass jemand die Unfälle der Kinder inszenierte. Es gibt also einen Täter."

Regina ließ etwas Hoffnung aufkommen. „Ein Ass im Ärmel haben wir noch, Christian Schulte, den Taucher. Ich konnte bisher noch keinen von dem Bombenkommando wegen seines Alibis auftreiben, die sind alle im Einsatz. Die Sekretärin versprach mir, der Chef ruft mich gleich morgen früh an. Ich frage jetzt trotzdem nochmal nach, aber ich schätze, da ist jetzt keiner mehr."

Matze schaute durch die Scheibe.

„Was wird aus Bamberger und seinem Anwalt?"

Ackermann betrachtete ebenfalls das ungleiche Paar. Ich unterrichte den Staatsanwalt und der Fall geht zurück an die Kollegen vom Verkehr. Wir gehen jetzt alle in unseren wohlverdienten Feierabend, es ist schon spät. Gute Arbeit!" Er schaute Alex an. „Es reicht, wenn Sie mir morgen die Berichte zukommen lassen."

Alex und Regina verließen gleichzeitig die Büros.

„Na Chefin, heute noch etwas Schönes vor?"

Alex verdrehte die Augen. „Meine Schwiegermutter kam heute überraschend zu Besuch und ich weiß noch nicht, was sie will."

Überrascht blieben beide am Eingang stehen. Schwarze Wolken hatten die Stadt in graues Dämmerlicht getaucht und es regnete Bindfäden. Auf der Straße und auf dem Bürgersteig schlugen riesige Wassertropfen Blasen auf die entstandenen Wasserflächen. Die Sturzbäche am Fahrbahnrand überforderten die Kanalisation. In der Ferne hörte man dumpfes Grollen. Was nun? Der Schirm lag im Auto. Ein Blitz durchzuckte den schwarzen Himmel. Der Regen schien nicht nachzulassen. Alex nahm ihre große Sommertasche über den Kopf. „Was soll's, Regina, es ist nur Wasser. Dir einen schönen Abend."

Sie rannte los und hatte ihren Wagen beinahe erreicht, als sie plötzlich gegen einen Mann stieß.

„Oh, Entschuldigung, ich habe Sie gar nicht gesehen."

Sie schaute ihn an. Er hielt einen Schirm über sie beide.

„Dominik, was machen Sie denn hier?" Alex schaute ihn erschrocken an. Er hielt sie in seinen Armen und lächelte. „Du siehst bezaubernd aus. Ich musste dich einfach sehen."

Alex schaute sich nervös um.

„Ich glaube, es ist keine gute Idee, wenn mich meine Kollegen mit Ihnen hier Arm in Arm sehen."

Der strömende Regen schien einen undurchdringlichen Vorhang um sie zu bilden. Sein schwarzer Audi stand gleich neben ihnen. „Komm, steig' ein."

Er öffnete ihr die Beifahrertür und zögernd schlüpfte Alex hinein. Er lief um den Wagen, legte den Schirm auf den Rücksitz, setzte sich auf den Fahrersitz und schaute sie lächelnd an. Prasselnder Regen klopfte auf das Autodach.

Alex legte ihre tropfende Tasche in den Fußraum. Sie als Schirm zu benutzen, hätte sie sich sparen können. Alex fühlte sich wie ein begossener Pudel und so sah sie sicher auch aus.

„Dominik, das geht nicht! Wir können uns nicht einfach so treffen! Sie sind immer noch ein Verdächtiger in meinen Ermittlungen."

Er kam ihr sehr nahe. „Du traust mir also diese Taten zu, wie kann ich dich vom Gegenteil überzeugen? Hast du mich denn nicht schon überprüft?"

Er wischte ihr ganz leicht mit seiner Hand ein paar Regentropfen von der Wange, ließ seine Hand in ihren Nacken gleiten und zog sie sanft an sich heran. Ihre Lippen berührten sich, erst ganz behutsam, dann immer fordernder. Alex ließ es geschehen. Dann strich er langsam mit seinem Daumen über ihre Lippen.

„Du bist wunderschön, erst recht, wenn du wütend bist. Komm heute Nacht mit zu mir, nur wir zwei."

Er spürte ihre Bedenken und zog seine Hand zurück. Alex brauchte einen Augenblick, um sich zu sammeln.

„Das geht nicht, Dominik! Ich bin Polizistin, stecke mitten in einem heiklen Fall, meine drei Kinder warten zu Hause. Ich lasse mich gerade scheiden und meine Schwiegermutter hat sich bei mir einquartiert." Sie nahm seine Hand.

„Gib mir etwas Zeit. Ich muss jetzt erst einmal meine Gefühle ordnen, verstehst du?"

Seine Nähe beunruhigte sie.

„Geh mit mir morgen Abend essen."

„Ich muss zu meinen Kindern."

„Dann morgen Mittag, ich kenne ein nettes kleines Restaurant, italienisch, okay?"

Alex nickte. „Wann?"

„13 Uhr, ich stehe in der kleinen Straße um die Ecke. Gib mir bitte keinen Korb."

Das Trommeln auf dem Autodach ließ nach, Alex versprach ihm zu kommen, verließ seinen Wagen und stieg in ihren BMW. Sein Wagen fuhr an ihrem vorbei, er lächelte ihr zu. Alex hielt sich am Lenkrad fest, ihre Hände zitterten. Was geschah mit ihr? Vor zwei Tagen hatte sich noch alles richtig angefühlt und nun bekam sie das Flattern, wenn sie nur an ihn dachte, wie ein verliebter Teenager. Das durfte sie nicht zulassen, nicht jetzt. Sie benötigte ihren Verstand und ihren Instinkt. Ihre Ermittlungen sind gerade heute wieder in eine Sackgasse geraten. Der Regen ließ nach, sie startete den Wagen und fuhr nach Hause.

Im Wohnzimmer und bei Lisa brannte noch Licht. Charlotte lag schnarchend im Sessel. Alex nahm ihr die Fernbedienung aus der Hand und schaltete den Fernseher aus. Sie verspürte nicht die geringste Lust, jetzt noch mit ihrer Schwiegermutter zu diskutieren. Sie nahm die Wolldecke, deckte sie vorsichtig zu und schlich die Treppe hoch. Auch die Zwillinge schliefen schon. Bei Lisa klopfte sie leise an die Tür. „Lisa? Darf ich reinkommen? Es schlafen ja schon alle außer dir."

Lisa lag auf ihrem Bett und las. „Hey Mama, du kommst ja schon wieder so spät."

„Ja, es gibt viel zu tun, tut mir leid, Kleines. Wie war es heute mit Oma?", erkundigte sich Alex.

Lisa schloss das Buch, das vor ihr lag. „Ach, ganz lustig. Sie ist mit uns sogar freiwillig bei McDonalds gewesen, aber sie stellt immer so viele Fragen."

„So? Worüber denn?", wollte ihre Mutter wissen.

Lisa verdrehte die Augen.

„Na, über alles, über uns, über dich. Über Papa und Felix hat sie auch ständig irgendetwas gefragt, er ist dann lieber gegangen. Aber wie lange dauert es denn noch, bis ihr wisst, was da passiert ist? Wir möchten alle wieder nach Tampa zum Baden, dort ist es am schönsten."

Alex setzte sich auf die Bettkante und streichelte Lisa über die Schulter. „Das dauert leider noch etwas, ihr müsst euch noch etwas gedulden. Wir haben unsere Ermittlungen noch nicht abgeschlossen. Wir wissen noch nicht, warum der junge Mann gestorben ist. Ihr könnt doch an den Nordstrand, dort ist es auch schön."

„Aber Mama, da ist es immer so voll. Ich gehe da nicht so gerne hin. Bei Felix' Eltern war sogar schon ein Reporter von der Zeitung, der will darüber alles berichten."

Alex hielt kurz die Luft an. Bitte nicht der schon wieder, sie musste ihn unbedingt stoppen. Wenn sie den Täter nicht bald auf die Spur kam, würde er ihn durch seine Berichte warnen und das durfte nicht passieren.

Alex sah sich im Zimmer um, überall lagen offene Bücher und Hefte. „Musst du noch lernen?"

„Ja, wir schreiben morgen Mathe. Aber ich hör gleich auf."

Alex gab Lisa einen Kuss. „Dann wünsche ich dir morgen viel Erfolg und lerne nicht mehr so lang. Guten Nacht!"

Alex trat in ihr dunkles Zimmer, öffnete weit das Fenster und ließ sich entkräftet auf ihr Bett fallen. Sie nahm ihr Handy und rief Michael an. „Was ist das mit deiner Mutter? Sie hat sich bei uns einquartiert und fragt den Kindern Löcher in den Bauch. Hast du sie geschickt? Spioniert sie hier herum?“

Michael gab sich ahnungslos, versprach aber, sich um das Problem zu kümmern und Charlotte zurückzupfeifen.

Alex starrte an die Decke, sie ließ den Tag in ihren Gedanken noch einmal Revue passieren. Erst jetzt bemerkte sie ihre Erschöpfung, völlig entkräftet schlief sie ein.

Kapitel 17

Kühle Luft ließ Alex fröstelnd aus ihrem Traum erwachen. Sie lag immer noch in ihrer Kleidung vom Vortag auf ihrer Bettdecke. Durch das abendliche Gewitter hatte sich die Außentemperatur merklich abgekühlt und angenehme Morgenfrische strömte durch das offene Fenster. Alex quälte sich aus dem Bett und erst eine warme Dusche konnte ihre Lebensgeister wieder auf Trab bringen.

Sie deckte den Frühstückstisch und bereitete den Kindern die Brote für die Schule. Die Zwillinge kamen krakeelend die Treppe herunter. Leon rannte auf seine Mutter zu. „Mama, wir brauchen ein Geschenk für Benny, der hat uns morgen zum Geburtstag eingeladen."

Alex lachte. „Guten Morgen, ihr Rabauken, setzt euch erst einmal hin." Sie überlegte. „Wie wäre es mit so einem Spin Master, eure Empfehlung. Dem Denis gefiel es sehr gut."

Tim rempelte Leon an. „Das ist eine gute Idee, ich würde mir den auch wünschen. Wenn wir heute wieder Hitzefrei bekommen, können wir das Geschenk kaufen gehen."

Alex tat verwundert. „Was ist mit eurem Sport?"

Leon stopfte sich das letzte Stück Brötchen in dem Mund. „Tim hat keinen und bei uns fallt er auch aus wegen der Hitze. Unser Trainer meinte, wir sollen die Woche lieber ins Schwimmbad gehen."

Tim sah seine Mutter an und rollte mit den Augen. „Wir brauchen aber ein bisschen Geld für das Geschenk."

„Okay, dann holt noch etwas Süßes dazu." Sie nahm aus ihrer Börse einen 20 Euroschein und legte ihn auf den Tisch. „Das ist für das Geschenk und hier nochmal 10 Euro für Schwimmbad und Eis."

Tim strahlte und steckte das Geld schnell in seinen Brustbeutel. „Ich nehme es. Danke Mama!" Er schaute seinen Bruder an, der nickte ihm ermunternd zu.

„Du, Mama, Benny möchte, dass wir bei ihm schlafen, wir wollen im Garten zelten. Dürfen wir?“

„Aber am nächsten Tag ist doch Schule.“

Tim ließ nicht locker. „Nein, am Donnerstag ist unser Sportfest, bitte Mama.“

Alex ließ sich erweichen. „Na gut, ich rufe Bennys Mutti an und kläre das. Aber jetzt ab in die Schule!“

Jubelnd rannten die zwei die Treppe hinauf und holten ihre Rucksäcke.

Während Charlotte plappernd das Frühstück und ihren Kaffee genoss, bekam Lisa kaum einen Bissen herunter. Alex schaute sie bedauernd an. „Bist du aufgeregt wegen der Klassenarbeit?“

Lisa nickte. Alex legte die Hand auf Lisas Arm. „Ich weiß, dass du es schaffst, ich drücke dir die Daumen. Ruf mich gleich an, wenn du fertig bist.“ Ihr fiel auf, dass Lisa sich gar nicht mehr so schrecklich schminkte. Lag das vielleicht an Felix?

Alex holte die Post und räumte die Küche auf. Irgendwo klingelte ein Handy, Charlotte schien zu telefonieren.

Sie schaute auf die Uhr: kurz vor halb acht. Auch für sie wurde es Zeit, sich fertigzumachen. Unschlüssig stand sie vor ihrem Kleiderschrank. Was sollte sie anziehen für ihn, sportlich, elegant oder rustikal? Sie entschied sich für eine eng anliegende Jeans und eine blau-weiß gepunktete Sommerbluse, dazu blaue Sommer-Sneakers. So konnte sie sich auf jeden Fall auch im Büro sehen lassen.

Auf dem Weg in den Flur fiel Alex beinah über Charlottes Reisetasche. Sie rief nach oben. „Charlotte, was hat denn deine Tasche hier zu bedeuten?“

Ihre Schwiegermutter schwebte in einem frischen Sommeroutfit regelrecht die Treppe herunter, die Handtasche in der Hand. „Ach, es tut mir leid, Liebes, meine Freundin ist ins Krankenhaus gekommen und braucht dringend meine Hilfe. Ich hoffe, ihr könnt mich hier entbehren?“

Alex tat völlig überrascht. „Ach, das tut mir leid, aber wir kommen schon zurecht. Soll ich dich am Bahnhof absetzten?"

„Ja, das wäre prima, meine Liebe, da kann ich mir das Taxi sparen. Grüß mir die Kinder, ach, was sag ich, Kinder. Lisa ist ja schon ein richtiges Fräulein und den jungen Freund finde ich auch ganz nett. Ich habe den Kindern noch einen Abschiedszettel in ihre Zimmer gelegt und ein bisschen Taschengeld, da freuen sie sich doch drüber."

Alex verdrehte die Augen und trug Charlottes Reisetasche zum Auto. Na wenigstens hatte ihr Anruf bei Michael etwas bewirkt.

Im Büro herrschte bereits reges Treiben. Ein Mitarbeiter der Staatsanwaltschaft holte Unterlagen im Fall Bamberger ab. Regina winkte ihr zu, sie schrieb einige Daten auf einen Notizblock während eines Telefonats.

Matze saß wie immer in seinem Kabuff am PC. Alex klopfte an die Tür und trat ein. „Guten Morgen Matze, ich lasse jetzt mal die Tür hier auf, hier drinnen ist es sehr stickig. Hast du schon etwas für mich?"

Matze schaute unsicher auf die offene Tür, dann seine Chefin an. „Ja, wie man es nimmt. Ich habe noch unzählige Berichte und Fotos im Netz über die Kobenstein-Brüder entdeckt, weniger über den Banker, das meiste über den Künstler. Aber ich fand nichts Brauchbares, was uns in unserem Fall weiterbringt. Ich bleibe natürlich dran. Im Moment recherchiere ich über Christian Schulte. Wenn ich das Dossier fertig habe, melde ich mich."

„Okay, ich bin dann in meinem Büro."

Sie wendete sich Regina zu, die gerade ihr Telefonat beendete.

„Guten Morgen Alex. Ich konnte jetzt endlich mit dem Chef vom Bombenkommando sprechen, er sag: Die Taucher seien an dem benannten Wochenende den Samstag bis zirka 17 Uhr und am Sonntagmorgen bis zirka 11 Uhr eingesetzt worden. Was die Männer danach und dazwischen getrieben haben, interessierte ihn nicht. Er gab mir noch die Namen von den zwei anderen Berufstauchern. Ich versuche, sie zu kontaktieren."

„Ja, das ist gut. Noch etwas, suche mir doch bitte noch die Handynummer oder auch eine Telefonnummer der Redaktion dieses Reporters raus, der heißt Rainer Gewohl. Ich glaube, es handelt sich um eine Internetzeitung, Thüringen Aktuell. Der taucht überall auf. Ich möchte nicht, dass der uns dazwischenfunkt und mit seinen Artikeln den Täter warnt."

Regina nickte. „Okay, ich bringe es dir dann rüber."

In ihrem Büro rief Alex als erstes Lena an und berichtete ihr über die gestrigen Verhöre und Ergebnisse. Sie hörte Lenas Enttäuschung. „Ja leider, Bamberger ist nicht unser Täter. Wir treten wieder auf der Stelle. Wir durchleuchten gerade Christian Schulte. Alibis, Motiv, Zusammenhänge, wenn ich alles zusammengetragen habe, bin ich bei dir und wir nehmen ihn uns vor. Ich weiß nicht, ob ich es heute noch alles realisieren kann, wahrscheinlich erst morgen früh."

Lena atmete tief aus. „Ach, wenn du es erst morgen schaffst, könnte ich auch damit leben. Weißt du, was bei mir los ist? Ich nehme heute schon den dritten Fahrraddiebstahl auf, hier scheint eine Bande ihr Unwesen zu treiben. Das muss ich aber an die Kollegen vom Diebstahl weitergeben, bei mir stapeln sich die Arbeit und die Akten. Nächste Woche kommt zum Glück mein Kollege aus dem Urlaub."

Alex stand am Fenster und schaute hinaus. „Gut Lena, ich möchte, dass bei Schulte alles niet- und nagelfest ist, wenn wir ihn vernehmen. Ich sehe zwar auch bei ihm noch kein Motiv, aber bisher wissen wir auch sehr wenig über ihn. Ich hoffe, wir finden bei unserer Recherche noch den entscheidenden Hinweis. Ich rufe dich an."

„Dann bis morgen."

Alex ließ ihren PC hochfahren. Die von Matzes gesendeten Dateien über die zwei Kobenstein-Brüder erwiesen sich als sehr umfangreich. Sie lehnte sich zurück und sichtete das zusammengetragene Material, scrollte von Bild zu Bild, las Berichte und Zeitungsartikel. Die Dokumentation über Thomas Kobenstein wiesen keine nennenswerten Erkenntnisse im Zusammenhang mit ihrem Fall auf. Er schien sich völlig von seiner Heimatstadt gelöst zu haben, jedenfalls waren keine weiteren Berührungspunkte mit Tampa sichtbar.

Alex konzentrierte sich auf Dominiks Lebenslauf, schließlich konnte sie ein persönliches Interesse nicht verleugnen. Es faszinierte sie, dass er sich seit Beginn seiner offiziellen Tätigkeit als Künstler in so kurzer Zeit zu einer globalen Marke etabliert hatte. Er zählte mit zu den erfolgreichsten deutschen Malern weltweit. Die Einflüsse seiner vielen beachtlichen Kunstwerke griffen abstrakte Motive aus Pop Art, und Expressionismus auf.

In seiner ersten Einzelausstellung in Dresden hatte er sich als Bildhauer und Maler der Kunstwelt vorgestellt. Dann ging es Schlag auf Schlag, Ausstellungen in Düsseldorf, Berlin und Stockholm. Sein künstlerisches Schaffen drei Jahre in Los Angeles ließen ihn endgültig in die Oberliga der internationalen Kreativen aufsteigen. Alex scrollte sich von Kunstwerk zu Kunstwerk, seine Bilder faszinierten sie.

Wow, selbst für einen Druck von ihm in limitierter Auflage von 500 Stück musste man knapp 5.000 Euro hinblättern. Finanziell schien er keine Sorgen zu haben. Angesichts dieses Verdienstes schien Dominik ein verhältnismäßig bescheidenes Leben zu führen. Alex dachte an seinen Hof, der zwar liebevoll und nach dem neusten Standard renoviert war, aber sie konnte sich nicht an außergewöhnlich Überkandideltes erinnern. Das Besondere an diesen Ort machte seine Kunst aus, die das Haus und den Hof zum Leben erweckte.

In einer Reportage fand sie ein Bild von ihm, so wie er das erste Mal auf sie zugekommen war. In einem dunklen, engen Shirt, verwaschene Jeans, dunkles gelocktes Haar, diese stahlblauen Augen und sein berühmtes Lächeln. Sie zog es so groß wie möglich auf dem Bildschirm auf, lehnte sich zurück und starrte es an. Ihr Herz fing wie wild an zu klopfen, sie spürte wieder dieses Flattern im Bauch. Die Heftigkeit ihrer Gefühle überraschte sie völlig. Wieso reagierte sie so leidenschaftlich auf ihn? Sie schloss kurz die brennenden Augen, schaute auf die Uhr. Seit fast zwei Stunden studierte sie das Leben der Kobensteins.

Erleichtert betrachtete Alex Dominiks Bild, sie konnte in der ganzen Dokumentation kein belastendes Material finden. Außer über einer informativen Webseite beteiligte er sich nicht an Social Media und trotzdem stand jedem die Möglichkeit offen, sein gesamtes Leben im Netz zu recherchieren. Alex betrachtete besonders interessiert die Fotos, auf denen sich Dominik mit attraktiven Frauen zusammen zeigte. Dem Künstler wurden oft von der Presse kurze Affären nachgesagt, aber die große Liebe schien er nie gefunden zu haben.

Das Handyklingeln riss Alex aus ihren Gedanken. Lisa rief an. „Hallo Lisa! Na, hast du es geschafft?"

Lisas Stimme klang etwas kratzig. „Na ja, ich habe ein ganz gutes Gefühl, ich konnte jedenfalls jede Aufgabe rechnen. Ob es stimmt, erfahren wir leider erst nächste Woche."

Alex freute sich mit ihr. „Ich bin sicher, dass du eine gute Note bekommst. Das können wir heute Abend feiern. Ich komme heute nicht so spät und koche uns etwas Schönes."

Etwas zögerlich fragte Lisa. „Kann denn Felix auch mitkommen? Er holt mich gerade ab."

Alex lächelte. „Natürlich, er darf auch mitfeiern. Also bis heute Abend."

Alex schaute auf die Uhr, kurz vor halb zwölf. Ackermann wartete auf seinen Bericht, den könnte sie noch bis zur Mittagspause schaffen.

Kurz nach halb eins stand Alex vor dem Spiegel und zog sich mit einem zart rosa Lippenstift die Lippen nach. Zufrieden mit ihrem Spiegelbild nahm sie ihre Tasche und den fertigen Bericht für ihren Chef.

Regina stand vor dem Kopierer und fluchte über den gebildeten Papierstau im Gerät, während Alex das Büro betrat. „Hoffentlich liefern die uns bald den neuen Kopierer. Jedes Mal dieses Theater mit dieser Krücke." Sie öffnete den Kasten und zerrte ein Papierbündel heraus und warf ihn genervt auf den Tisch. „Hallo Alex, wir haben jetzt über den Taucher alles zusammen. Ich versuche gerade noch ein paar Unterlagen zu kopieren, wenn das blöde Ding sie endlich ausspuckt."

„Ist das neue Gerät nicht längst bestellt?", wunderte sich Alex.

Ihre Kollegin verdrehte die Augen. „Natürlich, schon über vier Wochen, aber du weißt doch, wie langsam die Mühlen mahlen." Sie schaute ihre Chefin aufmerksam an. „Wow, hast du noch etwas vor? Ich nehme an, so, wie du gestylt bist, kommst du nicht mit in die Kantine."

Alex schüttelte den Kopf. „Nein, ich habe jetzt noch einen Termin, aber nach dem Mittag würde ich gern noch ein Meeting ansetzten, Matze soll alles vorbereiten. Ich melde mich, wenn ich wieder da bin."

Alex trat aus dem Büro, reichte ihren Bericht bei Ackermann rein und verließ eilig das Kommissariat. Brütende Hitze ließ sie etwas langsamer laufen. In der Nebenstraße vergewisserte sie sich, dass niemand, der sie kannte, zufällig in der Nähe auftauchte. Der schwarze Audi parkte gleich am Anfang der Straße. Sie öffnete die Tür und schlüpfte auf den Beifahrersitz.

„Hallo!" Sie strahlte ihn an. „Wartest du schon lange?"

Er blickte sie schweigend an, beugte sich zu ihr hin und gab ihr einen Kuss. „Wunderschön." Dann startete er den Wagen und fuhr Richtung Innenstadt, vorbei am Domplatz durch die kleinen, verwinkelten Straßen von Erfurt. „Haben wir genug Zeit oder müssen wir uns beeilen?"

Alex schaute auf die Uhr. „Ich habe gleich nach dem Mittag ein Meeting, tut mir leid."

An der kleinen Kirche steuerte Dominik den Wagen geschickt in eine enge Parklücke. Alex erahnte ihr Ziel, der kleine Italiener war früher schon für Michael und sie ein absoluter Geheimtipp gewesen. Leider hatten im Laufe der Jahre die romantischen Candle-Light-Dinner mit ihrem Mann stark nachgelassen. Der Wirt begrüßte beide überschwänglich, rief einen Kellner namens Roberto herbei, der sie nach oben in einen winzigen Gastraum führte. An einem für sie extra hergerichteten romantischen Tisch ließ Roberto sie Platz nehmen. Er zündete die Kerze an und reichte beiden die Karte.

Nach ihrer Bestellung musterte Alex die Tischdekoration, die lange weiße Tischdecke, die kunstvoll gefalteten roten Servietten, die goldene Menage und die rote Rose, die nur auf ihrem Tisch stand. Sie erinnerte sich, dass es hier zur Mittagszeit immer hoch her ging und man eigentlich nur mit Vorbestellung einen Tisch bekam. Doch nun saßen sie nur zu zweit wie in einem Separee für ein ungestörtes, intimes Dinner.

„Unsere Zweisamkeit hast du doch sicher arrangiert?", fragte Alex verwundert.

Sie lachte ihn an. Er beugte sich nach vorn und eine dunkle Haarlocke fiel in sein Gesicht. Alex spürte, dass ihr Herz wieder wie wild anfing zu klopfen.

„Die wenige Zeit, die ich mit dir verbringen darf, soll ungestört sein", raunte er ihr zu.

Für einen Moment kreuzten sich ihre Blicke. In seinem schwarzen Hemd mit den hochgekrempelten Ärmeln strahlte er eine gewisse Verwegenheit aus.

„Und Frau Kommissarin, stehe ich immer noch auf der Schurkenliste oder bin ich sauber? Ich nehme dein Lächeln als ein Nein, sonst würdest du sicher nicht hier sitzen."

Der Kellner brachte die Getränke. Alex zwang sich, ihre Erregung niederzukämpfen und antwortete kühl.

„Da kannst du dir sicher sein. Ich habe bereits viele Stunden mit dir zugebracht, ein höchst interessanter Lebenslauf und du bist ein wirklich großer Künstler. Aber ich sah auf einigen Bildern viele attraktive Frauen an deiner Seite, wieso gab es da nie ein Happy End?"

Seine Stimme klag abgehackt. „Das ist eine sehr persönliche Frage, aber anscheinend war nie die Richtige dabei. Ist das berufliche Neugier?"

Alex antwortete kühl. „Natürlich."

Er beobachtete sie aufmerksam. „Du kannst alles über mich im Netz nachlesen, fast mein ganzes Leben, aber ich weiß überhaupt nichts über dich. Erzähl mir etwas von dir."

Alex trank ein Schluck ihres Weines. Sie überlegte, was sie preisgeben sollte. „Mein Heimatort ist Zella-Mehlis, meine Eltern wohnen immer noch dort. Ich bin nach der Schule zur Polizei und habe mich als Kriminalkommissarin ausbilden lassen. Nach kurzer Karriere kamen Kinder, Heirat, Familie und jetzt nach 15 Jahren die Scheidung. Außerdem mag ich meinen Job."

Er lachte auf. „Das nenne ich ja mal ausführlich, vielleicht kannst du das mit ein bis zwei Details noch ausschmücken?"

Jetzt musste auch Alex lachen. „Das tue ich gern bei Gelegenheit."

Roberto servierte das Essen. Es duftete köstlich, erst jetzt bemerkte Alex ihren riesigen Hunger. Das Tagliatelle-Lachs-Gericht war eine gute Wahl, auch Dominik schien mit seinem Gericht mehr als zufrieden zu sein.

„Ich hoffe, du hast deinen Fall bald abgeschlossen. Wie man hört, habt ihr den Täter bereits festgenommen, Norbert Bamberger. Ich kenne ihn flüchtig, er ist Sponsor bei einigen Projekten in Tampa. Aber warum sollte er die zwei Jungen umgebracht haben?"

Alex legte ihr Besteck ab und mustere ihn. „Eigentlich darf ich gar nicht darüber mit dir sprechen, aber da es morgen sowieso in der Zeitung stehen wird... Norbert Bamberger wird wegen unterlassener Hilfeleistung und Fahrerflucht angeklagt. Er hat mit dem Tod der beiden Jugendlichen nichts zu tun. Sagt dir der Name Christian Schulte irgendetwas?"

Dominik schaute verdutzt auf. „Ja, den kenne ich, er ist so etwas wie ein Stiefonkel von mir. Ich habe ihn vielleicht zweimal gesehen, ganz netter Kerl. Was ist mit ihm?"

„Wieso dein Stiefonkel?", wunderte sich Alex.

Er legte nun auch sein Besteck beiseite und wischte mit der Serviette seinen Mund ab. „Er tauchte ungefähr vor zwei Monaten bei meinem Onkel auf und behauptete, dass damals mein Großvater ein heimliches Verhältnis mit seiner Mutter gepflegt habe und Magdalena, Oleg und er Geschwister seien. Er zeigte uns einen Brief von seiner Mutter, den er nach ihrem Tod vom Notar ausgehändigt bekommen hatte."

Alex nahm ihr Glas und nippte an ihrem Wein.

„Was wollte er damit bezwecken?"

Dominik zog die Schulter hoch. „Ich glaube, er suchte Anschluss. Er kam mir sehr einsam vor. Nach dem Tod seiner Mutter und seiner Scheidung schien er keine Angehörigen mehr zu haben. Was ist mit ihm?"

Alex wollte sich nicht in die Karten schauen lassen. Sie nahm ihr Besteck und aß weiter. „Ach, wir überprüfen alle Taucher, eventuelle Motive und die Alibis."

Mit zusammengekniffenen Augen musterte er Alex.

„So, ihr stochert also noch im Trüben?"

Sie schaute ihn aufgebracht an. „Wir ermitteln, aber vielleicht hast du eine Erklärung, warum in einer beschaulichen Kleinstadt zwei unschuldige junge Männer im See ertränkt werden und das vor aller Leute Augen?"

Er lächelte wieder. „Das weiß ich nicht, aber du siehst entzückend aus, wenn du wütend bist."

Alex fühlte sich ertappt. Röte stieg ihr ins Gesicht. Er nahm ihre Hand und küsste sie. Für einen Augenblick verschmolzen ihre Blicke.

„Ich will dich und ich wünsche mir, dass du das auch willst", sprach er eindringlich zu ihr.

Alex entzog ihm ihre Hand. „Das geht nicht! Weißt du überhaupt, wie alt ich bin? Ich bin fast sieben Jahre älter als du."

„Das ist mir egal, du bist für mich wichtig. Gib uns eine Chance." Unbeschreibliche Sehnsucht lag in seinen Augen, sie spürte die Ernsthaftigkeit seiner Worte. Auch sie zog ihn auf magische Weise an. Ihre Stimme klang fast heiser.

„Dominik, bitte gib mir etwas Zeit. Das geht mir viel zu schnell, du weißt, ich bin nicht allein. Ich habe drei Kinder und stecke mitten in einer Scheidung."

Er zog sich zurück und schaute sie reglos an.

„Gut, dann komm zu mir, wenn du soweit bist."

Ohne ein Wort weiter zu verlieren, aß er weiter. Alex schob ihren Teller beiseite, ihr war jeglicher Appetit vergangen. Sie nahm ihr Glas Wein in die Hand und ließ ihn nicht aus den Augen. „Es tut mir leid, wenn ich dich jetzt verletzt habe, das wollte ich auf keinen Fall. Aber versteh doch, meine Familie ist mir sehr wichtig. Du kennst mich doch gar nicht. Mich gibt es nur mit drei Kindern, die hast du noch nicht einmal kennengelernt. Und meinen Beruf würde ich nicht ein zweites Mal aufgeben. Vielleicht würde es mit uns gar nicht funktionieren."

Er sah auf, legte sein Besteck nieder, stützte seine Ellenbogen auf den Tisch und griff erneut nach ihrer Hand. „Das kann sein, dafür gibt es keine Garantie. Verzeih meine Ungeduld. Nimm dir die Zeit, die du brauchst. Du weißt, wo du mich findest."

Alex nickte und trank ihr Glas aus. „Ich weiß, wo ich dich finde." Sie schaute auf die Uhr. „Oh, ich glaube, meine Mittagspause geht zu Ende."

Dominik winkte dem Kellner, bezahlte und beide stiegen die Treppe herunter. Der Wirt bedankte sich ausschweifend für ihren Besuch. Kurz vor dem Ausgang in einer kleinen Nische saß ein Mann und trank einen Espresso. Er grinste sie an. Alex traf fast der Schlag: Rainer Gewohl, der Journalist.

„Hallo Dominik, schön, dass wir uns mal wieder über den Weg laufen. Wie geht es denn so?"

Dominik antwortete überrascht. „Rainer, sei gegrüßt. Es geht mir gut, biste wieder auf Recherche?" Ihm entging nicht, wie der Journalist Alex neugierig anstarrte. Er trat einen Schritt zur Seite, um sie vorzustellen. „Ach, darf ich dir meine Begleitung vorstellen, Alexandra. Alex, das ist Rainer Gewohl, ein Journalist." Alex gab Gewohl die Hand und nickte ihn mit einem verkrampften Lächeln zu. Er schaute sie fragend an. „Angenehm, ich bin Rainer." Er bemerkte ihre Angespanntheit und wandte sich wieder Dominik zu. Alex verließ das Lokal.

Ein paar Augenblicke später folgte ihr Dominik. „Woher kennst du ihn?" Wollte Alex auf der anderen Straßenseite wissen.

Dominik lachte auf. „Ach Rainer, vergangenes Jahr begleitete er mich eine ganze Woche, um eine Reportage über mich und meine Arbeit zu schreiben. Er ist ein komischer Kauz, aber wenn er mal Lunte gerochen hat, lässt er nicht mehr locker."

Das konnte Alex nachvollziehen, sie stieg in den Wagen. „Ich las Unmengen Artikel und Reportagen über dich, aber an einen Artikel von ihm kann ich mich nicht erinnern."

Dominik rangierte den Wagen aus der Parklücke.

„Der steht auf einer Seite dieser Internetzeitung, eine sogenannte Homestory."

Aus irgendeinem unerklärlichen Grund erzählte sie ihm nicht, dass sie den Journalisten bereits kannte.

Dominik hielt wieder in der kleinen Nebenstraße. „Wann sehen wir uns wieder, Alex?" Alex wich seinem Blick aus. „Ich rufe dich an."

Er legte seine Hand auf ihr Kinn und drehte ihren Kopf in seine Richtung. Mit einem zärtlichen Kuss verabschiedete er sich von ihr.

Auf den Weg ins Kommissariat musste Alex sich erst einmal sammeln. Ihre Gefühlswelt spielte verrückt und die brütende Hitze gab ihr den Rest.

Als Alex das Büro betrat, warteten Matze und Regina bereits auf sie. Regina goss allen einen Pott Kaffee ein.

„Lena hat angerufen, dieser Zober, der Chef vom Tauchverein, ist bei ihr aufgetaucht und wollte Christian Schulte als vermisst melden. Er ist bereits seit einer Woche abgängig. Zober konnte ihn weder telefonisch noch persönlich erreichen. Lena will nachher bei Schultes Haus vorbeischauen und bei der Feuerwehr."

„Wieso Feuerwehr?", stutzte Alex.

Regina reichte ihr die Tasse. „Er arbeitet als Oberlöschmeister bei der Berufsfeuerwehr in Tampa. Er ist seit vier Jahren fest angestellt als Einsatzkraft des feuerwehrtechnischen Dienstes und sein Beruf als Taucher, den er während des Dienstes bei der NVA erwarb, kommt ihm dabei sehr zugute".

Alex setzte sich mit an den großen Tisch. „Was habt ihr noch über ihn?"

Matze stellte seine Tasse ab und legte los. „Christian Otto Schulte, geboren an 30. Oktober 1965 in Gotha. 1975 mit seinen Eltern nach Tampa gezogen. Mutter, Schneiderin und Vater Gerhard Schulte, Werkzeugmacher. Christian Schulte beendete 1982 die 10. Klasse der POS Tampa, absolvierte eine Ausbildung zum Elektriker, drei Jahre verpflichtete er sich bei der NVA und ließ sich als Taucher ausbilden. Nach der Wende meldete er sich ein Jahr arbeitslos. Im Oktober 1991 begann er in Gotha seine Ausbildung zum Feuerwehrmann und lernte dort seine spätere Frau Sabine Hofmeister kennen. Im Mai '92 dann die Heirat, doch die Ehe blieb kinderlos, 2013 die Scheidung. Bis Ende 2013 arbeitete er als Brandmeister bei der Gothaer Feuerwehr, ab Januar 2014 dann der Wechsel nach Tampa zur Berufsfeuerwehr. Die haben ihn als ausgebildeten Taucher mit Kusshand genommen, weil die Absicherung des Neulinger Sees mit in ihre Zuständigkeit fällt. Er wohnt seitdem bei seiner verwitweten Mutter, Anna Schulte, die aber vor zwei Monaten verstarb."

Alex dachte laut nach. „Er kam vor vier Jahren nach Tampa zurück und vor vier Jahren fing die Mordserie an, mit den Kindern, die ins Eis einbrachen. Das kann doch kein Zufall sein?"

Regina setzte sich neben Alex. „Aber was hat er für ein Motiv? Wegen einer gescheiterten Ehe bringt man doch keine Kinder um."

Alex dachte an Dominiks Aussage. Er war einsam und suchte Anschluss. „Vielleicht gibt es einen Auslöser, den wir noch nicht kennen. Sag Matze, ist er irgendwann mal polizeilich aufgefallen?"

Matze schüttelte den Kopf. „Nicht, dass ich wüsste, ich habe nur einen Artikel über ihn gefunden. Er rettete gleich zu Beginn seiner Tätigkeit in Tampa einem Kind im Neulinger See das Leben. Man feierte ihn damals als großen Helden."

Alex stellte ihre Tasse hart auf den Tisch. „Bei allen Vorfällen kam die Feuerwehr zum Einsatz und vor allem wurden Taucher benötigt. Ich kenne nicht wenige Fälle, bei denen Feuerwehrmänner Feuer gelegt haben, um später als Helden dazustehen. Lena geht da nicht allein hin, ich fahre sofort zu ihr und wir nehmen uns den Schulte gemeinsam vor."

Regina äußerte ihre Bedenken. „Willst du nicht ein Einsatzkommando mitnehmen? Wenn du recht hast, wer weiß, wie der tickt."

Alex schüttelte den Kopf und griff nach dem Telefonhörer, rief Lena an und erwischte sie noch im Revier. Sie verabredeten sich vor Schultes Haus.

Alex wies Reginas Bedenken zurück. „Die vom Tauchverein wissen genau, dass wir uns alle Mitglieder vornehmen werden. Es wird erst mal nur eine Befragung geben. So ihr zwei, ich mache jetzt los."

Sie lief in ihr Büro und legte in großer Eile ihre Waffe an. In Alex erwachte der Jagdinstinkt. War sie dem Täter endlich auf die Spur gekommen?

Beim Verlassen des Büros fielen ihr ihre Kinder ein. Ausgerechnet heute hatte sie ihnen versprochen, pünktlich zu Hause zu sein und auch noch etwas Schönes zu kochen. Sie rief zu Hause an, um Bescheid zu sagen. Lisa versprach, sich um alles zu kümmern. Sie wollte mit Felix für die Zwillinge kochen, aber nutzte gleich die Gelegenheit, Alex um ihre Zustimmung zu bitten, dass auch sie am nächsten Tag bei ihrer Freundin Rieke übernachten dürfe. Alex fühlte sich zwar etwas überrumpelt, stimmte aber dann doch zu.

Sie eilte zu ihrem Wagen und fuhr nach Tampa.

Kapitel 18

Lena und Alex trafen zur gleichen Zeit vor dem Haus von Christian Schulte ein.

Das Haus sah nicht sehr einladend aus, die graubraune Fassade und das moosbedeckte Dach schienen noch aus tiefsten DDR-Zeiten zu stammen. Ähnlich erging es dem verwachsenen alten Pflaster und dem verrosteten schiefen Metallzaun. Die alles überwuchernde Grünanlage schien schon seit Jahren keine pflegende Hand mehr gesehen zu haben. Nur die neuen, weißen Kunststofffenster fielen dem Betrachter sofort ins Auge. Ein alter, grüner Opel Vectra stand in der Einfahrt. Lena deutete auf das Auto.

„Das ist seiner." Sie stieg die kleine Treppe zur Haustür auf und klingelte mehrmals, klopfte laut gegen die alte Holztür. „Herr Schulte, bitte öffnen Sie, hier ist die Polizei."

Aber nichts rührte sich im Haus. Alex und Lena liefen um das Haus, klopften an der Hintertür und sahen durch die verschlossenen Fenster. Lena schaute Alex an. „Vielleicht ist er wirklich nicht zu Hause. Ich hoffe, er ist nicht abgehauen."

Alex trat ein paar Schritte in den verwilderten Garten und schaute sich um. „Das glaube ich nicht, sein Wagen steht noch hier. Oder denkst du, er ist zu Fuß unterwegs?" Sie lief zu dem Opel und schaute durch die Scheibe, die Wagentür ließ sich öffnen. Alex drehte sich zu Lena um.

„Hier steckt noch der Schlüssel und auf den Rücksitz liegt eine Reisetasche. Ich glaube, er will verschwinden."

Die Frauen zogen ihre Waffen und gingen langsam wieder zur Haustür.

Lena deutete Alex, dass sie sich an der Hintertür positionierte. Alex nickte, wartete einen kleinen Augenblick und klingelte erneut mehrmals.

„Herr Schulte, bitte öffnen Sie. Hier ist die Polizei, wir möchten nur mit Ihnen reden." Im Haus blieb alles ruhig.

Auch auf ihr Klopfen und erneutes Rufen kam keine Reaktion. Alex ging in die Hocke und öffnete leise den Briefkastenschlitz in der Haustür, um einen Blick hineinzuwerfen, ließ ihn aber sofort wieder fallen. Ein widerlich unangenehmer Gestank schlug ihr entgegen. Sie ahnte, was das bedeutete. Lena trat um die Ecke und schaute sie verwundert an. Alex deutete auf die Haustür.

„Starker Verwesungsgeruch."

Lena nahm ihr Handy und führte ein kurzes Gespräch, wenige Minuten später fuhr ein Kastenwagen mit der Aufschrift Schlosserei Habedank vor und ein junger Mann stieg aus. Es handelte sich um einen Schulfreund von Oliver. Er grinste Lena an, riss die Hände hoch.

„Und Lena, was sagst'e jetzt? Schneller als die Polizei erlaubt. Was kann ich für dich tun?"

Lena lächelte und gab ihm die Hand. „Danke Hauke, dass du gleich gekommen bist. Du kannst uns die Haustür öffnen. Die Rechnung schickst du mir aufs Revier."

Der junge Mann fackelte nicht lange, holte seine Werkzeugtasche aus dem Wagen und lief zur Tür. Lena hielt ihm ein Paar Einweghandschuhe vor die Nase. „Bitte verwisch uns keine Spuren."

Er zog die Handschuhe über, schaute sich das Schloss an, nahm das Werkzeug aus seiner Tasche. „Lena, du machst es ja heute besonders spannend."

Er bearbeitete das Schloss und hatte in kurzer Zeit die Tür aufgehebelt. Der entweichende Geruch ließ auch ihn schnell zu Seite treten. „Oh, was ist das denn für ein Gestank?"

Lena trat neben ihn. „Ist schon gut Hauke, ab jetzt übernehmen wir wieder, vielen Dank für deine schnelle Hilfe. Du und Annabelle könnt ja mal wieder vorbeikommen, Oliver würde sich auch freuen."

Der Schlosser packte seine Werkzeuge zusammen, schnappte die Tasche und gab Lena die Handschuhe zurück. „Das machen wir, ich rufe Oliver nachher an, aber ich muss gleich zum nächsten Notfall. Mach's gut, Lena." Er gab ihr die Hand, nickte Alex zu, stieg in seinen Wagen und fuhr los.

Alex und Lena standen mit gezogener Waffe vor der Eingangstür. Alex betrat als erste das Haus, Lena folgte ihr. Sie untersuchten Zimmer für Zimmer. Nicht nur der unerträgliche widerliche Geruch, sondern auch Schwärme von Fliegen machten beiden zu schaffen. Im Wohnzimmer wurden sie fündig. Eine männliche Leiche lag in einer schwarzen Blutlache auf dem Teppich. Unzählige Maden und Fliegen bewegten sich auf dem Toten und dem Blutfleck. Alex kämpfte gegen ihren Brechreiz. Eilig wühlte sie in ihrer Tasche und holte aus ihr eine kleine Schachtel Menthol-Salbe, von der sich beide Frauen etwas unter die Nase rieben.

Lena beugte sich über das Opfer. „Das ist Christian Schulte. Sieht aus, als ob man ihm den Schädel eingeschlagen hat. Wenn ich nicht wüsste, dass er vorigen Montag noch an einer Vereinssitzung des Tauchverbandes teilgenommen hat, würde ich denken, so wie er aussieht, könnte er schon ein paar Wochen hier liegen."

Alex trat zu ihr und schaute sich den Toten ebenfalls genauer an. „Du hast recht, aber das ist die Hitze der letzten Tage. Schau, wie warm es hier drinnen ist. Und hier ist nur das kleine Fenster an der Seite gekippt, ab Mittag bis zum späten Abend knallt die Sonne voll rein. Ich habe gesehen, dass auch in der Küche die oberen kleinen Fensterscheiben leicht geöffnet sind, dort ist auch alles voller Maden und Fliegen. Ekelhaft."

Alex nahm ihr Handy. „Da wollen wir mal die Kollegen kommen lassen." Sie telefonierte mit Regina, besprach mit ihr die nächsten Schritte. Die KTU, die Gerichtsmedizin, die würden sich alle freuen, an einen pünktlichen Feierabend war heute nicht zu denken.

Die Frauen nutzten die Zeit, bis ihre Kollegen eintrafen, sich im Haus umzuschauen. Lena nahm sich die obere Etage vor. Die Einrichtung in der unteren Etage deckte sich mit dem Eindruck von außen.

Alex vermutete, dass sie noch von Schultes verstorbener Mutter stammte, selbst die Tapeten schienen noch aus vergangenen DDR-Zeiten zu stammen. Sie konnte nichts Neuwertiges entdecken. Auf einer antiken Anrichte lagen ein braunes Portemonnaie und eine kleine Mappe. Alex schaute es sich genau an. Es handelte sich um Christian Schultes Börse mit 800 Euro, zwei Bankkarten und seinen Personalausweis. Um einen Raubmord schien es sich bei dieser Tat nicht zu handeln. In der kleinen Mappe fand sie seinen Reisepass und ein One-Way-Ticket nach Brasilien. Anscheinend wollte er sich wirklich absetzen. Aber nur mit 800 Euro? Da kam man nicht weit.

Lena kam die Treppe herunter, Alex schaute sie fragend an. Sie zuckte die Schultern. „Eigentlich nichts Nennenswertes, sieht oben genauso aus wie hier unten, nur in seinem Zimmer stand ein bisschen neue Technik, aber auch nichts Teures. Das Einzige ist ein riesiger Flachbildschirm. Aber schau mal, was ich gefunden habe. Hier dieses Schreiben von seiner Mutter, das erhielt er nach ihrem Tod vom Notar. In dem Schreiben teilt sie ihn mit, wer sein Vater ist. Ein gewisser Hermann Stöber, sagt dir das was?"

Alex trat an Lena heran und blickte auf das Schreiben.

„Ja, das ist der Vater von Oleg Stöber und Magdalena Kobenstein. Sie waren sozusagen Stiefgeschwister. Der alte Stöber hielt sich viele Jahre eine Geliebte, Schultes Mutter Anna. Hier steht, sie hätten sich in Gotha kennengelernt. Ob der Schulte davon wusste? Sicher nicht, sonst wäre er doch nicht mit seiner Familie nach Tampa gezogen in die Nähe des Geliebten seiner Frau."

Lena überlegte. „Und was bedeutet das jetzt für uns?"

Alex steckte das Schreiben in ihre Tasche.

„Das bedeutet, dass er erst vor zwei Monaten von der Existenz seiner zweiten Familie erfuhr und Kontakt zu ihnen aufnahm. Wahrscheinlich suchte er Anschluss. Ihm fehlte vorher das Motiv, die Morde zu begehen. Das heißt für uns, dass wir immer noch nicht auf der richtigen Spur sind. Christian Schulte ist nicht unser Täter, aber er scheint ihm sehr nahegekommen zu sein. Vielleicht erpresste er ihn? Er wollte weg, in seiner Börse habe ich 800 Euro gefunden und ein One-Way-Ticket nach Brasilien."

Sie schaute sich um. „Hast du hier irgendwo ein Handy gesehen?"

Lena schüttelte den Kopf. „Warte mal!" Sie beugte sich über den Toten und tastete ihn trotz Handschuhe vorsichtig mit zwei Fingern ab. In seiner Jackentasche fand sie sein Handy. Mit zwei Fingern zog sie es aus der Tasche.

Der Versuch, das Gerät zu aktivieren, blieb ergebnislos, schließlich lag der Tote vermutlich seit einer Woche hier. Sie legte da Handy auf den Tisch.

„Das sollte sich die Spusie gleich als erstes anschauen." Die beiden Frauen schauten sich im Haus weiter um, auch in dem feuchten modrigen Keller konnten sie in all dem Müll keine nennenswerten Funde entdecken, die sie in diesem Mordfall weitergebracht hätten.

Eine Stunde später trafen die Kollegen der KTU, sowie auch der Gerichtsmediziner Doc Brown ein und machten sich gleich an die Arbeit. Trotz später Stunde brannte die Sonne immer noch unbarmherzig. Alex und Lena standen im Schatten eines Baumes vor dem Haus, atmeten tief die Sommerluft ein und tranken Lenas mitgebrachtes Wasser. Eine junge Praktikantin der KTU kam aus dem Haus gerannt, riss sich den Mundschutz vom Gesicht und übergab sich in der Einfahrt. Sie wischte sich den Mund ab und trat verlegen auf die zwei Frauen zu. „Dort drinnen herrscht eine unerträgliche Hitze, dann der Gestank und die vielen Fliegen. Ich konnte das jetzt nicht länger aushalten."

Lena bot ihr einen Becher frisches Wasser an, den die junge Frau dankend annahm. Vor dem Anwesen versammelten sich einige Neugierige aus der Umgebung. Alex erkannte Rainer Gewohl unter ihnen.

Sie drehte sich zu Lena und raunte ihr leise zu.

„Schau mal unauffällig in die Menge, der Mann mit der schwarzen Tasche, der Kamera und der hellbraunen Hose, das ist der Journalist, der überall auftaucht."

Lena schaute sich den Mann an. „Meinst du, dass er irgendwelche Zusammenhänge herstellen kann zwischen den Toten?"

Alex zuckte mit den Schultern. „Das weiß ich nicht, aber er ist kein Dummer. Wir sollten ihn nicht unterschätzen."

Lena sah Alex wieder an. „Dann rede doch mal mit ihm."

„Das werde ich, aber erst einmal schauen wir, ob der Doc etwas für uns hat." Alex reichte Lena und der jungen Kollegin ihre Menthol-Salbe und alle schmierten sich etwas davon unter die Nase, bevor sie wieder das Haus betraten.

Die Männer und Frauen der KTU in ihren weißen Ganzkörperanzügen standen überall im Haus verteilt, nahmen Fingerabdrücke und sicherten Spuren. Im Wohnzimmer hockte Doc Brown über den Toten gebeugt und sammelte Maden in ein verschließbares Behältnis. Er schaute auf, auf seiner Stirn bildeten sich dicke Schweißperlen. Er sprach die junge Kollegin an.

„Können Sie mir bitte mal die Stirn abtupfen? Ich möchte nicht, dass mir irgendetwas in meine Proben tropft." Er stand auf, schloss die Schale, ließ sich die Stirn abtupfen und lächelte Alex an. „Hallo Frau Brückner, schade, dass wir uns immer nur begegnen, wenn es einen Toten gibt. Passt denn der hier in Ihren Fall?"

Alex nickte und trat ein paar Schritte näher. „Doch, doch, das ergibt schon einen Sinn. Können Sie uns etwas über ihn sagen? Letzten Montag ist er das letzte Mal gesehen worden."

Doc Brown tat erstaunt. „Das ist gut, dass Sie mir das sagen. Viel später ist er nicht zu Tode gekommen. Bei dem hier herrschenden Raumklima ist die Verwesung doppelt so schnell vorangegangen, als es unter normalen Bedingungen üblich ist. Anhand der gefundenen Larven und Insekten, unter Berücksichtigung der hier herrschenden Temperaturkurve, versuche ich die Liegezeit noch etwas genauer einzugrenzen."

Alex zeigte auf den Kopf des Toten.

„Ist die Kopfwunde todesursächlich?"

Der Doc stapelte die Petrischalen in seinen Koffer und wandte sich wieder Alex zu. „Das kann ich Ihnen noch nicht hundertprozentig sagen, erst nach der Obduktion. Ich kann nur so viel sagen, dass die Wunde am Kopf durch mehrere kräftigen Schläge verursacht wurde und multiple offene Frakturen der Schädeldecke zu erkennen sind."

Lena betrat den Raum. Sie trug in der Hand einen in Folie verpackten Schürhaken und hielt ihn den Doc direkt unter die Nase. „Kann das die Tatwaffe gewesen sein? Die KTU hat sie im hohen Gebüsch in der Einfahrt gefunden, es ist Blut dran."

Der Doc nahm Lena das Metallstück aus der Hand und schaute es sich näher an. „Ja, das könnte sie sein. Um einen stumpfen Gegenstand handelt es sich diesmal nicht. Ich schau mir das alles im Labor genauer an."

Er reichte Lena den Schürhaken zurück und winkte einen jungen Mann zu. „Ihr könnt ihn jetzt mitnehmen, die Autopsie findet gleich morgen früh statt."

Er wandte sich an Alex und zog seine Handschuhe aus.

„Wenn ich dann morgen bei Ihnen vorbeischaue, gibt es da auch einen gescheiten Kaffee?"

Sie lachte auf. „Das können Sie aber wissen, Doc. Ich wünsche Ihnen noch einen schönen Abend."

Er packte alle Utensilien in seine zwei Koffer, grüßte und verschwand.

Alex wandte sich an zwei Kollegen, die sich um die Befragung der Nachbarschaft kümmern sollten.

Mittlerweile traf auch der Chef der KTU, Ralf Tonhauser ein. Ein großer, schlanker Mann, Ende vierzig, der immer etwas gehetzt wirkte. Alex mochte ihn sehr, er hatte ihr im letzten halben Jahr oft mit Rat und Tat zu Seite gestanden, ohne viel Aufhebens davon zu machen. Auch heute trug er seine legendäre rote Sportkappe und kam mit einem breiten, freundlichen Grinsen auf sie zu. Er gab den zwei Frauen die Hand und Alex merkte, dass auch ihm der Gestank und die Hitze nicht gut bekamen.

„Tut mir leid, ich musste leider etwas umdisponieren. Mein zweites Team ist noch an einem anderen Tatort beschäftigt. Können Sie mich kurz ins Bild setzen?"

Alex deutete auf die Tür. „Wir können das auch gerne draußen besprechen, da ist die Luft etwas angenehmer." Dankbar nahm Tonhauser den Vorschlag an. Alex setzte ihn über alles Wesentliche in Kenntnis. „Oben in dem Zimmer steht Schultes Computer, da brauche ich schnellstens die Auswertung. Das Handy wurde von Ihren Leuten bereits nach Spuren untersucht, ich nehme das mit. Das kann unser Matze auswerten."

Tonhauser nickte. „Die Auswertung des Computers veranlasse ich gleich morgen früh." Er schaute sich um. Überall standen seine Leute, klebten Fingerabdrücke ab, durchwühlten die Umgebung oder sammelten verdächtige Materialien ein. „Das wird hier noch eine ganze Weile dauern. Den Opel lasse ich in die KTU abschleppen. Ich bin hier eh der Letzte und schließe zu. Ich wünsche Ihnen wenigstens einen schönen Feierabend."

Sie gaben sich die Hand und Alex flehte Tonhauser regelrecht an.

„Ich brauche schnelle Ergebnisse.“ Er zog seine Kappe ins Gesicht. „Wir geben alles!“

Auf dem Gehsteig blieben die zwei Frauen stehen, sie schauten in die Runde der Gaffer. Rainer Gewohl konnten sie nirgends entdecken, so blieb Alex nichts anderes übrig, das Gespräch mit den Journalisten auf einen späteren Zeitpunkt zu verschieben.

Alex und Lena verabredeten sich für den nächsten Vormittag und wünschten sich gegenseitig einen schönen Abend.

Auf der Heimfahrt drehte Alex die Klimaanlage weit auf, sie fühlte sich müde und verschwitzt. Dieser Mord gab dem Fall eine ganz neue Wendung. Wieso Christian Schulte? Wieder drehte sich alles um die Familie Kobenstein. Alex wusste, dass auch ihr Dominik wieder in den Fokus der Ermittlungen rückte. Ein ungutes Bauchgefühl beschlich sie. Sie würde ihn morgen sofort überprüfen lassen. Sie brauchte Gewissheit.

Aber als erstes brauchte sie eine Dusche.

Kapitel 19

Alex durchlebte eine unruhige Nacht, schreckliche Alpträume ließen sie immer wieder aufschrecken. Sie versuchte die ganze Nacht über, ihre Kinder zu beschützen vor einer Gefahr, die sie nicht greifen konnte. Zweimal tauchte Dominik auf, streichelte sie und wollte sie küssen, sie fühlte sich sofort geborgen. Aber immer, wenn sie einen Schritt auf ihn zuging, schrien ihre Kinder in der Dunkelheit nach ihr um Hilfe. Sie spürte die Gefahr und suchte verzweifelt, die Jungs festzuhalten. Doch jedes Mal, wenn sie einen ergreifen konnte, glitt er ihr wieder aus den Händen. Ein dunkler Schatten kam immer näher, heulendes Stöhnen löste in ihr Beklemmung und Furcht aus. Sie spürte die Gefahr fast körperlich, aber sie sah nicht, woher sie kam. Sie rief nach ihren Kindern und fuhr aus dem Bett hoch. Völlig benommen und klitschnass geschwitzt starrte sie in die Dämmerung. Oh mein Gott, was war das für ein Traum? Waren ihre Kinder in Gefahr? Wieso träumte sie so etwas? Sie versuchte, einen klaren Gedanken zu fassen. Nein, es ging nicht um sie oder um ihre Kinder. Es ging um die Kinder und um die Menschen von Tampa. Das Böse war dort beinahe greifbar. Es lag an ihr. Sie musste den nötigen Abstand wiederherstellen. Der Fall brauchte eine Ermittlerin mit kühlem Kopf, um alle Zusammenhänge zu verstehen.

Alex mühte sich aus ihrem Bett und zog ihre Laufsachen an, angenehme kühle Luft strömte durch das offene Fenster. Sie lief gern früh, am liebsten durch den Steigerwald. Wenn noch alles schlief und die Natur langsam erwachte. Leider war ihr die letzten Wochen keine Zeit dafür geblieben. Aber es tat ihr immer gut und sie bekam den Kopf frei. Sie wählte ihre Lieblingsstrecke: Die Rankestraße runter bis zur Arnstädter Chaussee, den Waldweg vorbei am Waldcasino, das noch im morgendlichen Dornröschenschlaf lag. Nur der Hausmeister war schon mit Säuberungsarbeiten vor dem Gebäude beschäftigt. Alex grüßte ihn beim Vorbeijoggen und nahm ihre Ohrstöpsel aus dem Ohr. Jetzt konnte sie auf Musik verzichten und genoss das Vogelgezwitscher, die Abgeschiedenheit und sog die frische Waldluft in gleichmäßigen Zügen in sich ein. Sie hatte ihren Laufrhythmus gefunden. Kein Mensch war weit und breit zu sehen. Sie lief ein paar Runden um den Indianerspielplatz, dann zurück zur Arnstädter Chaussee.

Nach einer schönen kühlen Dusche fühlte sich Alex wie neu geboren. Sie bereitete das Frühstück zu, packte das Geburtstagsgeschenk für den Freund der Zwillinge ein und legte ihnen die Sachen für die Feier und die Übernachtung zurecht.

Auch Lisa kam mit einer großen Tasche die Treppe herunter.

„Was willst du denn mit der großen Tasche, willst du gleich eine ganze Woche bei deiner Freundin bleiben?“, wunderte sich Alex, doch Lisa verteidigte sich. „Nö wieso? Das ist nur das Wichtigste, was ich für den Tag brauche.“

Alex verdrehte die Augen. „Da bin ich mal gespannt, wenn wir im Sommer eine Woche an die Ostsee fahren. Brauchst du da einen Hänger?“

Lisa zuckte mit den Schultern. „Was machst du eigentlich heute Abend allein, du hast sturmfrei?“

Alex lächelte geheimnisvoll vor sich hin. „Hast recht, aber da fällt mir bestimmt etwas Schönes ein. Schau nicht so, das bleibt mein Geheimnis.“ Alles Weitere besprach sie mit den Kindern am Frühstückstisch. Dann reichte sie ihnen die Frühstücksbrote, gab jedem einen Kuss und verabschiedete sie.

Trotz der frühen Stunde brannte die Sonne bereits unerbittlich vom azurblauen Himmel. Der Wetterbericht kündigte heute den bisher heißesten Tag bis 36 Grad Celsius an.

Als Alex die Treppen zum Kommissariat hinaufstieg, hörte sie hinter sich ihren Namen fallen. Regina kam die Treppe hochgestürmt, sie schnaufte. „Guten Morgen Alex, was ist denn gestern noch alles passiert? Kann es sein, dass ich die Hälfte verpasst habe?"

Alex wartete, bis ihre Kollegin neben ihr stand.

„Ja, das kann man wohl sagen, die Ereignisse haben sich gestern etwas überschlagen. Ich setze gleich ein Meeting an, da muss ich nicht alles zweimal erzählen. Machst'e uns einen schönen starken Kaffee? Ich komme dann gleich rüber. Ach, warte mal."

Sie zog aus ihrer Tasche eine Tüte. „Das ist Christian Schultes Handy, gib es bitte Matze. Wir brauchen schnellstens die Verbindungsdaten. Die Fingerabdrücke hat die KTU bereits gesichert."

Als Alex das große Büro betrat, hatte ihre Kollegin bereits alles vorbereitet. Ihr Chef thronte an der Stirnseite des Tisches und klopfte ungeduldig mit den Fingernägeln auf die Tischplatte. Matze saß vor der großen Videowand und trommelte unermüdlich auf die Tasten seines Laptops ein. Regina goss dampfenden Kaffee in die Tassen. Dazwischen saß eine dünne junge Frau mit blonder modischer Kurzhaarfrisur und schaute Alex mit großen Augen an.

Ackermann übernahm gleich das Kommando.

„Guten Morgen Frau Brückner, ich habe Ihnen Verstärkung mitgebracht. Ich glaube, es wird sonst eng in Ihrer Abteilung. Jetzt auch noch der Mord an dem Taucher. Darf ich vorstellen, Polizeimeisterin Antonia Schellenberger, hat von Leipzig nach Erfurt getauscht und wird Ihr Team in der nächsten Zeit unterstützen. Die Unterlagen wird ihnen meine Sekretärin nachreichen."

Alex reichte der jungen Frau die Hand. „Oh, Unterstützung können wir gut brauchen. Alexandra Brückner. Willkommen im Team.“

Die neue Kollegin stand auf und überragte Alex fast einen Kopf. „Freut mich. Sie können alle Toni zu mir sagen. Sie haben hier einen interessanten Fall. Matze hat mich schon ein bisschen in Kenntnis gesetzt und ich habe vorhin bereits Ihre Bilderwand studiert.“

Alex zog sich einen Stuhl vom Tisch und setzte sich.

„Leider müssen wir an unserer Wand einiges ändern. Gestern ist uns bereits der zweite Hauptverdächtige abhandengekommen.“ Alex berichtete den Kollegen im Detail alle bisherigen Ergebnisse des Falls. Dann verteilte sie die Aufgaben.

„Wir benötigen den finanziellen Hintergrund von Schulte, denn der brauchte für seinen Trip nach Brasilien Geld“, sagte sie mit einem auffordernden Blick in Richtung Regina.

Ihre Kollegin nickte. „Mach ich.“

Jochen Ackermann wirkte etwas ungeduldig. „Wann und wie ist denn der Schulte eigentlich ums Leben gekommen.“

Alex schaute auf die Uhr. „Eigentlich warte ich auf Doktor Wolter, er wollte sich die Leiche heute Morgen gleich vornehmen. Schulte wurde Montag vor einer Woche das letzte Mal bei einer Vereinsversammlung in Tampa gesehen. Der Verwesungszustand der Leiche war wegen der Hitze sehr weit fortgeschritten. Vermutlich liegt er schon über eine Woche dort. Regina, erkundigt euch bei der Fluggesellschaft, wann er das Ticket gebucht hat.“

„Was für eine Fluggesellschaft?“ wollte ihre Kollegin wissen.

Alex überlegte kurz. „Ich glaube Lufthansa, sogar Businessklasse. Der Flug ging am Freitag. Das Ticket liegt bei der Spurensicherung.“

Regina schrieb die Daten mit.

Alex wandte sich wieder Ackermann zu. „Ja, die Todesursache! So wie ich es momentan einschätzen kann, ist er mit einem Schürhaken erschlagen wurden. Das muss natürlich alles noch bestätigt werden."

„Haben Sie denn schon jemanden im Verdacht?" Ackermann schaute Alex fragend an. Sie stand ihm am Tisch gegenüber. „Eigentlich dreht sich wieder alles um die Familie Kobenstein. Wir werden sie alle wegen ihrer Alibis unter die Lupe nehmen. Und wir fangen mit Dominik Kobenstein an."

Ackermann runzelte die Stirn. „Dominik Kobenstein, der weltbekannte Künstler? Denken Sie, er kommt als Täter infrage?"

Alex senkte den Kopf. „Das weiß ich nicht, aber ich würde ihn gerne ausschließen. Es gibt noch den Banker Thomas Kobenstein, seinen Onkel Oleg Stöber, ebenfalls in jungen Jahren ein Taucher. Und die Männer des Tauchvereines müssen wir auch noch mal überprüfen."

Die neue Kollegin meldete sich.

„Den Künstler würde ich sehr gern übernehmen."

Alex überlegte kurz. „Einverstanden, der Künstler und der Banker gehen an Sie."

Antonia winkte ab. „Ihr duzt euch hier alle, Toni ist vollkommend ausreichend."

Alex lachte. „Ok, dann überprüfst du die zwei Brüder. Aber du nimmst dir einen Kollegen von der Steife mit, allein gehst du da nicht hin."

Ackermann meldete sich. „Aber bitte meine Damen mit äußerstem Fingerspitzengefühl. Die Kobensteins haben Freunde in den höchsten Kreisen."

Alex beschwichtigte ihren Chef. „Wir sind vorsichtig, aber wir müssen sie genauso prüfen wie alle anderen. Es dreht sich alles um diese Familie."

Sie schaute Regina an. „Übernimmst du bitte den Tauchverein?"

„Mach ich.", versprach Regina.

Matze stellte seinen Laptop auf den Tisch und deutete auf die Videowand. Ein kurzer Klick und es erschienen Telefonlisten. „Hier sind die Verbindungsdaten vom Handy unseres Toten. Ich habe die einzelnen Nummern farbig gekennzeichnet. Die interessanteste habe ich rot unterlegt. Es handelt sich um ein Prepaidhandy, das sich nicht zurückverfolgen lässt. Diese Nummer taucht nur zweimal auf. Schulte wurde von diesem Handy am Sonntag um 11.03 Uhr angerufen, Dauer des Gesprächs 5:14 Minuten und am Montag 21.23 Uhr, Dauer nur 1:58 Minuten, seitdem war es ausgeschaltet."

Alex studierte die Liste. „Führte er danach noch einmal ein Telefonat?"

Matze schüttelte den Kopf. „Nein, das war sein letzter Anruf. Aber danach hat man versucht, ihn zu erreichen. Die auffälligste Nummer ist die grün unterlegte." Er scrollte die Liste vor und mehrere Wochen zurück. Mehr als zwei Drittel der Anrufe erschien in grünen Zeilen, auch zu nächtlichen Zeiten wurden lange Gespräche geführt. „Der Anschluss gehört einer Brigitte Keßler. Schaut bitte auf die Adresse, es scheint sich um die Nachbarin unseres Opfers zu handeln. Sie wohnt gleich im Nebenhaus und versuchte nach dem Montag genau 32-mal vergeblich das Handy von Christian Schulte zu erreichen."

Ackermann räusperte sich und deutete mit seinem Zeigefinger auf die Liste. „Das sieht mir sehr nach einer Geliebten aus. Haben Sie da etwas, Matze?"

Matze nickte und klickte im Stakkato mit der Maus herum. Ein Fenster öffnete sich auf der Videowand, auf denen sich Bilder und Daten zeigten. Frau Keßler war schlank und besaß halblanges blondes Haar und ein schönes schmales Gesicht, während ihr Mann mit rotem dünnem Haar wesentlich älter wirkte und einige Pfunde zu viel aufwies.

„Brigitte Keßler, geboren am 28. Mai 1978, Verkäuferin im Modesalon Pfeifer, verheiratet mit Matteo Keßler geboren am 3.12.1972, Fernfahrer, keine Kinder. Wohnen seit 2001 in dem Haus“, rasselte Matze die Daten herunter.

Alex schaute von ihren Notizen auf. „Ja, das sieht nach einer Geliebten aus, da könnte es durchaus noch einen anderen Hintergrund für diesen Mord geben. Ich bin nachher in Tampa, ich fühle der Dame mal auf den Zahn. Was hast du noch, Matze?“

Ihr junger Kollege zog die Telefonliste an der Wand wieder voll auf. „Die gelb gezeichneten Anrufe sind von Helmut Zober. Auch er versuchte mehrmals, Schulte nach seinem Tod zu erreichen.“

Alex gab erklärend hinzu. „Das ist der Chef des Tauchvereines, er meldete gestern Schulte als vermisst, da er ihn nicht erreichen konnte. Er stellte Schulte als sehr zuverlässig dar und wunderte sich, dass er am Montag nicht zum vereinbarten Vereinstreffen kam.“

Matze fuhr fort. „Die violett gekennzeichneten Nummern sind von der Feuerwehr. Seine Kollegen haben ihn wahrscheinlich auch vermisst. Die orange unterlegte Nummer ist die von Oleg Stöber, seinen Halbbruder, genau sieben verpasste Anrufe von ihm. Am Montag, vor seinem Tod, führte Schulte noch ein Gespräch mit seiner Bank. Die wollten mir erst keine Auskunft geben, aber dann ließ der Angestellte durchblicken, das Christian Schulte alle Konten auflösen wollte.“

Alex sah Matze an. „Wie viel Geld hatte er denn auf seinen Konten?“

Matze zog die Schultern hoch. „Die Bank sagt knapp 900 Euro.“

„Das reicht aber nicht für ein unbeschwertes Leben in Brasilien, geschweige denn für ein großzügiges Taschengeld“, wunderte sich Alex. „Der muss noch irgendwo her Geld erwartet haben, da bin ich mir ganz sicher. Ich frage mal bei der Geliebten nach. Bei dem Stöber und der Feuerwehr schau ich heute auch noch vorbei.“

Matze meldete sich noch einmal. „Ich bin noch nicht fertig. Das wird euch sicher auch noch interessieren. Das sind die Bilder von Schultes Handy.“

Matze klickte Bild für Bild durch. Die meisten Fotos zeigten ihn mit seiner Geliebten in allen möglichen Situationen, eng umschlungen, küssend, liebend, in einer Bar, in einer Gaststätte, in einem Hotelzimmer und vermutlich bei ihr zu Hause. Auf anderen Bildern sah man ihn mit seinen Kameraden beim Feuerwehrfest, Fotos vom Tauchverein und wahrscheinlich von seinen Taucheinsätzen.

Das letzte Foto ließ Alex aufmerken. „Warte Matze, bitte noch einmal das letzte Foto, wann wurde das gemacht?“

Matze schaute nach. „Am Samstag vor einer Woche 19.02 Uhr.“

Alex lief nahe auf die Videowand zu und schaute das Bild näher an. „Das ist unmittelbar nach dem Mord an Rene Schmitt aufgenommen. Es sieht aus wie helles Gestein. Das ist am See, am Sterngrund.“

Ackermann stand neben ihr und versuchte ebenfalls auf dem überbelichteten Bild etwas zu erkennen.

„Was ist der Sterngrund?“

Alex schaute ihn an. „So wird der Wiesengrund am gegenüberliegenden Ufer des Sees genannt. Dort gibt es im hinteren Bereich am Wasser ein kleines Felsplateau, eher ein breiter Felsvorsprung, nur erreichbar durch eine schmale Grotte. Die Wassertiefe beträgt dort 30 bis 40 Meter. Baden ist auf dieser Seite strengstens verboten. Aber der Tauchverein startet von hier aus seine Erkundungstouren ins Labyrinth.“

Alex starrte wieder auf das Foto. Man konnte kaum etwas darauf erkennen, Schulte schien gegen die Sonne fotografiert zu haben. „Matze, kannst du das näher heranzoomen? Ich benötige den Ausschnitt schärfer."

Matze versuchte verschiedene Einstellungen und schüttelte dann den Kopf. „Das ist leider eine sehr schlechte Auflösung. Wenn ich es vergrößere, wird es pixelig. Ich schärfe es ein klein wenig. So, das ist das Beste, was ich herausholen kann."

Alex trat wieder einen Schritt zurück. „Schaut doch mal, das hier ist doch eine Hand und das ein Gesicht und der Schatten hier sieht aus, als trüge die Person einen Taucheranzug, der regelrecht mit der Felswand verschmilzt. Mein Gott, Schulte hat den Täter fotografiert und ihn höchst wahrscheinlich erpresst."

Ackermann meldete seine Zweifel an. „Also wenn das hier schwarz-weiß wäre, würde ich sagen, es ist das Ultraschallbild beim Urologen. Ich kann da leider nichts drauf erkennen. Matze, geben Sie sich noch etwas Mühe."

Es klopfte und Ralf Tonhauser stand im Büro. „Guten Tag, ich bringe Ihnen den vorläufigen Bericht meiner Abteilung."

Regina wies ihm einen Platz am Tisch zu und bot ihm einen Kaffee an, den er dankend annahm. Ackermann und Alex kehrten ebenfalls zum Tisch zurück und nahmen Platz. „Was gibt es denn Neues vom Tatort?"

Tonhauser schlürfte einen Schluck seines Kaffees, räusperte sich, öffnete die Mappe und legte los.

„Erstens, die Untersuchung von Schultes Opel ergab keine Überraschung. Eine Tasche auf den Rücksitz und einen Koffer im Kofferraum. Auch der Inhalt des Reisegepäcks enthielt nichts Besonderes, eher die üblichen Mitnahmeartikel für einen 14-tägigen Urlaub. Wir konnten weder Geld noch Wertpapiere, Schmuck oder ähnliches finden. Das Gleiche gilt für das Haus. Alle Konten wurden am Montagvormittag leer geräumt, insgesamt ein Restbetrag von 921 Euro. Fingerabdrücke fanden wir von zwei Personen im ganzen Haus und im Auto, die einen sind von Christian Schulte und die anderen vermutlich von seiner Mutter. Man kann nicht sagen, dass er ein häuslicher Typ war. Wann da das letzte Mal sauber gemacht wurde, möchte ich gar nicht wissen. Weitere Fingerabdrücke konnten wir von drei Personen im Auto feststellen, aber nur auf der Beifahrerseite und im Haus ungefähr ein Dutzend. Um diese irgendeiner Person zuzuordnen, brauchen wir Vergleichsabdrücke."

Alex trank ihren Kaffee aus und stellte den Becher ab.

„Was ist mit der Tatwaffe?"

Tonhauser blätterte die Seite um. „Der Schürhaken stammt aus dem Haus und ist die Tatwaffe. Die Fingerabdrücke wurden schön säuberlich abgewischt. Wir fanden das Eisen im hohen Gebüsch in der Einfahrt, es haftete noch Blut vom Opfer daran. Auch an seiner Börse gab es keine weiteren Fingerabdrücke von anderen Personen. Im Keller entdeckten die Kollegen zwei alte Tauchanzüge, vier ausgediente Taucherflaschen und etwas Tauchzubehör. Ansonsten sah das Haus aus, als wollte er es für längere Zeit verlassen. Wir fanden einen ausgeräumten Kühlschrank und sämtliche Elektrogeräte wurden vom Netz getrennt."

Alex überlegte kurz. „Welche Farbe hatten die Tauchanzüge?"

„Anthrazit und Schwarz" kam es kurz zurück.

„Gibt es sie auch in anderen Farben, vielleicht auch Tarnfarben?"

Der Kollege schlürfte weiter an seinem Kaffee.

„Auf jeden Fall! Im Internet bekommen Sie alles."

Regina holte ein Schreiben vom Faxgerät. „Das ist von den Kollegen der Streife, die die Befragung der Nachbarn übernommen haben. Keinem der Nachbarn ist in den letzten 14 Tagen irgendetwas aufgefallen. Keiner hat etwas gehört oder gesehen."

Alex schaute ihren Kollegen Tonhauser an. „Und, was ist mit seinem Laptop? Konntet ihr den knacken?"

Ralf Tonhauser deutete mit dem Zeigefinger auf seine Unterlagen. „Freilich, Christian Schulte benutzte nicht mal ein Passwort. Wir konnten nur seine Fingerabdrücke auf der Tastatur abnehmen, aber auf einigen Tasten sind die Abdrücke verwischt. Das heißt, dass zum Schluss jemand mit Handschuhen den Laptop bediente und derjenige durchsuchte am Montag, dem 4. Juni, 23.27 Uhr die gesamten Dateien, anscheinend hat er aber nichts Belastendes gefunden, denn es wurde nichts gelöscht. Das ist schade, sonst hätten wir gewusst, was der Täter suchte. Der Computer wurde danach nicht mehr angerührt. "

Alex' Hirn arbeitete auf Hochtouren, sie durchforstete ihre Aufzeichnungen. „Das heißt ja, dass wir jetzt den Tatzeitpunkt eingrenzen können. Schultes letztes Telefonat endete 21.28 Uhr am Montag, dem 4. Juni. Vielleicht verabredete er sich mit seinem Mörder und 23.27 Uhr durchsucht der Täter mit Handschuhen seinen Computer nach Material oder Bilder, die ihm belasten könnten. Hat denn jemand das Haus durchsucht oder gab es Einbruchspuren?"

Ralf Tonhauser zuckte mit den Schultern.

„Einbruchsspuren konnten wir nicht feststellen. Er kannte höchstwahrscheinlich seinen Mörder und ließ ihn in die Wohnung. Durchsuchungsspuren konnten wir ebenfalls nicht entdecken, und wenn, dann ging er sehr geschickt vor."

Alex nickte und schrieb die Notizen in ihr Büchlein.

„Was ergab die Durchsuchung seines Laptops?"

Ihr Kollege blätterte erneut in seinen Unterlagen. „Am Sonntagnachmittag vor seinem Tod suchte er im Netz nach Reisezielen und hat 19.27 Uhr zwei Hinflüge nach Rio de

Janeiro, sogar Business Class, bei der Lufthansa gebucht und direkt in Rio eine Luxussuite in einem Fünf-Sterne-Hotel. Ein Ticket bezahlte er für sich und das andere für eine Brigitte Keßler von seinem Konto. Allein die Tickets kosteten über 5.000 Euro."

Jochen Ackermann staunte nicht schlecht. „Also ich glaube, hier sind wir uns alle einig, dass der Schulte von irgendjemanden Geld erwartete. Frau Brückner, fragen Sie bei seiner Geliebten nach, vielleicht haben wir Glück."

Alex nickte und notierte sich alle Daten. Grübelnd schaute sie auf. „Sein letztes Geld über 5.000 Euro hat er für die Tickets ausgegeben und in seinem Portemonnaie befanden sich nur 800 Euro, das reicht ja nicht einmal für das gebuchte Hotelzimmer."

Tonhauser fuhr fort. „Geld haben wir weiter nicht gefunden, aber vor knapp zwei Monaten recherchierte Schulte tagelang im Internet nach der Familie Kobenstein, vor allem über diesen bekannten Künstler Dominik Kobenstein. Über den steht ja seitenweise im Netz. Von ihm habe ich in meinem Büro sogar einen Druck hängen. Der war nicht ganz billig, er ist ja ein toller Künstler."

Alex freute sich über den guten Geschmack ihres Kollegen und informierte ihn. „Schulte erfuhr erst vor zwei Monaten über den Notar seiner verstorbenen Mutter, dass er mit den Kobensteins verwandt ist. Wahrscheinlich informierte er sich erst einmal über die neue Familie, bevor er sie kontaktierte."

Tonhauser blätterte erneut in seinem Bericht. „Ich habe die Dateien von seiner Festplatte schon Matze geschickt."

„Ich habe sie hier", bestätigte Matze.

Er öffnete die Bilddateien und ließ sie über die Videowand abspielen. Bild für Bild enthüllte das Leben des Christian Schultes.

Urlaubsbilder, Bilder mit den Kameraden der Feuerwehr und des Tauchvereins, seiner Mutter, seiner Geliebten und seiner neuen Familie. Zwei Fotos zeigten ihn mit Oleg Stöber, Magdalena Kobenstein im Rollstuhl und Dominik. Thomas Kobenstein konnte Alex auf keinen der Bilder ausmachen.

Ralf Tonhauser stellte seine leere Kaffeetasse auf den Tisch. „Sonst nur noch belangloses Zeug, das müsst ihr selbst noch einmal durchschauen, Scheidungspapiere, Bewerbungsunterlagen, Notarsachen, Schreiben mit Behörden. Er bestellte sehr viel im Internet, lud sich Filme und Musik herunter. Ach, eins noch, am Montagabend hat Schulte nach einer guten Grabpflege recherchiert. Das war seine letzte Handlung an seinem Laptop."

Ralf Tonhauser ordnete seinen Bericht und legte ihn neben Alex. Er wirkte schon wieder gehetzt, bedankte sich für den Kaffee, richtete seine rote Kappe und verabschiedete sich. Beim Hinausgehen stieß er mit Doc Brown zusammen, der stürmte mit fliegenden Haaren und offenem, langem Kittel ins Büro.

„Schön, dass ich Sie alle noch antreffe, ich bin leider aufgehalten worden." Er nickte grüßend in die Runde.

„Und ich muss auch schon wieder los. In meinem Bericht steht alles drin. Nur ganz kurz, die Kopfwunde war todesursächlich. Der Täter schlug mit dem Schürhaken fünfmal sehr kräftig zu. Wie vermutet, entstanden multiple Verletzungen der linken Schädeldecke und eine starke Ruptur der Gefäße. Er war sofort tot. Zur Liegezeit kann ich meine Vermutungen vom Vortag nur bestätigen, obwohl meinen Untersuchungen an den Fliegenlarven noch nicht abgeschlossen sind. Das Opfer kam Montagnacht in dem Zeitraum zwischen 22 bis 1 Uhr zu Tode. Alles Weitere steht hier drin." Er drückte Alex den Bericht in die Hand.

„Vielen Dank, Doc! Und Ihr Kaffee?"

„Ein andermal gern, jetzt habe ich leider noch eine Sektion und meine Studenten warten bereits.“ Er grüßte noch einmal in die Runde und verließ den Raum mit wehendem Kittel. Alex konnte sich ein Schmunzeln nicht verkneifen, selbst Ackermann schüttelte den Kopf und grinste. „Unser Doc, wie er leibt und lebt.“

Alex wandte sich noch einmal an Matze. „Konntest du die Qualität des Fotos mit dem Taucher verbessern?“

Matzes Mine verdüsterte sich. „Es liegt an der schlechten Aufnahme, es wird nicht schärfer. Aber ich habe noch einmal die sozialen Netzwerke gecheckt. Schultes Facebookseite wies viele Aktivitäten auf, aber nichts Relevantes für unseren Fall. Bei WhatsApp chattete er hauptsächlich mit seiner Freundin Brigitte und beide malten sich die letzten zwei Tage ein schönes Leben in Brasilien aus. Wie es scheint, sollte es ihnen an nichts fehlen. Die Frage von seiner Freundin, wo das Geld herkommt, ließ er unbeantwortet. Seit Montag war von seiner Seite aus Funkstille. Nur sie hat gefragt, wo er abgeblieben ist.“

Alex stand neben ihm und schaute mit auf den Bildschirm seines Laptops. „Hat die Funkzellenabfrage für das Prepaid-Handy etwas gebracht?“

Matze nickte und klickte eine Seite auf den Computer an. „Hier sind alle Funkzellen aufgeführt. Das Prepaid-Handy loggte sich am Sonntag genau 11.03 Uhr in diese Funkzellen ein. Er rief also von Erfurt an und am Montag 21.23 Uhr in dieser Funkzelle in Tampa.“

Alex grübelte. „Also hielt er sich am Sonntag vor dem Mord bereits in Tampa auf. Ja, das ist die große Frage! Wohnt der Täter dort oder hielt er sich nur vor Ort auf? Auf jeden Fall gibt es einen Zusammenhang mit dem Ort und dem See. Den müssen wir finden.“

Ackermann erhob sich. „Dann wünsche ich Ihnen viel Erfolg bei der Suche, aber bitte gehen Sie bei unseren Prominenten mit äußerstem Fingerspitzengefühl heran. Und ich benötige spätestens morgen den Bericht." Er verließ das Büro.

Alex und Regina schaute sich auf der Videowand noch einmal das letzte Handyfoto von Schulte an. Regina zuckte mit den Schultern. „Ich kann da beim besten Willen auch nichts erkennen."

Toni stand hinter ihnen und kniff die Augen etwas zusammen. „Doch, ich sehe die Figur auch, aber als Beweisfoto taugt es leider nicht." Sie packte ihre Tasche. „Ich bin jetzt auf Recherche, bis dann."

Alex sprach mit ihren Kollegen noch einige Dinge ab und fuhr dann nach Tampa.

Kapitel 20

Alex holte Lena vom Revier ab und berichtete ihr während der Fahrt von den Ergebnissen der Ermittlungen.

Der Besuch bei Schultes Nachbarn ließ die zwei Frauen auf eine verzweifelte Brigitte Keßler treffen. Die Frau öffnete mit völlig verquollenem Gesicht die Haustür. Ohne ein Wort zu sagen, trat sie zur Seite und ließ die beide Frauen ein. Sie durchliefen einen sehr geschmackvoll eingerichteten Flur und erreichten das Wohnzimmer, das in dezenten Pastelltönen gehalten war. Alex erinnerte die sterile Einrichtung und Atmosphäre an ein Möbelhaus. Es lag nichts herum, alles war picobello sauber, selbst von den hellen, glänzenden Fußbodenfliesen konnte man höchstwahrscheinlich essen. Ohne ein Wort nur mit einer Handbewegung bot Frau Keßler Platz auf der Couch an. Mit einer rauchigen, fast gebrochenen Stimme begann sie das Gespräch. „Sie kommen wegen Christian. Ich habe es gestern mitbekommen, was mit ihm geschehen ist. Ich kann das immer noch nicht glauben."

Alex fragte behutsam nach. „Christian Schulte war Ihr Geliebter? Wann haben Sie ihn das letzte Mal gesehen?"

Brigitte Keßler wirkte um Jahre gealtert, ungeschminkt mit dunklen Augenringen und ungekämmtem Haar setzte sie sich in den Sessel gegenüber. „Er war nicht nur mein Geliebter, er war meine große Liebe und er wollte mit mir ein neues Leben in Brasilien anfangen. Am Freitag sollte der Flug gehen, aber Christian blieb verschwunden. Ich habe ihn am Montagnachmittag nur kurz gesehen und da drückte er mir ohne viele Worte den Umschlag mit dem Flugticket in die Hand. Er wollte sich am Abend melden. Mein Mann kommt immer über das Wochenende nach Hause. Wissen Sie, er ist Fernfahrer und die Woche über nicht zu Hause. Ich habe ihm mitgeteilt, dass ich mich von ihm trenne und die Scheidung will."

Alex holte ihr Notizbuch aus der Tasche. „Wie nahm Ihr Mann es auf und wusste er von Christian Schulte?“

Sie schüttelte den Kopf. „Nein, ich glaube nicht. Er sprach kein Wort mehr mit mir, nahm seine Jacke und verschwand. Erst nach eins ist er stockbetrunken wieder heimgekommen. Am Montag, er nahm sich noch einen Tag Urlaub, versuchte er noch einmal mich umzustimmen. Er wollte sich ändern und wieder mehr zu Hause sein. Aber mein Entschluss stand schon lange fest.“

Lena schaute Frau Keßler an. „Wussten andere von der Beziehung zu Ihrem Nachbarn?“

Tränen liefen über ihr Gesicht. „Nein, ich glaube nicht. Wir waren immer sehr vorsichtig und wenn wir ausgegangen sind, haben wir uns immer außerhalb getroffen.“

Alex schaute ihre Notizen durch. „Sie wollten ein neues Leben in Brasilien beginnen, woher sollte denn das Geld dafür kommen?“

Brigitte Keßler schnäuzte sich und tupfte die Tränen aus ihren Augen. „Christian erwartete ein große Summe Geld. Er sagte, dass reiche für unser ganzes Leben. Ich weiß aber nicht, von wem. Er wollte es mir später erzählen, aber er meldete sich nicht mehr. Ich habe ihn immerzu angerufen, versucht ihn auf WhatsApp zu erreichen. Selbst auf Arbeit wussten sie nicht, wo er steckt. Dann bin ich ein paarmal an seinem Haus gewesen, um zu schauen, ob er da ist. Sein Auto stand ja da. Ich habe durch die Fenster geschaut, konnte ihn aber nicht sehen. Aber ich konnte doch nicht wissen, dass er schon…“

Sie brach ab und Tränen liefen erneut über ihr Gesicht.

„Nur wegen meines Mannes bin ich am Montag nicht zu ihm rübergegangen, sonst hätte ich das vielleicht verhindern können.“

Alex ließ ihren Blick durch den Raum wandern und stellte sich die Situation vor.

„Nein, das glaube ich nicht, Sie wären ebenfalls tot. Können Sie ein paar Sachen packen und zu jemandem ziehen? Ich kann noch nicht einschätzen, ob Sie in den Fokus des Täters geraten sind."

Sie schaute Alex entsetzt an und es dauerte eine Weile, ehe sie verstand, was man von ihr wollte. „Ich habe noch Urlaub, meine Eltern wohnen in Nordhausen, da könnte ich hin."

Alex nickte. „Tun Sie das bitte, wir warten solange. Haben Sie etwas von Herrn Schulte bei sich deponiert?"

Frau Keßler wischte sich erneut die Tränen vom Gesicht. „Nein, das wollte ich nicht wegen meines Mannes. Er gab mir nur das Flugticket. Wir haben auch nicht über den Computer gechattet, der gehört nämlich meinen Mann."

Alex setzte sich auf die Kante des Sofas. „Frau Keßler, sind Sie sich ganz sicher, dass Ihr Mann nichts von Ihrer Affäre mit Ihrem Nachbarn wusste? Wann ist er eigentlich wieder gefahren?"

Sie starrte Alex an, begriff langsam die Frage und stand auf. „Ich weiß es nicht, Christian und Matteo sind eigentlich Freude gewesen. Haben immer mal ein Bier miteinander getrunken, aber die letzte Zeit nicht mehr. Christian ist ihm aus dem Weg gegangen. Am Dienstag früh ist er wieder gefahren und ich habe nicht bemerkt, ob er zu Christian rüber ist oder nicht."

Alex stellte sich neben sie. „Ihnen ist aber klar, dass wir Ihren Mann darüber befragen müssen."

Sie nickte und bewegte sich langsam zur Treppe.

„Ich packe ein paar Sachen."

Lena rief die Kollegen von der Streife an, sie konnte die Frau in ihrem Zustand nicht allein fahren lassen. Alex drückte ihr noch eine Karte in die Hand, bevor sie in den Streifenwagen einstieg. „Wenn Ihnen noch etwas einfällt oder wenn irgendetwas sein sollte, können Sie mich jeder Zeit anrufen."

Auf dem Weg zu Oleg Stöber bemerkte Alex:

„Unser Täter macht langsam Fehler, deshalb musste er einen ungeliebten Zeugen aus dem Weg räumen und er übersah die Freundin des Opfers. Brigitte Keßler hatte Glück im Unglück, denn Schulte überreichte ihr das Ticket bereits am Vortag. So nahm unser Täter an, sein Opfer wollte allein verreisen. Und weil der Computer Herrn Keßler gehörte, gab es keine Korrespondenz über die Laptops und die beiden haben ihre Beziehung geheim gehalten. Das rettete ihr das Leben."

Lena sah gedankenversunken aus dem Fenster.

„Aber uns hilft das kein bisschen weiter, wenn Schulte seiner Freundin wenigstens erzählt hätte, von wem er das Geld erwartete. Es handelt sich sicher um eine Stange Geld, wenn es für ein Leben lang reichen sollte."

„Vielleicht erfahren wir noch etwas von Oleg Stöber. Ich lasse auf jeden Fall seine Finanzen überprüfen. Er sieht zwar nicht so aus, als besäße er ein Vermögen, aber man kann nie wissen."

Alex fuhr in die kleine Nebenstraße und hielt vor Oleg Stöbers Haus.

Lena bedauerte es, das wohltemperierte Auto verlassen zu müssen. Brütende Mittagshitze ließ die beiden Frauen zügig in den Schatten des Hauses eilen. Lena klingelte an der Haustür. Der schwarze Hund kam bellend um die Hausecke gelaufen, stellte sich bedrohlich und knurrend vor Alex. Lena kauerte sich neben ihre Kollegin und sprach beruhigend auf ihn ein. Die Haustür wurde aufgerissen, Herr Stöber in seinem Schlabberlook und den Holzpantinen stürmte heraus und rief den Hund zur Räson. „Ach, Sie schon wieder. Was wolln'se denn noch?", murmelte er.

Alex schaute ihn freundlich an.

„Dürfen wir reinkommen, es geht um Christian Schulte?"

Herr Stöber brabbelte etwas in seinen grauen, ungepflegten Dreitagebart, griff sich einen Schlüssel, trat aus der Tür und ließ sie hinter sich ins Schloss fallen.

„Wir geh'n in'n Garten, da stört uns keiner. Was is' 'nn mit Christian, ich hab' ihn die Woche gar nich' erreicht?"

Alex lief neben Stöber um das Haus herum. Der schwarze Hund trottete neben Lena her und ließ sich von ihr am Kopf graulen. „Wann haben Sie ihn das letzte Mal gesehen oder gesprochen?"

Stöber kratzte sich am Kopf. „Ja, das war vor zwei Wochen. Seit wir uns kenn'n, treff'n wir uns jeden Mittwoch immer auf 'n Bierchen, mal bei ihm und mal bei mir. Das letzte Mal ham wir hier im Garten Bratwurscht gebraten. Aber was is'n mit ihm? Ich versuch' ihn schon seit einer Woche zu erwischen."

Sie gelangten an eine wunderschöne, mit Heckenrosen überwachsene Sitzecke. Herr Stöber bot den Frauen einen schattigen Platz an und setzte sich gegenüber.

Alex beugte sich etwas nach vorn. „Herr Stöber, wir müssen Ihnen leider mitteilen, dass Ihr Bruder bereits vor zehn Tagen verstorben ist."

Stöber starrte Alex an und fuchtelte mit seinen Händen in der Luft. „Das kann doch nich' sein! Was is' passiert? Er war doch zu so einem Taucheinsatz wegen 'ner Fliegerbombe?"

Alex schüttelte den Kopf. „Nein, er wurde in seiner Wohnung tot aufgefunden. Wir gehen von Fremdverschulden aus."

Jetzt schaute er fassungslos erst Lena, dann Alex an. „Was, ermordet, von wem?"

Alex lehnte sich zurück. „Das wissen wir leider noch nicht, aber vielleicht können Sie uns helfen. Hat Ihnen Ihr Bruder etwas von einer Geliebten oder einer großen Reise erzählt?"

Oleg Stöber schien die Nachricht noch nicht so richtig verdaut zu haben. Er brauchte eine Weile, um zu antworten. „Nee, von einer Reise hat er nix erzählt. Er sprach davon, dass er eine Frau kennengelernt hat. Sollte aber keiner wissen, ich auch nich'.

Er griff sich an die Stirn als plagten ihn Kopfschmerzen. „Wie is'ses denn passiert?"

Alex schob ihre Sonnenbrille ins Haar. „Das darf ich Ihnen aus ermittlungstechnischen Gründen nicht sagen, aber vielleicht können Sie uns helfen, den Täter einzukreisen. Hatte Christian Schulte Feinde oder Streit mit jemanden?"

Stöber schüttelte den Kopf. „Nee, er war ein ganz netter, freundlicher Zeitgenosse. Ich hab' mich gern mit ihm getroffen, immer lustig, obwohl er viel Ärger mit seiner Scheidung gehabt hat. Und dann noch der Tod der Mutter. Ich hab' mich für ihn gefreut, dass er sich wieder mit 'ner Frau getroffen hat. Tat ihm gut."

Alex überlegte. „Wissen Sie, ob Ihr Bruder von jemandem eine größere Summe Geld erwartete?"

Stöber schaute etwas irritiert. „Christian? Nee, das glaub' ich nich'. Er hat von seiner Mutter nur das alte Haus, kaum Bargeld geerbt. Er war ständig knapp bei Kasse."

Lena streichelte den Hund, der neben ihren Füßen lag und sich das gern gefallen ließ. „Hatte er vor jemanden Angst oder ist Zeuge von einem Ereignis oder einem Geheimnis geworden?"

Oleg Stöber schaute sie an und verzog den Mund. „Das kann ich mir nich' vorstellen, das hätt' er mir beim Bierchen erzählt."

Alex nahm ihre Tasche. „Noch eine letzte Routinefrage, Herr Stöber, wo waren Sie am Montag voriger Woche von 22 bis 1 Uhr?"

Seine hellblauen, stechenden Augen durchbohrten sie förmlich. „Was denken Sie denn? Ich gucke abends immer Fernsehen und dann geh' ich gegen 11, halb 12 Uhr ins Bett. Leider kann das nur der Hund bestätigen."

Alex reichte ihm die Hand. „Ich danke Ihnen, Herr Stöber für Ihre Auskunft."

Die Frauen erhoben sich und Alex ließ noch einmal ihren Blick über die herrlichen Blumen- und Gemüsebeete schweifen. „Ihr Garten ist wunderschön, ein richtiges kleines Paradies. Sie haben einen grünen Daumen."

Stöbers Gesicht blieb unbewegt ob des Kompliments. Die Nachricht über Schultes Tod hatte ich schwer erschüttert.

Er begleitete sie zum Gartentor. Der Hund schmiegte sich an Lena und ließ keinen Schritt von ihr ab. Alex blieb noch einmal stehen. „Wie geht es eigentlich Ihrer Schwester?"

Oleg Stöber kratzte sich wieder an seinem dünnen Haarkranz. „Ach, ich glaub', sie is' glücklich in ihrer Welt. Es muss ja weiter geh'n. Ich sag' es ihr nich' mit Christian, so richtig hat sie ihn ja gar nich' wahrgenommen. Die zweimal, die er sie mit besucht hat."

Am Tor verabschiedeten sie sich von Stöber und Lena streichelte noch einmal liebevoll ihren neuen Freund.

„Na, da kann Sie einer gut leiden", grinste Stöber etwas schief.

Traurig setzte sich der Hund neben sein Herrchen und schaute Lena sehnsuchtsvoll nach.

Auch Lena wirkte etwas bedrückt. „Den Hund hätte ich am liebsten schon das letzte Mal mitgenommen. Kann man sich so schnell in jemanden verlieben?"

„Man kann", versicherte ihr Alex.

Lenas Magen meldete sich. „Alex, ich habe einen wahnsinnigen Hunger. Was hältst du von einem Stopp an der Tankstelle? Bei meinem Schulkameraden Holger gibt es die besten Leberkäsbrötchen, die du je gegessen hast und einen schönen heißen Cappuccino bekommst du auch."

Alex startete den Wagen. „Einverstanden, aber ich habe noch nie ein Leberkäsbrötchen gegessen."

„Dann wird es ja Zeit."

Sie betraten die Tankstelle. Holger und seine ältere Kollegin steckten voll im Mittagsgeschäft. Während die Frau die Tankkunden abkassierte, stand Holger hinter dem Tresen und reichte zwei LKW-Fahrern Leberkäsbrötchen und zwei Flaschen alkoholfreies Bier. Er freute sich, Lena zu sehen. „Hallo Lena, was kann ich denn für euch tun?"

„Mach uns zwei Brötchen mit deinem leckeren Pizzaleberkäse und zwei große Cappuccino to go."

Holger beugte sich nach vorn. „Und wie stets mit einem Butterhörnchen frisch aus dem Ofen?"

Lena lachte. „Na gut, überredet, pack uns noch zwei ein."

Er beugte sich noch weiter nach vorn. „Von dem Bamberger hätte ich das nie gedacht, den armen Jungen bei dem Sturm liegen zu lassen. Mir taten die Eltern so schrecklich leid. Der Vater hat hier vor mir gesessen und war völlig verzweifelt. Aber zum Glück bist du ihm auf die Schliche gekommen. Ist das die Kommissarin aus Erfurt?"

Lena grinste. „Du bist heute wieder sehr neugierig. Aber ja, das ist meine Kollegin. Mach bitte hin, wir sterben fast vor Hunger."

Die Frauen genossen an einem kleinen Ecktisch ihr Mittag. Alex konnte trotzdem nicht abschalten. „Ich glaube nicht, dass Oleg Stöber etwas mit dem Tod von Christian Schulte zu tun hat. Er wirkte wirklich erschüttert. Was meinst du?"

Lena antwortete mit vollem Mund. „Ich glaube das auch nicht, mir fehlt bei ihm das Motiv. Außerdem wusste er, dass es eine Freundin gab."

Alex ließ ihre Gedanken kreisen. „Weißt du, was das heißt? Wir sind wieder bei Punkt null. Wir haben nichts, was uns auf die Spur des Täters bringt. Wir schauen jetzt bei der Feuerwehr vorbei, Schultes Arbeitsstelle. Vielleicht können uns die Jungs einen entscheidenden Hinweis geben."

Sie biss in ihr Brötchen. „Übrigens hast recht. Der Leberkäse ist sehr lecker."

Alex fuhr auf das Gelände der Feuerwache und parkte direkt vor dem modernen Bürogebäude auf dem einzigen schattigen Parkplatz. Da Lena sich hier gut auskannte, lief sie die Treppe voran nach oben, schritt den Gang an einigen Türen vorbei und klopfte an eine offenstehende Bürotür. „Hallo Herr Fellbinger, dürfen wir eintreten."

Ein Mann im gesetzten Alter, mit lichtem, leicht angegrautem Haar saß am Schreibtisch, schaute über seine Brille den beiden Besucherinnen entgegen.

„Ach Frau Staller, kommen Sie rein. Ich habe mir schon gedacht, dass die Polizei früher oder später hier auftauchen wird." Er erhob sich, schloss seine Uniformjacke und reichte erst Lena, dann Alex die Hand. „Brandamtmann Walter Fellbinger, sehr erfreut."

„Alexandra Brückner, Hauptkommissarin, guten Tag."

Er rückte zwei Stühle zurecht und bat die zwei Frauen Platz zu nehmen. „Sie kommen wegen unseres Oberlöschmeisters Christian Schulte. Was für eine Tragödie. Alle Kollegen sind total geschockt. Haben Sie denn schon einen Verdächtigen?"

Lena und Alex setzten sich. „Wir stehen erst am Anfang unserer Ermittlungen. Wann haben Sie denn das letzte Mal Herrn Schulte gesehen?"

Herr Fellbinger dachte kurz nach. „Das war am Freitagvormittag nach seiner Nachtschicht, wir besprachen seinen Taucheinsatz am Wochenende. Er nahm sich zwar danach die Woche frei, aber ich wollte unmittelbar nach seinem Einsatz einen mündlichen Bericht. Der kam leider nicht, obwohl ich Christian als sehr zuverlässig einschätzte. Ich habe persönlich bei ihm zweimal angerufen, aber ich konnte ihn nicht erreichen. Ich habe angenommen, er ist im Urlaub, hat das Handy aus und die ganze Sache vergessen."

Alex nahm ihr Notizbuch aus der Tasche. „Wann wollte er seinen Dienst wieder antreten?“

Herr Fellbinger schaute auf seinen Kalender.

„Eigentlich am Dienstag zur Frühschicht, aber er ist nicht aufgetaucht. Dass er tot ist, konnte keiner wissen. Wir haben mehrmals versucht, ihn zu erreichen. Am Dienstagmittag stand dann Helmut Zober bei mir, er vermisste ihn auch schon und suchte ihn bereits. Ich bin mit Helmut so verblieben, dass er noch einmal nach Christian sucht und sollte er ihn nicht finden, meldet er ihn als vermisst.“

Alex schaute in ihr Büchlein. „Ist Ihnen an Christian Schulte irgendetwas aufgefallen in letzter Zeit.“

Wieder schien Herr Fellbinger zu überlegen, dann schüttelte er den Kopf. „Nichts Negatives, im Gegenteil, ich hatte den Eindruck, dass er etwas aus seinem Schneckenhaus heraustrat und sich im Team gut einbrachte. Sie können gern noch mit seinen Kollegen reden, die Tagschicht sitzt hinten im Aufenthaltsraum.“

Alex erhob sich. „Das würden wir gern tun.“ Sie gab Fellbinger ihre Karte. „Sollte Ihnen noch etwas einfallen, rufen Sie mich bitte an.“

Walter Fellbinger stand auf. „Wissen Sie, die Zeiten haben sich ganz schön geändert. Viele Jahre passierte überhaupt nichts und seit vier Jahren haben wir fast jedes Jahr mindestens einen Toten.“

Alex blieb stehen. „Wieso?“, fragte sie verwundert.

Fellbinger trat neben Alex. „Naja, dieses Jahr Rene Schmitt und unser Kollege, voriges Jahr traf es Mark Keller, zwei Jahre zuvor sind die vier Kinder beim Scheunenbrand gerade nochmal davon gekommen und wieder das Jahr davor die zwei kleinen Jungen, die ins Eis einbrachen, alles Tragödien.“

Alex schaute Lena an, die zuckte mit der Schulter.

„Was ist das mit den Scheunenbrand und den vier Kindern, davon höre ich das erste Mal?“

Fellbinger sah Lena an. „Waren Sie da nicht mit dabei vor drei Jahren?“

Lena schüttelte den Kopf. „Ich arbeitete damals über ein Jahr in Hamburg. Ich habe zwar von dem Scheunenbrand gehört, aber ich kenne da keine Details.“

Fellbinger wandte sich wieder Alex zu. „Na ja, wie auch immer, es ist ja nochmal gut gegangen. Die Scheune im Sternbachtal brannte zwar bis auf die Grundmauern nieder, aber die Kinder wurden gerettet, sozusagen noch mal Glück im Unglück.“

In Alex Kopf schrien sämtliche Alarmglocken. „Wo wohnten die Kinder?“

Fellbinger überlegte einen Augenblick. „Wenn mich nicht alles täuscht, kamen die Kinder alle aus der Siedlung. Ich kann nachschauen. Ist denn das so wichtig?“

Alex sah Lena an, auch sie spürte, dass sie auf eine neue Spur gestoßen waren. Alex trat nahe an ihn heran. „Ich brauche den ganzen Vorgang, alle Unterlagen zu diesem Fall. Können Sie das arrangieren?“

Herr Fellbinger fühlte sich etwas überrumpelt. „Na ja, ich kann damit unsere Wachabteilungsleiterin beauftragen. Sie begleitete damals den Einsatz und kann Ihnen bestimmt Ihre Fragen besser beantworten als ich. Bitte einen kleinen Augenblick.“

Alle drei traten auf den Flur und Fellbinger verschwand im nächsten Büro. Nach einer Weile kam er mit einer jungen Frau in Uniform wieder zurück. Ihre sehr kurzen Haare erinnerten an einen Männerhaarschnitt, auch sonst erschien sie sehr burschikos und überaus sportlich. Sie gab beiden Frauen die Hand und stellte sich als Abteilungsleiterin Tina Vorberg vor. Alex kam gleich zur Sache. „Frau Vorberg, Sie begleiteten vor drei Jahren den Einsatz ihrer Kollegen zu einer brennenden Scheune im Sternbachtal. Können Sie uns darüber berichten? Wir benötigen dazu sämtliche Unterlagen."

Frau Vorberg wirkte sehr diszipliniert. „Natürlich suche ich Ihnen den Vorgang heraus, geben Sie mir zehn Minuten Zeit und dann treffen wir uns in meinem Büro. Hier gleich die nächste Tür."

Alex deutete auf den Aufenthaltsraum. „Wir befragen noch Ihre Kollegen wegen Christian Schulte. Kannten Sie ihn näher?"

Sie gab sich plötzlich sehr ernst. „Der Tod eines Kollegen trifft einen immer sehr, aber ich hatte nicht so viel mit ihm zu tun. Er wirkte immer sehr verschlossen. Versuchen Sie es doch bei den Kollegen, die unmittelbar mit ihm zusammenarbeiteten." Sie deutete in Richtung Aufenthaltsraum und verschwand in ihrem Büro.

Die Befragung von Schultes Kollegen brachten Alex und Lena nicht viel weiter. Alle wirkten noch tief geschockt über den Tod des Kameraden. Sie beschrieben ihn als freundlichen, ruhigen und immer hilfsbereiten Menschen. Keiner konnte sich auch nur im Geringsten vorstellen, warum ihr Kollege erschlagen worden war.

Tina Vorberg bat ihre Besucherinnen, exakt zehn Minuten später Platz zu nehmen und stellte beiden ein kuhles Wasser auf den Tisch. „Ich habe Ihnen die komplette Akte kopiert, die können sie dann mitnehmen. Aber eigentlich müssten Sie, Frau Staller, auf Ihrem Revier ebenfalls Unterlagen von diesem Vorfall haben, denn ich habe damals mit ihrem Kollegen Walter Stockelmeier zusammen den Fall untersucht."

Lena kam es vor, als müsse sie sich verteidigen. „Wir haben eben erst von diesem Ereignis erfahren. Ich arbeitete damals ein Jahr in Hamburg. Selbstverständlich suche ich unsere Unterlagen darüber sofort heraus. Leider ist der Kollege Stockelmeier im Urlaub, deswegen wäre es schön, wenn sie uns etwas über den Brand berichten können."

Alex las bereits in der Akte. „Hier steht, der Bauer selbst hat die vier Kinder aus der brennenden Scheune befreit?"

Tina Vorberg setzte sich vor ihren Computer und klickte einige Seiten an. „Ja, die Kinder trafen sich oft heimlich in der Scheune, den oberen Scheunenboden richteten sie sich wie ein kleines Wohnzimmer ein. Leider benutzten sie als Lichtquelle Gläser, in die sie Kerzen stellten. Wir vermuteten, dass eins der Gläser nach unten auf die Strohballen fiel und das Feuer verursachte. Das brennende Stroh versperrte den Kindern den Weg nach draußen. Zum Glück fuhr Bauer Knut Willmers in der Nähe gerade die Ernte ein und sah die Rauchschwaden aus seiner Scheune steigen. Er benachrichtigte uns und holte die Kinder aus der Scheune."

Alex blätterte in der Akte und betrachtete ein Foto der abgebrannten Scheune. Ein großes landwirtschaftliches Gerät stand unmittelbar neben dem ehemaligen Heuspeicher. Eine verschmorte Plane lag neben dem Gerät. Anscheinend hatte die Feuerwehr die Maschine noch retten können.

„Wie sind denn die Kinder in die Scheune gekommen, das Tor war ja wohl verschlossen?"

Frau Vorberg langte über den Schreibtisch, blätterte eine Seite um und tippte mit dem Finger auf ein älteres Schwarz-Weiß-Foto, das die Scheune im neuerbauten Zustand zeigte. „Dieses Bild wurde unmittelbar nach dem Neubau vor 14 Jahren für die Versicherung fotografiert." Sie zeigte mit dem Finger auf den vorderen Teil der rechten Scheunenseite. „Hier sind die Kinder immer eingestiegen. Die vier Bretter ließen sich zu Seite schieben. Und im rechten hinteren Bereich ist das Feuer ausgebrochen, direkt unter den Kindern."

Alex schaute auf. „Stimmt es, dass die Kinder alle in der Siedlung wohnten?"

Frau Vorberg schaute im Computer nach. „Ja, Sie haben recht. Alle Kinder stammten aus der Siedlung."

Alex notierte Adressen in ihr Notizbuch. „Was haben denn die Kinder angegeben?“

Tina Vorberg lächelte vielsagend. „Naja, die haben natürlich alles bestritten. Keiner von ihnen gab zu, dass das offene Feuer ihnen außer Kontrolle geraten sei. Sicher standen da auch die Eltern dahinter, schließlich mussten deren Versicherungen den Schaden bezahlen.“

Alex schloss die Akte. „Ist Ihnen damals bei den Ermittlungen etwas Ungewöhnliches aufgefallen?“

Frau Vorberg schaute sie fragend an. „Wie meinen Sie das, etwas Ungewöhnliches? Auf was wollen Sie hinaus?“

Alex suchte nach den richtigen Worten. „Nun ja, ist Ihnen irgendwann mal der Verdacht gekommen, dass ein Dritter den Brand verursacht haben könnte?“

Nach einem kurzen verdutzten Schweigen schüttelte Tina Vorberg den Kopf. „Nein, die Ermittlungen konnten eindeutiger nicht sein, den Kindern ist das Feuer außer Kontrolle geraten.“

Alex bedankte sich. „Wenn ich noch Fragen habe, dann melde ich mich bei Ihnen.“

Lena und Alex verabschiedeten sich und fuhren zur Wache.

Mit einem Butterhörnchen und einem starken Kaffee in der Hand standen Alex und Lena vor der Pinnwand und diskutierten ihre Ermittlungsfortschritte.

Lena kopierte die Bilder des Scheunenbrandes und steckte sie mit zu den Todesereignissen. „Wenn die Kinder die Wahrheit sagen, dann könnte es sich um noch einen weiteren Mordversuch handeln, aber es ist schwer, es zu beweisen.“

Alex schaute sich die Bilder ganz genau an. „Ich weiß, dass es so ist, aber irgendetwas übersehen wir. Das Blöde ist, wir finden zwar immer mehr Beweise, was er getan hat, aber wir kommen dem Täter einfach nicht auf die Spur. Er rutscht uns zwischen den Fingern durch und das Glück ist auch noch auf seiner Seite.“

Lena stopfte sich ihr letztes Stück Hörnchen in den Mund und nuschelte. „Irgendwann wird er schon einen Fehler machen und dann kriegen wir ihn. Was machen wir jetzt eigentlich?“

Alex schaute Lena an. „Du gehst in deinen wohlverdienten Feierabend. Schau mal auf die Uhr, dein Schatz wird schon warten. Ich will noch mal beim Bürgermeister vorbei. Er muss den Sterngrund sperren, damit von dort keine Gefahr mehr ausgeht.“

Lena wedelte mit der Hand hin und her. „Na, ob er damit einverstanden ist, bezweifle ich aber. Die Grotte und das Plateau sind ein beliebter Touristenmagnet.“

„Da muss er durch. Wo finde ich ihn eigentlich jetzt?“, wollte Alex wissen.

Lena schaute auf die Uhr. „Bestimmt im Rathaus, donnerstags ist immer Stadtratssitzung, um 19 Uhr geht es los. Das kannst du noch schaffen.“

Alex traf eine halbe Stunde vor Beginn der Sitzung im Rathaus ein. Hans-Georg von Nordheim reagierte sehr ungehalten auf Alex Vorschlag, den Sterngrund zu sperren. „Wissen Sie, was Sie da von mir verlangen? Den Sterngrund schauen sich monatlich Hunderte Leute an, die Grotte ist etwas ganz Besonderes. Die Attraktion steht in jedem Reiseführer.“

Alex nahm sich Nordheim zur Seite. „Wenn es nicht wichtig wäre, würde ich das nicht von Ihnen verlangen. Wir vermuten, dass der Täter von dem Plateau aus seine Tauchgänge startet. Sie haben schon zwei tote Schwimmer an Ihrem Strand und es ist keine Bitte.“

Alex’ scharfer Ton ließ von Nordheim etwas kleinlaut werden. „Also gut, ich werde morgen früh unseren Bauhof instruieren, das Gelände abzusperren. Unter welchen Vorwand soll ich denn das tun? Ich kann ja schlecht sagen, dass unser Mörder von dort immer startet.“

Alex überlegte einen Moment. „Geben Sie an, die Decke der Grotte sei brüchig und sie müsse erst von Spezialisten überprüft werden. Das können Sie auch im Stadtrat vertreten, denn Sicherheit geht schließlich vor und verriegeln Sie den Eingang ordentlich, ein Flatterbändchen reicht nicht aus."

Der Bürgermeister beugte sich nahe an Alex Ohr. „Okay, ich tue es, aber fangen Sie endlich diesen Mistkerl!"

Er ließ von Alex ab und stürmte wütend auf seinen Platz, um gleich darauf die Sitzung zu eröffnen.

Alex spürte, dass sie von jemandem beobachtet wurde. Von der Türe des Sitzungssaales überflog sie die Bürger und Gäste, die sich bereits auf den vorgesehenen Stühlen platziert hatten. Rainer Gewohl saß in der letzten Reihe und grinste sie an. Ihre Blicke trafen sich. Sie ging auf ihn zu, bückte sich zu ihm herunter und bat um ein Gespräch. Er nahm seine schwarze Tasche und begleitete Alex aus dem Saal. Ein wenig abseits vom Trubel blieb Alex stehen und drehte sich zu ihm um. „Sie begegnen mir immer und überall bei meinen Ermittlungen. Wann wollen Sie denn Ihren Artikel über diesen Fall veröffentlichen?"

Der Reporter wippte auf seinen Füßen und schaute Alex grinsend an. „Sie wollen ja nicht mit mir zusammenarbeiten, also muss ich meine eigenen Recherchen anstellen. Ich verstehe nur nicht alle Zusammenhänge. Warum ermordete jemand zwei junge Männer, Sportler und Freunde? Ich weiß, dass die Fälle zusammenhängen. Und jetzt der Tod von Christian Schulte ist auch kein Zufall. Leider bin ich noch nicht dahintergekommen, um was es geht. Aber ich bin mir sicher, dass der Auslöser in der Vergangenheit liegt. Sie wollen mir ja keinen Tipp geben. Dann muss ich leider in meinem Artikel etwas mutmaßen."

Alex mahnte sich zur Ruhe.

„Hören Sie, Herr Gewohl, wenn Sie jetzt diesen Artikel veröffentlichen, warnen Sie den Täter und verunsichern die

Familien der Opfer. Ich möchte, dass Sie mit der Veröffentlichung noch etwas warten."

„Sie hängen sich ganz schön in den Fall rein. Ich habe mir Ihre vergangenen Fälle angeschaut. Sie sind gut und haben ein Näschen für das Böse. Da müssen Sie mir schon etwas anbieten, wenn ich die Füße stillhalten soll. Ich möchte einen Vorsprung von 48 Stunden, bevor Sie die Öffentlichkeit informieren, sozusagen die Exklusivrechte." Gewohl pokerte hoch.

Alex pokerte mit. „24 Stunden vor der Pressekonferenz und keine Minute eher und Sie halten wirklich die Füße still."

Rainer Gewohl hing sich zufrieden die Tasche um.

„Einverstanden, das ist unser Deal. Aber einen guten Rat gebe ich Ihnen noch. Lassen Sie die Gefühle aus dem Spiel. Ich kenne Dominik recht gut. Verbrennen Sie sich nicht die Finger."

Alex schaute ihn verdutzt an. „Wie meinen Sie das?"

Gewohl lächelte verständnisvoll. „Sie wissen schon, wie ich das meine. Auf Wiedersehen, Frau Brückner."

Er drehte sich um und verschwand durch die Tür des Sitzungssaales.

Alex ging langsam den leeren Flur zum Ausgang entlang. Sollte das eine Warnung sein? Aber vor wem oder was? Warnte er sie vor Dominik oder vor den Repressalien, wenn die Sache mit ihnen beiden aufflog? Wusste er wirklich von ihrer Beziehung zu Dominik oder schoss er nur ins Blaue?

Ihr Kopf schmerzte und sie wollte nur noch nach Hause.

Auf der Heimfahrt erreichte sie Regina auf deren Handy. „Hallo Regina, entschuldige die späte Störung, du bist sicher schon zu Hause. Daher nur ganz kurz. Gab es noch etwas Wichtiges, was ich wissen sollte? Was hat die neue Kollegin bezüglich der Alibis der Kobenstein-Brüder rausbekommen?"

„Warte mal, ich mach mal den Lautsprecher an, ich habe nämlich die Hände voller Teig. Ich backe gerade. So, also der Banker konnte kein echtes Alibi vorweisen. Er war angeblich das ganze Wochenende einschließlich Montag auf einer Jagdhütte in der Nähe von Gotha. Seine Freundin besuchte ihn nur am Sonntag, ansonsten habe er allein ausgespannt. Im Moment hält er sich in London auf. Ich habe ihn für Montag vorgeladen. Bei dem Künstler haben die Angestellten sein Alibi bestätigt, er arbeitete den ganzen Montag bis spät in die Nacht in seinem Atelier. Und bei dem Schulte habe wir alles überprüft und keine weiteren Geldquellen gefunden."

„Und was ist mit Matteo Keßler?"

„Den habe ich kontaktiert, er stand gerade im Stau vor Rotterdam. Morgen, nach seiner Tour kommt er zur Befragung bei uns vorbei. Sonst gibt es nichts Neues."

„Okay Regina, danke, ich will nicht weiter stören, dann bis morgen."

„Ich wünsche dir auch einen schönen Abend."

Alex überlegte kurz, dann drehte sie das Radio voll auf. Sie sang laut mit und genoss die Heimfahrt, denn keine Verpflichtung erwartete sie heute Abend.

Kapitel 21

Alex saß völlig erschöpft mit einem kühlen Glas Bier auf ihrer Terrasse. Zum Glück musste sie jetzt nicht noch gießen, die Zwillinge hatten einen Tag zuvor den Garten unter Wasser gesetzt.

Sie schloss die Augen und genoss die Sonnenstrahlen, die durch die Bäume blinkten. Grillen zirpten im Gras und von Weitem hörte man einen Hund bellen. Eigentlich sollte sie etwas Schönes an ihrem freien Abend unternehmen. Sie dachte an Dominik und eine unbeschreibliche Sehnsucht überkam sie. Wieso übte er so eine gefährliche Faszination auf sie aus? Sie hatte sich immer für eine vorsichtige und disziplinierte Frau gehalten, aber bei ihm konnte sie alle Regeln der Vernunft über den Haufen werfen. Da waren sie wieder, die Schmetterlinge im Bauch. Alex schaute auf die Uhr: noch wäre Zeit.

Sie lief ins Bad, duschte, machte sich zurecht und zog ihr Lieblingsteil an, ein Sommerkleid mit faszinierenden Dschungelmotiven und geschwungenem Rock. Die Blatt- und Orchideenelemente vermittelten mit ihren prächtigen Farben die pure Lebensfreude. Sie schlüpfte in ihre hohen Korksandaletten und betrachtete sich im Spiegel. Wow, genauso sollte es wirken. Sie stopfte ein paar Wechselsachen und Utensilien in ihre große Sommertasche, holte aus dem Keller eine gute Flasche Rotwein, stieg in den BMW.

Alex nahm die Landstraße über Kerspleben.

Sie parkte ihren Wagen vor dem Anwesen neben einem roten Kleinwagen und einem schwarzen Pick-up. Alex vermutete, dass es sich um die Fahrzeuge von Dominiks Angestellten handelte. Sie nahm ihre große Tasche und schritt durch den Eingang auf dem Backsteinweg in den Künstlerhof. Dominik stand am Eingang der Scheune und hantierte an einer kleinen Säulenskulptur. Als er Alex auf sich zukommen sah, richtete er sich auf und lächelte ihr faszinierend entgegen.

Sie trat ganz nah an ihn heran. „Ich hätte noch ein paar Fragen an Sie."

Er nahm sie an der Hand und zog sie durch die Eingangstür in sein Atelier, nahm sie in die Arme und küsste sie heiß und innig. Alex ließ ihre Tasche fallen und erwiderte seine Liebkosung. Nach einer ganzen Weile standen sie sich eng umschlungen gegenüber und schauten sich in die Augen.

„Kannst du die Nacht bleiben?"

Alex nickte, in ihren Kopf drehte sich alles.

Er nahm ihre Tasche und lotste sie eine moderne Stahltreppe hinauf, die zu dem anliegenden Wohnhaus führte. Nach einem kleinen Flur betraten sie einen loftähnlichen Wohnbereich. Große Kassettenfenster durchfluteten den Raum mit Licht. Die uralten Fachwerkbalken und der antik wirkende Holzfußboden bildeten eine geschmackvolle Einheit zu der großen modernen Clubcouch aus rustikal braunem Leder im Wohnbereich. Ein ausgefallener Couchtisch mit Glasplatte rundete das Ensemble ab. Alex' Blick fiel auf einen extra langen Sessel mit schwarz-weiß gemusterter Felldecke vor dem modernen Kamin. An der Decke hing eine nostalgische Leuchte. Ein großes Wandbild, in Creme, Schwarz und Braun gehalten, gab den Bereich der Ruheinsel das besondere Etwas. Überall an den Wänden hingen wunderschöne Gemälde und besondere Kunstobjekte standen im ganzen Raum verteilt. Im hinteren Drittel vor der offenen Küche stand ein großer, schwerer Esstisch umstellt mit sechs ausladenden Korbsesseln. Die beiden goldenen orientalischen Kugelleuchten über dem Tisch zogen Alex' Blicke auf sich, weil unzählige Lichtpunkte durch das feine Lochmuster strahlten. An der Wand stand eine silbern glänzende Konsole mit schwungvollen Beinen, darüber hing ein ausgefallenes Bild in einem modernen Silberrahmen. Auf einem blass bläulichen Hintergrund mit türkisen, orientalischen Muster sah man eine wunderschöne Frau mit rotem lockigem Haar und blauen Augen. Alex blieb stehen und schaute sich das Bild an. Es faszinierte sofort jeden Betrachter. Die Frau kam ihr irgendwie bekannt vor. „Wer ist das?“

Dominik stand dicht neben ihr. „Meine Mutter, als sie noch jung war.“

Alex drehte sich zu ihm um. „Wow, das ist ein tolles Bild! Das würde auf jeder Auktion Höchstpreise erzielen.“

Dominik küsste sie auf die Stirn. „Es ist unverkäuflich.“

Er betrat den Küchenbereich und zog Alex hinter sich her. Neben der klassisch modernen Küchenzeile war in der Mitte des Raumes eine Kochinsel integriert. An der Wand gegenüber fand sich noch Platz für einen hohen Tisch, zu denen zwei Rattansessel gehörten. Dominik stellte ihre Tasche auf einen der Sessel. „Möchtest du etwas trinken?“

Alex nickte. „Ach, schau mal in meine Tasche, ich habe uns Wein mitgebracht.“

Dominik griff in die Tasche und holte den Rotwein heraus. Mit einem Blick auf das Etikett nickte er anerkennend. „Oh, ein Rothschild.“

Während er die Flasche öffnete, schaute er Alex ernst an. „Heute stand eine Kollegin von dir auf dem Hof und hat mich und meine Leute nach meinem Alibi befragt. Was soll das, Alex?“

„Christian Schulte ist ermordet worden, wir mussten von allen die Alibis überprüfen und dich habe ich als erstes auf die Liste gesetzt. Ich will mir in meinem Fall keine Befangenheit vorwerfen lassen. Deshalb habe ich die Kollegin geschickt. Sie bestätigte dein Alibi, aber du wusstest von Schulte. Wieso, von wem?“

„Von meinem Onkel. Er hatte mich sofort angerufen. Deine Kollegin pflegte darüber zu schweigen. Ich hatte das Gefühl, Oleg stand kurz vor einem Zusammenbruch. Er und Christian haben sich sehr gut verstanden. Er war darüber echt fertig. Wie und warum ist er ermordet worden?"

Alex schüttelte mit dem Kopf. „Das wissen wir noch nicht. Wir sind mit unseren Ermittlungen erst am Anfang. Hast du eine Erklärung für seinen Tod?"

Dominik schaute sie etwas ungläubig an. „Ich kannte ihn kaum, ich habe ihn nur zweimal getroffen."

Er nahm die zwei Gläser und trat nahe an Alex heran.

„Bin ich denn endlich von deiner Schurkenliste gestrichen?"

Alex nickte. Sie stießen an und tranken einen Schluck.

„Du siehst bezaubernd aus in deinem Dschungelkleid."

Er nahm ihr das Glas wieder aus der Hand, stellte die Gläser ab und streifte mit seinem Mund über ihre Lippen. Was als eine spielerische Liebkosung begann, wurde zu einer berauschenden Leidenschaft. Ohne sich von ihrem Mund zu lösen, hob er Alex in seine Arme und trug sie zur Couch. Er stellte sie vor sich auf die Füße, spürte den Reißverschluss an ihrem Kleid und zog ihn wie in Zeitlupe herunter. Das seidene Kleid rutsche Alex von den Schultern und fiel nach unten. Der Anblick ihres schlanken Körpers in schwarzer Unterwäsche ließ Dominik scharf einatmen. Sein Feuer war entbrannt. Alex half ihm, sich seiner Sachen zu entledigen. Sie sah in seine brennenden blauen Augen und drückte ihn fest an sich heran. Er beugte sich zu ihr, küsste sie erst ganz behutsam, dann immer fordernder. Er zog sie auf die Couch, ihre Sandaletten und ihre Unterwäsche folgten dem Kleid. Beide stürzten sich in eine berauschende Liebesattacke voller Leidenschaft und heißblütigem Liebesspiel. Ekstase überwältigte Alex und sie fiel in atemlose, schwindelerregende Verzückung.

Behutsam zog Dominik Alex auf seine Brust. Mit geschlossenen Augen lag sie halb auf ihm. Er hielt sie in seinen Armen und streichelte zärtlich ihren Körper. „Du bist wunderschön. Ich möchte nicht, dass du wieder gehst."

Alex konnte nicht antworten, in ihrem Kopf drehte sich noch alles. Seine Stimme klang heiser.

„Ich muss nächste Woche nach Wien, möchtest du mich begleiten?"

Alex drehte den Kopf und schaute ihn an. „Das würde ich gern, aber ich muss erst meinen Fall abschließen, bevor es noch mehr Opfer gibt."

Dominik starte zur Decke. „Und wie wäre es mit Australien. In zwei Monaten muss ich zu meiner Ausstellung nach Sydney. Da könntest du doch mitkommen?"

Alex ließ ihre Finger durch seine Haare gleiten. „Und was mache ich mit meinen Kindern?"

Er strahlte sie an. „Die nehmen wir einfach mit."

Alex lachte auf. „Ja, Australien, da wären die Zwillinge aus dem Häuschen, das würde meinen Kindern schon gefallen. Aber hattest du denn schon einmal mit Kindern zu tun?"

Dominik grübelte. „Ja, schon ... nicht wirklich. Aber ich mag Kinder ... glaube ich. Meinst du, wir könnten es mal mit deinen probieren? Wie sind sie denn so?"

Alex küsste ihn. „Laut, launisch, besserwisserisch, die Jungs denken sich ständig Streiche aus und Lisa ist stark am Pubertieren, aber sonst sind sie sehr liebenswert und ich möchte sie nie missen."

„Na, du machst mir ja Mut", stöhnte Dominik. Nach einer Weile des Schweigens schaute er sie an. „Hast du Hunger, dann koche ich uns etwas Schönes?"

Sie gab ihm einen kurzen Kuss. „Einverstanden, ich sterbe vor Hunger."

Wenig später saß Alex, nur in eins von Dominiks Hemden gehüllt, auf einem der Rattansessel in der Küche, genoss ein Glas Rotwein und schaute Dominik beim Kochen zu. „Wo hast du denn kochen gelernt?"

Dominik ließ die Spaghetti ins heiße Wasser fallen.

„Eigentlich kenne ich nur fünf Rezepte und das sind italienische von meinem Freund Alfredo aus L.A. Der hat dort ein kleines italienisches Restaurant und ich bin ihm ab und zu mal zur Hand gegangen, wenn sein Koch ausfiel."

Er schaute Alex an und registrierte, wie sie mit seinem weißen Baumwollhemd, die langen Beine übereinandergeschlagen, im Sessel saß. Mit den hochgekrempelten Ärmeln rutschte das viel zu große Hemd zur Seite und legte ihre Schulter frei. Der Anblick machte ihn offensichtlich heiß. Doch er konzentrierte sich schnell wieder auf das Kochen. In kurzer Zeit hatte Dominik ein wunderbares italienisches Nudelgericht gezaubert, das köstlich duftete und Alex das Wasser im Mund zusammenlaufen ließ. Sie setzten sich an dem kleinen Küchentisch gegenüber, aßen Nudeln, tranken Wein und erzählten sich Erlebnisse und Geschichten. Es war ein wunderschöner Abend.

Gegen Mitternacht führte Dominik Alex über eine moderne Treppe, eine Konstruktion aus Holz und Stahl, in die obere Etage. Ein breites Kingsize Bett erwartete Alex im Schlafzimmer mit weißer, glänzender Bettwäsche und braunen Kissen. Gegenüber stand eine lange fernöstlich schlichte Kommode im antiken Dunkelbraun. Darüber ein bronzefarbener Spiegel, der das Zimmer optisch vergrößerte. Die Spots in der Decke ließen an den riesigen Bronzeglasschiebefronten des Einbauschrankes raffinierte Lichteffekte entstehen. Auf dem flauschigen Flor des vanillefarbigen Teppichs lief Alex wie auf Wolken. Und so fühlte sie sich auch, als sie Dominik auf sein Bett zog...

Sonnenstrahlen auf dem Gesicht ließen Alex langsam aus ihrem Schlaf erwachen. Dominik hielt sie eng umschlungen und ihr Kopf ruhte auf seiner Schulter. Sie dachte an die berauschende Nacht zurück, seinen wilden, süßen Sex und spürte das Verlangen in sich wieder aufsteigen. Zärtlich streichelte sie über Dominiks Körper. Mit geschlossenen Augen knurrte er. „Wenn du so weiter machst, kann ich für nichts garantieren."

Alex hob ihren Kopf, lachte und küsste ihn auf den Mund. Ihr Blick fiel auf die Uhr auf dem Nachtschränkchen, so spät schon. Sie wollte noch vor den Kindern zu Hause sein. „Ich glaube, dafür habe ich keine Zeit mehr, ich muss los. Aber danke für die wunderschönen Stunden."

Er öffnete seine Augen und schaute sie an. „Wann sehen wir uns denn wieder?"

Alex zuckte mit den Schultern. „Ich weiß es noch nicht, ich rufe dich an."

Sie küsste ihn noch einmal flüchtig, entzog sich seiner Umarmung, schlüpfte in sein Hemd, griff sich ihre große Tasche und verschwand im Bad.

Frisch gestylt, in einer engen hellblauen Jeans und einer lockerfallenden Sommerbluse, lief Alex die Treppe herunter. Dominik stand in Jeans, barfuß und mit freiem Oberkörper in der Küche und hantierte am Kaffeeautomaten. Es roch nach frischem Kaffee und Gebäck. Er schaute Alex an, ihr frisches Outfit gefiel ihm. „Ohne Frühstück lasse ich dich nicht gehen, magst du einen Cappuccino?" Alex nickte und nahm ihm die Kaffeetasse aus der Hand, schnappte sich eins von den frisch aufgebackenen Butterhörnchen auf dem Tisch und stellte sich vor die große offene Terrassentür.

„Wow, das ist ja ein toller Ausblick, den du hier hast."

Dominik stellte sich ganz nah hinter sie und zog sie an sich heran. Beide schauten auf die große bunte Blumenwiese, die sich durch eine mehrstufige abfallende Böschung anschloss, um dann in ein flaches, weitläufiges Tal abzufallen. Auf den gegenüberliegenden, ansteigenden Bergen wechselten sich Baumgruppen, Wiesen und Felder ab. Das in der Ferne zusehende kleine Dorf mit Kirchturm gab dem Panorama einen romantischen Touch.

Alex schlürfte an ihrem Kaffee. „Hast du nicht Angst, dass der Bauer neben deiner Terrasse mal Raps anbaut oder dir seine Kühe vor die Nase stellt?"

Dominik küsste sie auf ihre Schulter und lächelte. „Das tut der Bauer nicht."

Alex ahnte. „Die Wiese gehört dir, stimmt's?"

Dominik tat geheimnisvoll und vergrub sein Gesicht in ihrem frisch duftenden Haar. Sie nahm einen Schluck aus ihrer Tasse und wurde nachdenklich. „Sag, das mit den Kindern, hast du das ernst gemeint?"

Er drehte sie zu sich um und schaute ihr in die Augen. „Ja, sie sind ein Teil von dir und ich würde sie gerne kennenlernen."

Alex stellte ihre Tasse ab und zog ihn zu sich heran.

„Du machst mich sehr glücklich."

Er lächelte, beugte sich zu ihrem Mund und berührte zärtlich ihre Lippen. „Das möchte ich auch, ich liebe dich."

Der innige Kuss raubte Alex fast den Atem, sie löste sich von ihm. „Ich muss jetzt gehen, ich will vor den Kindern noch zu Hause sein. Ich ruf dich an."

Sie nahm hastig ihre Tasche, an der Tür blieb sie stehen, schaute ihn noch einmal an. „Ich dich auch", flüsterte sie und verließ das Haus.

Neben ihrem BMW stand der rote Kleinwagen, die Kofferraumhaube geöffnet und eine ältere Dame mit grauem Dutt stellte Körbe mit leeren Flaschen ins Auto. Alex vermutete, dass es sich um Dominiks Haushälterin handelte. „Guten Morgen, sind Sie Frau Schneider?"

Die ältere Dame schaute sich erschrocken um. „Ja, das bin ich." Sie stellte ihren Korb ab und drehte sich zu ihr um. „Sie sind sicher die Kommissarin aus Erfurt?"

Alex gab ihr die Hand und nickte freundlich. „Mein Name ist Alexandra Brückner."

Sie drückte Alex unerwartet fest die Hand und baute sich vor ihr auf. „Ich hoffe, Sie haben unseren Dominik nicht die ganze Nacht verhört. Ihre rabiate Kollegin von gestern wollte Dominiks Alibis wissen und hat hier überall herumgeschnüffelt. Ich verstehe nicht, warum er sich das alles so gefallen lässt."

Alex dachte an die letzte Nacht und musste sich ein Lachen verkneifen. „Wissen Sie, Frau Schneider, Alibis entlasten Menschen auch und die können dann von den weiteren Ermittlungen ausgeschlossen werden. Sie und Ihr Kollege haben doch Herrn Kobenstein ein sicheres Alibi gegeben."

Frau Schneider beruhigte sich etwas. „Ja, wir wissen immer hundertprozentig, wann Dominik zu Hause ist und wann nicht. Wir leben schließlich gemeinsam auf dem Hof."

Alex lief um ihren Wagen und öffnete die Fahrertür. „Wieso eigentlich, Sie sind doch auch mal im Haus beschäftigt?"

Die Haushälterin bekam ein rotes Gesicht und fuchtelte aufgeregt mit den Händen hin und her. „Erstens meldet er sich immer ab, wenn er mal wegmuss und zweitens hat man zwar in das alte Gesindehaus zwei wunderschöne Wohnungen eingerichtet, aber an dem schlechten alten Fundament konnte man nicht mehr viel ändern und so fängt das Haus immer an zu vibrieren, wenn Dominik die mit Granit gepflasterte Einfahrt entlang fährt und den Hof verlässt. Herr Vogt, der Hausmeister, wird Ihnen das auch bestätigen."

Alex lächelte Frau Schneider zu. „Vielen Dank für Ihre Auskunft, aber Dominik ist kein Verdächtiger mehr."

Sie stieg in ihren Wagen und fuhr auf der alten Landstraße zurück zur Autobahn. Sie dachte an die letzte Nacht und ein inniges Glücksgefühl durchströmte sie. Ob die Kinder ihn akzeptieren könnten? Naja, eine Reise nach Australien wäre sicher eine gute Bestechung. Auf die Reise nach Wien würde sie ihn so gern begleiten, aber ihre Ermittlungen hatten erst einmal oberste Priorität.

Irgendwie trat sie bei ihren Nachforschungen auf der Stelle. Der entscheidende Hinweis zum Täter fehlte ihr gänzlich. Jetzt auch noch dieser Scheunenbrand, sie fühlte, dass auch hier dieses Ungeheuer dahintersteckte und es sich nicht um einen Unfall handelte. Irgendetwas übersah sie. Selbst der Mord an Schulte brachte sie nicht auf die finale Spur.

Alex fuhr ihren Wagen in die Einfahrt. Zum Glück traf sie vor den Kindern ein. Ein wenig später wurden die Zwillinge vom Vater des Geburtstagskindes in einem VW Bus vorbeigebracht. Die Geburtstagsparty schien ein voller Erfolg gewesen zu sein. Die Jungen redeten ununterbrochen auf ihre Mutter ein, um ihre Erlebnisse zu schildern. Alex musste sie unterbrechen und schickte die beiden schließlich nach oben. „Ihr zieht jetzt eure Sportsachen an, ich fahre euch gleich zum Sportplatz."

Lisa trat in die Küche in schwarzen engen Jeans und schwarzen Shirt, ihre riesige Tasche schleifte fast auf dem Boden. „Guten Morgen, gibt es noch Frühstück?"

Alex ließ gerade einen Kaffee aus der Maschine.

„Gab es bei deiner Freundin nichts zu essen?"

Lisa winkte ab. „Ach, die essen nur noch so veganes Zeug, da bin ich abgehauen."

Alex lachte. „Cornflakes und Milch sind noch da, mach dir eine Schüssel. Wann musst du in die Schule?"

Lisa holte sich die große Cornflakes-Packung aus dem Schrank. „Ach heute erst zur dritten Stunde, wir haben in Deutsch Konsultation."

Die Zwillinge kamen mit ihren Sporttaschen die Treppe herunter gestürmt und setzten sich mit an den Küchentisch. Leon angelte sich einen Zwieback aus der Packung und stopfte ihn in den Mund. „Gibt es noch Kakao?"

„Na komm, ich koch euch schnell Kakao."

Alex holte die Milch aus dem Kühlschrank. „Das Wochenende seid ihr bei Papa. Wann will er euch abholen? Habt ihr schon mit ihm gesprochen?“

„Morgen um zehn, wir fahren in ein Erlebnisbad mit einer riesigen Rutsche“, begeisterte sich Tim.

Lisa maulte dazwischen. „In Tampa am See hat man auch eine große Rutsche ganz neu gebaut.“

Leon schaute Alex an. „Können wir nicht auch bald mal wieder dorthin, dort ist es immer schön gewesen?“

Alex stellte jeden einen Kakao hin. „Später einmal. Ich dachte, Papa will mit euch aufs Krämerbrückenfest?“ „Ja doch“, rief Tim. „Aber erst am Sonntag!“

Lisa schlürfte an ihrer Tasse. „Ich fahre aber nicht mit Papa mit, ich bin bei Felix.“

Alex setzte sich an den Tisch. „Wieso fährst du nicht bei deinem Vater mit?“

Lisa verdrehte die Augen. „Das habe ich dir doch schon erzählt, dass Felix seinen zwanzigsten Geburtstag am Samstag feiert, da ist richtig große Fete. Mama, du hörst mir nie zu.“

Alex konnte sich beim besten Willen nicht daran erinnern, aber sie flunkerte. „Doch, das weiß ich noch, aber ich wusste nicht, dass es dieses Wochenende ist. Wie kommst du denn nach Hause?“

Lisa maulte etwas in sich hinein. „Ich dachte, ich könnte da übernachten.“

Alex schüttelte energisch den Kopf. „Nein, Lisa, du bist erst fünfzehn, du übernachtest noch nicht bei einem jungen Mann. Wenn alle Stricke reißen, hole ich dich ab.“

Lisa schob wütend ihre Schüssel weg, stand auf, schnappte sich ihre große Tasche und rannte in ihr Zimmer.

„Jetzt ist sie wieder beleidigt, Mama“, kicherte Leon in sich hinein.

Tim fing auch an zu lachen. „Der Benny war gestern auch ein bisschen eingeschnappt. Wir haben Verstecken gespielt und er ist in sein Zelt gekrochen. Leon und ich haben dann heimlich den kleinen Kinderbauwagen vor das Zelt geschoben. Da ist er nicht mehr rausgekommen. Das war lustig."

Alex erstarrte förmlich. Das war es! Die Kinder waren bei dem Brand nicht mehr aus der Scheune gekommen. Tim schaute seine Mutter erschrocken an. „Mama, was ist denn?" Sie tätschelte seine Hand. „Ihr habt mich auf eine gute Idee gebracht." Sie sprang auf und lief ins Wohnzimmer. Auf der Konsole lag der Stoß Akten. Alex suchte fieberhaft nach den Bildern des Scheunenbrandes. Auf einem der Fotos sah man es: Neben der abgebrannten Scheune stand die angeschmorte Ballenpresse genau vor den Brettern, die die Kinder als Ein- und Ausstieg benutzten. Sie sind einfach nicht mehr rausgekommen, weil die Maschine den einzigen Fluchtweg versperrte. Nur wer hatte sie dort positioniert? Sie wusste, dass sie gerade etwas Wichtiges entdeckt hatte.

Sie packte alle Unterlagen in ihren Kofferraum und brachte die Zwillinge zum Sportplatz. Sie achtete darauf, dass jeder der Jungen eine große Flasche Wasser mit sich führte, denn auch heute sagte der Wetterbericht einen heißen Tag voraus. Erst am Sonntag versprach man Abkühlung, allerdings nur durch schwere Gewitter.

Auf der Fahrt nach Tampa rief Alex Regina an, berichtete von dem Scheunenbrand und ihrem Verdacht, den sie sofort nachgehen müsse. Ins Präsidium würde sie es erst zum Nachmittag schaffen. Sie bat Regina, die Vernehmung von Matteo Keßler, dem Fernfahrer, zu übernehmen.

Vor Tampa bog Alex auf eine kleine Dorfstraße ab. Der Willmershof lag sehr idyllisch in einer kleinen Senke. Vorsichtig fuhr Alex auf den Dreiseitenhof, um die vor ihr herlaufende, schnatternde Schar aufgeregter Gänse nicht zu überfahren. Das modernisierte Anwesen machte auf Alex einen soliden Eindruck. Die Mitte des gepflasterten Hofes zierte eine prächtige Blumenrabatte. Ein hübsches Holzschild wies auf den neu eröffneten Hofladen hin. Am Rand des Geländes stand ein riesiger Mähdrescher. Ein Mann mittleren Alters in Latzhose und Gummistiefel kam aus dem Haus gelaufen und begrüßte sie freundlich. „Kann ich Ihnen behilflich sein, junge Frau?"

„Oh ja, das können Sie." Alex zog ihren Ausweis aus der Tasche und hielt ihn dem Mann vor die Nase. „Mein Name ist Alexandra Brückner, Kriminalpolizei. Ich suche Herrn Willmers."

Das Lächeln verschwand aus seinem Gesicht, er setzte sich die Basecap in seiner Hand auf den Kopf. „Das bin ich."

„Keine Angst Herr Willmers, ich habe nur ein paar Fragen zu dem Scheunenbrand." Sie lief um den Wagen, öffnete den Kofferraum und holte einen Stapel Fotos aus den Akten. Auf der Motorhaube ihres Wagens breitete sie die Bilder vor dem verdutzten Bauern aus. „Wenn Sie bitte einmal schauen würden." Sie zeigte auf das Foto. „Ihre Maschine steht hier nach dem Scheunenbrand auf der rechten Seite. Steht Sie immer so weit vorn?"

Herr Willmers schaute sich das Foto genauer an. „Nö, das hier ist noch unsere kleine Ballenpresse, die stand immer ganz hintenan der Scheune, sonst komme ich mit meinem Traktor nicht rum, um sie anzuhängen. Ich habe damals angenommen, dass sie die Feuerwehr nach vorn geschoben hatte, wegen der Brandbekämpfung."

Alex nickte vielsagend. „Könnte denn jemand allein die Maschine wegschieben?"

Herr Willmers lachte und schob seine Kappe etwas nach hinten. „Heute haben wir nur noch die großen Ballenpressen, aber das hier ist noch die kleine. Die schiebt ein Mann auf gerader Fläche locker weg, man muss allerdings erst die Bremse lösen."

Alex hakte nach. „Von allein kann die Maschine nicht wegrollen?“

Der Bauer schaute nochmals über die Bilder und schüttelte den Kopf. „Nö, nö, die Maschine wird ja abgeschlossen, sonst kann sie sich ja jeder holen.“

Alex tippte auf die Versicherungsbilder. „Und was sind das für kleine Rechtecke an der Rückseite der Scheune?“

Herr Willmers zeigte mit dem Finger auf die einzelnen Öffnungen. „Das sind Lüftungsschlitze, die sind immer geöffnet.“

Alex raffelte alle Fotos zusammen und deutete auf den Hofladen. „Ist der schon geöffnet?“

Herr Willmers lächelte wieder. „Ja freilich, schauen Sie nur rein. Meine Frau bedient den Laden. Auf Wiedersehen.“ Er winkte ihr kurz zu und schwang sich auf seinen riesigen Mähdrescher.

Zu Alex Erstaunen fuhr er sehr leise davon. Sie nutzte jetzt schnell noch die Gelegenheit, für das Wochenende einzukaufen. Frisch vom Bauer, besser ging es nicht.

Bevor sie den Hof verließ, rief sie Tina Vorberg an und bat sie nachzuforschen, ob damals bei der Brandlöschung die Ballenpresse von den Kollegen bewegt worden sei. Sie benötige heute noch die Bestätigung und sei unter dieser Nummer zu erreichen.

In Tampa betrat Alex mit einem Karton beladen das Revier. „Guten Morgen, Lena, ich müsste mal meinen Einkauf in eurem Kühlschrank lagern. Bei der Hitze würde mir alles im Auto vergammeln.“ Obwohl alle Fenster bereits weit offenstanden, konnte man die angestaute Hitze noch spüren. Lena genoss bereits ihren ersten Smoothie und Alex kam nicht drum herum, mit ihr ein Glas der braungrünen, dickflüssigen Fruchtbrühe zu trinken.

Nach dem kurzen Telefonat mit Frau Vorberg berichtete Alex Lena über ihren Verdacht, dass der Täter den Kindern mit der Ballenpresse den Fluchtweg versperrt hatte. Die Feuerwehr bestätigte, die Maschine nicht verrückt zu haben.

Alex verspürte eine prickelnde Aufregung. Sie klemmte die Scheunenfotos mit an die Pinnwand. „Schau Lena, nachdem die Kinder in die Scheune geklettert waren, hat der Täter die Maschine entriegelt und sie direkt vor die Bretter geschoben. So gab es für die Kinder kein Entrinnen. Wer soll sie sonst dorthin gestellt haben? Der Bauer und die Feuerwehr bestreiten es. Und hier auf dem Foto von der Versicherung befinden sich in der Rückwand der Scheune die Lüftungsschlitze. Von hier konnte der Täter in aller Ruhe einen Brandsatz auf das Stroh von außen werfen und unbemerkt verschwinden. Ich würde gern noch die Kinder von damals befragen. Die finde ich doch bestimmt in der Gesamtschule, sind ja alle aus der Siedlung?"

Lena studierte die Bilder genauer. „Das ist ja ungeheuerlich, hier scheint aber wenigstens der liebe Gott einen guten Tag gehabt zu haben. Was ist das nur für ein krankes Hirn, Kindern so etwas antun zu wollen? Ich komme mit in die Schule", rief sie aufgebracht. Sie schloss alle Fenster und wandte sich an ihre Kollegin. „Ach übrigens bin ich unsere gesamten Daten der letzten Jahre durchgegangen und konnte keinen weiteren Fall, in denen Kinder zu Schaden kamen, entdecken."

Als die beiden Frauen die Schule betraten, hatte die vierte Stunde bereits begonnen. Sie begaben sich direkt zum Lehrerzimmer und trafen Ilona Felber an. Hilfsbereit begleitete die Lehrerin die Polizistinnen zum Klassenzimmer, um die zwei Schülerinnen, die Alex benannte, zur Befragung aus dem Unterricht zu holen. Frau Felber bestand darauf, bei der Befragung anwesend zu sein.

Etwas verschüchtert traten die zwei Mädchen auf den Flur. Alex lächelte sie freundlich an. Sie schätzte beide auf zwölf bis dreizehn Jahre.

„Guten Tag, mein Name ist Alexandra Brückner, ich bin von der Polizei. Keine Angst, ich habe nur ein paar Fragen an euch. Ihr könnt gleich wieder in eure Klasse. Wer von euch ist Emma Stein?“

Das große schlanke Mädchen mit halblangem Haar nickte und gab ihr sehr zaghaft die Hand.

„Hallo Emma. Und dann bist du Charlotte?“

Die fast einen Kopf kleinere Freundin wirkte auf Alex etwas aufgeschlossener.

„Ich habe noch ein paar Fragen zu dem Scheunenbrand vor drei Jahren, könnt ihr euch daran noch erinnern?“ Beide nickten. „Ihr seid damals durch die vier Bretter hier vorn in die Scheune geklettert.“ Alex deutete auf das Schwarz-Weiß-Foto der Versicherung. Die Mädels nickten. „Und die Maschine hier auf dem anderen Foto, wo stand die?“

Charlotte beugte sich nach vorn und zeigte mit dem Finger auf den hinteren Platz neben der Scheune. „Hier hinten.“

„Seid ihr euch ganz sicher?“

Die Mädels bestätigten ihre Vermutung. „Dann seid ihr mit euren zwei Freunden auf den Dachboden geklettert und habt gespielt?“ Die Mädels nickten erneut.

„Sagt ihr uns bitte, was dann passiert ist?“

Die beiden schauten ihre Lehrerin hilfesuchend an. Frau Felber schritt daraufhin ein. „Muss denn das sein, das war eine schlimme Zeit für die Kinder mit all den Beschuldigungen.“

Alex faste beiden Mädchen auf die Schulter. „Wenn ihr mir jetzt helft, kann ich vielleicht beweisen, dass ihr unschuldig an dem Feuer seid.“

Man sah beiden die Erleichterung an. Die kleine Charlotte, ihr Haar war zu einem Pferdeschwanz gebunden, faste als erstes Vertrauen. „Wir haben kein Feuer gelegt. Am Anfang haben wir immer erst unsere Taschenlampen angeknipst, nur manchmal, wenn alle Batterien leer waren, haben wir eine Kerze in einem Einweckglas angebrannt."

Alex schaute beide abwechselnd an. „Und was geschah an dem Abend des Scheunenbrandes, habt ihr da auch die Kerze angebrannt?" Beide schüttelten energisch den Kopf. Selbst die schüchterne Emma konnte nicht mehr an sich halten. „Nein, wir haben an den Abend nur unsere Taschenlampen angehabt und wir haben kein Feuer gelegt."

Alex legte wieder beruhigend ihre Hände auf die Schultern der Mädchen. „Ich glaube euch. Wann habt ihr denn das Feuer bemerkt?"

Charlottes Worte überschlugen sich fast. „Plötzlich war es ganz hell in der Scheune und wir sahen durch die Schlitze im Fußboden, dass es unter uns brannte. Wir sind ganz schnell vom Dachboden geklettert und wollten raus, aber die Bretter ließen sich nicht mehr öffnen. Dann war ganz viel Rauch im Raum und wir konnten nicht mehr raus. Wir haben gerufen und geschrien, bis der Bauer uns die Tür geöffnet hat."

Alex lächelte die Mädchen an. „Da hattet ihr aber ganz großes Glück. Ist euch denn sonst jemand an dem Tag begegnet in der Nähe der Scheune oder habt ihr ein Auto gesehen?"

Die beiden schauten sich an und schienen zu überlegen, dann schüttelten sie erneut den Kopf. Charlotte trat einen Schritt nach vorn, um erneut energisch ihre Unschuld zu beteuern. „Wir haben wirklich kein Feuer gelegt!"

Lena trat neben Alex. „Wir glauben euch und wir versuchen zu beweisen, dass es einen anderen Täter gab. Aber es ist schon so lange her und es gibt keine Zeugen oder Beweise. Eure zwei Freunde müssen wir auch noch befragen." Die beiden nickten, Alex bedankte sich und entließ die zwei Schülerinnen in ihre Klasse.

Frau Felber bedankte sich ebenfalls herzlich bei Alex und Lena. „Das würde mich sehr glücklich machen, wenn Sie die Unschuld der Kinder beweisen könnten. Besonders die beiden haben schwer unter den damaligen Ereignissen und den Beschuldigungen gelitten. Und sie sind keine Lügnerinnen."

Die beiden Frauen versprachen der Lehrerin ihr Bestes zu geben und verließen die Schule.

Alex konnte ihre Wut kaum unterdrücken. „Stell dir das vor, da hat man den Kindern jahrelang eingeredet, das Feuer wäre ihre Schuld. Was für eine Belastung das auch für die Kinder ist! Man hat einen anderen Tathergang völlig ausgeschlossen. Ich hoffe, wir können das auch beweisen."

Im Revier bemerkte Lena, dass Alex unter Strom stand und sich überhaupt nicht beruhigen konnte. Sie fasste Alex an der Schulter. „Entspann' dich. Lass das nicht so nah an dich ran. Ich lade dich jetzt zu einer Bratwurst am Imbiss und einem Eis bei unserem Lieblingsitaliener ein. Heute ist Freitag und Markttag. Da schaltest du hoffentlich ein bisschen ab."

Alex und Lena schlenderten über den Marktplatz, beschauten die üppig beladenen Marktstände und gönnten sich am großen Thüringengrill eine leckere Bratwurst. Mit einer Tüte Eis in der Hand liefen sie auf den von Dominik gestalteten Brunnen zu und setzten sich davor auf eine Bank. Alex betrachtete die lieblich spielenden Kinder aus Bronze. Sie dachte an ihre Jungs und Lisa und an das Angebot von Dominik, sie kennenzulernen. Aber vorher musste sie diesen verdammten Fall lösen.

Alex brach das Schweigen. „Wir haben zu unserem Täter keinen einzigen Hinweis. Wir wissen immer mehr, was und wie er es getan hat, aber es führt keine einzige Spur zu ihm. Das macht mich völlig fertig. Immer wenn wir dachten, wir haben den Täter, gleitet er uns wieder aus den Händen."

Lena stimmte ihr zu. „Vielleicht haben wir etwas übersehen, dann müssen wir zum Anfang zurück."

Alex stand auf und ging zum Brunnen, hielt ihre Hand unter die Fontäne und ließ das kühle Wasser über sie laufen. Interessiert betrachtete sie die Bronzefiguren. Dann sah sie es und zog erschrocken ihre Hand zurück.

„Komm mal her Lena, schau dir das mal an."

Lena erhob sich und trat neben Alex. „Hast du das schon gesehen? Die gedrehten Metallfontänen zwischen den Kindern oben an den Enden, wo das Wasser heraussprudelt, sind Schlangenköpfe. Die Kinder spielen, wenn man genauer hinschaut, zwischen sich windenden Schlangen."

Lena beugte sich nach vorn. „Ja, das stimmt. Ich bin dem Brunnen allerdings auch noch nie so nahegekommen. Was will uns der Künstler damit sagen? In der christlichen Mythologie steht die Schlange als Verführerin, aber im Zusammenhang mit Kindern, ich weiß es nicht, vielleicht für Gefahr?"

„Ich werde ihn fragen, wenn ich zu ihm gehe, was er sich dabei gedacht hat."

Lena schaute Alex an. „Wie, wenn du zu ihm gehst? Ich dachte, er ist aus den Ermittlungen raus?"

Alex antwortete nur zögerlich. „Ja, ist er auch."

Lena kapierte langsam. „Aber Alex, du hast doch mit ihm nichts am Laufen?"

Alex zuckte mit den Schultern. „Es ließ sich nicht verhindern, es ist einfach passiert."

Lena konnte es nicht fassen. „Mensch, in deiner Situation, die Kinder, die Scheidung, dein Mann und dein erster Fall. Alle schauen auf dich, du kannst dir keine Fehler leisten. Scheiße, ich höre mich an, wie deine Mutter."

Alex fuhr sich mit den Händen über ihr Gesicht. „Deshalb stehe ich auch so unter Druck, ich muss den Kerl endlich zur Strecke bringen."

Lena schaute Alex wieder an. „Ich kenne ihn ja nur von Bildern, er ist schon ein schöner Mann. Sag mal, du hast dich doch nicht in den Typ verknallt?"

Alex zuckte mit den Schultern. „Doch, ganz schlimm. Ich kann mich nicht dagegen wehren."

Lena starrte in das Wasser und fing an zu lächeln.

„Hat es sich wenigstens gelohnt?"

Alex verstand, was sie meinte und lächelte ebenfalls geheimnisvoll. „Ja, sehr."

Lena hielt ihre Hand unter den Wasserstrahl. „Dann wünsche ich dir viel Glück. Ich habe morgen, am Samstag, Dienst, da werde ich mir alles noch einmal zu Gemüte führen. Vielleicht haben wir wirklich etwas übersehen. Am Montag kommt mein Kollege aus dem Urlaub, dann normalisiert sich endlich wieder mein Arbeitspensum."

Alex überlegte. „Ich fahre jetzt auch nicht mehr ins Präsidium, das wird mir zu spät. Ich werde mich heute um meine Kinder und meinen Haushalt kümmern. Aber morgen sind die Jungs bei ihrem Vater und Lisa bei ihrem Freund, da kann ich noch einige Sachen im Kommissariat erledigen. Ich schau mir auch noch mal alles an. Wenn ich etwas finde, rufe ich an."

Der Freitagnachmittagsverkehr quälte sich über die Autobahn. Genervt reihte sich Alex in die linke Autoschlange ein, um die neu aufgemachte Baustelle auf der A4 zu umfahren. Sie telefonierte mit Regina, berichtete ihr von ihren Ermittlungen und teilte ihr mit, erst morgen Vormittag ins Kommissariat zu kommen.

„Was hat die Vernehmung von Matteo Keßler ergeben?", wollte sie wissen.

„Oh, da hat sich unsere neue Kollegin als geschickte Verhörspezialistin entpuppt. Matteo Keßler hat sich zum Schluss in allerlei Widersprüche verwickelt und er ist Hobbytaucher. Er und seine Frau lieben Urlaub in Thailand und haben dort einige Tauchkurse absolviert. Seitdem sind ihre Urlaube mit ausgeprägten Tauchgängen verbunden. Seine Fingerabdrücke werden gerade überprüft. Wir halten ihn erst einmal 24 Stunden fest. Den kannst du dir morgen noch mal vornehmen. Das Verhörprotokoll lege ich auf deinen Schreibtisch.

Ach, übrigens habe ich auch endlich die Eltern von Mark Keller erreicht. Die zwei kamen gerade aus ihrem ersten Urlaub nach dem Unfalltod ihres Sohnes. Eigentlich habe ich nur mit dem Vater sprechen können. Er weigerte sich, seine Frau damit zu belästigen, da sich erst jetzt eine gewisse Normalität in ihrem Eheleben eingestellt hat. Er erzählte mir, dass seine Frau nach dem Tod des Sohnes regelrecht besessen schien von dem Fluch der Kobenstein. Sie ist damals zur alten Kobenstein gegangen, um ihr auf den Kopf zuzusagen, dass sie wisse, dass sie dahinterstecke. Diese ist dann wohl ausgerastet. Die Schwester und die Ärztin des Heimes mussten eingreifen. Der Mann kam zu dem Schluss, dass seine Frau sich da in etwas verrannte und zog mit ihr weg. So, Alex, das war's erst einmal von meiner Seite. Ich fahre das Wochenende zu meiner Tochter. Aber Toni möchte morgen Vormittag noch Dienst schieben, da seid ihr dann zu zweit."

Alex zuckelte die letzten Meter vor Erfurt noch hinter einer Erntemaschine her.

„Okay, das ist gut. Ist Matze noch im Haus?"

„Ja, er, Toni und ich wollen jetzt eigentlich in den Feierabend starten."

„Sag ihm doch bitte, er möchte mir die Homestory über Dominik Kobenstein bei Thüringen Aktuell raussuchen. Der Verfasser ist Rainer Gewohl. Das ist der nervige Journalist, von dem ich dir erzählt habe. Aber das hat bis Montag Zeit, es ist nur informativ für mich. Ich wünsche euch ein schönes Wochenende."

„Dir auch Alex."

Der Ernte-Koloss bog endlich in einen Feldweg ab und Alex konnte wieder Gas geben. Dieser verdammte Fluch, er tauchte immer wieder auf und zog sich wie ein roter Faden durch ihre Ermittlungen. Alle Beteiligten hingen in dieser Geschichte fest, entweder sie wohnten in der Siedlung oder es verband sie etwas mit dem See. Wieso kam sie dem Täter nicht annähernd auf die Spur? Sie spürte regelrecht das Böse, konnte aber bisher den entscheidenden Hinweis nicht entdecken. Und wie passt dieser Matteo Keßler in die Geschichte, ein Zufallstreffer?

Alex fuhr den Wagen in die Garage. Seit Tagen kam sie endlich mal wieder pünktlich nach Hause. Sie trug ihren Einkauf ins Haus, bereitete den Kindern ein leckeres Abendbrot zu und konnte im Haushalt noch ein paar Dinge erledigen, aber ihre Gedanken kreisten immer nur um Dominik und diesen verflixten Fall.

Kapitel 22

Die Morgensonne strahlte Alex ins Gesicht. Sie hielt ihre Augen noch geschlossen und wollte noch nicht aufwachen, sie träumte von Dominik.

Aber vom Flur her hörte sie die Zwillinge streiten. Sie öffnete die Augen und schaute auf den Wecker. Mist, schon nach neun, sie hatte verschlafen. Um zehn Uhr holte Michael die Jungs ab und sie wollte heute Morgen noch einmal ins Büro. Genervt trat sie aus ihrem Zimmer. „Was ist denn hier für ein Geschrei?"

Die Jungen zerrten beide an einem Paar Taucherflossen. Leon behauptete: „Das sind meine Flossen."

Aber Tim protestierte. „Quatsch, das sind meine! Die lagen in meinem Schrank." Alex nahm ihnen die Flossen aus den Händen. „Was streitet ihr euch denn, ihr habt doch beide Taucherflossen. Leon, du schaust noch einmal nach. Ich habe auch welche in der Garage gesehen, in dem Seitenschrank. Und Tim, du deckst den Frühstückstisch, ich komme gleich herunter."

Alex rannte gegen die verriegelte Badtür. Leon petzte. „Lisa ist schon ganz lange im Bad, ich will da auch noch mal rein, Zähne putzen."

Alex klopfte gegen die Tür. „Lisa mach' hin, wir müssen alle noch ins Bad! Schminken kannst du dich auch unten im kleinen Bad."

Lisa kam wütend mit ihrem ganzen Kram aus dem Bad gerannt. „Nirgends hat man seine Ruhe."

„Guten Morgen, liebe Lisa." Alex schaute ihr nach und verschwand im Bad.

Nach dem Frühstück betrachtete Alex den riesigen Haufen, den die Jungs bereits zusammengetragen hatten. Angel- und Schnorchelausrüstung, Zelt, Luftmatratzen, Luftpumpe, Spaten und Eimer.

„Sagt mal, ihr bleibt doch nur übers Wochenende, was wollt ihr denn noch alles mitnehmen?“

Tim verteidigte sich. „Papa hat gesagt, wir sollen alles einpacken.“

Alex grinste. Na, der wird sich wundern. Es klingelte. Leon rannte zur Tür und riss sie auf. „Das ist Papa. Ach nö, es ist nur Felix“, enttäuscht lief er zum Gästebad und klopfte an die Tür. „Lisa, dein Freund ist da.“

Felix trat ins Wohnzimmer. „Was für ein Empfang.“

Alex lachte, lief ihm entgegen und gratulierte ihm zum Geburtstag.

Lisa kam aus dem Bad gerannt und fiel ihrem Liebsten um den Hals, um zu gratulieren, was die Zwillinge dementsprechend kommentierten.

Alex rief sie zur Räson und schaute auf die Uhr.

„Wo bleibt eigentlich euer Vater? Es ist schon nach zehn. Ich muss noch ins Büro.“

„Du kannst ruhig schon fahren, wir warten, bis Papa die Jungs abgeholt hat“, bot Lisa ihrer Mutter an, Felix nickte dazu.

„Okay, dann euch allen viel Spaß und Lisa, dich hole ich heute Abend um elf Uhr ab.“

Lisa verdrehte die Augen. „Wenn's sein muss.“

Alex gab den Zwillingen einen Kuss.

„Dann bis morgen Nachmittag und vertragt euch.“

Im Kommissariat ging es ruhig zu, denn die Anzahl der Beamten begrenzte sich am Samstag auf ein Minimum. Ihre Kollegin Toni saß bereits am Computer, um ihren Bericht fertig zu schreiben.

„Hallo Alex, ich bin gerade fertig geworden. Sag mal, die Geschichte mit dem Scheunenbrand ist ja der Hammer. Hat der Irre es tatsächlich darauf angelegt, die Kinder zu verbrennen? Wie bist du dem auf die Spur gekommen?“ Sie schaute ihre Chefin ungläubig an.

Alex zuckte mit den Schultern. „Eigentlich nur durch einen Zufall und dann haben mich noch die Zwillinge auf die richtige Idee gebracht.“

Gedankenversunken drehte sich Toni auf ihren Drehsessel hin und her. „Er kommt mir vor, wie der Rattenfänger von Hameln, der sich an den Eltern rächt und ihre Kinder verschwinden lässt. Geht es tatsächlich um den Jungen von damals, diesen Elias? Oder worum geht es da?“

Alex stellte sich zu ihr. „Das ist eine gute Frage. Wenn wir die beantworten können, haben wir auch unseren Täter.“

Alex hielt das Vernehmungsprotokoll von Matteo Keßler in der Hand. „Meinst du, er könnte unser Mann sein? Was haben die Fingerabdrücke ergeben?“

Toni stand auf und stellte sich neben Alex. „Er hat sich zum Schluss ganz schön in Widersprüche verwickelt. Ich vermute, dass er Christian Schulte am Montag kontaktierte. Außerdem scheint er ein guter Taucher zu sein. Weitere Zusammenhänge konnte ich nicht mehr aus ihm rausholen, er machte einfach dicht. Die KTU fand nur einen einzigen Abdruck von ihm, seinen Handabdruck auf der Haustür. Entweder schlug er mit der flachen Hand gegen die Tür, oder er versuchte durch die kleinen Butzenfenster in der Tür zu schauen und hat sich mit der Hand abgestützt. Er sitzt übrigens schon eine halbe Stunde im Verhörraum. Möchtest du mit ihm reden?“

Alex überflog noch einmal das Protokoll und nickte Toni zu. „Wir machen es zu zweit.“

Die Frauen betraten den Verhörraum. Es roch stark nach Schweiß. Matteo Keßler sah mitgenommen und etwas ungepflegt mit seinem Dreitagebart aus. Der große kräftige Mann um die Fünfzig trug seine dünnen rötlichen Haare zu einem Zopf gebunden, schwitzte stark, obwohl eine angenehme Temperatur im Raum herrschte. Alex stellte ihm einen Pott Kaffee auf den Tisch und setzte sich im gegenüber. Toni nahm neben ihr Platz und schaltete das Aufnahmegerät ein.

„Guten Tag, Herr Keßler, mein Name ist Alexandra Brückner. Ich leite hier die Mordermittlungen und ich möchte Ihnen ein paar Fragen stellen. Seit wann wohnen Sie mit Ihrer Frau im Haus, Tambacher Straße 17?"

Herr Keßler starrte Alex an, schaute auf den Kaffee und antwortete mit rauer Stimme. „Seit 2001."

Alex öffnete die Akte und schaute Matteo Keßler eindringlich an. „Ihre Frau erzählte uns, dass Sie eine freundschaftliche Beziehung zu Christian Schulte im Laufe der Jahre aufgebaut haben? Wann haben Sie ihn denn das letzte Mal gesehen?"

Matteo Keßler setzte sich etwas auf und nahm die Kaffeetasse zwischen die Hände. „Das ist schon ein paar Wochen her. Er ist mir ja ständig aus dem Weg gegangen. Jetzt weiß ich auch warum. Während ich das Geld verdiente, hat er mit meiner Frau rumgevögelt."

Alex sprach ruhig weiter. „Aber wie können Sie sich dann ihren frischen Handabdruck auf der Eingangstür von Herrn Schulte erklären?"

Herr Keßler starrte sie an und fing noch mehr an zu schwitzen. Auf seinem grauen, verwaschenen T-Shirt zeichneten sich große dunkle Schweißflecke unter seinen Armen ab. Nach einer Weile des Überlegens platze er regelrecht heraus. „Ja, ich habe am Montag bei ihm geklingelt! Ich wusste, dass er zu Hause war und als er nicht aufmachte, habe ich gegen die Tür geklopft. Aber er öffnete nicht. Dann bin ich wieder gegangen."

Alex beugte sich etwas nach vorn. „Was wollten Sie denn von ihm?"

Keßler wirkte verzweifelt. „Ich wollte einfach nur rauskriegen, ob er wusste, mit wem sich meine Frau trifft. Er wohnte ja schließlich gleich nebenan. Ich konnte doch nicht wissen, dass er dieses Schwein ist."

Alex ließ nicht locker. „Wann haben Sie bei Christian Schulte geklingelt?“

Er stützte seinen Kopf in die Hände. „Das weiß ich doch nicht, vielleicht gegen Abend, ich habe mich volllaufen lassen. Ich kann mich nicht mehr daran erinnern.“

Alex erhöhte den Druck. „Sie wussten doch genau von dem Verhältnis zwischen Ihrer Frau und Herrn Schulte. Wollten Sie ihn zur Rede stellen und haben daraufhin die Beherrschung verloren und zugeschlagen?“

Matteo Keßler hielt seinen Kopf immer noch zwischen seinen Händen und schüttelte ihn energisch. „Nein, nein, ich habe ihn nicht umgebracht, er war doch mein Freund. Woher sollte ich denn von den beiden wissen?“

Alex klopfte mit ihren Fingernägeln auf den Tisch, um ihre Antwort zu unterstreichen. „Sie haben es geahnt. Ihr Freund Christian ließ sich seit Wochen verleugnen, oder fanden Sie das Ticket Ihrer Frau?“

Keßler schaute sie verständnislos an. „Was für ein Ticket? Ich habe von den beiden wirklich nichts gewusst, das müssen Sie mir glauben.“

„Herr Keßler, Sie stehen unter Mordverdacht. Sie waren zur gegebenen Zeit am Tatort, hatten die Gelegenheit und haben ein Motiv!“

Er nahm sein Kopf wieder zwischen die Hände und raufte sich die Haare, seine Stimme klang fast weinerlich. „Mein Gott, ich habe damit nichts zu tun. Ich konnte doch davon nichts wissen. Ich hänge die ganze Woche auf meinem Truck.“

Alex blätterte in Tonis Verhörprotokoll und wechselte plötzlich das Thema. „Wo haben Sie denn vorher gewohnt?“

Herr Keßler schaute sie wieder an. „Bei meinen Eltern mit im Haus. In der neuen Siedlung.“

Alex versteifte sich bei der unerwarteten Antwort. Da war er wieder, der rote Faden. Fügen sich hier alle losen

Enden zusammen? Sollte das ihr Täter sein? „Da sagt Ihnen doch sicher auch Magdalena Kobenstein und ihre Familie etwas?"

„Ja." Er verzog sein Gesicht. „Die haben früher neben uns gewohnt. Aber was tut das hier zur Sache?"

„Bitte antworten Sie auf meine Fragen."

Alex musste sich zur Ruhe zwingen, tat sich jetzt hier die entscheidende Spur auf? „Elias Kobenstein. Können Sie sich an den Jungen erinnern?"

Eine Grimasse verzerrte sein Gesicht. „Was, der Schreihals? Zum Glück ist der Kerl damals verschwunden, im Steinbruch abgestürzt, sonst wären wir alle noch durchgedreht."

Alex durchbohrte ihn förmlich mit ihren Augen und ließ ihrer Vermutung freien Lauf. „Ihre Eltern und Sie haben sich gegen den Jungen und seine Mutter engagiert?"

Das Thema schien auch Matteo Keßler plötzlich in Rage zu bringen. „Sie können sich dieses ständige Geschrei nicht vorstellen. Wir kamen uns vor wie im Affenhaus. Wir konnten auch nicht wegziehen, die neugebauten Häuser gehörten noch der Bank. Einige Nachbarn haben sich zusammengetan, um das Übel anzugehen. Selbst der Bürgermeister setzte sich für uns mit ein. Der Junge tat uns allen leid, aber er gehörte in ein Heim und nicht in ein kleines Wohngebiet. Aber die Kobenstein hat sich gewehrt. Sie wollte ihn nicht weggeben."

Alex schnauzte ihn an. „Das ist ja wohl verständlich für eine Mutter!" Schnell zwang sie sich wieder zur Ruhe. Als Mutter ging ihr die Sache sehr nahe. „Was haben Sie denn unternommen, um den Jungen loszuwerden?"

Er lehnte sich zurück und schien sich wirklich im Recht zu fühlen. „Wir haben das Jugendamt eingeschaltet, aber die wollten nur die zwei älteren Jungen mitnehmen, weil ihre Mutter sie vernachlässigte. Der Schreihals sollte bleiben."

Toni schaltete sich ein. „Sie haben der Mutter auch noch das Jugendamt auf den Hals gehetzt? Ist ja kein Wunder, dass die arme Frau durchgedreht ist.“

„Was ist mit den älteren Brüdern passiert?“, wollte Alex wissen.

Wütend antwortete Matteo Keßler. „Nichts ist passiert, der Bruder von der Kobenstein und der Lehrer, dieser Mutterlose, haben sich für die Familie eingesetzt und gekümmert. Aber dann hat sich unser Problem von allein gelöst.“ Keßler lehnte sich plötzlich zurück und verschränkte entschlossen die Arme. „Ich sage jetzt nichts mehr. Ich will einen Anwalt.“

„Das ist natürlich Ihr gutes Recht, Sie bleiben aber bis auf Weiteres unser Gast.“

Alex nickte dem Beamten im Raum zu, der daraufhin den protestierenden Matteo Keßler abführte.

Im Büro standen sich beide Frauen gegenüber. Alex blätterte immer noch in dem Protokoll. „Was meinst du, ist er unser Zufallstreffer? Könnte er Christian Schulte aus Eifersucht erschlagen haben?“

„Es könnte durchaus so gewesen sein“, dachte Toni laut nach. „Aber wie passt die alte Geschichte mit den Kindern aus der Siedlung ins Bild? Meinst du, er fängt nach Jahren an, sich an den Bewohnern zu rächen? Ihm fehlt das Motiv. Sein Problem löste sich ja nach Elias Tod auf.“

Alex legte das Protokoll zu Seite. „Ich frage mich schon eine ganze Weile, ob es überhaupt ein richtiges Motiv für die Morde gibt oder es nur ein Irrer ist, der seinen Nervenkitzel genießt und hier nur eine Geschichte bedient.“

„Du meinst den Fluch?“ Toni schaute Alex fragend an.

Sie nickte. „Genau. Außerdem, Schulte erwartete von jemandem viel Geld. Ich bin davon überzeugt, dass er den Täter bei irgendetwas erwischte und ihn erpresste. Meinst du, der Fernfahrer verfügt über so viel Geld?“

Toni grinste. „Du wirst lachen, das habe ich schon überprüft. Er erbte Omas kleines Häuschen im zukünftigen Baugebiet und er hat es verkauft, Reinerlös über 200.000 €. Es wurde allerdings in den letzten Tagen nichts von seinem Konto abgehoben. Also, wenn er unser Täter ist, hatte er nie vor, Schulte Geld zu geben."

Alex nickte anerkennend und schaute auf die Uhr. „Wir müssten eigentlich schnellstens mit seiner Frau sprechen. Sie wohnt zurzeit bei ihren Eltern in Nordhausen. Wenn sich unser Verdacht erhärtet, werden wir einen Durchsuchungsbeschluss für seine Wohnung beantragen."

Toni schaute auf ihr Handy. „Es ist jetzt kurz nach eins, ich würde noch nach Nordhausen fahren und seine Frau vernehmen. Auf dich warten doch sicher deine Kinder?"

Alex überlegte einen Augenblick, ihr Magen knurrte schon eine ganze Weile. „Nein, die sind das Wochenende bei ihrem Vater und Lisa bei ihrem Freund. Ich komme mit. Vielleicht können wir unterwegs etwas Essen, ich habe einen riesigen Hunger."

Toni freute sich über das Angebot. „Okay, dann packe ich zusammen und kündige uns bei Frau Keßler an."

Auch Alex beendete die Arbeit in ihrem Büro, fuhr den Computer runter und wollte den Raum gerade verlassen, als das Telefon klingelte.

„Hallo Alex, hier ist Matze, sag mal, wieso gehst du nicht an dein Handy?"

Sie nahm ihr Handy aus der Tasche und versuchte es anzustellen. „Oh, tut mir leid, es ist tot. Ich habe vergessen, es aufzuladen. Was gibt es?"

„Du hast mir doch den Auftrag gegeben, die Homestory von Dominik Kobenstein zu recherchieren?"

Alex bewunderte seine Zuverlässigkeit. „Das hätte doch Zeit bis Montag gehabt."

„Nee, das hat es nicht! In der Reportage über ihn wurde auch die Gastfamilie in L.A. erwähnt, bei der er während der gesamten Aufenthaltszeit in den USA wohnte. Ich habe es nachgeprüft und bin auf etwas gestoßen. Diese Familie namens Jackson besitzt eine der prominentesten und bekanntesten Tauchschulen am Pazifik. Schau auf deinen Computer, ich habe dir ein Bild geschickt."

Alex fuhr ihren Computer wieder hoch, ein ungutes Gefühl bemächtigte sich ihrer. Sie klickte die gesendete Mail an. Das Bild im Anhang zeigte eine vierzehn Mann starke Tauchergruppe in schwarzen Taucheranzügen am Strand, die Kapuzen unten und die Taucherflaschen vor sich in den Sand gestellt.

„Hast du es Alex?", rief Matze fragend in den Hörer.

„Ja, ja, ich hab's."

„Der Große in der Mitte ist Gus Jackson, das ist der Chef, umgeben von seinen besten Tauchschülern. Und schau dir mal den Typen neben ihm an."

Alex zoomte den Bildausschnitt größer und schaute den jungen Mann genau an. Sie traf fast der Schlag. Dominik, jung, braun gebrannt, mit etwas gelocktem längeren Haar. Irgendwie erinnerte er sie an einen jugendlichen Surferboy. Bitte nicht Dominik. Lieber Gott, lass es bitte eine ganz einfache Erklärung dafür geben. Ihr Magen krampfte sich zusammen. Ich fahre sofort zu ihm hin und stelle ihn zur Rede. Matze riss sie aus ihren Gedanken. „Hast du ihn erkannt? Das ist doch Dominik Kobenstein!"

„Ja, Matze, das ist echt gute Arbeit, ich danke dir. Ich werde der Sache gleich nachgehen, dir ein schönes Wochenende."

„Dir auch, Alex."

Sie lehnte sich zurück und starrte auf den Bildschirm. *Das kann doch nicht sein. Ich habe ihn so viele Male überprüfen lassen, er besitzt für alle Tatzeiten glaubhafte Alibis. Selbst wenn er gut tauchen kann, muss er ja nicht der Täter sein.* Toni klopfte und trat in ihr Büro.

„Ich bin fertig, wir können los."

Sie schaute Alex an. „Geht's dir nicht gut, du bist ganz blass?" Alex winkte sie zu sich heran. „Würde es dir etwas ausmachen, allein zu Frau Keßler zu fahren? Schau mal, Matze mailte mir gerade noch eine andere Spur, der will ich gleich nachgehen."

Toni beugte sich nach vorn und das Bild näher zu betrachten. „Wer ist das?"

„Dominik Kobenstein:"

Alex zog das Bild noch etwas auf.

„Ach ja, jetzt erkenne ich ihn auch, aber er war doch schon aus den Ermittlungen raus. Seine Alibizeugen wirkten sehr glaubhaft. Der Hausmeister durfte mich überall herumführen, ich konnte mir das ganze Anwesen anschauen, alle Räume, sogar den Keller. Und ich habe bei der Haushälterin in der Küche gestanden. Als Dominik Kobenstein die Einfahrt langsam entlangfuhr, fing das ganze Haus an zu vibrieren. Liegt wohl am Fundament. Hinten geht es nur über eine Böschung auf ein Feld und auf der Atelierseite befindet sich ein schmaler Weg mit Zaun und Bäumen. Auch ein Motorrad oder gar ein Fahrrad konnte ich nicht entdecken, wie sollte er sonst von dort wegkommen? Als großen Wanderer schätze ich ihn nicht ein."

Alex lachte etwas gekünstelt, wirkte aber erleichtert.

„Ja, da hast du recht, ich werde ihm trotzdem einen Besuch abstatten. Schaffst du es allein zur Frau Keßler?"

Toni nahm ihre Tasche. „Das ist kein Problem. Ich rufe dich an, sollte ich etwas herausfinden, bis dann." Sie verließ das Büro.

Alex schickte das Bild auf ihr Handy, suchte ihr altes Ladekabel im Schreibtisch und nahm dieses Mal ihre Pistole mit. Sie packte beides in ihre große Tasche und verließ ebenfalls das Büro.

Kapitel 23

In Daasdorf parkte Alex direkt vor Dominiks Anwesen. Sie nahm ihre Tasche und schritt durch den Toreingang. Frau Schneider schien heute in den eigenen vier Wänden zu putzen. Mit einem Tuch polierte sie die Fenster ihrer Wohnung auf Hochglanz. Alex grüßte kurz. Die Haushälterin hielt inne und winkte Alex hocherfreut zu. „Ach guten Tag, Frau Brückner, gehen Sie nur rein, Dominik ist im Atelier. Wenn er arbeitet, will er nicht gestört werden. Aber bei Ihnen macht er bestimmt eine Ausnahme." Sie kicherte kurz und wendete sich wieder ihrer Beschäftigung zu.

Alex betrat das Atelier. Gute alte Rockmusik schallte durch die betagte Scheune. Sie rief ihn und lief eine Runde durch den Raum. Sie sah ihn nirgends, auch sein Arbeitsplatz an den großen Fenstern wirkte verwaist. Ihr Blick fiel auf das eingespannte Bild auf der Staffelei, an dem er anscheinend gerade arbeitete. Als sie nähertrat, erstarrte sie förmlich. Es zeigte sie, nur in einem weißen Männerhemd bekleidet auf dem hohen Rattansessel in seiner Küche sitzend. Ihre nackten langen Beine übereinandergeschlagen, die Hemdsärmel bis zum Ellenbogen hochgekrempelt, hielt sie ein Glas Wein in der Hand. Das viel zu große Hemd war ihr verführerisch über die rechte Schulter gerutscht. Er malte sie buchstäblich aus seiner Erinnerung. Gehörte er zu den Menschen, die ein fotografisches Gedächtnis besaßen? Sie kannte seine Bilder, er konnte Gesichter so malen, dass sie Fotografien ähnelten. Und dieses Bild kam dem sehr nahe. Auf der einen Seite fand Alex es unangenehm, halbnackt auf einem so großen Bild zu landen, anderseits fühlte sie sich geschmeichelt. Aber wo steckte er nur?

Sie lief die Treppe in den Wohnbereich hinauf. Weder im Wohnzimmer noch in der oberen Etage konnte sie ihn finden. Zögernd stand sie im kleinen Flur, der zum Atelier führte und schaute aus dem Fenster zum Hof. Gegenüber goss Frau Schneider gerade ihre Blumenkästen. Wo sollte sie ihn noch suchen? Die Tür in den Keller lehnte nur leicht an. Alex suchte vergeblich den Lichtschalter und rief seinen Namen. Es herrschte Totenstille, ein merkwürdiges Gefühl bemächtigte sich ihrer. Bevor sie die Tasche ablegte, nahm sie die Waffe und die Taschenlampe, hielt beides vor sich und schritt vorsichtig auf den Treppenabsatz zu. An der ersten Stufe schaltete sich das Licht durch den Bewegungsmelder an. Alte Industrielampen an der Decke leuchteten den frisch geweißten Keller vollkommen aus.

Alex steckte die Taschenlampe zurück in die Tasche, die Waffe behielt sie allerdings in der Hand. Sie bewegte sich langsam nach unten. Im ersten Kellerraum stand die gesamte moderne Technik des Anwesens; Heizung, Warmwasseraufbereitung, Wasser- und Gasanschlüsse, an den Wänden hingen zwei große Wechselrichter für die Photovoltaikanlage auf dem Dach. Die Ventilatoren der Lüftungsanlage rauschten leise vor sich hin.

Im hintersten Kellerraum staunte Alex nicht schlecht. Hier verbarg sich ein altes Gewölbe, welches als Weinkeller benutzt wurde. Gute alte Weine und edelster Champagner lagerten in den Regalen. Im letzten Kellerraum schienen alle ausrangierten Sachen zu landen, ausgediente Kisten und Kartons stapelten sich übereinander. Getragene Schuhe standen in einem Regal und ein Plastiksack voller alter Kleider lehnte davor.

Im Hinausgehen fiel Alex' Blick auf eine antike Holzkiste im Regal. Ein Gegenstand obenauf erregte ihre Aufmerksamkeit. Sie zog die Kiste aus dem Regal, stellte sie auf die Kartons und betrachtete das Teil in ihrer Hand. Es schien eine ausrangierte Tauchervollmaske zu sein und obwohl Alex nicht viel vom Tauchen verstand, erkannte sie, dass es sich um eine Profiausrüstung handelte.

Sie schaute die Kisten und Kartons durch, fand aber weiter keine Tauchutensilien mehr in diesem Kellerraum.

Ratlos stand sie wieder auf dem Treppenabsatz in der Scheune. Sie konnte sich nicht vorstellen, dass er zu Fuß unterwegs war. Seine zwei Angestellten waren wahrscheinlich felsenfest überzeugt, er arbeitete in seinem Atelier und würden jeden ungewollten Meineid darauf schwören. *Vielleicht ist er ein Stück spazieren?* Alex lief zurück in das Wohnzimmer, durch die Küche auf die Terrasse. Der Ausblick faszinierte sie jedes Mal. Sie hielt die Hände über die Augen und suchte die Wiesen nach ihm ab. Nirgends konnte sie ihn entdecken. Aber von ihrer erhöhten Position sah sie es. Obwohl sich die Gräser fast wieder aufgestellt hatten, sah sie die Fahrspuren in der Wiese. Nur mit einem Fahrzeug konnte er problemlos die stufige Böschung herunterfahren, mit dem Defender.

Sie eilte in die Garage und tatsächlich, nur der schwarze SUV befand sich im Raum, der Land Rover war verschwunden. Davor stand eine große Metallkiste, eine Taucherflasche lehnte an ihr. Alex riss den Deckel der Kiste auf, ein schwarzer Neoprenanzug lag am Boden. Sie starrte den Taucheranzug an, erneut beschlich sie dieses merkwürdige Gefühl.

Was wollte Dominik mit den Tauchersachen? Wieso schlich er sich aus seinem eigenen Haus? Und wo wollte er unbemerkt hin? Alex Gedanken überschlugen sich. *Verdammt, er fährt zum See. Was macht er dort? Noch ein Kind töten?* Alex Magen verkrampfte sich. Sie lehnte sich gegen den Pfeiler, ihre Hände zitterten. *Lieber Gott, bitte nicht Dominik.* Auf dem Boden entdeckte sie einen größeren dunklen Fleck. Sie bückte sich und berührte die noch feuchte Lache mit dem Zeigefinger. Blut, es war Blut. Was war hier passiert? Hatte er sich vielleicht verletzt? Blitzartig erkannte sie die Situation. Sie sprintete durch das Haus, durch den Innenhof zum Wagen.

Sie wusste jetzt, am See lag die Lösung des Rätsels, aber sie würde mindestens eine Stunde dahin brauchen. Also musste Lena den Badestrand evakuieren. Mit zitternden Händen aktivierte Alex das im Auto angesteckte Handy. Es zeigte viele verpasste Anrufe auf, einige davon von Lisa, die anderen von Lena. Alex hörte Lisas Nachricht ab. „Hey Mama, warum gehst du denn nicht an dein Handy? Ich habe es schon paarmal bei dir versucht. Papa hat vorhin abgesagt, er kann heute nicht kommen. Die Jungs waren sehr enttäuscht. Felix lud sie spontan zu seiner Geburtstagsfeier ein. Wir nehmen sie mit, denn heute ist in Tampa am See großes Fest. Die große Rutsche wird eingeweiht. Brauchst keine Angst zu haben, wir passen auf die beiden auf. Außerdem kommt Felix' großer Bruder Robert mit, da passiert nichts."

Alex erstarrte. Michael, du unzuverlässiger Mistkerl. Jetzt waren ihre Kinder allein am See und der Irre auch. Sofort versuchte sie die Kinder zu erreichen, aber keiner von den dreien ging an sein Handy. Das Funkloch am See war ihr bekannt, sie konnte also davon ausgehen, dass sie sich bereits vor Ort befanden. In was für einen Albtraum geriet sie hier? Sie konnte nicht eingreifen, weil sie zu weit weg war. Hektisch startete sie den Wagen, öffnete das Fahrerfenster und knallte das Blaulicht auf das Autodach. Mit halsbrecherischer Geschwindigkeit fuhr sie auf den engen Straßen der Autobahn entgegen. Erst nach dem dritten Anruf konnte sie Lena erreichen. „Lena, hör mir zu, du musst sofort den See evakuieren, er ist wieder unterwegs. Meine Kinder sind auch da. Hol' sie bitte raus, ich brauche noch eine Stunde, eh ich da bin. Bitte beeil dich."

Lena hörte ihre Panik. „Weißt du, wer es ist?"

Alex zögerte, sie konnte es einfach nicht glauben. Ihre Stimme klang heißer. „Ich weiß es nicht genau, aber es sieht so aus, als wäre es Dominik. Er ist mit dem Land Rover und Tauchausrüstung unterwegs." Sie raste um eine

Kurve und verlor beinahe die Kontrolle über ihren Wagen. Lena hörte durch das Handy das Quietschen der Reifen. „Mensch Alex, fahr vorsichtig! Es nützt mir und deinen Kindern nichts, wenn du am nächsten Baum landest. Ich kümmere mich drum und lasse den Strand sofort räumen. Zum Glück ist mein Kollege Stockelmeier gerade aus seinem Urlaub gekommen, um nach dem Rechten zu sehen. Der kann mir gleich helfen. Aber eines solltest du noch wissen. Ich habe dich vorhin nicht erreicht. Stockelmeier hat damals den Tod von Elias untersucht und er sagt: Die drei Jungs damals auf dem Fahrrad, vor denen der arme Elias aus Angst in den Steinbruch gelaufen ist, waren Rene Schmitt, Mark Keller und Robert Zimmermann."

Alex verkrampfte ihre Hände um das Lenkrad, sie fühlte sich hundeelend. Ihre Ahnung, dass jemand späte Rache an den Kindern der Siedlung nahm, bestätigte sich. Dieser verdammte Fluch schien allgegenwärtig zu sein. Sie schrie verzweifelt ins Telefon. „Lena, er ist noch nicht fertig, er ist hinter Robert her. Und der ist momentan mit meinen Kindern am See. Beeil dich und hol sie da raus."

Lena spürte Alex Verzweiflung. „Okay, wir sind schon unterwegs und ich informiere sofort die Kollegen. Und du fahr ja vorsichtig. Bis dann."

Die Rückmeldung von Toni kam unmittelbar, nachdem sie das Gespräch mit Lena beendete. Alex ließ ihre Kollegin nicht ausreden. „Komm sofort zum Neulinger See! Das Monster ist wieder unterwegs und will sich den dritten Jungen holen, Robert Zimmermann. Lena evakuiert bereits den See. Ich brauche noch mindestens vierzig Minuten, ehe ich vor Ort bin. Beeil dich, wir sehen uns dort."

Alex schaltete die Sirene zusätzlich ein. Zum Glück hielt sich der Verkehr an diesem Nachmittag in Grenzen.

Sie kämpfte gegen ihre Tränen. Sie konnte es einfach nicht glauben, sich so in diesem Mann geirrt zu haben. In ihren

Einschätzungen und Beurteilungen von Menschen lag sie meistens richtig. Und bei Dominik? Lag es daran, dass sie ihn liebte? Waren dadurch ihre Sinne benebelt? So skrupellos konnte er doch nicht sein. Er schlief eine Nacht mit ihr, wollte ihre Kinder kennenlernen und zog am nächsten Tag sofort los, um noch einen Jungen zu ermorden. Ist er das Monster, was sie die ganze Zeit jagte? Tränen liefen Alex über ihre Wangen. *Hoffentlich kommt Lena nicht zu spät.*

Panisch vor Angst um ihre Kinder und tief verletzt bis in die Seele raste Alex mit Sirene und Blaulicht Tampa entgegen.

An der Einfahrt zum See musste Alex stark abbremsen. Viele Menschen, Autos und Fahrradfahrer kamen ihr auf der Strecke entgegen. Die Evakuierung war bereits voll im Gange. Alex erzwang sich einen Weg durch den Menschenstrom. Am See stoppte sie ihren BMW neben den drei Polizeiwagen, stieg aus dem Auto und sprintete zum See. Einige Polizeibeamte und nur noch wenige Personen befanden sich am Strand. Alex lief auf eine Gruppe von Erwachsenen und Kindern zu. Die Jungs winkten ihr fröhlich zu. Die Kinder standen um einen stattlichen älteren Herrn in Freizeitbekleidung herum und diskutierten mit ihm. Als Alex die Gruppe erreichte, nahm sie spontan ihre Zwillinge in den Arm und küsste sie. Neben ihnen standen Hand in Hand Lisa und Felix, hinter ihnen Robert. „Geht es euch allen gut?"

Die drei nickten verwundert. Langsam wich Alex' Anspannung. Sie gab dem älteren Herrn mit dem breiten, freundlichen Gesicht die Hand. „Alexandra Brückner, ich bin die Kommissarin und die Mutter der drei hier."

Er lächelte und schüttelte ihre Hand kräftig.

„Angenehm, Walter Stockelmeier. Keine Angst, wir haben alle aus dem Wasser geholt."

Leon zerrte Alex am Arm. „Mama, was ist denn los, warum müssen alle nach Hause? Es war gerade so schön."

Alex strich über seinen Kopf. „Wir sind nur vorsichtig, es könnte eine Gefahr vom Wasser ausgehen. Die Polizei wird erst einmal nachsehen und wenn alles gut ist, könnt ihr bald wieder baden gehen."

Alex nahm Robert zu Seite und erklärte ihm die Situation. Sie einigte sich mit ihm. Er nahm die Kinder mit zu seinen Eltern, denn am Abend sollte Felix' Geburtstagsfeier steigen und sie würde die drei später nach ihrem Einsatz abholen.

Alex sprach mit zwei Beamten der Streife. Sie sollten die Kinder zu den Zimmermanns begleiten und vor dem Haus Stellung beziehen, denn solange der Täter nicht gefasst war, schwebte Robert in Gefahr. Alex redete kurz mit ihren Kindern und die Gruppe bewegte sich Richtung Parkplatz.

Einer der Rettungsschwimmer trat an Walter Stockelmeier und sie heran. „So, wir haben jetzt den ganzen Strand geräumt und sperren ihn noch ab. Wann glauben Sie, können wir wieder öffnen?"

Alex schaute ihn an. „Das kann ich noch gar nicht sagen, aber Sie können mir mal Ihr Fernglas ausleihen."

Verwundert reichte er ihr das Glas. Alex trat ein paar Schritte zum Ufer und schaute durch den Feldstecher Richtung Sterngrund. Ein dunkler länglicher Gegenstand schien auf dem hellen Steinboden zu liegen, sonst konnte sie nichts weiter erkennen. Ach doch, zweimal blitzte etwas auf. War da eine Bewegung? Wenn ja, verschmolz sie förmlich mit der Felswand. Sie reichte das Fernglas dem jungen Mann zurück.

„Sollte der Sterngrund nicht abgesperrt sein?"

„Ja." Der Rettungsschwimmer nickte. „Soviel ich weiß, ist in die Grotte eine massive Holzwand eingezogen worden."

Alex drehte sich zu Walter Stockelmeier. „Wo ist Lena?"

Er zeigte an das andere Ende des Strandes.

„Dort drüben, sie diskutiert wohl noch mit dem Bürgermeister, der fand die Aktion heute nicht lustig.“

Alex lief bereits zum Auto. „Sagen Sie ihr, sie soll sofort mit ein paar Leuten zum Sterngrund kommen. Ich befürchte, unser Täter ist dort.“

Sie rannte zum Wagen, wendete und jagte die schmale Straße zum Sterngrund entlang. Sie stoppte das Auto. Ihr Herz klopfte bis zum Hals, als sie Dominiks Defender vor der Grotte parken sah. Sie griff nach ihrer Dienstwaffe und schlich vorsichtig um den Land Rover herum. Es befand sich niemand im Auto. Sie öffnete die Hecktür des Wagens. Bis auf einen Spaten und einen Wasserkanister war die Ladefläche leer. Nur eine große Blutlache befleckte den Boden. Angst beschlich Alex. Wer war hier so schwer verletzt? Sie dachte an das Blut in der Garage. Sie schlussfolgerte, dass mindestens zwei Personen im Wagen sein mussten, ein Fahrer und ein Verletzter auf der Ladefläche. Mit vorgehaltener Waffe lief sie auf die Grotte zu. Die massive Holzwand, die den Eingang verriegeln sollte, war mit roher Gewalt nach innen gedrückt. Sie schlüpfte lautlos durch den Spalt in die Grotte. Grelles Sonnenlicht erwartete sie auf der Steinplatte. Sie musste die Augen zusammenkneifen. Eine zusammengesunkene Person an einen Stein gelehnt, lag in der Nähe des Ufers. Sie konnte niemanden weiter wahrnehmen, allerdings verdeckten die vereinzelten Felsvorsprünge die Sicht. Adrenalin schoss ihr ins Blut.

Mit vorgehaltener Waffe bewegte sie sich zum Wasser hin, um die toten Winkel der Felsen einzusehen. Doch keine weitere Person befand sich auf der Felsplatte. Ihr Blick fiel auf die am Boden liegende Gestalt. Mit etwas gespreizten Beinen lag der Mann gegen einen Stein gelehnt, der Köper zusammengesackt und der Kopf nach vorn auf die Brust geneigt.

Beim Näherkommen erkannte Alex Dominik. Für einen Moment dachte sie, ihr Herz bliebe stehen. Lautlos sprintete sie auf ihn zu. „Dominik!“ Seine Hände waren nach vorn mit Klebeband gefesselt. Die Jeans an seinem linken Oberschenkel sperrte fast dreißig Zentimeter auf. Aus einer tiefen, klaffenden Wunde rann Blut. Er würde verbluten. Ein großer Blutfleck hatte sich bereits auf dem Gestein gebildet. Entsetzt dachte sie an das Blut im Auto und der Garage.

Alex ertastete seinen schwachen Puls am Hals, immer wieder rief sie seinen Namen. Sie schaute sich noch einmal um, legte ihre Waffe ab, zog ihren Flechtgürtel aus der Hose und fädelte ihn unter seinem Bein durch. Liebevoll fuhr sie über seinen Kopf, der von einer großen Platzwunde auf der Stirn gezeichnet war. „Dominik, komm zu dir.“ Sie schlug ihn sanft auf die Wange. Seine Lieder flackerten und langsam öffnete er die Augen.

Er erkannte sie, versuchte mühsam zu lächeln. „Alex.“ Seine Stimme klang leise und rau.

Alex nahm den Gürtel. „Es wird kurz wehtun, aber es muss sein.“ Sie schnürte ihm den Oberschenkel mit einem Ruck ab. Er stöhnte laut auf. „Alex pass’ auf, er muss hier irgendwo sein.“

Alex schaute sich kurz um. „Wer hat dir das angetan?“ Sie sah, dass das Sprechen ihm schwer viel.

„Es ist Vogt!“ Alex konnte für den Augenblick mit den Namen nichts anfangen, dann fiel es ihr ein. „Ullrich Vogt, dein Hausmeister?“

Dominik sah sie an. „Ich habe ihn vor vier Jahren eingestellt und nicht erkannt, wer er ist. Er heißt Victor Kobenstein und er ist mein Vater. Er hat es mir heute gesagt.“ Seine Stimme wurde leiser.

Alex sah, dass seine Augen langsam flackerten. Sie tätschelte erneut seine Wange. „Dominik, du musst wach bleiben.“

Ein Schatten legte sich plötzlich über sie. Blitzschnell griff Alex ihre Waffe, stand mit einem Ruck auf und hielt die Pistole ihrem Gegenüber vor die Nase.

Erschrocken trat er zwei Schritte zurück, hatte sich aber schnell wieder im Griff.

Alex schaute in zwei hellblaue Augen. Sein braun gebranntes schmales Gesicht wurde durch einen kurzen grauen Vollbart fast vollständig verdeckt. Seine Figur ähnelte der seines Sohnes. Er steckte in einem braun-beigen Camouflage-Taucheranzug, an dem Wasser abperlte. Während sie sich um Dominik gekümmert hatte, hatte sie nicht gemerkt, wie er hinter ihr aus dem Wasser gestiegen war. Seine Tauchermaske hatte er bereits nach oben geschoben und hielt eine schussbereite Harpune auf sie gerichtet.

„Ach, die Geliebte ist auch schon da, das ging aber schnell", grinste er.

Alex streckte ihm mit beiden Händen die Waffe entgegen, jede Sekunde bereit, einen Schuss abzugeben. „Es ist vorbei, Kobenstein! Lassen Sie die Harpune fallen und nehmen Sie die Hände hoch! Meine Kollegen werden gleich da sein."

Er lachte kurz auf. „Ich glaube nicht, dass noch jemand kommt. Du legst deine Waffe weg, sonst ist er tot."

Er richtete die Harpune auf Dominik. Alex blieb fast das Herz stehen. „Es ist Ihr Sohn, er braucht einen Arzt!"

Verächtlich zischte er durch seine Zähne. „Er ist ein Verräter! Er wollte mir nicht helfen, ich brauche ihn nicht mehr."

Alex tat mit der Hand eine beschwichtigende Bewegung und nahm langsam die Pistole herunter. „Okay, wir können über alles reden, aber tun Sie ihm nichts."

Dominik versuchte sich aufzurichten. „Tu es nicht Alex, schieß! Er bringt uns sonst beide um."

Sie ließ das Magazin aus dem Schaft gleiten und warf beides hinter sich.

Dominik richtete sich an seinen Peiniger und flehte ihn förmlich an. „Lass sie gehen, Vater. Du bekommst von mir jede Summe, die du willst und ich helfe dir beim Untertauchen, aber verdammt lass sie in Ruhe."

Victor Kobensteins Lache klang künstlich. „Ich habe mich schon längst in deinen Computer gehackt und kenne alle deine Passwörter. Wenn ich mit euch beiden fertig bin, werde ich mich in aller Ruhe bedienen. Keiner weiß, wer ich bin. Nur ihr zwei."

Alex wurde mit einmal klar, dass er recht hatte. Wo blieb nur Lena? Sie musste ihn noch hinhalten und ging einen kleinen Schritt auf ihn zu. Wenn sie nah genug an ihn herankam, könnte sie sich in einem günstigen Augenblick auf ihn stürzen und ihm die Harpune entreißen. Aber solange er sie auf Dominik gerichtet hielt, wollte sie nichts riskieren. „Sie werden nicht weit kommen. Meine Kollegen werden Sie jagen."

Er schaute sie an und erkannte sofort, von wem die Gefahr ausging und richtete die Harpune wieder auf Alex. Er grinste sie an und genoss seine Macht. „Nein, die Polizei wird nur eine von Dominik mit der Harpune erschossene Kommissarin vorfinden und ihn für die Morde verantwortlich machen, aber leider wird ihr böser Täter schon verblutet sein."

Alex' Hirn arbeitete auf Hochtouren. Sie sah, wie Dominiks Kopf langsam zur Seite sackte, er verlor das Bewusstsein. Sie musste diesen Mistkerl hinhalten.

„Sie sind doch noch nicht fertig? Auf ihrer Todesliste steht noch Robert Zimmermann. An ihn sind Sie heute nicht rangekommen."

Er schob sein Kinn nach vorn und sah sie wütend an.

„Ja, ich habe es gesehen, ihr habt den Strand evakuiert. Es wird ihm aber nichts nützen."

Alex sah, dass es ihn aufregte. Das war gut. Sie versuchte mit ihm im Gespräch zu bleiben. „Warum haben Sie das den Jungs und ihren Familien angetan? Es waren doch nur Kinder?"

Er kniff seine Augen zusammen und schaute sie böse an. „Kinder? Die kleinen Monster haben meinen Sohn in den Abgrund gejagt und ihre Eltern versuchten alles, um meine

Familie zu vertreiben. Sie haben meine Frau um den Verstand gebracht. Haben Sie sie gesehen? Sie steckt in einem Pflegeheim und ist total verblödet."

Alex war außer sich. „Deswegen haben Sie zwei unschuldige Jungen auf das Eis gelockt und wollten die Kinder in der Scheune verbrennen?"

Victor Kobenstein war verblüfft und hob die Augenbrauen. „Das haben Sie alles rausgefunden? Respekt."

Alex wollte jetzt alles wissen.

„Wieso Christian Schulte?"

Er lachte verächtlich und ein Schatten fiel über sein Gesicht. „Schulte dieser Idiot, der musste unbedingt über seine neue Familie recherchieren. Er fand Bilder von mir im Netz und als er Dominik und mich im Holzhandel sah, erkannte er mich sofort. Er zählte eins und eins zusammen, versuchte von mir zwei Millionen zu erpressen, sonst würde er die Bullen informieren. Ich sollte meinen Sohn um das Geld bitten. Das konnte ich nicht, denn der war völlig ahnungslos."

Alex konnte es nicht fassen, was sie da hörte. Völlig aufgelöst schrie sie ihn an. „Das einzige Monster in der Geschichte sind Sie, Kobenstein! Sie haben Ihre Familie verlassen, als sie Sie am meisten brauchte. In der größten Not haben Sie Ihren Schwanz eingezogen und sind verschwunden. Deshalb ist Elias tot und deshalb ist Ihre Frau verrückt geworden. Um Ihre Söhne haben sich andere gekümmert. Nur gut, sonst wären sie solche Versager wie Sie geworden, der unschuldigen Kinder ermordet, um sich an deren Eltern zu rächen. Sie…, Sie widerlicher Dreckskerl…!"

Erschrocken über ihre eigenen Worte wich Alex einen Schritt zurück. Seine Augen funkelten sie böse an, sein gehetzter Blick fiel auf die Harpune. Er hob sie an und richtete mit gestrecktem Arm die Waffe auf Alex, entschlossen abzudrücken.

„Halt dein Maul, du Miststück!", fauchte er.

Alex schloss für einen kurzen Augenblick die Augen. *Oh Gott, jetzt erschießt er mich.* Der Schuss knallte, aber sie fühlte sich nicht getroffen. Sie öffnete die Augen und sah Victor Kobensteins entsetzten Blick. Er ließ die Harpune fallen und fasste sich an die Brust. Blut rann durch seine Finger. Er taumelte mehrere Schritte zurück, fiel rücklings ins Wasser und versank sofort wie ein Stein.

Alex schaute zurück. Lena stand wie ein Racheengel mit beiden Händen an der Waffe am Grotteneingang und hatte den finalen Rettungsschuss abgegeben.

Aus dieser Entfernung? Was für ein Schuss! Alex konnte nicht weiter darüber nachdenken, ihre ganze Sorge galt Dominik. Sie lief zu ihm und schrie Lena und den Kollegen, die auf das Plateau drängten, zu. „Wir brauchen schnellstens einen Notarzt und fordert einen Hubschrauber an, er verblutet!"

Sie beugte sich über ihn. An seinen Hals konnte sie kaum noch Puls fühlen. Sie schlug sanft auf seine Wange, rief seinen Namen, aber es kam kein Lebenszeichen von ihm. Ihr Herz raste bei dem Gedanken, dass jede Hilfe zu spät für ihn kam. Lena kniete sich zu ihr, nahm ihr Taschenmesser aus der Hosentasche und schnitt Dominiks Fesseln durch. Alex beugte sich über seinen Körper und fasste an seinen Brustkorb. „Er atmet noch, wir müssen ihn in die stabile Seitenlage bringen."

Lena half ihr dabei. Für Alex dauerte jede Minute eine Ewigkeit. Sie hielt Dominiks Kopf in ihren Armen und starrte ständig auf ihre Uhr. „Lena, er hat so viel Blut verloren, im Auto, in der Garage und jetzt hier. Was, wenn ..."

Lena schaute zum Grotteneingang. „Da kommt der Notarzt, wir hatten den RTW schon zur Evakuierung angefordert, deshalb sind sie so schnell da."

Einer der zwei Sanitäter schob Alex sanft zur Seite. Sie beantwortete dem Arzt mehrere Fragen zu Dominiks Zustand, nur mit seiner Blutgruppe konnte sie nicht dienen. Die drei Männer kümmerten sich um Dominik. Das eingespielte Team arbeitete Hand in Hand, ohne viel zu sagen. Ein Sanitäter hielt eine Infusion nach oben, der Arzt zog eine Spritze auf. Wenige Minuten später hörte Alex vor der Grotte den Hubschrauber landen. Dominik wurde mit einer Sauerstoffmaske auf dem Gesicht auf die Trage gelegt und dem Arzt der Hubschrauberbesatzung übergeben. Ohrenbetäubend erhob sich der Helikopter in die Höhe und drehte nach Erfurt ab.

Alex hielt den Notarzt am Arm fest. „Wird er es schaffen?"

Der zuckte mit den Schultern. „Wir haben alles gegeben, jetzt liegt es an den Kollegen im Krankenhaus."

Ein weiterer Streifenwagen fuhr am Sterngrund vor. Wenig später trafen auch Helmut Zober und sein Tauchverein ein, um dem im See versunkenen Victor Kobenstein zu bergen.

Alex lehnte, weiß wie eine Kalkwand, an ihrem Wagen. Sie zitterte am ganzen Körper. Die unbeschreibliche Angst um Dominik ließ sie nicht zur Ruhe kommen. Lena lehnte sich zu ihr hinüber. „Wann hast du eigentlich das letzte Mal etwas gegessen, heute Morgen?"

Alex nickte. Lena drückte ihr eine giftgrüne Glasflasche in die Hand. Auf Alex' fragenden Blick antwortete sie: „Mein grüner Lieblingssmoothie, trink den jetzt! Du bist unterzuckert und kippst mir noch aus den Latschen."

Alex ließ das bittersüße Mus ihre Kehle herunterlaufen. Nach einer Weile ging es ihr wirklich besser. Sie schaute Lena an. „Vielen Dank, du hast mir heute das Leben gerettet. Ich stehe tief in deiner Schuld. Wenn ich etwas für dich tun kann, jeder Zeit!"

Lena sah sie an. „Gern, zum Beispiel, kannst du mir sagen, wen ich eigentlich erschossen habe? Ich musste bereits meine Waffe abgeben. War das wenigstens unser Täter?"

Alex nickte und schaute Lena dankbar an. „Ja, du hast das Monster erwischt. Sein Name ist Victor Kobenstein, der Vater von Dominik."

Lena schaute ungläubig. „Was? Sein Vater? Etwa der, der seine Familie im Stich ließ und nach Ausbruch von Elias Krankheit spurlos verschwand?"

„Genau der. Vor einigen Jahren ist er wieder zurückgekommen und als Dominik einen Hausmeister suchte, bewarb er sich unter falschen Namen bei seinem eigenen Sohn. Der ahnte nicht, wen er da einstellte."

Lena wischte sich eine widerspenstige rote Locke aus dem Gesicht. „Du meinst, er erkannte ihn nicht?"

Alex schüttelte den Kopf. „Nein, Dominik war damals noch zu jung, als er die Familie verließ. Vor vier Jahren fing er an, den Fluch seiner Frau in die Wirklichkeit umzusetzen, um sich an den Menschen in der Siedlung zu rächen. An den drei Jungen, die angeblich seinen Sohn in den Tod jagten und an den Kindern der Nachbarn, die seine Frau in den Wahnsinn trieben. Christian Schulte musste sterben, weil er ihm bei seinen Recherchen über seine neue Familie erkannt hatte und erpresste."

Alex trank noch einen Schluck. Sie beobachtete Helmut Zober und seine Männer, die ein großes Schlauchboot sowie Kisten mit Taucherausrüstung zum See schleppten und ihr und Lena zunickten. Alex fuhr mit rauchiger Stimme fort. „Heute bat er seinen Sohn um Hilfe und gab sich ihm zuerkennen. Aber Dominik wollte dem Monster nicht helfen, das war sein Verhängnis. Victor Kobenstein plante, uns beide zu töten und es so aussehen zu lassen, als wäre Dominik der Mörder. Er hackte sich schon vor Wochen in den Computer seines Sohnes und wollte jetzt in aller Ruhe mit den ganzen Millionen verschwinden. Was für ein Ungeheuer."

Lena schaute sie an. „Was für ein Glück, dass du heute zu Dominik gefahren bist, so blieben uns noch zwei Tote erspart.“ Sie sah in Alex angespanntes Gesicht. „Mach dir keine Sorgen. Er ist stark, er schafft es.“

Sie schwiegen eine Weile. Lena wischte sich die widerspenstige Haarsträhne hinters Ohr. „Weißt du, was merkwürdig ist? Im Steinbruch hier am See fing vor 17 Jahren alles an und genau hier am See findet die Geschichte wieder ihr Ende.“

Alex stimmte ihr zu, aber ihre Gedanken kreisten um Dominik.

Epilog

Drei Wochen später

Es regnete. Alex stand vor dem geöffneten Bürofenster und schaute auf den Parkplatz vor dem Präsidium. Blätter und Zweige, die von dem vorangegangenen Sturm den Bäumen entrissen worden waren, lagen auf den parkenden Autos und auf der Straße. Sie verstopften die Gullys. Aus den kleinen Rinnsalen am Straßenrand und auf den Parkplatz bildeten sich riesige Pfützen. Trotzdem tat der langersehnte Regen nach der Hitzeperiode der Natur gut. Die Luft hatte sich bereits abgekühlt und ein angenehmes Lüftchen wehte Alex entgegen.

Sie trat an ihren Schreibtisch und sortierte die Akten und Beweisstücke des abgeschlossenen Falles „Tampa" in Boxen. Zwischen den Ordnern rutschte eine Zeitung hervor. Die Schlagzeile prangte mit großen Buchstaben auf der ersten Seite: „Der Rattenfänger von Tampa". Alex nahm die Zeitung in die Hand und überflog noch einmal den ersten Abschnitt des Artikels. Diese Berichterstattung hätte sie den Familien der Opfer gerne erspart. Aber nach der offiziellen Pressekonferenz stürzten sich alle Zeitungen auf diese Geschichte, wahrscheinlich um ihr Sommerloch zu füllen. Alex warf die Zeitung in den Papierkorb.

Nur ein Journalist hielt sich an die Regel. Rainer Gewohl bekam, wie vereinbart, 24 Stunden vor der offiziellen Veröffentlichung seine Exklusivstory. Er schrieb seinen Bericht wahrheitsgemäß und taktvoll den Angehörigen der Opfer gegenüber.

Vor der Veröffentlichung erhielten alle betroffenen Familien der Opfer Besuch von geschulten Beamten und Psychologen. Sie vermittelten einfühlsam den Hinterbliebenen die Geschehnisse und boten Hilfe an.

Nur bei Rene Schmitts Vater schaute Alex persönlich vorbei, um ihm seine Vermutung zu bestätigen, dass sein Sohn und dessen Freund Mark einen feigen Rachemord zum Opfer gefallen sind. Martin Schmitt blieb erstaunlich gefasst und bedankte sich bei Alex, ihm höchst persönlich seine Fragen beantwortet zu haben.

Als Letztes hielt Alex den Ordner der Gerichtsmedizin zum Tod von Victor Kobenstein in den Händen. Sie blätterte darin, schaute das Bild von seinem Leichnam an, die die Taucher noch am gleichen Abend aus dem Wasser geholt hatten.

Die Todesursache, die sich bei der Obduktion von Victor Kobenstein herausstellte, kam für Alex überraschend. Der Mann war ertrunken, obwohl er, laut Doktor Wolter, durch die Schussverletzung nicht lange überlebt hätte.

Die interne Untersuchung bestätigte, dass Lena in Nothilfe gehandelt hatte und keine weiteren Disziplinarmaßnahmen wegen des Schusses erdulden musste.

Alex schaute sich das Bild des Toten an, sie fühlte nichts, weder Hass noch Genugtuung.

Nur allmählich konnte sie die Erleichterung spüren, ihren ersten großen Fall gelöst zu haben. Dass sie die Ereignisse fast völlig vereinnahmt hatten, wollte sie sich selbst nicht eingestehen. All ihre guten Vorsätze, bei ihren Ermittlungen einen kühlen Kopf zu bewahren und fortan Gefühle und Emotionen bei den Recherchen außen vor zu lassen, waren völlig über den Haufen geworfen worden. Aber, wenn sie es sich so recht überlegte, nur so war sie dem Täter, diesen heimtückischen, niederträchtigen Mann, nahe genug gekommen, um ihn zu entlarven. Dieses Monster! Ein Versager, der Kinder in den Tod stürzte, um seine Rache zu befriedigen, der nicht einmal vor seinem eigenen Fleisch und Blut halt gemacht hätte. Es fiel ihr schwer zu verstehen, welche Grausamkeiten Menschen in dieser Welt einander antaten. Sie dachte an ihre Kinder und wollte schnell nach Hause.

Sie legte den Ordner zu den anderen Akten und schloss die Kiste. Jetzt lag nur noch Lenas Einladungskarte auf dem Tisch. Der Hochzeitstermin stand nun endlich fest. Am 8. September wollten sich Lena und Oliver das Ja-Wort geben. Alex freute sich für die beiden und wünschte ihnen viel Glück.

Sie dachte an ihre Ehe und ihren Scheidungstermin. Wenn alles gut ging, wäre sie in zwei Wochen geschieden, eine alleinstehende Mutter mit drei Kindern.

Sie lächelte, denn sie mochte ihr neues Leben.

Spektakel drang vom Flur in ihr Büro. Die Tür wurde aufgerissen und die Zwillinge marschierten laut krakeelend herein. „Hallo Mama, wir wollen dich zum Essen abholen." Alex schaute auf die Uhr, es war kurz nach fünf und Freitagnachmittag. Verwundert nahm sie beide in den Arm und küsste sie. „Wo kommt ihr denn jetzt her?"

Leon hatte bereits Reginas Keksdose entdeckt und stürzte sich darauf. „Wir wollen dich abholen und dann gehen wir alle zu McDonalds. Lisa und Felix warten schon dort auf uns", nuschelte er mit vollem Mund, während er noch zwei Kekse aus der Dose nahm.

Alex schaute zur offenen Tür. Im Türrahmen gelehnt stand Dominik mit verschränkten Armen und beobachtete lächelnd das Geschehen.

Alex stand völlig überrascht vor ihrem Schreibtisch und strahlte ihn an. Tim zog seine Mutter am Arm.

„Dominik lädt uns heute alle zum Essen ein. Beeil dich, Mama, sonst futtern Felix und Lisa alles auf."

„Na, das nenn ich mal ein Argument", bemerkte Alex amüsiert. Sie schaltete den Computer aus, schloss das Fenster und nahm ihre Tasche. Die Kinder stürmten aus dem Büro. Alex lief ebenfalls zur Tür und blieb ganz nahe vor

Dominik stehen. Er nahm sie in seine Arme und küsste sie zärtlich. Sie legte ihre Hände um seinen Nacken und erwiderte seinen Kuss. „Schön, dass du da bist." Sie spürte, wie ihr Blut in den Adern zu pulsieren begann. Langsam gab er sie frei und schaute sie fragend an. „Wir können deine Kinder nicht verhungern lassen. Du hast es gehört, wenn wir uns nicht beeilen, bekommen wir nichts mehr zu essen."

Alex lachte und verschloss die Tür hinter sich.

Impressum

© 2022 RhinoVerlag Dr. Lutz Gebhardt & Söhne GmbH & Co. KG
Am Hang 27, 98693 Ilmenau
Tel.: 03677 / 46628-0, Fax: 03677 / 46628-80
www.RhinoVerlag.de

Umschlagbilder: Titelbild: milkovasa/stock.adobe.com, Rückseite: saran25/stock.adobe.com
Layout, Satz: Sibylle Senftleben
Schrift: Garamond
Umschlaggestaltung: catnipsflavour
Druck: Alliance Print Sofia, Bulgarien

1. Auflage 2022

ISBN 978-3-95560-507-0